Dallas Theological Seminary

Bibliotheca Sacra

Dallas Theological Seminary

Bibliotheca Sacra

ISBN/EAN: 9783741104619

Manufactured in Europe, USA, Canada, Australia, Japa

Cover: Foto ©Andreas Hilbeck / pixelio.de

Manufactured and distributed by brebook publishing software
(www.brebook.com)

Dallas Theological Seminary

Bibliotheca Sacra

BIBLIOTHECA SACRA

POST

CL. CL. V.V.

JACOBI LE LONG

ET

C. F. BOERNERI

ITERATAS CVRAS

ORDINE DISPOSITA, EMENDATA, SVPPLETA,

CONTINVATA

AB

ANDREA GOTTLIEB MASCH,

SERENISS. DVCI REGN. MEGAPOL. A SACRIS ET CONSIL.
ECCLES., ET ECCLESIAR. CIRCVLI STARGARD. ET DVCATVS
RACEBVRG. SVPERATTENDENTE.

✦✧✦✧✦✧✦✧✦✧✦✧✦✧✦✧✦✧✦✧✦✧✦✧✦

PARTIS SECVNDAE

VOLVMEN SECVNDVM

DE

VERSIONIBVS GRAECIS.

HALAE,

SVMTIBVS JOANNIS JAC. GEBAVERI,

MDCCLXXXI.

PRAEFATIO.

Iterum dom partis secundae Bibliothecae sacrae volumen publice ex- **Ratio in-** ponimus, perpetua sine forent, de quibus L. B. praemonendus es- **stituti.** set, si ipsum quod excusum sistitur, opus nostrum respiciens. Idem est in hoc volumine ordo, et eadem oeconomia, uti in volumini- bus, quae, uti non sine grati animi significatione confitemur, Viris Doctis haud displicuere; et, quod dicendum nobis liceat, eadem solertia, industria et studio hoc elaboratum sistimus. Possemus itaque sine ulla longiore praefatione volumen hocce manibus illorum, quorum studiis consecratum est, permittere, nisi ipsum volumi- nis argumentum jamjam aliud nobis suaderet. Reposuimus in hoc secunda partis Volumen secundum editiones celebratissimas illius versionis graecae, quae tam in universa Ecclesia Christiana, tam et apud exteros Versio Septuagintavirilis salutatur; quae cum omnium versionum sit antiquissima et celebratissima, digna est, ut ejus historia quam accuratissime exponatur. Placuit Auctori nostro, cujus vestigia a no- bis accurate pressa sunt, brevem versionis historiam praemittere; quam cum lectoribus nostris, accessionibus, quas nec inutiles, nec superfluas judicavimus, adauctam et lo- cupletatam, communicamus Adsunt praeterea permulta Virorum Doctorum scrip- ta, quae in historiam et fata Versionis graecae accurate inquirunt, atque singula fere exponunt, ut post messem vix spicilegium ei, qui adhuc historiam versionis graecae antiquissimae scribere velit, instituendum supersit. Verum qui nuperis de Versione Graeca inter Viros Doctos obortas controversias accurate pensitabit, jam in aliam partem se vergere de hac versione disputationes, procul dubio intelliget. Quae olim inter Viros doctos disputata sunt, eoeertunt ipsam versionem graecam, atque quae- stionem, utrum publica *Ptolemaei Philadelphi* auctoritate, an vero privato studio Judaeorum Alexandrinorum confecta sit? Multa de utroque quaestionis membro disputata sunt, et qui ab utraque parte steterunt, solummodo de versione aliqua seu

de

de translatione textus Hebraici cogitarunt. Jam vero studio Cl. *Tychsenii* ipsa de
versione graeca disputatio, illam nacta est faciem, dum ipse varia et haud levibus
argumentis, litteras Codicis Hebraici omnium primo in litteras graecas esse trans-
formatas, et deinde e Codice Hebraeo-graeco versionem graecam esse confectam
probavit. Inventum est novum, aliis, et quod doleo, bilem movit, aliis vero,
uti fas esse videtur, arrisit. Nostrum erat, cum originem versionis graecae cum
Auctore nostro exponeremus, et in hanc Hypothesin inquirere. Verum cum vide-
remus, longiorem hanc inquisitionem requirere tractationem, quam quae suo loco
commode inferi possit; praefatione historiam hujus controversiae, et argumenta a
Cl. Tychsenio prolata, nec non alia observata exponere maluimus; et cum justo brevior sit auctor noster in iis, quae ad historiam versionis graecae faciunt, in eam
paulo curatius inquirere nostrum esse judicavimus. Accedit inter manus nostras ver-
sans elegans illa et omni eruditione abundans Apologia versionis Septuagintaviralis,
quae Romae, una cum Daniele ex versione Septuaginta Interpretum, studio *Simonis
de Magistris* prodiit. *) Plura continet illa Apologia pererudite tractata, lectu ju-
cunda, sed hactenus non ab omnibus accurate observata: quae tamen historiae Versionis Graecae plurimum lucis subministrant. Non ingratum itaque, si ex opere isto
eximio, quae sunt scitu dignissima, in nostros aliorumque usus convertimus, credimus fore lectoribus.

Variae sen-
tentiae.　　　　Variae sunt de origine Versionis graecae virorum doctorum sententiae, quae
quamvis in minutioribus aliquantulum a se invicem discedant, ad duo tamen potissimum capita revocari possunt. Antiquiores omnes, et a recentioribus nonnulli in
eo consentiunt, opus istud auctoritate et suffragiis Ptolomaei Philadelphi esse confe-
ctum, vel a LXXII. senioribus eum in finem Alexandriam evocatis, vel a quinque
viris eruditis eundem in finem ad eandem urbem delegatis. Recentiores vero Critici contra hanc versionis originem insurgunt, et quae antiquitus relata et credita sunt,
rejicientes, ipsam versionem incerti auctoris nominant opus, et a Judaeis Alexandrinis privato usu, in commodum Judaeorum Hellenisticorum Hebraea ignorantium,
confectam esse statuunt. Accedit hisce tertia hypothesis, quae aliquo modo utramque priorem sententiam conjungit, niruirum quod auctoritate Ptolomaei Philadelphi
Hebraici codicis sacra graecis litteris transcripta, et deinde in graecam linguam
translata sint. Quid vero statuendum sit, tum ex auctoritate testium, tum ex ipsa
versionis natura et indole dijudicandum erit.

Nomen.　　　　Liceat nobis Versionem Graecam, de cujus origine satisque antiquissimis
disputatur, illo nomine insignire, quo in veneranda antiquitate honorata est, et
quod in hunc usque diem retinuit. Liceat nobis illam, ut ab aliis distingui possit,
septuagintaviralem appellare, quamvis, nam nomen illi competat, adhuc sub judice lis sit. Commendatur nobis e summa antiquitate. Plures quidem olim exstite-
runt codicis Veteris Testamenti versiones graecae, quarum fragmenta nobis servata
sunt temporibus, sed nulla integra servata est, nisi illa, quae septuagintaviralis dicitur, nec ulla unquam inter primaevos scriptores tam celebrata et commendata fuit,
quam haec, cujus historiam brevi sermone concinnare, nostrum est propositum.

　　　　　　　　　　　　　　　　　　　　　　　　　　　　　　　　　　　　　　　S

*) Daniel secundum Septuaginta, Romae CIↃIↃCCLXXII. fol. p. 309. seq.

PRAEFATIO.

Si omnia, quae antiquitus fuere, et a scriptoribus antiquissimis, quorum scripta ad nostra transiere secula, olim consulta sunt, prioris aevi monumenta, a nobis conferri et in subsidium vocari possent; multa sane non tam dubia tamque suspecta credenda forent, quam hodie post tot tantaeque tabularum naufragia esse videntur. Variae circumstantiae, quae nos fugiunt, tunc temporis vero erant notissimae, rebus antiquitus gestis longe aliam induunt vestem: et quae hodie absona videntur, fortassis si omnia et singula perspecta haberemus, vero quam maxime consentanea judicarentur. Celebrantur ab *Appiano Alexandrino* Acta *Ptolemaei Philadelphi*, quae regii commentarii (εκ των βασιλικων αναγραφων) ab ipso salutantur: quae si ad nostras pervenissent manus, certo quid de versione Graeca statuendum sit, definirent. Quae si, quae ab aliis de *Ptolemaei* consilibus in promovenda versione relata sunt, silentio praetermitterent, fabulis omnia, quae scripta sunt annumerare possemus. Sin vero Regem ob insigne in Judaeos collatum beneficium celebrarent, certiora de origine versionis haberemus. Jam vero dum illa antiquissima monumenta periere, atque variae circumstantiae, facta et eventus nos praeterent, facile ut integram antiquorum relationem tanquam suspectam et fabulosam rejiciamus inducimur, quis variis difficultatibus non pressos sentimus, quae forte non forent, si nos in ipsa illa tempora transferre, et omnium eventuum factorumque accuratam adquirere possemus cognitionem.

Quid igitur nobis post tot seculorum decursum, multorumque monumentorum jacturam superest? Nil certe, quam ut ea quae nostris temporibus servata sunt Antiquorum scripta attente evolvamus, quae relata sunt, num fidem mereantur, examinemus, et ex iis, quae affirmanda quaeve ut fabulosa rejicienda, determinemus. Antequam itaque recentiores scriptores, qui plerumque veterum relationem oppugnant, audiamus, antiquissimos excitabimus scriptores, ut ex iis, quid antiquitus traditum sit, cognoscamus. Jam vero nobis perinde sit, sive sint fabulae, sive veritati consentaneae relationes. De eo, quod antiquitas relatum et creditum est, primo loco dispiciendum erit.

Antiquissimum sane, quod de Versione Graeca lectorem instruit, scriptum est illud, quod sub *Aristeae* nomine venit, quod sive sit genuinum, sive suppositicium, tamen non recenter est effictum, sed antiquissimum proxime ad *Ptolemaei* aetatem accedens, uti *Philonis*, *Josephi*, et Scriptorum Ecclesiasticorum calculo adprobatur. Quis, qualisve ille fuerit *Aristeas*, ejus nomen Epistolae ostendit, non tam plane incertum et incognitum est, ut *Auctor van Dale* sibi persuadet. Ex Insula *Cypro* oriundus videtur, quod non obscure indicatur, dum fratrem *Philocratem* alloquitur: Προσφατως παραγενομενοι εκ της νησου προς ημας και βουλομενοι υπομνησαι σοι περι εκαστων Ψυχης υπαρχη: Quoniam nuper ex insula ideo venisti ad nos, ut scires omnia, quae essent utilia ad informationem animi. Cyprum vero Ptolemaeorum tempore Aegyptiorum potestati subjecta fuit, atque ipsa plures Judaeorum aluit colonias. Nomen *Aristeae* non personae sed dignitatis fuisse videtur, quod ipsi propter bellicam virtutem impositum fuit. Teste enim *Helladio* [1] „Aristus proprie de iis dicitur, qui in bello aliquid praeclare gesserunt, ideo et *Aristeas* eos vocamus,‟ et secundum *Hodium Aristeos*, *Aristaeos*, *Aristius*, *Aristaeus*, *Αρσιυς*, *Aristaeus*, *Ari-*

a 3

[1] Apud Phot. cod. 279.

Aristaeus, *Aristeas*; et *Aristhas* pro uno eodemque habentur nomine. Consentit hoc quam optime eum dignitate, quam sibi ipsi vindicat, dum se ὑπεραρπιστην *Philadelphi*, id est, unum e custodia corporis Regis appellat; quam dignitatem sine dubio ut mercedem bellicae virtutis tulit. Quod religionem attinet, procul dubio fuit Proselytus, qui a gentili ad Judaicam religionem transiit, et legationem ad Eleazarum in se suscepit, ut legem divinam, quae in membranis perscripta apud Judaeos exstabat, ab illo efflagitaret. Idem *Aristeas* cum fratre altero *Themistone*, *Berenicem Philadelphi* filiam, *Antiocho* Syriae Regi nuptui traditam comitatus est, atque deinde *Antiocho* vinoso in administrando regno cum fratre adfuit. [c]

Aristeae scripta.

Sed mittimus *Aristeam* bellica virtute clarum, atque illum ut eruditum, qui scriptis celeber redditus est, consideramus. Commentaria eum de Judaeis et sacra historia edidisse, ex his apparet, quae *Eusebius* nobis servavit fragmenta ex historia Judaeorum, e commentariis nostri : Ἀρισταιος δε φησιν ἐν τῳ περι Ιουδαιων etc. *Aristeas in sua de Judaeis historia* etc. [d] Sed ista commentaria, fragmentis hisce exceptis, penitus periere. Restat tantummodo ejus ad *Philocratem* fratrem epistola, de qua nobis instituta est sermo. Innotuit illa antiquissimis scriptoribus, uti et ii, qui integram epistolam suppositiciam credunt, nunquam negabunt. Sic et scriptoribus posterioris temporis notissima fuit, et tanti facta, ut jam primis sub typographiae incunabulis versio ejus latina typis divulgata sit. Primus qui *Aristeae* epistolam, seu si mavis, de LXX. Interpretibus historiam, latina veste donavit, *Matthias est Palmerius*: cujus versionem *Johannes Andreas*, Episcopus Aleriensis, dignam judicavit, quae Bibliis sacris jungeretur. Sub ejus itaque auspiciis prodiit una cum Bibliis latinis *Romae* MCCCCLXXI a typographis *Conrado Sweynheym* et *Arnaldo Pannarz* excusis: atque iterum cum Bibliis Latinis *Norimbergae* per *Andream Frisner* et *Johannem Sensenschmidt* A. MCCCCLXXV. Ex eadem versione prodiit iterum Erfordi A. MCCCCLXXXIII. 4. sub titulo: *Tractatulus de LXXII. interpretibus et de eorundem maxima sapientia seu nominibus*, cum epistola ad calcem: *Tractatulus et subiuam et mors: ptolemai egiptiorum regis preclarissm*. Quorum studio ordine loco et tempore sacras mosayce legis literas in grecum sermonem LXXII. interpretes legalissime traduxerint. Eorundemque interpretum et nomina et sapientiam maximam, qua inquisitione responsioneque alternatis perusi sunt, in se complectens. In preclara Erfordiensi achademia opere pervigili, Anno LXXXIII. impressus finit feliciter. Eandem Palmerii Pisani versionem iterum evulgavit *Henricus Stephanus* Anno MDXII. una cum Ecclesiaste et Olympiodoro in Ecclesiasten, 4. quam opellam auctiorem revisam dedit *Johannes Bebelius* Basileae MDXXXVI. 8. eique iterum *Aristeae* libellum de LXXII. Interpretibus legis Hebraicae, latine, ex interpretatione *Matthiae Palmerii* adjunxit. Latinas basce editiones denique suscepit editio Graeco-Latina, eaque omnium prima: *Aristeae historia de legis divinae ex Hebraica lingua in Graecam translatione, per septuaginta Interpretes, nunc primum graece edita cum Versione Latina Matthiae Garbitii. Basileae apud Joannem Oporinum. MDLXI. 8.* Accessit secunda: *Aristeas historia de legis divinae ex Hebraica lingua in Graecam translatione per septuaginta Interpretes: Graeco-Latina ex versione Matthiae Garbitii. Editio emendata juxta Exem-*

c) Apologia, Dissert. V. §. XX.
d) *Euseb.* Praepar. Evang. Lib. IX. c. 25. Apologia Diss. V. § XXI.

Exemplar Vaticanum, ex recensione Eldemi de Perchus obotritae. *Francuferti apud Petrum Mufculum*, MDCX. 8. *Tertia: Coloniae* MDCXCI. una cum operibus *Jofephi*, quae cura *Johannis Alberti Fabricii*, Coloniae, uti titulus habet, revera vero Lipfiae, prodiere, ubi editor notas breves ad compendium *Arifteae* in *Jofephi* hiftoria Lib. XII. cap. 2. obvium addidit. *Quarta*, quam *Eduardo Bernardo* debemus: *Arifteae hiftoria* LXXII. *Interpretum. Acceffere veterum Teftimonia de eorum verfione. Oxonii e Theatro Sheldoniano.* MDCXCII. 8. *Quinta* Humfredi Hodii, f. t. *Humfredi Hodii Linguae Graecae Profefforis Regii et Archidiaconi Oxonienfis de Bibliorum Textibus originalibus, Verfionibus Graecis, et Latina Vulgata. Libb. IV. videlicet I. contra Hiftoriam LXX. Interpr. Arifteae nomine infcriptam differtatio, quo probatur illam a Judaeo quodam fuiffe confictam, et Ifaeci Voffii aliorumque doctorum virorum defrufione ejusdem ad examen vocantur. In hac Editione diluuntur Voffii refponfiones. II. De verfionis quam vocant LXX. Interpr. auctoribus veris, eamque conficiendi tempore modo et ratione. III. Hiftoria fcholaftica Textuum Originalium, Verfionisque Graecae LXX. dictae et Latinae Vulgatae; qua oftenditur qualis fuerit fingulorum auctoritas, per omnia retro fecula, et Textui Originales, maximo in pretio femper habitos fuiffe. IV. De ceteris Graecis verfionibus, Origenis Hexaplis, aliisque editionibus antiquis, cum collectione indiculorum Librorum Biblicorum per omnes aetates, quae hiftoriam Canonis SS. Scripturarum quam breviffimam, fed plenam ac luculentam continet, ordiniusque librorum varietatem indicat. Praemittitur Arifteae hiftoria Graece et Latine Oxonii e Theatro Sheldardano Au. Dom.* MDCCV. fol. *Sexta* denique editio eodem prodiit anno: f. t. *Antonii van Dale Differtatio fuper Arifiea de LXX. Interpretibus, cui ipfius praeeunt Arifteae textus fubjungitur. Additur hiftoria Baptifmorum tum Judaicorum tum potiffimum priorum Chriftianorum, tum denique et rituum nonnullorum. Accedit et Differtatio fuper Sanchoniathone. Amftelaedami apud Jo. Wolters.* MDCCV. 4. Mittimus alias editiones hujus opellae in Collectionibus majoribus, ut, Micropresbyticon Bafileae MDL. fol. Bibliotheca Patrum Parifiis MDLXXV. et MDLXXXIX. et Coloniae MDCXXVIII. nec non Graece et Latine in Bibliotheca Patrum Parifiis MDCXXIV. in quibus omnibus vel *Palmerii* vel *Garbitii* verfio Latina fervata eft: fed tantummodo hic nominamus editionem plane fingularem et a jam recenfitis diverfam, quam *Jacobo Middendorpio* debemus: *Hiftoria Arifteae, Ptolomaei Philadelphi, Aegyptiorum Regis ad Eleazarum pontificem Judaeorum Legati, de Scripturas facras per LXX. Interpretes tranflatione, et de pulcherrimis feptuaginta duabus quaeftionibus, quas Rex ipfe propofuit: ex manufcriptis Graecis atque Latinis Codicibus et SS. Patrum libris diligenter reftituta, et commentariis atque adnotationibus illuftrata per Jacobum Middendorpium Theologum et Jurisperitum. Coloniae apud Maternum Cholinum* MDLXXVIII. 8. In varias denique linguas tranflata eft *Arifteae* opella, et fine textu graeco edita. Duplicem habemus ejus verfionem germanicam; alteram *Juftini Gobleri de Senrt. Guerre* U. J. D. anni 1561. et iterum Amftelodami 1631. 12. alteram *Simonis Schardii* A. 1619. 8. editam. Gallice prodiit opella per *Georgium Paradin*, Lugduni A. 1552. 12. Italice vero ex verfione latina *Palmerii*, una cum Bibliis Italicis *Nicolai Malermi* Veneti, A. 1471. 1477. 1541. In Hetrufca Lingua prodiit Florentiae 1550. 8. Anglice denique bis prodiit: primo interprete *J. Done*: The auncient Hiftory of the Septuagint.

gint. Written in Greeke, by Aristeas 1900 Yeares since. Of his voyage to Hierusalem, as Ambassador from Ptolemaeus Philadelphus unto Eleazar then Pontiffe of the Jews. Concerning the first translation of the holy Bible by the 72 Interpreters. With mani other remarkable Circumstances. Newly done into English by J. Done. London printed by N. Okes. 1633. 12. Secundo exstat anglice versa per *Lewisium*: The history of the seventy two Interpreters: of their Journey from Jerusalem to Alexandria: their Entertainment at the Egyptian Court: their Version of the Septuagint: with all the Circumstances of that illustrious Transaction. Written in Greek by Aristeas, Embassador from Ptolomeus Philadelphus King of Egypt, to Eleazar, High-Priest of the Jews. Inscrib'd to his Brother-Philocrates. To which is added, the history of the Angles, and their Gallantry with the Daughters of Men, written by Enoch the Patriarch. Publish'd in Greek by Dr. Grabe. Made English by Mr. Lewis of Corpus Christi College in Oxford. London printed for J. Hooke and T. Caldecott, against St. Dunstans Church in Fleetstreet. MDCCXV. 12. Ultimo denique loco hic nominamus versionem hebraicam, quam debemus R. *Azariae de Rossi*, vel *de Rubeis*. Scripsit Ille elegantem Tractatum עינים מאור, cui *Aristeae* opella sub rubro הדרת זקנים inserta legitur.

Censurae. Plura per secula, quam apud antiquissimos scriptores et Ecclesiae Patres nactus erat, famam, gloriam, auctoritatem, fidem tultus est *Aristeas*. Sed circa superioris seculi finem in censuram adeo vocatus est, ut rem omnem perdere videatur. Provocarat ad *Aristeam*, ut scriptorem omni fide dignum, *Brinus Waltonus* [r], quem sequutus erat *Isaacus Vossius*. [f] Qui cum *Aristeae* causam agerent, contra illum primus insurrexit *Humfredus Hodius* elegant et pererudita dissertatione, [s] qua fidem hujus scriptoris multis et haud levibus impugnat argumentis. Opposuit ipsi *Isaacus Vossius* in appendice ad *Melam*, responsiones, quibus fidem et auctoritatem *Aristeae* tueri conatur; simulque, ut priorem dissertationem revisam et adauctam, immutatamque iterum sisteret, *Hodium* excitavit. Prodiit itaque Anno MDCCV. quod jam laudavimus egregius de Bibliorum textibus originalibus, versionibus Graecis et Latina Vulgata opus. In superiori dissertationis editione *Hodius* singula, quae ipsi contra historiam ab *Aristea* concinnatam dicenda erant, ad XXI. capita revocarat, atque variis argumentis ex historia tum *Eleazari* summi Judaeorum Pontificis, tum *Demetrii Phalerei*, tum *Ptolemaei Philadelphi* petitis, *Aristeae* librum ab auctore Judaeo paulo ante natum Christum esse confictum, demonstrarat. Quae vero in hoc opere majori aliquantulum mutata, abbreviata, aliis in locis adaucta et locupletata iterum apparent. Remota hac modo *Aristeae* auctoritate, libro secundo operis majoris Versionis Graecae historiam condit, confectam nimirum illam fuisse intra illud biennium, quo cum Patre *Ptolemaeo Lagi* simul regnavit *Ptolemaeus Philadelphus*, non vero *Ptolemaeorum* auctoritate, nec *Demetrii Phalerei* studio, sed a Judaeis, qui sub regimine *Alexandri Magni* et *Ptolemaei Lagi* in Aegyptum devenerant; adeoque illam a Judaeis Alexandrinis et Dialecto Alexandrina esse conscriptam; solam vero

[r] Prolegom. IX. §. 4.   [g] Contra Historiam Aristeae de LXX.
[f] Dissert. de 70. Interpretibus, eorumque translatione, Hagae Comit. 1661. 4.   Interpretibus Dissertatio. Oxonii ap. Sam. Smith. 1685. 8.

vero Legem Moſhicam primo Graece eſſe verſam, et poſt *Ptolemaei* tempora Librum
Joſuae, Libros vero Propheticos ſub *Ptolemaeo Philometore* denique in graecum
ſermonem translatos eſſe, cum *Antiochus Epiphanes* Judaeos a lectione Legis prohi-
buiſſet, in cujus locum lectio Prophetarum in Scholis Palaeſtinis ſucceſſerit, quos
imitatos eſſe Alexandrinos. Reliquos vero libros ſacros, Samuelis, Jobi et rel. brevi ante *Philonis* Judaei tempora eadem lingua veſtitos prodiiſſe. Ut adeo plures et
diverſi dentur librorum diverſorum interpretes, qui et diverſis temporibus ſinguli
pro modulo ſuo Sacros Libros graece produxiſſent. Eodem anno calamum contra
Ariſteam ſtrinxit vir eruditus in Belgio, *Antonius van Dale*, cujus librum ſupra quoque laudavimus. Multa eruditions, variisque digreſſionibus, e. g. de Bibliothecis
Antiquorum, hiſtoriam *Ariſteae* ſpuriam eſſe demonſtrare allaborat auctor; duos vero, non unicum, eosdem admodum diſcrepantes *Ariſteas* olim, alterum Judaeum,
alterum Chriſtianum pro verſione ſeptuagintavirali militantem fuiſſe docet, atque ultimo loco *Joſephi Scaligeri* verbis, quae ſibi de verſione Graeca videntur, exponit:
„Igitur Septuaginta Interpretum paraphraſis Graeca eſt, non autore *Philadelpho*,
„ſed Judaeorum ſuadente utilitate conſcripta, qui parum Ebraice ſciebant, Graece
„autem loqui et ſcribere ab ipſis Regibus cogebantur. Ea ſane, ſive a LXX, ſive ab
„uno, quod verius eſt, conſcripta, mendoſiſſima et falſiſſima eſt.„ In eandem ſententiam abiere plures ſcriptores, quamvis non id ſibi ſumſerint, ut accurate *Ariſteae*
hiſtoriam examinaverint, ut *Johannes Woweius*, [k] *Richardus Simon*, [l] *Du Pin*, [m]
Joh. Franc. Buddeus, [n] *Joh. Chriſtoph. Wolfius*, [o] *Joh. Alb. Fabricius*, [p] *Joh.
Gottlob Carpzovius*, [q] quorum ex ſententia *Ariſteae* hiſtoria fabulis et figmentis ad-
numeranda nullam meretur fidem; ipſa vero verſio Graeca elaborata fuit non Regis
Ptolemaei juſſu, ut in Alexandrina reponeretur Bibliotheca, ſed ſponte a Judaeis
quibusdam eruditis in gratiam popularium, vel ſuaſu hortatuque rudiorum, qui
hebraice non callebant, vel ſuopte motu ac privata pietate, vel ipſorum Synedrii
juſſu. Hisce adſenſum quoque praebet Cl. *Joh. Aug. Starckius* [r] et potiſſimum *Hodius* ducem ſequitur; ſed ei ipſam hactenus ſuperſtitem verſionem ſeptuagintavira-
lem, non adeo puram et ſinceram eſſe ſtatuit, ac olim fuerit, eam e manibus Interpretum prodiiſſe. Helleniſtae verſionem eum in finem immutaſſe videntur, ut
ſuis contra Palaeſtinenſes, cum quibus perpetuum eis fere bellum ſacrum fuit, gra-
tificarentur. Acceſſiones aliae et immutationes a Chriſtianis profectae videntur.
Graviſſimae vero immutationes corruptionesque a Judaeis Palaeſtinenſibus adſcitae et
inſertae ſunt, ut contra Helleniſtas inde argumenta petere poſſint; hinc illa ſcriptoribus Chriſtianis frequens querela de diverſitate inter Hebraeum et Graecum contextum. Accedunt denique errores permulti ex negligenti librorum deſcriptione na-
ti.

[k] Syntagma de Graeca et Latina Bibliorum interpretatione. Hamburgi 1618.8.
[l] Hiſtor. crit. du V. T. cap. 2.
[m] Prolegomena ad Biblia, Lib. I. cap. VI
§. 2. p. 176.
[n] Hiſtoria Eccleſ. V. T. Per. II. Sect. VI.
Vol. II. p. 813.

[o] Biblioth. Hebr. Vol. 1. p. 440.
[p] Biblioth. Graec. vol. 2. p. 719.
[q] Critica Sacra V. T. p. 484.
[r] Davidis aliorumque Poetarum Hebraeorum Carminum Libri V. vol. 1. p. 100.

ti. Quae fingula fi vera funt, uti Cl. Auctor variis probare allaborat inductis exemplis, triftis fine eft verfionis feptuagintaviralis, facies, ut, qui fieri poffit, ut ex verfione tam corrupta et depravata textus Hebraicus integritati fuae reftituatur, mirum certe videatur.

Definitiones.

Ne vero *Arifteas* per tot fecula fama et fide celebris plane defertur et amicis orbatus videatur: et ii, qui caufam ejus egerunt, telaque in eum vibrata avertere conati funt, jamjam nominandi veniunt. Primus inter illos eft jam laudatus *Lewifius*, qui verfioni anglicanae hiftorias *Arifteanae* praefulunem praemifit, qua euthroniam hiftoriae vindicat, veram primam illam verfionem fub aufpiciis *Ptolemaei Philadelphi* elaboratam uos eum Bibliotheca Alexandrina poenitus intercidiffe et periiffe: *Cleopatram* vero eo, ut alia inter Palaeftinos Judaeos obvia verfio in Aegyptum transferretur, quo Helleniftis illa in publicis praelectionibus infervire puffit, profpexiffe afferit. Ex parte confentit, vir doctus cum *Ufferio* Armachano, qui hodiernam verfionem graecam longe aliam effe fibi perfuafit, quam quae antiquitus fuerat. Secundus eft *Guilielmus Whifton*, qui cum ederet tractatum *The literal Accomplifhment of fcripture Prophecies*, ut *Antonio Collinfo* refponderet, appendicem addidit to prove that *Arifteas's hiftory of the verfion of the Pentateuch by the 72. Interpreters, ftill exftant, is genuine — London* MDCCXXIV. 8. qua inprimis *Arifteam* contra *Hodii* objectiones defendit, de ipfa vero verfione ftatuit, Legem *Mofis* tantummodo fub aufpiciis *Ptolemaei Philadelphi* a LXXII. Interpretibus in graecam tranfalatam effe linguam, eum libri reliqui hiftorici et prophetici jam antea a LXX. electis interpretibus Alexandriae in eundem fermonem converfi fuiffent. Tertius eft anonymus Anglus, cujus exftat *a Vindication of the hiftory of the Septuagint from the Mifreprefentations of the Learned Scaliger, Dupin, Dr. Hody, Dr. Prideaux, and other modern Criticks. London printed for T. Woodward.* M.DCC.XXXVI. 8. Auctor omnia, quae contra *Arifteas* fidem in medium prolata funt, ad decem revocat capita, onerofam vero fibi ipfi reddit defenfionem, dum et per miraculum interpretibus donum Prophetiae conceffum effe ftatuit. Quartus denique eft Eruditus ille Italus, qui dum Danielem fecundum Septuaginta edidit, fimul pereruditam non folum *Arifteas*, fed et verfionis Septuagintaviralis apologiam fcripfit. Quinque abfolvitur apologia in Differtationibus, quarum prima de autographis verfionis graecae agit. Secunda, fieri non potuiffe, quin fieri codices Ebraeorum fub *Philadelpho* Aegypti Rege converterentur, oftendit. Tertia ex Danielis graeca verfione feptuagintavirali ipfius verfionis veritatem demonftrat. Quarta *Demetrii Phalerei* curam, ut facrae fcripturae verterentur, ejusque et *Menofemi Tretrienfis* aetatem afferit. Quinte denique, quid fentiendum de *Arifiea*, cujus exftat hiftoria verfionis graecae fcriptorarum, exponit. Singula fatis follicite et ingenti eruditionis apparatu pertractata funt.

Acquior fententia.

Expofitis duabus fibi oppofitis de *Arifiea* ejusque verfionis Graecae hiftoria Eruditorum Virorum judiciis, jam tertiam addimus fententiam, quae nec hiftoriam ipfam ut commentum poenitus rejicit, nec omnia, quae fub *Arifteas* nomine vel ab ipfo fcripta funt, ut vera defendit, fed media quaedam et fortaffis tutiffima ingreditur via. Inquifivit nuper Cl. *J. G. Eichhornius* q) in hiftoriam Arifteae, atque Anglorum

q) **Repertorium für biblifche und morgenländifche Litteratur**, Vol. I. Part. I. p. 266.

rum vestigiis insistens, *r*) diversas *Aristeae*, *Josephi*, *Philonis*, *Justini* Martyris et
Epiphanii de origine versionis Graecae relationes, ut, qua ratione eum tempore fabulae concervatae et fabulis adauctae sint, ostendat, inter se contulit, et denique,
quisquiliarum acervo quaedam subesse grana, judicavit. Fortassis illa sub fabularum
acervo absconditia grana jam detexit et in publicum conspectum produxit Cl. Ol.
Tychsenius. Rejicit ille, uti par est, fabulas illas ad rem colorandam adsutas,
ipsumque relationem non de translatione Textus Hebraei in sermonem graecum sed
de permutatione litterarum Graecarum cum Hebraicis interpretatur. *Ptolemaeus*
Philadelphus Legatos Hierosolymam, misit, qui codicem sacrum ab *Eleazaro* summo
Pontifice efflagitarunt, non transferendum, sed transcribendum, et quidem ita ut
Textus Hebraicus charactere Graeco exprimeretur. Haec sunt quae tanquam facta
indubitata admittantur; quae vero auctor Judaeus, ut rem coloraiam redderet, et
famam, gloriam atque auctoritatem versioni postmodum factae conciliaret majorem,
pro ingenio gentis luxurianti, attexuit, non tuti sunt, ut integram suspectam reddere possint historiam. „Mihi, inquit V. Cl., omnino, salvo tamen aliorum judicio,
„videtur esse exploratissimum, et Aristeae, Aristobuli aliorumque Veterum de hac
„translatione, seu potius transcriptione cod. sacri graecis litteris instituta, relationes,
„quoad causam principalem, omnem mereri fidem. Demus enim falsa veris mixta,
„aut potius multa ad ornatum orationis, aut ut quidem opinantur, ad conciliandam
„legi Judaicae inter gentes auctoritatem et aestimationem, stylo orientalium hyper-
„bolico, historiae insertexta fuisse, num inde jus habemus, totam relationem ut
„fabulam anilem vendere, et quasi cum cane simul lorum exscindere? Hoc saltem
„negari nequit, Ptolemaei Philadelphi tempestate tale quidquam fuisse tentatum, ut
„scilicet Lex Judaeorum genuinis hebraicis characteribus scripta, non modo in Bi-
„bliotheca Alexandrina reconderetur, sed etiam in gratiam Judaeorum Aegypti grae-
„cis litteris et pronunciationi hebraeo-graecae conformiter transcriberetur, quo in
„publicis praelectionibus legeret, qua ad dictum tempus caruisse videntur, rite reci-
„tare possent. Cave vero existimes, tum temporis vere adornatam fuisse transla-
„tionem graecam, quum in promptu adsint argumenta, quae contrarium omnino
„statuere suadent. Mirum enim videri posset, imo omnem fidem superaret, si le-
„gatos Hierosolymitanos Ptolemaei jussu sacram scripturam transtulisse, ut vulgo
„creditur, contendamus, eor, licet Biblia genuinis characteribus scripta secum at-
„tulerunt, ex transcripto exemplari hebraeo-graeco versionem adornasse, inque tali
„ancipiti et fallaci codice fontes negligendo unice acquievisse. Nihil itaque aliud
„superesset, quam quod vel veterum relationes de instituta ejusmodi legatione splen-
„dida pro fabula simpliciter reputemus, atque sic in difficultates inextricabiles nos
„immergamus, vel ex fide priscorum et Talmudis affirmamus, legatos dictos sive le-
„gem solam sive Biblia integra in Regis gratiam minime vertisse, sed solummodo
„graece transcripsisse, atque ex eorum exemplari hebraeo-graeco Judaeos Alexan-
„drinos, aut quinam fuerint, sive superiorum jussu, sive privato studio, versionem
„graecam adornasse, quoniam tum demum nodus optime solvi poterit, atque sic
„Aristeae, Philonis rel. narrationes quoad caput rei neque elevantur, neque mire
„et incredibiles amplius esse videntur. Ergo omnibus probe perpensis ita fert mea

b 2   „sen-

r) Allgemeine Welthistorie Vol. I. p. 644.

„sententia: exemplar Hebraeum a Legatis Judaeorum Regi oblatum. Et ideo reddi-
„tum fuisse, ut litteras hebraicas in graecas transfunderent, quo ipse fontes legere
„posset, minime vero ut ex hebraeo in graecum verterent sermonem„, [*]) Multo
acumine et magna eruditione Vir CL. quae hic breviori sermone exposuit, ita expli-
cavit argumentisque variis probavit, ut adsensum ei denegare haud potimus. Interim nos in ipso de Aristea ferendo judicio aliquantulum recedere, fateri fas est.
Scripsit Aristeas quidem, quae vera sunt, sed non omnia scribit, quae dicenda fuissent: varias res, quin et verum Ptolemaei propositum, fallaces ejus cum Palaestinensibus actiones, studiose, uti virum aulicum decet, occultat, colorat, fictioni-
busque abscondit, ne, uti verum fuit, Rex Hierosolymitanos quam callidissime
induxisse videretur. Omnibus rebus vestem induit coloratam, ut, dum Regis in Judaeos gratiam et immensam benevolentiam exponit, simul Regis sui apologiam scribat. Liceat nobis brevi totius rei summam exponere. Cum ingens Judaeorum multitudo Alexandriae et in Aegypto sub imperio Ptolemaei viveret, Rex, qua ratione
integram multitudinem sibi ita deviniret, ut de reditu ad patrium solum nusquam
cogitaret, et a Palaestinensibus poenitus separaretur, consilium iniens, id omne, si
legem Judaicam publica auctoritate munitam haberet, se consequi posse perspicit. Ad-
est Demetrius, qui, ut Rex sub specie locupletandae bibliothecae, versionem legis ab
Eleazaro summo Pontifice peteret, eamque ob causam LXXII. senes integram rempublicam Judaicam repraesentantes ad se evocaret, ipsi suadet. Mittitur legatus Aristeas cum multis muneribus; annuit Eleazarus, veniunt Alexandriam LXXII. senes
duodecim populi Judaici tribus repraesentantes, eam quidem in finem, ut legem
Judaicam oblatam in graecam verterent linguam. Lautae et benigne, ne quid
mali aut dololi subodorari possint, accepti in insulam Pharon deducuntur, atque hic
in cellulas inclusi, legem ipsam hellenistice sen graece scribere creduntur, et ne
quidquam falsi committere possent, ipse Demetrius legis versionem graecam ex ore
interpretis scribit. Alii senes reliquos exscribunt libros sacros: et finito labore po-
blice a LXX. senibus integrum opus approbatur. Hac itaque methodo, Rex, quae
sibi in animum sumpserat, subministrante Demetrio, qui hoc ipso consilio Regis in
gratiam rediit, assequutus, regnum hellenisticum Judaeorum Alexandriae stabilivit.
Haec sunt, quae sese, uti nobis quidem videtur, si relationes Aristeae, Talmudis,
Philonis, reliquorumque antiquitatis scriptorum inter se comparentur, manifeste
produnt. Eademque sunt, quae Aristeas aperte scribere debuisset; sed vir iste, regis
ut honori consuleret, Palaestinensium oblocutiones refelleret, atque simul majorem
legi in gratiam Hellenistarum transscriptae famam conciliaret, alia silentio praeterit,
alia haud sincere repraesentat, alia falso colore dealbat, atque hoc modo astutum
Regis consilium optima veste ornatum sistit. Singula ex ipsa Aristeae relatione cum
aliis antiquitatis monumentis collata sese manifestabant.

Relatio Ari-
steae.

Exposuis hactenus de Aristeae historia Virorum Doctorum censuris senten-
tiarumque divortiis, ipse demum Aristeas audiendus est. Verum sine dubio lectorum patientia abuteremur, si integram hic dare vellemus ejus historiam. Sufficiat
itaque, ut, quae minoris sunt momenti, silentio praetermittantur, et tantummodo
quae

*) Tentamen de variis Codicum Hebrai-   et Non-Judaeis descriptis. Rostoch. 1772.
corum Vet Test. MSS. generibus a Judaeis   8. p. 54.

quae scitu sunt necessaria, hic exponantur. Integram historiam scite et accurate in compendium redegit *Carpzovius* noster, cujus verbis nobis uti licet: „*Demetrius* „*Phalereus*, Bibliothecae *Ptolemaei Philadelphi*, Aegyptiorum Regis, praefectus, post„quam conquisitis undique libris, ultra viginti myriades voluminum, eam auxisset, „Regi exponit, fando se comperisse, Judaeorum leges dignas omnino esse, quae de„scribantur, et in Bibliotheca ejus recondantur, modo ex lingua Judaeis vernacula „converantur in Graecam. Ad haec Rex in se suscipit, scripturum ad summum „Judaeorum Pontificem, ut quae exposita essent, perficerentur. Hic tempestive in„tercedit *Aristeas*, regius minister, rerum admonens, ut missurus ad Pontificem le„gatos, Judaeos omnes, qui a patre ipsius in captivitatem abducti fuerant, liberos „in patriam prius remittat. Rex annuit consilio, et cum plus quam centum millia „esse Judaeorum intellexisset, in Aegypto servitui addicta, captivos singulos vigin„ti drachmis a dominis, qui hujusmodi famulitio utebantur, redemit et in liberta„tem asseruit, ita ut summa Λυτρων 660 assurgeret talenta. His peractis, *Deme-* „*trium* jubet scripto sententiam suam exponere de libris Judaeorum describendis, „qui Regi auctor extitit suasorque, ut a summo Judaeorum sacerdote et legis exem„plar sibi expeteret, et sex e quaque tribu interpretes, honestate vitae, senio et le„gum suarum peritia praestantes, quo plurium interpretatio facilius impetret fidem. „Oratores ergo Rex mittit, *Andream* αρχισωματοφυλακα et *Aristeam* nostrum, „splendidis muneribus et litteris regiis instructos, qui honorificentissime Hierosoly„mis habiti, voti facile compotes redduntur. Delectos quippe LXXII. Senes, He„braice et Graece peritissimos, oratoribus comiter jungit *Eleazarus*, et una eum „Epistola, atque membranis, quae legem aureis descriptam litteris comprehende„bant, ad Regem dimittit. Rex et legatos humanissime excipit, et legem venera„bundus septies adorat, et quia eodem tempore victoria navali adversus *Antigonum* „potitus erat, *) eam sibi diem solennem et festam quotannis fore denunciat, septem„que dierum convivio Senes illos reficiens, arduis et gravibus singulos quaestionibus „tentat, qui apposite et sapientissime respondentes, suam Regi prudentiam ex asse „probarunt, singuli trium talentorum donum ab ipso referentes. Triduo posthaec, „Senes a *Demetrio* ad proximam insulam Pharon deducuntur, et in splendido domo „locati, quotidie ad nonam usque horam interpretationi dabant operam, *Demetrio* „scribae munere fungente. Sicque collatis exemplaribus, unaque congregati LXXII. „dierum spatio interpretationem absolvunt. Totam illam *Demetrius* Judaeis omni„bus tum praesentibus recitavit, qui et summis eam laudibus suot profecuti, et com„muni consensu diras imprecati iis, qui huic versioni aliquid addere vel demere, „vel in ea immutare ausuri essent. Rex ubi praelectum accepisset, et legislatoris „sapientiam miratus est, et Senes, rogatos ut in posterum se crebrius convenirent, „cum donis et amplissimis muneribus *Eleazaro* summo Pontifici destinatis, domum „remisit. Hoc palmarium operis *Aristeae* est argumentum, reliqua ut sunt interpre„tum nomina, Regis quaesita et ad illa senum responsa, Regis porro in Judaeos „munificentia, litterae ultro citroque missae, regionumque edictum, varii quoque „sermones, et quae de Judaeae situ ac habitu, Hierosolymorum urbe et sacris Judaeo„rum si observasse perhibet *Aristeas*, ad ornatum spectant, nec faciunt ad institu„tum.

b 3

*) Haud accurate *Carpzovius* sententiam *Aristeae* hoc loco exprimit.

„tum. „ *) Quae varia quidem continent, quae si ad nostra tempora nostrosque mores examinantur, mirabilia et fictitia videntur. Verum si rite cum pristinis temporibus orientaliumque moribus comparantur, etiamsi ad ornatum conficta sint, non plane ab orientalium consuetudine abhorrent, sed antiquorum genio et moribus apprime respondent.

Axiomata. Antiquissima veteris aevi monumenta, quorum usus nostris conceditur temporibus, si cum illis, quae ex Aristeae historia hausimus, comparantur, unumquemque, qui sine praeconcepta singula pensitabit opinione, nec laudem in eo quaerit, ut, quae antiquitus credita sunt, rejiciat, facile docebunt: 1) antiquissimam esse Aristeae historiam, eamque omnium primam factorum esse relationem; siquidem omnes scriptores vel ad ipsum provocant Aristeam, vel certe ea proferunt, quae ex Aristeae relatione hausta sunt: proxime itaque hujus scriptum ad Ptolemaei Philadelphi tempora adsurgit, neque sequioris aetatis figmentum est; 2) neminem Patrum antiquorum Aristeae historiam tam accurate descripsisse, uti, si ejus scriptum ante oculos habuissent, fieri debuisset; sed ex ipsis eorum scriptis luculenter apparere, se Aristeam quidem legisse, sed lecta e memoria litteris mandasse, eaque accessionibus ex rumore famaque publica haustis locupletasse, aut si mavis, quae Aristeas studiose occultarat, eos prodidisse: quo factum, ut et ipsi scriptores a se invicem discedant, et alius in dubium vocet, quae ab alio adfirmantur. Sic Hieronymus: „Nescio quis primus auctor septuaginta cellulas Alexandriae mendacio suo exstruxerit, „quibus divisi eadem scriptitarint, quum Aristeas ejusdem Ptolemaei ὑπερασπιστής, „et multo post tempore Josephus nihil tale retulerint, sed in una basilica congregan„tem contulisse scribant, non prophetasse. Aliud est enim vatem, aliud esse inter„pretem: ibi spiritus ventura praedicit, hic eruditio et verborum copia, ea, quae „intelligit, transfert. *) 3) Communem quidem esse omnium scriptorum opinionem, tempore et suffragiis Ptolemaei Philadelphi Biblia sacra in Graecam linguam fuisse translata; nec hoc mirum, omnes quia Aristeam sequuntur; interim et nonnullos scriptores non ignorasse, non solum legem graece versam, sed et graeca transcriptam fuisse: siquidem nonnulli expresse interpretationis et transscribendi negotium distinguunt. 4) Singularia Aristeae, locutiones, verba, elogia, atque alia quae vel cum reverentia Regi debita, vel cum charactere ejus et religione pugnare videntur, vel vanum gentis Judaicae gloriae aucupium produnt, quorsum illa quae de lege Judaeorum sapientiori et sanctiori, utpote divina et a Deo profecta, scripsisse dicitur Rex ipse, aut quae de profunda adoratione et lacrymis effusis dicuntur, referenda sunt, ea omnia ex singulari scopo et intentione scriptoris esse interpretanda. 5) Inanem et minus fundatam esse quorundam virorum doctorum opinionem, qui exinde, quod a Scriptoribus ecclesiasticis aliae atque diversae recenseantur circumstantiae, eos longe alium Aristeam, ac hodiernum, ante oculos habuisse, sibi persuaserunt. Scriptores enim ex traditione ea referunt, quae Aristeas scribere vel noluit, vel non debuit. Si ex diversitate et discrepantia plurium scriptorum ita concludendum esset, quot quaeso antiquiores historiographi reduplicandi forent? Hisce praemissis, antiquorum scriptorum relationes subjungamus.

.Si-

· *) Loc. cit. pag. 481.   *) Hieronymus praefat. in Pentateuch.

Si omnia, quae antiquitas de historia versionis septuagintaviralis scripta Aristobulus
sunt, hic recoquere, singulaque accurate recensere et exscribere vellemus, lectoribus potius nauseam creare, quam eorum gratiam mereri, nobis persuademus. Quam
enim in finem id fieret? Eadem decies repetenda forent. Sufficiat itaque ea tantummodo recitare, quae scopo nostro proxime inserviunt. Primo omnium itaque
nominamus *Aristobulum*, Peripateticum, Judaeum, qui sub *Ptolemaeo Philometore*
claruit, atque aetate proxime ad illa tempora adsurgit, de quibus *Aristeas* loquitur.
Fatemur illum procul dubio errasse, quando asserit, jam ante *Demetrium Phalereum*,
quin et *Alexandri* et Persarum imperium, ab aliis volumina sacra in graecam linguam
esse conversa: et in hunc errorem inductus est persuasione, quod Graeci scriptores
Judaeorum sacra scripta legissent; quod non fieri potuisset, nisi in gratiam illorum,
qui hebraice ignorabant, graece ipsis tradita fuissent. De versione graeca vero testis est: Ἡ δὲ ὅλη ἑρμηνεία τῶν διὰ τοῦ νόμου πάντων ἐπὶ τοῦ προσαγορευθέντος
Φιλαδέλφου Βασιλέως, σοῦ δὲ προγόνου, προσενεγκαμένου μείζονα φιλοτιμίαν, Δη-
μητρίου τοῦ Φαληρέως πραγματευσαμένου τὰ περὶ τούτων. Integra autem universae legis interpretatio facta est sub Rege cognomento Philadelpho, progenitore tuo, qui
summo studio id curavit, Demetrio Phalereo plurimum allaborante. [*] Nihil certe
huic testimonio satis clara et distinctius obverti potest. Quod si quis unquam scire
potuit, quae paucos ante annos peracta erant, *Aristobulus* Judaeus scire potuit:
superstites adhuc plures fuere, qui promulgationi legis publicae adfuerant, et quorum ante oculos *Aristobulus* figmenta scribere certe non ausus est. Non alio itaque
modo *Antonius van Dale* suae hypothesi consulere potuit, quam ut unquam *Aristobulum* vixisse negat, [*] sed ipsi, quamvis communem cum ipso faciat causam, contra-
dicit *Hodius*, qui Alexandriae *Aristobulum*, eruditum Judaeum, floruisse negare haud
audet. [*] Si vero tune temporis vixit *Aristobulus*, cur scripta ejus, quibus *Clemens*
et *Eusebius* usi sunt, suppositiria habenda sint, nullus video. [*] Utrum vero per
universam legem omnia sacra Judaeorum volumina, an vero sola lex mosaica intelligenda sit, scriptor ipse non adcurate determinavit. Verum ex iis, quae infra dicenda veniunt, *Aristobulum*, tantummodo de lege, seu Pentateucho loqui, concludendum erit.

Accedit *Aristobulo* Hellenistarum celeberrimus, *Philo* Judaeus, qui et Alexandriae vixit, et rerum paternarum certe peritissimus fuit. Hic quidem cum *Aristea* in eo consentit, ut *Ptolemaei Philadelphi* curae versionem legis tribunat; duo
vero sunt plane singularia, quae hic in censum veniunt; primo versionem factam
esse e lingua chaldaica, et secundo solemnia ob versionem confectam instituta, quotannis esse renovata. Primum quod attinet, expresse quidem linguam chaldaicam
nominat, ἐκ ἑλλάδα γλώττης τὴν χαλδαϊκὴν μεθαρμοζόμενα ἀπόντα; [*] verum,
cum satis certe paraphrasin Chaldaicam *Ptolemaei* tempore nondum exstitisse, sciverit
Philo, non de lingua seu sermone, sed tantummodo de litteris eum loqui sequitur.
Notum est Hebraeos characterem quadratum אשורית i. e. Assyriacum seu Chal-
dai-

*) Ap. *Clementem Alexandr.* Stromat. L.
et *Eusebium* Praeparat Evangel. Lib. IV.
cap. A. Lib. XIII. cap. 12.
a) *Differtat.* super Aristea, cap. 14. p. 216.

a) De Text. origin. Lib. II. cap. 9. §. 2.
b) Conf. *Wolfii* Biblioth. hebr. Vol. L.
p. 311. Apologia Diff. I. §. VIII-XIV.
c) De vita Mosis, lib. II.

dulcum appellare, quem morem fequitur *Philo*, atque hoc modo, chamaterem Hebraeum quadratum in graecum linguam effe *transformatum*, indicat. Quod fi itaque Textus hebraicus non folum in graecum fermonem translatus eft, fed et characteres quadrati et graeci funt permutati, et pronunciatio ad morem Hellenistarum transformata eft, factum eft, quod verba indicant, et lex charactere quadrato feripta *in graecam linguam transformata eft*. Habemus itaque *Philonem* de permutatione characterum, feu de Codice Hebraeo - Graeco *Ptolemaei* cura procurato, teftem haud obfcurum. Alterum quod attinet, damus hic verba auctoris tantummodo latine expreffa: „Quamobrem hodieque folenais celebritas renovatur in Pharo Infula, ad quam „non tantum Judaei fed et alii plurimi trajiciunt, locum veneraturi, in quo primum „vifa eft haec interpretatio. (*ἐν ᾧ πρῶτον τὸ τῆς ἑρμηνείας ἐξέλαμψε*) et pro tanto be- „neficio quafi recente acturi gratias Deo. Poft autem vota actionesque gratiarum, „alii tentoriis fixis in littore, alii difcumbentes in ipfa arena fub dio epulantur cum „amicis et domefticis, praeferendo tunc litus palatiis regiis.„ Vixit *Philo* Alexandriae, feripfit in eodem loco, enunciat, quae ipfe fimul cum aliis vidit, et q publice geruntur, quis fibi, aut *Philonem* falli, aut faltere voluiffe, imaginari poterit? Si vero ipfum Judaeorum Hellenifticorum ftatum confideramus, non fine ratione iteratis folemnibus memoriam factorum renovaffe, facile intelligimus. Ante *Ptolemaei* tempora Hellenistae feu Judaei Alexandrini fuo lege erant, Palaestini vero, quorum inter manus Lex erat divinitus tradita, Hellenistas defpicientes, de Lege gloriabantur. Jam vero lex Hellenistis ab ipfo fummo facerdote, confentiente Synedrio Hierofolymitano, per Legatos Alexandriam miffos publice erat tradita, et ab his in graecam linguam transformata, graecis litteris et fecundum pronunciationem Hellenistarum transferipta. Sic opprobrium et nota Hellenistis a Palaestinis inufta publice et mandato Synedrii Hierofolymitani erat erafa; et Alexandrinis eadem uti Palaestinis concedebatur dignitas atque honus, quod lex divinitus tradita inter ipfos adfervetur. Quantum invidia et populorum aemulatio efficere poffit, qui norit, ille et Alexandrinos quotannis diem celebraffe, quo tanto honore mactati funt, non dubitabit. *Hodius* itaque non de illis folemnibus quotannis renovatis dubitat, verum ex ifta celebritate confirmari poffe negat communem opinionem, et tunc apud illos, et nunc apud nos receptam, de Interpretum LXXII. numero et quod Hierofolymis a Rege evocati fint. *) Damus hoc *Hodio*, nec numerum Interpretum ex hifce folemnibus confirmari volumus. Sufficiat publicum exstitiffe monumentum eorum, quae tempore *Ptolemaei* facta funt. Nec *Antonio van Dale* refpondendum eft, qui de *Philone* judicat, eum vel Ioogitimaiter vel ftudio ex Ethnicorum folemnibus ibidem ad colendum Serapim celebratis feftum in memoriam 'verfionis graecae celebratum fimiliffe; *) quod, quia *Philo* Alexandriae vixit, ibidemque feripta fua publicavit, ipfi imputari haud poteft. Alexandrinorum vero gaudiis accurate refpondet Hierofolymitanorum dies lugubris. Ad diem VIII. Menfis Thebet indixerunt jejunium כי נכתבה התורה ב_ית ר'ת quod Lex feripta eft *litteris graecis* in diebus Ptolemaei Regis, fueruntque tenebrae in orbe tribus diebus. Sed qui fieri potuit: , ut dies illa fi dies lugubris et jejunii? Ipfe Synedrium 'confentiente fummo Pontifice confenfum, ut fieret, publice dederat; Senes eum in finem in Aegyptum de-

4) Lib. II. cap. 5. §. 10.   e) *Van Dale* p. 116.

delegati effent; quin et in ipfo Talmode indicatur: „Cum permiferunt magiftri no-
„ftri linguam graecam, non permiferunt nifi pro libro legis, atque inde ortum eft,
„opus Ptolemaei regis, quod fic traditur: Congregavit feptuaginta duos Seniores et
„introduxit eos in 72. domunculas, fed non aperuit eis, propter quod eos convoca-
„verat, ad unumquemque autem feorfim ingreffus dixit illis: fcribite mihi legem
„Mofis magiftri veftri. „ f) Quod fi publica auctoritate conceffum erat, legem graecis fcribere litteris, quin itaque jejunio, quin tenebris locus? Palaeftinos, nifi
omnia nos fallunt, cum fibi primum imaginati effent, legatos tantummodo ad interpretandam legem effe accerfitos, et poftea viderent, quod juffu Regis legem in alias
litteras aliumque legendi modum transformarint, quin et cernerent, quantopere
Alexandrini animum nunc efferrent, et fefe Palaeftinis pares haberent, facti demum
poenituit, ideoque jejunium indixerunt, et triduas finxerunt in orbe tenebras. Interim ipfum hoc jejunium, rem aliter, ac crediderant, excidiffe, fatis demonftrat.
Sed quid quaefo citra opinionem, fi e permutatione litterarum hebraicarum et graecarum et immutatione modi legendi recefferis, Palaeftinorum evenire poterit?

Addimus porro *Flavium Jofephum* hiftoriographum celebratiffimum Hiero- **Jofephus.**
folymitanae Synagogae et Palaeftinis addictum. Tribus in locis ille factorum fub
Ptolemaeo mentionem facit. In prooemio Antiquitatum fe comperiffe ait, quod *Ptolemaeorum* fecundus rex magnopere contenderit legem relique publicae Judaicae ex
ea conftitutionem in graecam fermonem transferri, (εἰς τὴν Ἑλλάδα φωνὴν μεταβα-
λεῖν) quod vero non totius fcripturae apographum acceperit, fed lex fola ipfi ab interpretibus Alexandriam miffis tradita fit, (οὐδὲ γὰρ πᾶσαν ἔλαβεν ἐφ᾽ ἣν λαβεῖν τὴν
ἀναγραφὴν, ἀλλ᾽ αὐτὰ μόνα τὰ τοῦ νόμου παρέδοσαν οἱ πεμφθέντες ἐπὶ τὴν ἐξή-
γησιν εἰς τὴν Ἀλεξάνδρειαν. g) Altero loco hiftoriam factorum accurate recenfet,
et ita quidem, ut eum *Arifteae* hiftoriam ante oculos habuiffe unicuique facile appareat. In nullo ab illo recedit, nifi in pretio ftatuendo, quo captivi redimendi fuere. Superfluum fane foret, cum *Arifteae* hiftoriam fupra in compendio exhibuimus, hic eadem repetere; notabimus potius ea loca, ex quibus apparet, quomodo
Jofephus Arifteam intellexerit. 1) *Demetrius* agit cum Rege non de interpretandis
fed de transfcribendis Judaeorum libris (περὶ τῆς τῶν Ἰουδαϊκῶν βιβλίων ἀναγραφῆς)
qui charactere hebraico fcripti funt, et quorum lectio patria ipfi fit obfcura, (χαρα-
κτῆρσι γὰρ Ἑβραΐκοῖς γεγραμμένα καὶ φωνῇ τῇ ἰδικῇ ἐστὶ ἡμῖν ἀσαφῆ.) h) 2) Rex
edicto publice declarat, fe ftatuiffe, ut Judaeorum lex interpretatione donetur, et
graecis litteris ex hebraico transfcripta in bibliotheca reponeretur, (τοῦ νόμου —
μεθερμηνευθῆναι, καὶ γράμμασι ἑλληνικοῖς ἐκ τῶν Ἑβραΐκων μεταγραφέντα.) i)
3) Transfcriptio legis ejusque interpretatio duobus et feptuaginta diebus abfoluta eft:
(μεταγραφέντος δὲ τοῦ νόμου καὶ τὴν κατὰ τὴν ἑρμηνείαν ἔργου τέλος) k) 4) Cum
lex publice a *Demetrio* praelegeretur, legis interpretes, qui obfcuram patriam lectionem manifeftarunt, (διασαφήσαντας πρεσβυτέρους) publice collaudati funt. Ex
his-

---

f) Talmud Tract. Megill. cap. I.   i) Ibid. §. 4.
g) Prooem. Antiquitat. §. 3.
h) Antiquit. Lib. XII. cap. II. §. 3.   k) Ibid. §. 12.

Biblioth. Sacr. Pars II.   c

hisce notatis, *Josephum* accurate cum *Aristea* diftinguere inter tranſcriptionem et interpretationem legis, ſatis apparet. Quid per *tranſcriptionem* intelligendum ſit, aperte liquet, nimirum permutatio graecarum litterarum ſeu characterum cum hebraicis. Sed quid ſit interpretatio, *ἑρμηνεία*, curatius exaniendum eſt. Fatemur S. Eccleſiae Patres hic verſionem graecam intellexiſſe, adeoque omnes de verſione graeca a Senioribus LXXII facta loquuntur. Verum *ἑρμηνεία* non ſolum verſionem, ſed et expoſitionem et explicationem rerum difficillum denotat. Apud *Halicarnaſſeum* vero in *Thucydidem* denotat eloquutionem, enuncelationem ſeu pronuncialionem. Jam vero lectio codicis hebraici ſeu pronunciatio Palaeſtinorum Alexandrinis erat *aἰσωπός*, ignota et obſcura, Seniores vero legem ejuſque lectionem hiſce familiarem reddiderunt (*δικασζηταῖς*). Commode ergo Interpretatio, *ἑρμηνεία*, tam verſionem quam transformationem textus hebraici ad pronunciationem Alexandrinis conſuetam denotare poteſt. Tertio hoc memalait factorum *Josephus* contra *Appionem*, [?] ex quo apparet, non ſolum inter Judaeos, ſed et inter Aegyptios, *Ptolemaei* cura libros Judaeorum ſacros graecis litteris eſſe transcriptos et interpretatos, natiſſimum foiſſe. Qua ratione ad *Ptolemaeum* provocare potuiſſet, niſi *Appionem* eadem facta accurate ſcire praeſuppoſuiſſet?

Juſtinus Martyr. Scriptores Chriſtiani, quorum teſtimonia nunc conſideranda veniunt, non tam accurate, uti *Josephus*, *Aristeam* ſequuntur. Norunt quidem ejus hiſtoriam, ſed non niſi ex memoria lecta recitant, alia ex rumore ſeu traditione hauſerunt; quo factum, ut minor illorum inter ſeſe ſit conſenſus, variaeque circumſtantiae adjectae ſint, quas *Aristeas* ignorare voluit. Non integra illorum teſtimonia hic exſcribimus, ſed tantummodo, quae ſunt ſingularia, aut hactenus haud bene obſervata, annotabimus. *Juſtinus* Martyr fontem ſuae relationis expreſſe indicat. Verſatus erat Alexandriae, cellulas Interpretum ipſe viderat, remque ex incolis, qui eam a majoribus ut patriae ſuae propriam acceperant, ipſe compertus erat. *Ptolemaeus* Aegypti rex, antiquas hiſtorias Hebraicis litteris ſcriptas a Judaeis diligenter aſſervari cum didiciſſet, (*ὅτι παρὰ μὲν Ἱερεῦσι τὰς τῶν Ἑβραίων γεγραμμαι γεγραμμένας*) ſeptuaginta ſapientibus viris Graecae et Hebraicae ſcientibus (*τοὺς και τὴν Ἑλλήνων και Ἑβραίων διάλεκτον εἰδότας*) interpretationem demandavit, pro numero Interpretum cellulas in inſula, ubi Pharus aedificata eſt, ille adſpiravit. A mutuo congreſſu interpretes prohibuit; perfecto opere praelectio docuit, Interpretes non ſolum quoad ſenſum, ſed et quoad lectionem accurate inter ſeſe conſentire. (*Ὃν μέντοι τῇ αὐτῇ διανοίᾳ, ἀλλὰ και τοῖς αὐτοῖς λέξεσι.* [?]) Alia loco idem *Juſtinus* memoriae lapſu a *Herode Ptolemaeum* ſibi libros iſteros expediiſſe ſcribit, a quo et acceperit; Quum vero Aegyptii Hebraica legere non potuiſſant, Interpretes eum effugiſſe, qui libros in graecum ſermonem verterent (*μεταβαλόντας αὐτοὺς εἰς τὴν Ἑλλάδα φωνήν.*) Addit vero Libros apud Aegyptios in eum uſque diem aſſervatos fuiſſe, (*ἔμειναν αἱ βίβλοι και παρ' Αἰγυπτίοις μέχρι τοῦ δεῦρο,*) [?] quibus verbis procul dubio ad ipſa autographa reſpicit, quae apud Aegyptios adſervata permanſerunt; apographa enim in varias multoties transferri manus. Eadem denique ſere re-

---

[?] Contra Appion. II. 4.
[?] Cohort. ad Graec. a. 13.

a) Apolog. I. n. 31.

repetit alio loco, ubi contra Judaeum ad interpretationem a Septuaginta Senibus factam provocat. *)

Cum *Juſtino* accurate conſentit *Irenaeus*; verum duo ſunt, quae in ejus relatione tamen notanda veniunt. Quae ipſe graece ſcripſit, vetus interpres latine reddidit: *Deus nobis ſerviebit ſimplices ſcripturas in Aegypto.* *) Procul dubio Irenaeus ſcripſit τας ἁπλας γραφας, quod interpres per *ſimplicem ſcripturam* expreſſit. Jam vero ἁπλα βιβλια denotant ipſa auctorum autographa, et quae ex hisce deſcripta erant, graecis ἀντιγραφα, ἀντιγραφοι, latinis *exemplaria* audiunt. Diſſimilia itaque ex *Irenaeo*, ſeptuaginta Senum autographa in Bibliotheca Alexandrina repoſita, et ibidem usque ad id tempus ſervata fuiſſe. †) Porro *Irenaeus* rationem reddit, cur *Ptolemaeus* interpretes ſepararit, et a communi conſortio prohibuerit: veritus nimirum, ne forte ex compacto veritatem ſcripturae interpretatione ſua occultarent. *) Unde *Irenaeus* haec habuerit, ignoramus. Verum accurate conſentit cum iis, quae peracta erant. Feſellerat Rex Hieroſolymitanos, qui ad interpretandam et in linguam graecam vertendam legem Alexandriam venerant; dum ipſis mandaret; *Scribite mihi legem Moſi magiſtri veſtri.* Ne vero ipſi paria rependerent, illos ita ſeparavit, ne de iterum fallendo Rege conſilium inire poſſent. Rex itaque, qui blanditiis et muneribus Hieroſolymitanos allexerat, proprii facti conſcius, parum fidei illis habuiſſe videtur.

Clemens Alexandrinus eadem fere de LXX. Interpretibus, quorum unusquisque ſeorſum ſuas interpretatus ſit prophetias, et ita ut κατα τας διαιρας των προφητειων quam accuratiſſime concordarent, refert, atque hoc divinae tribuit inſpirationi, quae ut interpretatio tanquam graeca ſit prophetia, effecerit. *)

Ad *Ariſteam* provocant *Tertullianus* *) et *Thomas* Epiſcopus Alexandrinus, *) et brevi ſermone tantummodo ſumma capita recenſens; *Anatolius* Alexandrinus *) vero eadem *Philone*, *Joſepho*, *Muſaeo*, *Agathobulo* et *Ariſtobulo* accepta refert, ut adeo plures de Septuaginta Interpretibus fuerint antiquitus, quam eam conſulere poſſumus, teſtas. *Euſebius* iterum *Ariſteam* nominat relationis auctorem. *) *Cyrillus Hieroſolymitanus* ſeu ex *Irenaei* relatione ſumſiſſe videtur. *) *Hilarius* Pictavienſis vero addidit, Septuaginta Senes ſecundum Moſis exemplum ad interpretandum ſacrum codicem delegatos eſſe, qui ſpiritualem ſecundum Moyſi traditionem occultarum cognitionum ſcientiam adepti, ambigua linguae Hebraicae dicta et varia quaedam ex ſe pugnantia ſecundum virtutes rerum certis et propriis verborum ſignificationibus transtulerint, doctrinae ſcientia multimodam illam ſermonum intelligentiam temperantes; ex quo factum ſit, ut qui poſtea transtulerint, diverſis modis interpretantes, magnum gentibus attulerint errorem, dum occultae illius et a Moyſe pro-

e) Dialog. cum Tryphon. Judaeo n. 71.
p) Adverſ. Haereſ. lib. III. c. 25.
q) Conf. Apologia Diſſ. I. §. II.
r) Ap. Euſebum Hiſt. Eccleſ. lib. V. cap. 8.
s) Stromat. Lib. I. cap. 22.
t) Apologet. cap. XVIII.
v) In Epiſt. ad Lucianum ap. Acherium Spicileg. III. p. 279.
x) Apud Euſebum Hiſt. Eccleſ. Lib. VII. cap. 32.
y) Praeparat. Evang. Lib. VIII. cap. I.
z) Catech. IV. cap. 34.

profectae traditionis ignari, ea-quae ambigue lingua Hebraea commemorata sunt,
incertis suis ipsi judiciis addiderint. [a])

Epiphanius.   Singularia sunt varia, quae nobis ab *Epiphanio* referuntur, qui scriptor nimis credulus, et singularia et mirabilia quam lubentissime amplectens, sua ex parte
ex *Aristaea* relatione hausit, alia vero undequaque corrasit, et coagmentavit, ut novam de versione graeca sere condat historiam. [b]) Non omnia atque singula hic repetenda sunt, quare enim fabulis et figmentis adsutis chartam maculemus? Sed ea
tantummodo, quae antiquioribus ignota fuere, hic recensebimus. Duo ac septuaginta in Pharo insula e regione urbis Alexandriae in sex et triginta cellulis, bini scilicet
in singulis, a primo diluculo usque ad vesperam conclusi sunt; ad vesperam triginta
sex scaphis ad epulas in palatio *Ptolemaei* advehuntur. In triginta sex cubiculis dor-
miunt, ne capita conferre possent, sed sincere ac fideliter interpretarentur. Unicuique porro interpretum pari liber attribuebatur unus, exempli causa Geneseos volumen uni committebatur; Exodus alteri; Leviticus alii; atque ita deinceps ceteri.
Praeleguntur triginta sex exemplaria et cum altero hebraico archetypo comparantur;
nil vero varietatis ac discriminis repertum est: interpretes enim omnes divini spiritus
adflatu praediti fuere. Quae postquam *Epiphanius* recitarit, tandem ad *Aristeam* redit, atque excerpta ex ejus profert historia; verum utrum cum illa consentiant,
an vero huic aperte contradicant, hoc est, de quo parum circumspexit.

Reliqui scri-   Reliquos vero scriptores Ecclesiasticos et S. Patres quod attinet, et eos te-
ptores.   stes factorum sub regimine *Ptolemaei* etiam producere possemus: sunt nimirum *Hieronymus,* [c]) *Augustinus,* [d]) *Chrysostomus,* [e]) *Theodoritus,* [f]) *Cyrillus Alexandrinus,* [g]) *Cosmas Aegyptius,* s. Indicopleustes, [h]) *Olympiodorus,* [i]) *Johannes Malala,* [k])
Auctor Chronici Paschalis, [l]) *Georgius Syncellus,* [m]) aliique. Qui omnes sunt quidem recentiores, quam ut de antiquissimis temporibus consti possint: communis
vero illorum consensus, ea quae ab *Aristea* relata sunt, omni tempore in Ecclesia sta-
tis nota et ab omnibus credita fuisse, demonstrat.

Fides Ari-   Jam omnis res redit ad auctoritatem *Aristeae*, et fidem eorum, quae ab ipso
staeae.   relata legimus. Non negator communis illa S. Patrum et scriptorum antiquissimo-
rum persuasio. Sed fortassis, ut ajunt, ab antiquiore falsario seducti sunt. Con-
flavit, nescio quis, sub *Aristeae* nomine fabulam de LXX. Interpretibus historiam, ut
versioni graecae majorem et gloriam et auctoritatem conciliaret, simul et Judaeorum vanitati blandire ut; atque ab hoc impostore seducti scriptores antiquiores cum
eodem unam insant buccinam, et nimis creduli Impostorem sequantur. Quid itaque de *Aristeae* historia judicandum sit, dispiciendum est. Quod si singula in illa
historia relata cum moribus orientalium, aliisque monumentis, factis et eventibus con-

con-

a) In Psalmum II. n. 2.
b) De mensuris et ponderibus, cap. 5. 6.
9. 10. 11.
c) Praefat. in Libr. Hebr. Quaest. in Genes.
d) De Civitate Dei Lib. XVIII. cap.
42. 44.
e) Orat. I. adv. Judaeos nom. 6, et Homil.
IV. in Genes. n. 4.

f) Praefat. in Psalmos.
g) Contra Julianum Lib. I.
h) In topograph. Christ. Lib. I.
i) Procem. in Jobum.
k) In Chronogr. Lib. VIII. part. I.
l) Pag. 172.
m) In Chronograph. pag. 273.

emendrient, Aristeae historia tanquam genuina relatio agnoscenda est; et etiamsi difficultates obveniant, quas hoc tempore solvere non valemus; eam ob causam integra historia haud est rejicienda. Singula itaque momenta sub examen vocabimus. Utimur quidem peperudita illa, quam supra laudavimus, *Apologia versionis septuagintaviralis*; verum in multis a Cl. Auctore recedere coacti sumus. Liceat nobis vero voce aequivoca interpretationis uti; quis verus ejus sit sensus, infra demonstrabimus.

Demetrius Phalereus Ptolemaeo Regi de comparandis Judaeorum libris consilium scripto exponit. Postquam sese mandato regio de comparandis cujusvis generis libris morem, quantum fieri potuerit, gessisse indicarat, addit: τῶν νόμων τῶν 'Ιουδαίων βιβλία συντέτρησις ὀλίγοις τισιν ἀπολείπει. τυγχανει γαρ 'Εβραϊκοῖς γράμμασι και φωνῇ λεγόμενα. ἀμελέστερον δε και οὐχ ὡς ὑπάρχει σεσημάνται, καθὼς ὑπὸ τῶν ἐιδότων προσαναφέρεται. Legum Judaicarum libri cum aliis quibusdam paucis *desunt*. Sunt enim litteris hebraicis et lingua dicti, sed negligentius, nec ita ut se habent traducti, sicut ab intelligentibus perhibetur. Difficiliora aliquantulum sunt posteriora verba, quae judicium *Demetrii* de scriptis Judaeorum exponunt. Distinguit vero accurate litteras hebraicas et pronunciationem, (φωνῇ) seu puncta vocalia, quibus litterae animantur; atque haec negligentius apposita dicuntur, ut Regi interpretes linguae peritos advocandos commendet, atque quem necesse sit, ut illi Hierosolymis evocarentur, ostendat. Vera itaque *Demetrius* de lingua hebraica scripsit. Est vero *Demetrius Phalereus*, qui et honoris titulo *Typhon* laudatus est, nominis vir celeberrimi. Laudatur merito non solum ut praestantissimus philosophus et grammaticus, [a] sed inprimis rerum judaicarum peritissimus fuit, qui et ipse Judaicae gentis historiam conscripsit, cujus operis mentionem fecit *Josephus*, [b] *Tertullianus*, [c] *Clemens Alexandrinus* [d] et *Eusebius*. [e] Praefectus fuit Bibliothecae Regiae, quam multis expensis comparavit *Ptolemaeus*, et interpretationis Judaeorum scriptorum suasor atque promotor. [e] Verum ei fata hujus viri, eam in finem, ut historiam integram suppositam arguant, producuntur. Provocatur ad *Hermippum*, [f] qui *Demetrium* statim post mortem *Ptolemaei* Legi a *Philadelpho* relegatum ab aula Alexandrina, et sic custodia aspidis morsu manum appetentis vita privatum esse referat. Verum *Hermippus* illa revera ignorat, quae de relegatione ab aula scripsisse dicitur: *Philadelphus* tantummodo jussit *Demetrium* in sua ditione custodiri, ne in aliam abeat terram, seu ejus ditioni et potestati sese subducat, donec de illo aliquid statueretur. Atque in hac custodia libera vivens *Demetrius* vir doctus, gratiam Regis, cujus in eruditos animus propensior erat, sibi iterum conciliavit. Moritur demum morsu aspidis; sed quando? Ante aut post *Philadelphum*? Nil determinat *Hermippus*, nec nostrum est; cum brevi post latam regis sententiam esse exstinctum, proprio marte determinare. [g] Quod vero Judaicam *Demetrii* historiam attinet, Cl. Auctor Apologiae in eo est, ut eum eandem demum scripsisse dixerit, postquam sacri Ja-

c 3

dūro-

a) Conf. *Fabricii* Biblioth. gr. Lib. II. p. 617.
b) Contra Appion. Lib. I. cap. 23.
f) Apolog. XX.
g) Suidas. Lib. I.
r) Praeparat. Evang. Lib. IX. cap. 4.
s) Conf. Apologia Diff. IV.
t) Ap. *Diogen. Laert.* in Vita *Demetrii*.
a) Conf. Apologia Diff. IV. §. XVII.

Demetrius Phal.

22   PRAEFATIO.

daeorum codices graece versi extarent. *) Verum ex Demetrii de lingua hebraea
isto judicio sequi videtur; cum a quodam Judaeo, cum animum conscribendae historiae impenderet, apographum legis Judaicae hebraicis litteris scriptum accepisse, et
ab ipso subministrante Judaeo comperisse, codicem esse negligenter punctatum; ut
Judaeus ipse veram lectionem et sensum subministrare opus habuerit. Eamque ob
causam regem, ut exemplar quoddam correctum et authenticum, cui fides habenda
sit, a Hierosolymitanis expeteret, precibus adiisse videtur. Historia itaque Judaica
conscripta, aut ad minimum inchoata, ansam ei dedit, ut consilium de reponendis in
Bibliotheca Judaeorum libris coeperit.

Character
Ptolemaei.

        Quae secundum Aristeas relationem Philadelpho Demetrius suadet, tam pa-
rum ab ingenio, ne dicam enthusiasmo quodam regio abhorrent, ut potius Demetrius
quam callidissimae ingenti Regis sui in libros comparandos propensione uti voluis-
se videatur. Celebratur Rex iste ab omnibus, quod non solum ingenio ad litteras
rerumque cognitionem, sed et ipsa valetudinis cura exsultatus sit. Unicam hujus rei
tantummodo producimus testem Calixenum Rhodium: *) Plurimos quidem Reges Philadelphus opibus antecellit, et quae molitus est ac edidit, omnia summo studio, honoris et gloriae cupidus magnifico sumptu absolvit. — Περι δε βιβλιων πληθους, και
βιβλιοθηκων κατασκευης, και της εις το μουσειον συναγωγης τι δει και λεγειν, πα-
σι τουτων οντων κατα μνημην; De librorum autem multitudine et Bibliothecae apparatu, deque Musei convocatione quid attinet dicere, quum haec in omnium memoria
versentur? Museum convocavit, cujus sodales primo tempore ex aerario regio an-
nuum stipendium acceperunt, in cujus locum dein certa vectigalia musео attributa
sunt. *) Ne vero musei sodalibus litteraria suppellex deesset, patris, qui jam Alexandriae bibliothecam instruere coeperat, vestigiis insistens, undequaque Athenis
aliisque ex locis omnis generis libros coemit, atque Bibliothecam condidit, quae ut
non solum graecis, sed et aliarum gentium scriptis abundaret, doctissimos lingu-
rumque exoticarum peritissimos scit viros, quibus peregrinos interpretandi libros
officium demandavit, quorum in numero fuit Manetho, Melampus Aegyptius, Selo-
eus et Berynus, litterarum hieroglyphicarum interpres. Sic et Chaldaeorum et Phoenicum scriptis transferendis, ut et promovendo geographiae, physicae aliarumque
bonarum artium studio multum seriis impendit. *) Duae vero fuerunt Alexandriae
Bibliothecae, quarum prima et antiquior, cui praefuit Demetrias, et in qua sacra
Judaeorum scripta reposita fuere, in Bruchio fuit; quae cum libris referta esset, secunda seu recentior apud Serapeum exstructa est, in quam libri Judaeorum e summis, quae antiquiorem confumserunt Bibliothecam, erupti transiere, quapropter et
versiones Aquilae, Theodotionis et Symmachi in eandem Bibliothecam ad Serapeum
translatae sunt. *) Quae cum ita sint, Demetrii consilium quam optime proportioni
Regis respondet. Comparaturt Aristotelis scripta; Chaldaeorum et Phoenicum varia
opera: eccur et Judaeorum scripta non in Bibliotheca tam splendida locum invenire
potuerint? Dari Judaeorum scripta, Alexandriae, ubi tot millia Judaeorum vivebant,

z) Ibid. §. VII.   a) Ibid. §. XXXIX.
y) Ap. Athenaeum Lib. V.   b) Ibid. §. XLIII. XLIV.
z) Apologia Diss. V. §. XXXVIII.

bent, neque Rex neque *Demetrius* ignorare potuit: quod fi haec neglecta fuiſſent, Bibliotheca certe ingenti defectu laboratum fuiſſet. Nil itaque magis *Demetrius*, quam ut data opera Judaeorum ſcripta ſacra adquireretur, Regi ſuo conſulere potuit.

Haec rerum ſacies eſt, ſi *Ariſtae* relationi fidem habemus: ſed ſub hac larva aliud latere conſilium adſtruere haud dubitamus. Jam ſub patre *Philadelphi*, *Ptolemaeo* nimirum *Lagi* ſeu *Soteri*, fere ad centum millia Judaeorum in captivitatem in Aegyptum adducta erant, cum expugnatis Hieroſolymis terram Judaicam *Laomedonti Mytilenaeo* eriperet. Quorum vero cum fidelitatem et in juramenta pietatem cognoverat, libertatem captivis conceſſit, multisque privilegiis eos condonavit: quo ſecium, ut cum hi in Aegypto tam felici vita fruerentur, plures Judaei undequaque eodem conflverent, et numerus illorum indies multiplicaretur. Poſt quinquennium *Antigonus* Judaeam quidem e ditione *Ptolemaei* avulſit, nihilo tamen minus de novo *Ptolemaeus* ingentem Judaeorum multitudinem Alexandriam deduxit, eosque juribus civitatis donavit, ut ipſa regia civitas novis incolis ſplendidior redderetur; et cum iterum Judaeam ditioni ſuae ſubjiceret, e provinciis *Antigono* ſubjectis permulti ad *Ptolemaeum* tranſierunt. Patri ſucceſſit filius *Ptolemaeus Philadelphus*, qui eadem benevolentia Judaeos amplexus eſt, captivos e dominio privatorum redemit, atque libertates, praerogativas et privilegia Judaeorum liberaliſſime adauxit. Ingens vero illa Judaeorum multitudo Alexandriae et in Aegypto non ſecundum Aegyptiorum mores et leges, ſed ad normam paternarum legum huic populo peculiarium vivebat. Habebat Sabbatha, dies feſtos, aliasque leges ſingulares, et ipſa lege moſaica ab omnibus Regis ſubditis ſeparabatur. Ipſe Rex, qui permultos ſecum quotidie habebat Judaeos, non patrias ſed exoticas leges obſervari cernebat. Quis, quaeſo, Regem qui aliarum gentium hiſtoria, legibus rebusque geſtis inquirendis animum et opes dicaret, tanta oſcitantia ingentem populum in ipſa regia habitantem conſideraſſe, ut nunquam, quae qualesve ejus ſint leges, indagare voluerit, ſibi perſuadebit? Si vero has cognoſcere, intelligere, quin et iſta occaſione eis in gubernando populo uti voluit, ut leges ipſas, quarum apographa teſte *Demetrio* negligentius erant ſcripta, ex Hieroſolymis, unde Judaeorum gens originem traxerat, per legatos ſibi poſtularet, magnificentiae et ſapientiae Regis accurate reſpondet. Innumeris beneficiis Rex Judaeorum animos ſibi obſtrinxerat, adeo ut ſumma fide ipſi adhaererent, et loca munitiſſima Judaeorum praeſidiis committi poſſent: verum arctiori adhuc vinculo eum terra Judaica conjungebantur: in qua respublica erat Judaea, ſynedrium duodecim populi tribus repraeſentans, templum Dei et publicus cultus, lex ejusque publica promulgatio. Sed qui in Aegypto degebant, quamvis omni libertate gauderent, revera erant exules, a republica judaica remoti, ſine Synedrio, ſine lege, ſine publico Dei cultu. Quid ſi tam ingens multitudo vel de reditu in patriam cogitaret, vel armata manu ſe cum incolis terrae Judaicae conjungeret, atque ipſum Aegyptum in provinciam regni judaici permutare auderet? Quem tuliſſet Rex hisce conatibus obviam ire poterat, ſi Aegyptiis Judaeis, peregrinis regni ſui incolis, ipſam legem moſaicam publice a Palaeſtinis conceſſam procuraret, novam adeo Rempublicam judaicam in Aegypto erigeret, atque ſimul indelebile odium atque invidiam inter utramque Judaeorum partem excitaret? Non ſine ratione Rex veritus, ſi conſilium

Ratio Ruina

filium aperte Palaestinis proderet, legem ejusque apographum fibi denegaturus, veusonis condendae facultatem fibi expetit, et eum in finem Synedrium repraesentantes LXXII. fenes evocat. Cum vero advenissent, eos ut legem ita scriberent, quemadmodum Hellenistis feu Aegyptiis Judaeis inservire posset, vi cogit; quo facto Aegyptios poenitus a Palaestinis removet et feparat, et subditis suis legem ab ipso Synedrio ejusque repraesentantibus confirmatam tradit. Atque haec funt, quae *Aristeas* quam callidissime ex parte filentio tegit, ex parte vero ita colorat, ut Rex, quamvis callidissime agens, fincerus atque benignus in Judaeos esse videatur. Jam vero fi *Aristeas* relationem comparemus, fingula quam optime cohaerere, facile apparebit.

Antequam *Ptolemaeus Philadelphus* cum Hierosolymitanis egit, per publicum decretum feu edictum captivos Judaeos, qui aut regnante pure adducti et divenditi, aut regnante filio eadem forte potiti erant, manumittit, atque qui in privatorum fervitio detinebantur, proprio aere redimit, eisque libertatem vindicat. Multa funt, quae huic relationi objiciuntur; quo vero jure id fiat, fequentia manifestabunt. 1) A confuetudine et moribus orientalium Regum plane non abhorret, ejusmodi facta, quae munificentiam, gloriam et fplendorem regis clariorem reddunt, per publica edicta fubditis annunciare. Exempla factorum nobis fubministrat historia Estherae. 2) Centum et decem millia Judaeorum in ditione Regis duro. In fervitio detinebantur, atque plurimi illorum, qui privatorum mancipia erant, nec Regi nec reipublicae, fed tantummodo privatis dominis inferviebant; alia enim conditio erat fervorum orientalium, quam nostrorum, qui fibi ftipendia merentur, non illi. Quid vero Regi, qui Alexandriam ipfam florere et abundare volebat civibus, et ut fubditi non privato, fed publico bono inferviret, civilis prudentia suadere poterat? Quodfi fervos captivos manumitteret, civium numerum adaucturus, bono publico confulturus, atque quam fplendidiorem regiam civitatem reddere faturat, ornaturus esset rex fibi regnoque fuo profpiciens. Civilis itaque prudentia, ut, quod fecit, facaret poftulavit. 3) Ex aerario regio captivos redemit. Infaua folfet aeris profufio et prodigalitas, fi fervos iftos tum ab exteria redemiffet, tum fi redemptos et in libertatem vindicatos in patriam remififfet. Sed neque hoc neque illud regia prudentia permifit. Pecuniam civibus folvit; cives locupletiores reddit, novos cives fibi parat; et hoc modo folutam pecuniam ultimo ad aerarium regium rediturum esse probe perfpexit. 4) Omnia a callido *Demetrio*, et *Aristea* ita comparata funt, ut Judaeorum benevolentiam captarent. Non fine ratione veriti fuere, ne Judaei Hierosolymitani oracula divina occulaturi, defiderio regis haud refponfuri effent. *Aristeas* profelyta certe non ignorabat perfuafionem Judaeorum, qui nefas putarent, oracula facra gentilium manibus tradere; quam callidissime itaque omnia fic inftruunt, ut Rex primum fibi omnium Judaeorum animos liberalitate fplendida et fapienter excogitata devinciret, ut adeo Judaei per animi grati leges ad praeftandum regi obfequium excitarentur; honorifice de facris Judaeorum libris ipfi loquantur, et regem fimili modo loqui docent, ne Judaei, fe libros facros profanaturos effe, crederent; fuis callide verbis aequivocis, quae intendunt, exponunt, et Hierofolymitani inducti offerunt exemplar hebraicum ad interpretandum. Quae fingula fi inter fefe comparantur, edictum regium nil continere, quod non omnibus momentis et intentioni regis et eorum, qui ipsi consilio adfuerunt, accurate respondeat, facile patebit.

Quo rex ea, quae sibi proposuerat, exsequi possit, mittit Hierosolymam *Andream* familiam praefectorem et *Aristeam* ὑπερασπιστὴν, et procul dubio Proselytum, cum litteris ad *Eleazarum* datis, quibus favorem et munificentiam erga Judaeos exponit, et deinde declarat, se propositum coepisse, legis judaicae interpretationem bibliothecae suae inferendi: eamque ob causam mittat *Eleazarus* delectos viros, ex unaquaque tribu sex, jam aetate provectos, qui per aetatem legum sint periti, et eas accurate possint interpretari. Jam non inquirimus, num antiquitus orientalibus regibus moris fuerit, litteras publicas per tabellarios, sed per legatos mittere: flores paginae exemplis huic dijudicandi argumentum postea epistolae considerabimus. Admonet Hierosolymitanos de munificentia et benignitate, quam universae genti praestiturus; et denique acquiret, quod exponit propositum. Quod si denegassent, ut apographum hebraicis litteris fieri curaret, verba intelligi poterant, se solummodo interpretationem litteris graecis scriptam postulare. Quaerat vero quis, unde sciverit *Philadelphus*, populum judaicum in duodecim tribus esse distinctum, ut atque expresse sex ex unaquaque tribu postularit interpretes, ut numerus LXXII. impleretur? Haec certe summa judaicum politicum atque regni judaici constitutionem haud ignorare potuit. Centum et ultra millia amplius Judaeorum in regis erant ditione; *Aristeas* erat proselytus; *Demetrius* ipse historiam judaicam scribere ad minimum tentabat; neque non potuit non accuratam constitutionis regni judaici habere cognitionem. Scilicet atque Synedrium Hierosolymitanum constare LXXII. senibus, quorum sex singulae tribus repraesentarent, quorum primus in ipse sacerdos summus. Publica vero negotia non a solo sacerdote summo, sed sub auctoritate Synedrii i. e. LXXII. Senum administrabantur. Jam vero rex in eo erat, ut rempublicam judaicam in ditione sua erigeret, quae secundum leges patrias administraretur, LXXII. itaque senes sibi expetit, ut apographum legis publica auctoritate muniretur, atque eadem illa auctoritate non minor sit, quam qui Hierosolymis adservabatur. Ex hac LXXII. senum consessu Synagoga Alexandrina originem traxisse videtur, quae legem publica auctoritate munitam postquam accepit, Synedrio Hierosolymitano nullo modo amplius subjecti fuit; sed eiusdem rex Judaeos, qui in sua ditione vivebant; ab omni commercio et connexione seu vinculo cum Hierosolymitanis prudenter prohibet, atque hoc modo regnum peculiare Judaicum suae potestati subjecit, et a Hierosolymitanis separatum sibi erexit.

Respondet *Eleazarus* summus pontifex regis ad litteras, et sub initio salutat regem, reginamque *Arsinoen*, et liberos; recenset accepta munera; et sese gratum modum regi gratificaturos, etiam quid praeter legem facere oportet (κατ᾽ ἄ τι πάρεσι φύσιν); sed beneficiis in cives multifariam collatis parta esse referenda, hostias statim immolatas esse regis, sororis et liberorum causa. Denique ut lex transcribi una cum iis, qui eam apportarent, remittatur, petit. Haec epistolae copias? Scire causae respondet *Eleazarus*, se desiderio regis satisfacturum esse, ne legum beneficiorum immemor videatur: attamen contra naturam sui ingenium aliquos sacrae legis divinae exteris exscribi transmittere. Omni verius erat res; hinc *Eleazarus* adversant, ut Regem, nisi tanta beneficia intercesserint, repulsam laturum fuisse.

Legati Regis.

Responsum Eleazari.

fuiffe, haud fubobfcure indicat. Mirum quibusdam, qui *Ariftae* hiftoriam impugnant, vifum eft, quomodo *Eleazarus*, Reginae *Philadelphi* uxoris et fororis germanae mentionem facere, ... et hoftias pro illa immolare potuerit. Sed *Eleazarum* fefe ex anguftiis liberare voluiffe apertum eft. Vixit *Ptolemaeus* primo cum Regina *Arfinoe* matrimonio junctus; qua repudiata fororem ejusdem nominis *Arfinoen*, et quidem germanam, thoro fibi junxit. *Eleazarus* aut revera ignoravit aliam *Arfinoen* effe repudiatam, et aliam in thorum adfcitam, atque hoc modo de Regina et de Regia Sorore ut de duplici perfona loquitur; aut fi fcivit, ignoravit *Arfinoen Philadelphi* effe fororem germanam, eamque tantummodo eidem patri natam credidit; atque fic matrimonium improbare ... potuit, cum Regi legem judaicam et ipfam *Abrahami* hiftoriam transmitteret, aut demum ignorare voluit, et caute rem lubricam non tangit, fed filentio praetermittens thoro pro Rege et Regina facle. Mittit vero, uti Rex poftularat, LXXII, fenes, ut Synedrium Hierofolymitanum, quia et ipfum Judaeorum regnum et imperium repraefentarent, et quam lubentiffime Regi obtemperat, ut dignitatem regni judaici et Aegyptiis tam fplendida et numerofa legatione manifeftare poffet. Quod legia ... volumen attinet, non, uti Rex, de interpretatione, fed folummodo de ... eodem, feu de formando apographo loquitur. Ex omnibus, *Eleazarum* vera fcripfiffe, fi ta ... quam facra, paret. Ancipiti certe periculo premebatur. Si data repulfa Regem offenderet, ingratus effet, gentique fuae multas caufam potuiffet calamitates, fi Regis fpreta benevolentia fefe in juftam vindictam conjiceret. Et Regi obtemperare contra naturam feu ingenium erat. Ex hifce anguftiis fimulatione fefe liberare voluit *Eleazarum*, fed tortuofis *Demetrii* laqueas evitare haud potuit.

Epiftolae. Binae epiftolae, tum Regis Aegyptii, tum *Eleazari* refponforia, judieo hodie adeo fibi fint fimiles, ut unam eandemque auctorem fefe prodant; unde arguimus ab uno fcriptore confectam effe contendit. Damus epiftolas fibi accurate refpondere; et quomodo aliter fieri potuerit, non videmus: altera eft refponforis ad alteram; ex quo inter utramque neceffarius fequitur confenfus. Verum in inftituendi modo danjur diverfitates. *Ptolemaeus* interpretationem legis, *ipursison*, *Eleazarus* tantummodo *metagraphen* indicat. Ille loquitur de lege judaeorum, hic de fancta legis volumine. Fortaffis vero *Eleazarus* lingua hebraica fcriptam Epiftolam *Ariftae* tradidit, qui illam poftea in linguam traduxit graecam, regique autographum Hebraicum una cum verfione graeca obtulit.

LXXII Senes. Redeunt legati, *Andreas* et *Arifteas*, cum epiftola *Eleazari*, et donis pro rege acceptis, et cum LXXII Senibus Alexandriam veniunt. Nomina virorum, quae epiftolae fubjecta fuerunt, nobis fervavit *Arifteas*: fed quales fuere, diverfimode determinatur. Hodius quorumvis illum confcium effe credit, adeoque integra hiftoria ipfi fabula effe videtur. Cl. Auctor Apologiae totus in eo eft, ut hos omnes Synedrii Hierofolymitani atque adeo integrum Synedrium fuiffe evincat. [*] Quod fi verum effet, gratiffimum procul dubio Regi et legatio fplendidiffima fuiffet, fi ipfum Synedrium fe fua fede moviffet, ut in Alexandriam eum, in foam fefe quam ... mittet, ut apographum legis in ufum civium Alexandrinorum publice confcriberet. Verum hanc omne haec fententia cum *Arifteas* verbis confpiraſe videtur; ... ergo. ... *Elea-*

q Differtat. V. §. V.

litteras, quibus et eruditionem profitentur viri, quippe praeclaris arbis parentibus, qui non solum exercitati erant in litteris Judaeorum, sed etiam in studia et mores Graecorum non signem operam navarunt; quippe ideo idonei erant ad legationes, et eam obibant cum opus esset. Si ipsum Synedrium ex LXXII. viris constans in Aegyptum transmigrasset, nulla certe electio praestantissimorum, et praeclaris parentibus ortorum locum habere potuisset. Si vero futura vellemus, Eleazarus secundum Regis desiderium, e singulis tribubus sex senes elegisse, at hoc magnis premeretur difficultatibus. Summo jure enim, tribus Judaeorum eo tunc temporis dispersas fuisse, ut Eleazarus minime in tam brevi tempore ex singulis, sex viros huic operi pares conquirere potuisset, obvertitur. Melior itaque sententia eligenda videtur. Elegit Eleazarus, ex iis qui Hierosolymis degebant legis periti, pro numero tribuum LXXII. viros, ut singuli sex eodem modo tribum repraesentarent, uti in Synedrio Hierosolymitano e tribu sex adgrant, qui locum totius tribus sustinerent. Nihil siluit, ut Regi cuivis perinde fuerit atque ex tribu quaque totus sit; nihil aliud intendebat quam ut lex eadem auctoritate in Alexandria muniretur, qua inter Hierosolymitanos gaudebat: in hunc quippe finem suis erat, si a regno Judaico, seu a duodecim tribubus delegati essent, integramque adeo regnum judaicum repraesentarent.

Apparent LXXII. delegati coram Rege, offeruntque ipsi rotulata volumina   Volumina sacra. sua, seu membranes, in quibus aureis litteris scriptas habebant leges. Demiratur Eleazarus, cum miretur et sapientiam membranae, eo modum illas complicandi, de libris ipsis quaesivit, et prae gaudio lacrymas effudit. Reddidit vero accepta volumina, non Scribas, sed iis quorum munus erat, libros custodire. Quae de aureis litteris, quibus lex voluminibus inscripta fuerit, refert Aristeas, non eam consuetudinem Judaeorum convenire videntur; quorum secundum praescripta non licet aureis litteris legem scribere, אין כותבים בזהב. Non scribunt litteris deauratis. [d] Ipsum et in Talmude refertur, in codice Alexandro dono offerendo singula nomina divina aureis litteris exscripta fuisse, quod eum doctis renunciaretur, codicem recondi jusserunt. Fortasse idem ille codex reconditus et repositus fuit, qui Alexandro dono destinatus nunc in Aegyptum missus fuit? Lex Judaeorum certe in interpretatio vocis חרם, et volumen tale vas testam ... sepelitur, recentior videtur, et forsassis in odium erga saltaeum Regem excogitata est. Ad minimum codices in privatos usus conscriptos litteris aureis exscribere licuit. Nec obstat Aristeam legem litteris aureis scriptam dicere. Liberalitatem aliquo modo tum in gloriam dantis tum et accipientis loquitur, ut utriusque magnitudini et splendori, muneris splendorem adaptaret exteriorum. Caute vero Rex sibi prospexit, ut, quae voluit, haberet, ipsaque tradita sibi volumina senibus non iterum credit, sed bibliothecariis; non prius illa in illorum manus redire patitur, quam illi in insula inclusa, quasi in honesta custodia detinerentur.

Rex senes dimittens, diem adventus sibi per totam vitam solennem et ma-   Dies sognum fore, quod et idem sit, quo contra Antigonum victoria potitus sit, publice lemnis. declarat. Haec adversariis gravissimi erroris Aristeam secundi ansam dederunt, sed, ut nobis quidem videtur, male scriptorem intellexerunt, perinde ac si illos, Ptolemaeum eodem die eodemque anno victoria potitum esse. Verum error non est scri-

d) Masechet Sopherim, cap. I. n. 9.

sculptoris accusati, sed accusantium. Rex alioqualtur Senes: *Hic autem dies, quo vos ad me venistis, per singulos annos, per totam vitam meam erit mihi solemnis et memorabilis.* συνετυχε δε και κατα την ημων ημιν προσπεπτωκεναι της προς Ἀντιγονον ναυμαχιας. *Ei quia contigit ut ad me venerritis tempore illo, quo ego navali adversus Antigonum proelio victoria sum potitus.* Quomodo vero haec intelligenda sint, ex *Josepho* apparet: ετυχε γαρ η κατα των πωρεμιων αυτων, και της νικης, ην Ἀντιγονον ναυμαχων ενικησε. Nam fors ita tulit, ut idem esset dies eorum adventus et victoriae, quam ipse de Antigono proelio navali reportarat. Respicit *Aristeas* proelium illud navale, quod fuit cum *Antigono Gonate* ad *Cycladas* insulas, quarum altera *Andris*, altera *Cos* vocatur; *Antigonus* vero navium multitudinem adspiciens ευτ ιφη φευγειν, αλλα δκαται τε συμφησει εναι αμφω, non fugio, inquit, sed utrumque quod retro situm est sequor. [*c*) Jam vero *Ptolemaeus* eadem die, quo Senes advenerunt, iis victoriam navalem annunciat: qui quaeso id fieri potuisset, si eademque die ejusdem anni victoria potitus sit? Sed et hoc nusquam *Aristeas* adfirmat, neque *Josephus*: fuit enim dies anniversaria victoriae, quo advenerunt senes; et in memoriam duorum eventuum unius diei, sed non unius ejusdemque anni, Rex publica ordinat solemnia, quotannis in memoriam gestorum repetenda. Atque ex hisce videmus originem solemnium illorum, quae tempore *Philonis* adhuc quotannis Alexandriae celebrabantur, ad quae non solum Judaei sed Aegyptii frequentes conveniebant? Illi in memoriam fundatae reipublicae judaicae in Aegypto, hi in memoriam victoriae.

Interpretatio. Mitrimus epulas regias, quibus per dies plures recreantur advenae, mitthamus quoque subtiles quaestiones senibus propositas, et ab iis accurate dijudicatas, quas forte *Aristeas*, ut regi adularetur, et Judaeos honoraret, secundum consuetudinem orientalium, si non excogitavit, tamen adoravit et expolivit; et quae forte senibus eadem modo competunt, ut imperatoribus orationes, quas ad exercitus habitas a *Curtio* dicuntur; ad historiam interpretationis progredimur. Sed hoc loco nobis *Aristeas*, ne callida regis consilia exponens ipsum offenderet, simulque mysteria proderet, senes vero a rege blanditiis allectos et honore mactatos contemtim exponeret, targiversari videtur. Qui singula alia tanto verborum apparatu depraedicarat, gravissimum argumentum atque totius rei cardinem breviori sermone exponit. Deducuntur LXXII. ad Insulam Pharum in splendida domo locati, quotidie ad nonam horam interpretationi operam dant, *Demetrio* scribae munere fungente; integrum opus spatio LXXII. dierum absolvunt. Haec sunt relata; nec alia habet *Josephus*, nisi quod expresse declaret, *transscriptionem legis et interpretationem ejus diebus LXXII. esse absolutam.* Non omnia sibi hic bene constare, recte monent recentiores critici; sed ut nobis quidem videtur, minus recte eandem historiam esse fictitiam et suppositiam concludunt. Si LXX. Senes in eadem domo conjunctim interpretationem sacrorum voluminum absolverunt: quomodo exemplaria illorum inter sese conferri potuerant? quo pacto *Demetrius* scribae munere fungi potuit? qui secutum ut *Justinus*, qui sua Alexandriae ex ore incolarum acceperat, longe alia referat, ut Hierosolymitani per quinque Senes Legis interpretationem esse absolutam tradant? Verum haec

c) Plutarch. Vid. Apologia Diss. V. §. 11.

inter- copula intricatae distrepentia quam aptiffime fibi fuviem refpondent, fi modo
aptae, et fingula feria loca ponantur.

Quae hic διενωντια videntur, commode duplici modo conciliantur. Primo contradicunt fibi fcriptores Judaici, qui opus Alexandrinum modo quinque modo LXX fenioribus addicunt, fed fi tempora diftinguuntur, omnis evanefcit contradictio. Rex Ptolemaeus cum videret quaefio ipfe fuifque fubditis fit lex judaica ufui, fi illius compos fieri puffet, primo quinque Senes ad fe vocavit, eirque ut ipfi legem Judaicam redderent, injunxit. Qui dum operi manum admovent, et מעשה כהת מעשה קרשו opus quinque firrum hujus incipiunt, obvertunt Jodaei, effe hoc opus privato aufu coeptum, nulla publica auctoritate munitum, quod in faeroz ufus conferre recufarunt. Fortaffe hi quinque viri folam verfionem graecam elaborandam aggreffi funt, a cujus ufu majori adhuc jure Judaei Helleniftae facra agentes abhorrebant. Callidus itaque Demetrius una cum Ariflea Regi, cui tum ingentem Hellenifticorum Judaeorum multitudinem vi exgere haud confiftum effe poterat, iftud fuadent. Mittit ergo horum confilio doctos legatos Hierofolymas, qui LXXII. In Aegyptum evocarent, eam in finem, ut legem, ut dubie loquantur, interpretarentur. Hi vero primum blandiis alleeti, fed poftea in certis locis, citra opinionem mandatom acceperunt, non ut in graecum fermonem verterent textum hebraicum, ut fibi perfuaferant, fed ut hebraicum textum graecis fcriberent charecteribus fecundum pronuntiationem Palaeftinorum feu Hellenifticam. Obfequlem ipfis fuadebat conditio ipfa, et carerent, quibus deferebantur, fcribunt itaque plura exemplaria, quae poftquam inter fe collata erant, publica auctoritate muniebantur. Hoc perfecto negotio jubentur e codice hebraeo-graeco verfionem graecam condere, ut Rex vel potius Demetrius aliique proceres et provinciarum gubernatores, legem Judaicam legere et intelligere et in regendis Judaeis ad ipfam eorum legem provocare poffent. Obtemperant iterum, verfionemque elaboratam Demetrio defcribendas tradunt. Hoc modo Rex omnia, quae fibi propofuerat, citra Seniorum opinionem obtinuit, legem Judaicam et reliquos libros faeros, in lingua fancta et authentica, ad ufum Helleniftarum, tum charactere graeco tum pronunciatione adaptatos, et publica auctoritate virorum, qui Synedrium reprefentabant, approbatos, et denique verfionem in ufum eorum, qui diverfis in provinciis rebus publicis praeerant. Sed ipfis his interpretibus, cum textum facrum in graecum fermonem verterent, quid quaefo fcribendum erat? Si textum hebraicum ita, ut Hebraice fcripfus erat, interpretafi effent, fraudis accufari potuiffent; fi vero regi, textum hebraeo-graecum aliam fe diverfam admiriere interpretationem, indicaffent; fine dubio non prius e ceffuiis vel carceribus dimiffi effent, quam codicem hebraeo-graecum reftituiffent, et ad hebraicum exemplar accurate revocaffent. Quid itaque tantas inter anguftias agendum? Verterunt ita, uti in textu hebraeo-graeco jam publica auctoritate ab ipfis comprobato, fecundum pronunciationem hellenifticam ipfi fcripferant. Et fortaffis fraude fraudem rependere non dubitarunt.

Sed et alio modo, quae hic perplexa videntur, commode diluuntur, dum utrumque Thalmudiftarum teftimonium conjungimus. Rex inito de tranfcribendis libris Judaeorum faeris confilio, Senes LXXII. ad fe evocat, et eum ipfi primaria de lege mofaica cura effet, quinque Senes fegregat, iisque, ut legem fcriberent,

d 3   man-

Explicatio eventum. Alia explicatio perplexorum.

mandat, ipſum verum Demetrium hiſce quinque viris adjungit, ut quid obſtru regis voluntatem et propoſitum tentarent. Quae vero in hiſce difficultatibus teneret eligenda ſit ſententia, ipſi, qui ſequentis penſabunt, judicabunt. Singula ſacra ita expoſuimus, quadrifariam et Joſephum, qui quinque Seniores a LXXII. non diſtinguunt, ſequod potiſſimum ſimus.

Cellulae. Senes nullius fraudis, nullius doli ſibi conſcii, atque ſumma benevolentia a Rege ſuſcepti ad inſulam Pharon deducuntur, ut operi, ad quod conſummandum venerant, et nimium in uſum Regis apographum legis conſcriberent, manus imponerent. Verum ubi huc per pontem et aggerem tranſierunt, rem inopinatam offendunt; cellulas inveniunt, in quibus incluſi a communi conſortio et conſilio prohibentur. Quae de cellulis a Juſtino Martyre omnium primo referuntur, aliis fabulam, nobis vero calliditaris regiae ſructum ſapiunt. Juſtinus ad propriam contemplationem provocat αὐτοὶ ἐν τῇ Ἀλεξανδρείᾳ γενόμενος, καὶ τὰ ἴχνη τῶν οἰκίσκων ἐν τῇ Φάρῳ ἐφεωρκότες ἔτι σωζόμενα, καὶ ταῦτα τῶν ἑκάστου ὄν τε ταῖτας καὶ φυλάσσειεν ἀκηκοότες, ταῦτα ἀπαγγέλλομεν. Sed qui ipſi Alexandriae fuerunt, et veſtigia domuncularum apud Pharum adhuc reliqua viderimus, atque ab incolis quibuſres patrias a majoribus per manus ſibi traditas acceperent, audivimus, commemoramus. Moris erat apud orientales, ejuſmodi domunculas in uſum ſuſpirium, qui in illis ſeorſum cubarent, parvas habere. Fuerunt illae certe in inſula Pharos, meminit eorum Caeſar, [f] et Hirtius: Erat autem non difficile, et qui Alexandriae graven aedificiorum, ut minaſe majoribus conferantur. — Caeſar praeda militibus concedit, aedificia diripi juſſit. [g] Si vero domunculas iſtas hoſpicibus et advenis permaneſſent, certe et hi advenas Hieroſolymitani in illis domicilium invenerunt. Separati vero a ſe invicem et in certas claſſes coerceri debuerent Senes LXXII. & integrum opus ad finem perducendum ſit. Quomodo vero LXXII. homines in uno congregati unum interpretem unius libri agere potuiſſent? Et ſi iſti coerceri in interpretando unico libro e. g. Geneſeos occupati fuiſſent, quomodo intra LXXII. dies integrum codicem abſolvere potuiſſent? Res ipſa itaque, viros iſtos in certas claſſes diſtributos manum operi adhibuiſſe: et prudentia regia, eos, ne commune de fallendo rege inirent conſilium, ſeparari et a conſortio quotidiano et praevia deliberatione prohiberi, ſuaſi. Atque haec ſuat, quae Senes Hieroſolymae reduces poſtmodum Eleazaro retulerunt, cujus rei teſtimonium in Talmude extat: שׁוּב מַעֲשֶׂה בְּתַלְמֵי הַמֶּלֶךְ

שֶׁכִּנֵּס ע"ב זְקֵנִים וְהוֹשִׁיבָם בְּשִׁבְעִים בָּתִּים וְלֹא גִּלָּה עַל מַה כְּנָסָם נִכְנַס לְבִל אֶחָד וְאֶחָד מֵהֶם אָמַר לָהֶם כִּתְבוּ לִי תּוֹרַת מֹשֶׁה רַבְּכֶם׃

Rurſus congregavit rex LXXII. Senes, eiſque in LXXII. conclavia introductis non declaravit, quare eos congregaſſet. Adiit autem unumquemque et dixit illis: Scribite mihi legem Moſis magiſtri veſtri. [b]

Interpretatio legis. Non ſecuratum et diſtinctum regium eſt mandatum. Non determinat, utrum tantummodo lex Moſaica, ſeu Pentateuchus, an vero integra volumina ſacra Judaeorum deſcribenda ſint? Utrumque fieri potuit: nec abhorret a communi mente.

f) De bello civill. Lib. III. c. 112.
g) De bello Alexandr. XIX. Conf. Apologia Diſſ. I. §. XLIV.
h) Maſſechet Sopherim cap. 1. n. 8.

... disputarum, per vocem legis integra et omnia Versio Text... ... indiliter.) Universaliori modo vero loquentem regem diflincriu p... ... Demetrius et Derotheus interpretati sunt. Referunt Talmudistae: ... ... opus quinque Sabioru... ... Ex d. LXXII. viris itaque congregatis quinque de... ... legis seu Pentateuchi, reliquae vero reliqua vo... ... mina, Prophetia et Hagiographa, comprendit sunt. Quinque istis vero adjun... ... seu Demetrius, scribere... Sed quid singulis ex iis muneris de... ... sit; A integra serie relatione patebit. Judaei Hierosolymitani Regem ... legis seu Volumiorum diversis apographum desiderare sibi imaginati sunt, ... in suum volumen splendidum obtulerunt. Rex vero ut ipsi scriberent man... Demum itaque fuit, ut primus e codice Hierosolymis hoc advecto textum se... eandem pronunciationem Palaestinorum praelegeret; secundus vero eandem textum suo punctis exscriberet. Quia vero lex quoque litteris graecis et secundum pronun... dictionem Alexandrinorum scribenda erat; tertius praelecto secundum hanc pronun... clarioram protulit, et quartus hebraea graecis scripsit litteris secundum hortem pro... uncialisti Hellenistarum. Sed his adhuc quinque e numero Seniorum, et Demetrius scribens: quid quinto ... concredendum erit? Quintus e numero Senio... rum textum hebraeum ... et Demetrius versionem ipse litteris mandavit. Sed ne haec omnia mera ... videantur, fundamenta conjecturarum expo... nenda sunt. In ... drina fuisse apographum litteris et charactere he... braico a ... mento Tertulliano quam certissime constat. Hodie apud Seraporum Ptolemaei ... cum ipsis hebraeis litteris exhibentur, sed et Judaei quibus invitissimi. Vectigalis libertas, vulgo additur sabbatis omnibus. Qui ad... hiis, imposuit Deum... Qui etiam fuderunt, intelligere cogitur et credere. Primum instrumento istis ... antiquitas vindicat.) Adfuit itaque codex hebraicis litteris scriptus, cujus usus quidem publice concessus est; attamen he pro... miscuo usque patens, et multitudo aliquo modo a legendo ipso detineretur, non ta... na subiectione vectigalis ... ad eum liber fuit. Sed quare retinendi lectores ab hoc ... codice, ... eam suam fuerint sit, ut codex graecis litteris scri... pfus, eandem quam ... auctoritatem reciret? Legem vero litteris graecisque tum ... Talmudistae manifeste produnt, et pro... pter hanc incipiunt eventus, ... abhorrebat, jejunium publicum indicerent. ... scripsisse, sed et Pentateuchum vertisse, conjici potest e verbis ... cum Tryphone Justino ... quentis: Ἀλλ᾽ ἄργυτον ἐδωκάτων ἡμῶν ... ἐμπλησάνων; παρ συντετμημένων ... ἤξη... γμεθα το ύπο των νομον Πτολομαίων τω Αιγυπτίων γενομενφ βασιλεῖ ... τω προσφερ..., ἀλλ᾽ αυτα ἐξηγεῖσθαι προηρεται. Sed minime mihi probantur ma... gistri nostri, qui Septuaginta illos senes apud Ptolemaeum Aegyptiorum Regem recte interpretatos esse afferri nolunt ; sed ipsi interpretari ...) Qua ratione hanc Judaeo obvertere potuisset, nisi Seniores illos non solum legem graece, sed et ...

g) Apolog. Dial. I. S. L. Apolog. I. XVIII.   h) Dialog. cum Tryphone, LXXI.

ἕνεκεν legis scripsisse notissimum ipsi fuisset? Confirmantur haec ex ipsa *verbosia*
Legis Mosaicae seu Pentateuchi, quae in nostras venit manus. Melius et *elegantius*
versi *sunt* Libri Mosaici, quam reliqui Veteris Foederis libri: cujus rationem reddit Cl. Auctor Apologiaet „Par erat ut interpretes doctiores in *illis* adhiberentur;
„deinde hi Libri *magis* in usu erant,~ magisque triti apud Ebraeos, adeoque magis
„diligentius *sunt* reddici.„ *m)* A nemine vero hoc majori jure *speratur* potuit, quam ab
ipsis Senioribus; qui ne regem, cum contra ingenium egere coacti fuere, saltem
tentarent, *Demetrius* adfuit, qui jam historiam judaicam scripserat, ad minimum
inchoaret, ut omnia audiret; exploraret, et litteris verum verborum hebraicorum
sensum accurate exprimeret. Hoc modo Rex quam *notissimae* et sine formidine errandi
ante dolli legem integram, intemeratam et haud interpolatam adquirere poterat. Nec
obstat, hodiernam graecam versionem etiam vestigia ostendere, quod e codice hebraeo-
graeco confecta sit; et Judaeos loca tredecim in ipsa lege mutasse dici. Prius
enim correctoribus tribuendum est, qui posteriori tempore eam codice hebraeo-
graeco versionem conferentes, illam emendare voluerunt; posterius vero cum sen-
tientie ipse *Demetrius* factum esse videtur, aut infra docebimus. Quod denique *De-*
metrius ipse versionem graecam scripserit, sapienter in eum finem constitutum videtur, ut Judaei prohiberentur, quo minor, quae recte pronunciata et explicita *sua*
erant, falsa et errone transcriberent. Hoc modo omnia satis callide ordinata et in-
structa sunt.

Auctoritas.   Restat ultimum, communi ut suffragio lex transcripta ab omnibus ut lex
intemerata et authentica recipiatur. Et hoc multo acumine et felici successu ad finem perductum est. Conferuntur exemplaria, publice praeleguntur, et ab omnibus
ratihabentur. Audiamus *Josephum*: „Transcripta lege, et interpretatione opus
„duobus et septuaginta diebus absoluto, Demetrius congregatis eum in locum, *in*
„quo versae leges fuerant, Judaeis omnibus, praesentibusetiam interpretibus, eam
„recitavit. Et multitudo seniores, legis interpretes, approbavit; et Demetrii et-
„iam inventionem collaudarunt, qui eis magnorum bonorum Inventor exstitisse;
„ab eoque petierunt, ut etiam rectoribus legem legendam daret, postularuntque
„omnes, tum sacerdos, tum interpretum seniores,: et reipublicae administratores;
„ut quandoquidem recte haberet interpretatio, maneret ut erat, neve moveretur.—
„Rex libris a Demetrio ut supra memoratum est acceptis, eos veneratus, jussit dili-
„genter curam illis haberi, ut iidem in integro manerent.„ En finem actorum! publice conferuntur exemplaria, ut cuique, antiquam illam Judaeorum legem accurate
esse transcriptam, pateat; praesentes audiant, at legem ut verum legem agnoscant;
omne opus inventum *Demetrii* esse, qui hoc facto in gratiam regis positus rediisse
videtur, agnoscunt, et illud unanimi consensu laudant: omnes, ut lex tanquam perpetua norma Hellenistarum custodiatur, petunt, et Rex idem praecipit. Sie callide
excogitatis, et sapienter horum deductis eorum imponitur. Stabilitum et firma-
tum nunc erat regnum judaismum in ipso Regis regno. Separati erant Judaei Hellenistae a Palaestinis, qui nunc eandem legem, idem Synedrium eandemque consulationem
habebant, et causa, reditum in patriam optandi et quaerendi, plane carebant. Re
itaque omni bene gesta, rex Seres blande alloquitur, ut ad se saepius convenirent

m) Apolog. Diff. L §. LV III.   *pa-*

augai, et tam honorarios, muneribus oneratos, et nihilo fecius eadidé fruftratos et a fpe dejectos, dimifit in pace.

Mittimus et non *Aristeam*, Seniores illos Hierofolymitanos, et leviora **De trans-** quaedam, quae contra hiftoriam ejusque fidem producuntur, e. g. de ingenti pecu- **fcripta lege.** niae fumma, quam Rex hanc in finem impendit, aliaque quae forte nobis, qui multa ignoramus, a veri fpecie averfa videntur. Inquirendum nunc eft, qualis ifta fit interpretatio, de qua veteres omnes loquuntur, utrum fit verfio facta e codica he-braeo, an vero permutatio litterarum hebraicarum et graecarum? Regem *Philadel-phum* interpretationem legis fibi poffere, Hierofolymkanos in commiffis habuiffe, ut Regi apographum hebraicam traderent, jam fupra obfervavimus. Nunc vero quid faetum fit, inquiramus. De Rege ipfo, cum fuadente *Demetrio* non litteras, fed et φωνη i. e. pronunciationem litterarum defideraffe certum eft. Idem et de Senioribus poftulavit, ut ipfi legem *fcriberent*. Scriptores, quorum teftimonia fupra laudavimus, utuntur verbis μεταγραφεσθαι, ἑρμηνεζεσθαι, μεθαρμοζεσθαι, quae omnia Hebraeorum כתב accurate refpondent. Ex hisce locutionibus itaque fatis apparet, quod antiquiores fcriptores haud ignorarint, Seniores iftos non meram conclufaffe verfionem graecam, fed quod, etiamfi non in commiffis habuerint, legem feu facra volu-mina in graecas litteras transformerint aut transfcripferint; ut adeo Judaeorum ver-ba, quod *lex graece fcripta fit*, proprio et ftrictiffimo fenfu fint accipienda. Praeivit nobis in hac hypothefi adftruenda Cl. *Tychfenius* in erudito Tentamine, [a] quo Cl. *Ermicontio* multa, et fortaffis plura, quem ipfi accepta funt, fuppeditavit de Codi-cibus MSS. Hebraicis conftia. Admodum honorifice de tentamine judicat Cl. *J. F. Hirtius*. [b] Verum alii aliter, et non fine bile, judicarunt, quorum in numero, ut anonymos, qui in Novellis litterariis, feu Ephemeridibus eruditis verba fua fe-cerunt, filentio praetermittamus, funt fupra jam laudatus Cl. *Starckius*, Cl. *Dathius*, [c] Cl. *Michaelis*, [d] Cl. *J. M. Haffencampius*, [e] et Cl. *Mich. Merchelius*, [f] quibus Cl. *Tychfe-nius* refponfa haud denegavit. [g] Affenfum poftea huic hypothefi a pluribus accenfeies praebuerunt Cl. *Graffmannus*, [h] Cl. *Semlerus*, [i] J. E. *Faber*, [j] Chr. Aug. Cru-fius, [k] et Cl. *Chr. Fr. Schmidius*. [l]

Verfio graeca, quam in hunc usque diem feptuagintaviralis audit, fi eum **Verfio grae-** textu hebraico authentico confertur, permultis in locis tantopere a textu facro re- **ca.** ce-

a) De variis Codicum hebr. generibus.
b) Orientalifche und exegetifche Biblioth. Vol. 2. p. 70.
c) In praefat. ad Prophetas minores lat. vert. Halae 1773. 8.
d) Orientalifche und exegetifche Bi-blioth. Vol. V. p. 1-70.
e) Anonymice prodiit: Der entdeckte wahre Urfprung der alten Bibelüberfetzung, Minden 1775. 8.
f) Freys Abhandlungen, Lipf. 1776. 8. p. 77.
g) Befreietes Tentamen, Roftoch. 1774. 8. Erfter Anhang zu dem befreieten Ten-Biblioth. Sacr. Pars II.

tamen, Roftoch. 1776. 8. Critifche Samm-lungen, Bützow. Vol. 3. p. 368. 641. 838.
Repertorium für die morgenländ. und bibli-fche Litteratur, Vol. I. part. III p. 148.
u) Χαιρημερα hiftorico - critica ad illu-ftrandam hypothefin de Codicibus ebraeo-graecis interpretum graecorum veteris Te-ftamenti. Halae 1774. 4.
x) Apparatus ad liberalem Vet. Teft. In-terpretationem lib. 2. p. 248.
y) Beobachtungen über den Orient, tom. I. p. 110.
z) Commentt. in Efaiam, Proleg. p. 16.
a) In hiftoria Canonis.

exsit, ut nulla prorsus aberrationis ratio indagari possit. Anxie in hoc argumento excutiendo desudarunt *Hottingerus*, [b] *Leusdenius*, [c] *Carpzovius*, [d] qui operam vera multoties perdidere, neq feliciori successu gavisus est *Lud. Capellus*, [e] et qui vestigia ejus prementes, qui ex erroribus versionis Textum sacrum deturbatum, depravatum, interpolatum aut immutatum probare volunt. Prioribus si credimus, variae habemus aberrationum causas. Prima, quod auctores graecae versionis codicibus usi fuerint minus emendatis, vel plane non vel vitiose admodum punctatis, et a periis atque a variis erroribus per *Esram* vindicatis multum diversis. Verum est, interpretes saepissime longe alia legerunt vocalia puncta, quam quae codici hebraeo subscripta sunt: pro Kamez legerunt Zere, Chireck, Kübbutz; pro Zere, Cholem, vel Patach; pro Cholem, Schure k vel Patach; pro Chirek Patach, Zere, Cholem, Segol, etc. Saepius duas vocales in eadem voce aliter legerunt, et integra phrases vocalium varietas turbavit. Consonantes litteras eodem modo inter sese permutarunt, et hoc quidem factum est litteris non si-lum, quae quoad externam formam sibi sunt similes, sed etiam iis, quae externa forma tantopere a se recedunt, ut prorsus nulla sit similitudo. Quis vero, ut credat, Seniores, sive quinque, sive LXXII. fuerint, a Synedrio Alexandriam transmissos, adeo deformem et errosibus plenum codicem secum apportasse, ut inde versio formaretur, a se imperare possit? Aut non meliores codices Hierosolymis habuissent; aut certe religio optimos eligere suasisset. Prius nemo unquam probabit; et si posterius valet, ipsa causa figmentum est, quod omni caret fundamento. *Secunda*, quod interpretes non adeo exquisite grammaticam ebraeam calluissent, atque ex hoc fonte plures emanarint errores. Verum est; foecunda est ejusmodi errorum seges: appellativa sumantur pro propriis, nomina substituantur pro verbis; vocabula, quorum sonus est cognatus, permutantur; ebraicae voces graece scriptae retinentur. Sed per petitionem principii hoc omne interpretibus tribuitur, qui certe cum Palaestini essent, a teneris unguiculis ad codicem hebraeum assuefacti ejusmodi erroribus haud pares fuere. Reliquas diversitatum causas juxta non tangimus; respiciunt nimirum posteriora tempora et injurias ipsi versioni illatas. Jam vero si statuimus, codicem Hebraeum a Senioribus Alexandriae graecis litteris et secundum pronunciationem vulgarem, Hellenistis suis notam, transcriptum fuisse, ex illo codice hebraeo-graeco versionem graecam esse confectam, fons et origo omnium aberrationum sua sponte patebit; nec ut vel ad depravatos codices hebraeos, aut ad Seniorum ignorantiam profugiamus, opus erit.

Demonstratio secunda. Omnis itaque res redit ad quaestionem illam de transformatione characterum hebraicorum in graecos, ex qua fere omnes in Versione graeca septuaginta virali aberrationes obviae quam facillime derivari possunt. Singula vero quae hunc in finem dicenda sunt, duo potissimum spectant capita. Primo: Seniores litterarum characteres hebraicos in graecos transmutarunt. Secundo: puncta vocalia non secundum consuetudinem Palaestinorum, sed secundum pronunciationem Alexandrinorum

b) Thesaurus Philologic. Lib. I. cap. 3. p. 13.

c) Philologus Ebraeo-mixtus, Diss. II. III. et IV.

d) Critica sacra, pag. 313. etc.

e) Critica sacra, sive de variis quae in sacris Veteris Testamenti Libris occurrunt lectionibus Libri sex. Parif. 1650. fol. et Halae 1774 s. curante G. J. L. Vogel, et post fata ejus, J. G. Scharfenbergio.

expresserunt. Quo vero dicenda eo facilius dijudicari possunt, ut nonnulla de modo
scribendi veterum, inprimis quando hebraica graeco charactere expresserunt, observata praemittamus necesse est, quibus nonnulla de ipsa characterum forma antiquioribus usitata, et de genere scribendi fingenda veniunt.

De modo scribendi inter Veteres usitato elegantem habemus *Bernhardi Mont-* Modus scri-
fauconii dissertationem, de Veteri literarum et vocalium Hebraicarum pronunciatio- bendi.
ne, *f)* quam, ne lectores ab opere in oris nostris non frequenter obvio prohibean-
tur, recusam dedit *J. C. Wolfius.* *g)* Observat ille vir doctus magnum intercessisse veteres inter et recentiores in lectione discrimen, et addit: „Immo inter veteres ea-
„dem lectionis varietas observabatur. Ait enim *Hieronymus: Nec refert, utrum Salem*
„*an Salim nominetur, cum vocalibus in medio literis perraro utantur Hebraei, et pro*
„*voluntate lectorum ac varietate regionum eadem verba diversis sonis atque accentibus*
„*proferantur.* Nihil itaque mirum est, si Masorethica lectio cum vetustiore illa
„non prorsus conveniat, siquidem Masorethae eam annotaverint, quae aetate sua
„et eo loco, ubi versabantur, usui erat, quaeque ab antiquiore illa, et ab ea, quae
„variis in regionibus usurpabatur, multum differebat.„ Quodsi vero, ut *Montfauconius,* testis hujus rei certe fide dignus, adfirmat, tam ingens discrimen fuit inter
loquentes, qui ore sermonem hebraeum protulerunt, major necessario esse debet
discrimen, si characteres hebraei, quorum nonnulli graeco charactere haud exprimi
possunt, ut א ה ע . in graecos transformandi fuerant. Qua vero ratione Hellenistae id egerint, ut quae Hebraice scripta exstabant, graeco charactere exprimi-
rent, demonstravit *Montfauconius,* cujus vestigiis insistimus, sed ita ut pluribus
exemplis majorem varietatum numerum exponamus.

א.

אלף. *Eusebius* legit *Alph.* Ait Hieronymus in quaestionibus in Genesin, Litterarum.
„hanc litteram saepe per *e* legi, saepius vero per *a.* Aliquando per *o* lecta depre-
„henditur, ut 3 Reg. I, 5. ארניה *Ognias.*„

א cum ( ) ab initio legitur *a.* 2 Sam. XXIII, 11. אגא *Aga,* ubi ג in *e* mutatum.
   Alexandr. *Ayca.* א in fine ut *a,* א ( ) per *e* expressum.
א cum ( ) ab initio *ai.* Num. XXXIII, 13. אברן *Adous.*
א cum ( ) ab initio *o.* 1 Reg. XI, 17. אדר alterum ( ) ut *e,* et pro ד ad g.
א cum ( ) ab initio *e.* Esdr. VIII, 15. אריא *Ew.* Alexandr. *Eui.*
   ה in medio eliditur et אי per *i* vel *ei* expressum.
א cum ( ) ab initio *n.* Esdr. II, 59. אמן *Han.*
א cum ( ) ab initio *a.* אבי העזרי Jud. VIII, 32. *Abi Esdri.* ד ut *d.*   אבראל

f) Tom. II. Hexaplor. Origenis p. 194.
Conf. quoque Alphabetum hebraicum verum. Interpretationesque nominum Alphabeti ex Hieronymo et Eusebio. C sententiae veterum sapientum triplici charactere, Ebraeo, Latino et Graeco secundum antiquam scribendi consuetudinem. Omnia recens edita et notis illustrata per J. Drusium Aldenardensem. Editio altera melior et auctior. Franekerae
1606. 4. Singulae sententiae ita exhibentur, ut singulis verbis characte-e hebraeo
expressis subjiciatur lectio hebraica -cha-
ractere latino, eadem lectio charactere graeco, et denique interpretatio Latina.

g) Bibliotheca hebr. Vol. 2. p. 648.

אֲבִיאֵל ι Sam. IX, 1. 'Αβιηλ א cum ( ) ut η.

אֲבִידָע Gen. XXV, 4. 'Αβιδα. (י) ut ι.

אֲבִיהוּד ι Paral. II, 29. 'Αβιηλ ה elisum, (י) ut η. Aldin. 'Αβιχαιλ. per Λ in fine Λ.

א cum ( ) ab initio α. אֲחוּד Jud. III, 15. 'Αωδ. ι ut α.

א cum (י) ab initio αι. אֲדִים Exod. XV, 27. 'Αλιμ. ιμ ut ειμ.

א cum (ד) ab initio ε. אֵימִים Deut. II, 11. Alex. 'Ομμιν.

א cum (ו) ab initio α. אֲבִיאָסָף ι Paral. VI, 23. 'Αβιασαρ. ר per ϛ expreſſum.

אֱלֹהִים Eſdr. XV, 8. 'Αλειμ. ( ) ut α. (ו) ut η.

א cum ( ) ab initio ε. אֶלְעָזָר Genef. XXV, 4. 'Ελδαγα. ד ut γ.

א cum ( ) ab initio ε. אֲחִירָדְךָ ι Reg. XXV, 17. 'Εβαλμερωδαχ.) per Β.

א cum ( ) ab initio ι. אֲשֻׁרְאֵל ι Chron. VII, 14. 'Ισουλ.

א cum (י) ab initio ε ut αι. אֵיתָנְאֵל Nehem. XI, 7. 'Εθιηλ. Alex. 'Αιθιηλ.

א cum ( ) ab initio α et ε. אֶבְצָן Jud. XII, 8. 'Αβαισσον. Alex. 'Εβεσον.

א cum (י) ab initio α. אַדְרוּ Gen. XLVI, 10. 'Αωδ.

א cum (י) ab initio αυ. אֹדֶם Gen. XXXVI, 23. 'Ωβαν.

א cum (ו) ab initio αυ. אֹנָן Gen. XXXVIII, 4. 'Αυναν.

א cum (ו) mobili ab initio αυ. אֲנִי Amos I, 8. 'Ων.

א cum (ק) ab initio αυ. אַרְאֵל Eſdr. X, 34. 'Ουηλ.

א cum (ק) ab initio αυ. אֱלוּן Gen. X, 27. 'Αζαλ. ( ) ut η.

א cum (י) ab initio ευ. אֶחְרוּ Nehem. III, 15. 'Ευζαι.

א cum (ו) ab initio αι. אֶרְץ Jer. X, 9. 'Μαφαζ. cum addito μ.

א cum ( ) ab initio ε. אֶנֶן ι Chron. VII, 24. 'Ωζεν.

ב.

בְּ Beth. — Omnino reſpondet β Graeco, atque hodie ut β Graecum ſaepe legitur per v conſonantem, quando ſcilicet non eſt dageſchatum.

Hebraeorum Beth graece ſcribitur β. uti exempla ipſa commonſtrant: quorum nonnulla hic in medium producere ſuperfluum foret, niſi ex ipſis exemplis, quid ſit verſionis graecae genius, commode dijudicari poſſit.

בֵּאׁ ab initio. בְּאֵר Genef. XXVI, 34. Βεωρ. Ald. Βεηρ.

בֵּארֹת Jof. IX, 17. Βηρωτ. בֵּ ut η.

בֹּב ab initio בָּכַי Eſdr. II, 2. Βακγουαι. בַּ ut α.) mobile ut αι.

בֹּ ab initio. בַּלֹ Nehem. III, 18. Βενι. ( ) ut ε. pro) poſtrem v.

בֹּ ab initio. בָּתֻרִים ι Sam. III, 16. Ald. Βαχυρμι. ה ejectum.

בְּרוֹתִים ι Paral. XI, 33. Βαρωμι. ι per αι.

בְּשֻׁרִים ι Paral. IV, 3. 'Ημουαγωτα.

Conſuderunt וַזֵּי cum וַזֵּי et poſterius interpretati ſunt, ut inde nomen Joel ſatis lepidum evadat.

בַּ ab initio בֶּרְהַ ι Sam. VIII, 8. Μερεβααλ. cum retento praefixo ב et transpoſitis litteris.

בֹּ ab initio בֵּית אֵל Joſua XVIII, 12. Βαιθων. Alex. Βαιθαιν. (י) per αι.) mobile per α vel αι.

בֵּית מַרְכָּבוֹת ι Chron. IV, 31. Βαιθμαριχωαθ.

בֵּית וַחַק ρ Reg. X, 12. Βαιθωκαθ. Alex. Βαιθωκαθ.

הַגָּה

בֵּית הַגִּלְגָּל Jof. XV, 6. Βαιθαγλααμ. pro ח eſt μ.
בֵּית חָרְמִית Nehem. VII, 28. Βηθασμωθ.
בֵּית שֶׁמֶשׁ Jof. XIII, 20. Βαιθφογωρ. ע ut γ.
ב cum (.) ut e. בְּכֵרִי 2 Sam. XX, 1. Βοχορει.
ב cum (.) ut e. בְּסֹדְוֹ 1 Chron. VII, 35. Βασιφλ.
בֵּבַי Nehem. III, 24. Βαιν.
ב cum (.) ut e. בֶּלַע Num. XXVI, 38. Βαλε.
ב cum (.) ut e. בְּסוֹדְיָה Nehem. III, 16. Βασσωδια.
בְּאֵרִית 1 Chron. XII, 5. Βααλαε. ʼ mobile ut ι.
ב cum (i) ut e. בְּאֵרִי 1 Sam. XIV, 4. Βωσες.
ב quoque ſcribitur per Graecorum φ, Jerem. 49, 4. כֹּף ſcriﬁt. LXX. Σαφ.

2.

"גֶל Ghimel — Exprimitur ſemper per γ graecum.,,
Quae in contrarium fortaſſis adduci poﬆint exempla, ubi loco ג Hebraeorum alius graecus character ſubﬆitutus eﬆ, ﬁne dubio ad librariorum errores referenda ſunt. Sequantur itaque exempla, quae ad pronunciationem vocallium dijudican-
dam conducunt.
ג cum (.) ab initio ut e. גַּחַם Gen. XXII, 24. Γααμ.
ג cum (.) ab initio ut e. גֵּרָ 1 Paral. II, 46. Γηρα.
ג cum (.) ut e. גֵּרָ Eﬁr. II, 47. Γααρ. ח ut e.
ג cum (.) ut e. גֶּחַם Genef. XXXVI, 11. Γαθαμ. (.) ut e.
ג cum (.) ut e. גֵּרְשֹׁם 1 Paral. VI, 1. Γεδσων ם ut e. ﬁ ut ε.
ג cum (.) ut e. גֶּבַע Jof. XVIII, 24. Γαβαα. ע ut e.
ג cum (.) ut e. גִּיחַ 2 Sam. III, 24. Γαι.
ג cum (.) ut e גְּדֹב 1 Sam. XXVIII, 2. Γελβοε. ע ut e.
ג cum (.) ut e גִּבְעָ Jof. XVIII, 28. Γαβααθ.
ג cum (i) ut av. גּוּנִי Num. XXVI, 48. Γαυνι.
ג cum (.) ut e. גְּדֹר Deut. X, 7. Γαδγαδ.
ג cum (.) ut e. גְּוּר Jof XV, 58. Γεδων. ד et ג permutantur.

Exempla vero ubi per κ exprimitur ſunt Gen. X, 25. פֶלֶג Φαλεκ eoﬁ. Luc.
III, 35. et per χ Gen. XI, 20. שְׂרוּג Σερουχ eoﬁ. Luc. III, 36. Sic et 2 Paral.
XXXIV, 20. הַגְּבוּרִים veﬁes, ſcriptum fuiﬁe videtur ἀβακαδιμ quia LXX. τας
ἐντολας verterunt.

"דלת Daleth. — Legitur per δ ubique.,,
ד cum (.) ab initio ut e. דִּישָׁן Eﬁr. IV, 3. Δαυσαι. Ald. Σαυαει.
ד cum (.) ut e. רְעוּאֵל Num. I, 14. Ραγουηλ.
Nec deſunt exempla quae produnt, ד per graecum Σ vel Ζ exprimi. Jof
VIII, 18. 24. כִּידוֹן Theodoret. Γαασer. Hof. IX, 6. כַּדוֹד Μαχμας. Num. XXXIV,
ﬆ. רֹדְלָא. Ald. Ελδαι Eﬁr. IV, 9. רְהֹדָי Ald. Σαυαει.

п.

"הֵא He. Euſebius et Cod. Jef una litera η exprimunt, poﬆremus vero
ﬂ cum ſpiritu ά. — Haec paſⁱvo litera ſaepe per κ exprimebatur, ſaepe etiam per
                                                   E 3   n

„m tefte Hieronymo Quaeft. in Gen. Cantic. autem VII, 6. ברותים quidam vetus
„Interpres βεgατειμ.,

Littera ‏ה‎ Graecis poenitus ignota, quando in nominibus propriis occurrit,
modo ejicitur et per vocalem a exprimitur, modo poenitus una cum subjecto puncto vocali tollitur, modo in aliam transformatur litteram.

‏ה‎ cum ( ) ut a. ‏הָאֶשְׁדּוֹד‎ Jof. XIII, 3. τῷ Ἀζώτῳ.
‏וַיַּעֲנֶה‎ 1 Chron. IX, 7. Ἀσενου.
‏ה‎ cum ( ) ‏רָגָא‎ Efth. II, 18. Γαι.
‏ה‎ cum (‏ו‎) ‏דּוֹה‎ 1 Chron. VII, 27. Ἦμ. Ald. Ἰησού.
‏הֹלְדֹיָה‎ 1 Chron. V, 27. Ὠλάμ.
‏ה‎ immutatum ‏חֵרֶם‎ 1 Chron. IV, 8. Legit. Alex. Legήμ.

‏ו‎

„‏ו‎ Vav. — Haec littera nonquam consonantis vice fungitur in fragmen-
„tis per Graecos descriptis, nec fungi posse videtur, quandoquidem initio vocem
„exprimitur per iv, ‏וַיֵּן‎ et vinis, ‏ארסבתא‎, ‏ווֹשְׁתִּי‎ et ofculatus est; in medio
„autem et fine vocum modo per ov, modo et quidem frequentius per ω redditur,
„qua de re infra.„

Interdum in locum hujus litterae altus fubftitutus videtur: et in medio
quoque per β vel v exprimitur.

‏וָרֶב‎ Num. XXI, 13. Σωοβ (,) et ( ) ut o.
‏יִדֵּו‎ Num. XIII, 14. Σαβι. Alex. Ιαβι.
‏דָּוִד‎ 1 Sam. XVI, 11. Δαυιδ.
‏חַוָּה‎ Efth. IX, 9. Βαιζαθα.
‏קִבְרוֹת‎ ‏הַתַּאֲוָה‎ Num. XI, 34. Καβρωθαθαβα.

‏ז‎

„‏ז‎ Zain. — omnes per ζ reddunt. Non omnes, fed etiam per Σ exprimitur. Nec defunt exempla, quae et per Δ et Τ expressum esse indicant.
‏זָאב‎ Jud. VII, 25. Ζηβ.
‏זִיף‎ 1 Paral. XXIII, 8. Ζηθαν.
‏זִיזָא‎ 1 Paral. IV, 20. Ζιναν, Ζινβ.
‏זִיף‎ 1 Paral. IV, 37. Ζουζα.
‏זָכְרִים‎ Deut. II, 20. Ζοχομμιν. Ζομζομμιν.
‏זֶרַח‎ Gen. XXXVI, 27. Ζωνααμ.
‏הֵזֵרוֹן‎ Num. XXXIV, 9. Σεφρωνα. Vat. Δεφρωνα.

‏ח‎

„‏חֵית‎ Hheth. — Haec litteram LXX. legebant per χ Chi, ut notat Hie-
„ronymus Quaeft. in Genef. ut ‏חם‎ Χαμ. Et in Jeremiam cap. 19, 2. de voce
‏הַחַרְסִית‎ „haec habet: Et pro porta fictili, Aquila, Symmachus, et Theodotio ipsum
„verbum hebraicum posuerunt Harfith, pro quo LXX. juxta morem suum pro aspira-
„tione Heth litteras addiderint Chi graecum, ut dicerent Charfith pro Arfith, sicut
„illud est pro Hebron, Chebroo, et pro Jeriho, Jericho, et similia. Alii, maxime
„Aquila, pro aspirata habent, ac ut verifimile est, initio dictionum per fpiritum den-
„fum indicabant, licet jam fpirituum hujusmodi commutationes multas, maxime
„in

"In nominibus propriis, deprehendantur; quia enim olim Origenis tempore, et ali-
"quod poft Origenem faeculis, exemplaria omnia fine fpiritibus et accentibus
"defcribebantur, quando haec annotari coeperunt, Calligraphi eos fpiritus in no-
"minibus propriis pofuerunt, qui primum in mentem veniebant. — In medio
"dictionum literam ה nonnifi per vocalem exprimebant: unicum tamen reperiatur
"exemplum, ubi Symmachus vocem אדום שׁכְרִים legit, nempe Ifai. 13, 21. Initio
"vocum, ut dixi, vocalem, qua literam ה exprimebant, afpirare folebant; eo por-
"ro vocalis erat α, aliquando ε. Sic Genef. II, 14. הֶּדֶקֶל Tigris, Jofuae
"XV, 30. תִּרְמָה Ἰέμα et fimilia: faepius autem α, ut 4 Reg. I, 2. Aquila 'Αχζια
"אַחֲזָיָה, qui dicitur Ozochias ab Hieronymo et LXX. et Pf. IX, 7. חָרְבּוֹת חרבית
"et Pfalm. CIII, 17. αὐδω חֲסִירָה et Jerem. XIX, 2. A. S. Th. ἀρσἰθ חֲרָסִית ut fu-
"pra. In medio, five poft primam literam vocis, frequentius ε vel η. Genef. V, 9.
"ὐναιυ וַיְחִי et vixit. 3 Reg. I, 9. A. S. ζαελαθ חֵלַת. Pfalm. VII, 15. λεβαλ יְהַבֵּל
"Ifai. XV, 5. A. λωαθ לוֹחִית, nomen proprium. Aliquando etiam α, ut 4 Reg.
"I. In fine autem vocum ε et η fere exprimitur, nifi fequatur ה paragogicum.
"Sic Genef. III, 8. λαρουη לָרוּחַ ad fpiritum, vel ad auram, Pfalm. VIII, 1. λαμ-
"ματασσωה לַמְנַצֵּחַ Victori. Pfalm. XLVIII, 1. Kαρη קָרַח Deut. XVI, 2. A. φιση
"חֶסַח Phafe vel Pafcha. Malach. XI, 13. μαεβση מזבח Altaris, et ibidem לִקְרֵא
"λωαθ. Aliquando etiam praeponitur α ante ε. ut Reg. XI, 6. A. μωαι חֶסַח

Et in ipfa verfione Septuagintavirali exempla occurrunt, ubi littera ה in
medio non per vocalem, ut Μωσ/faecovias perhibet, fed et per aliam litteram exprimitur. 2 Reg. XVI, 1. חֵסֵי 'Αχαζ. I Paral. IV, 8. אֲחַרְחֵל אַחַרְחֵל, ubi litteram
חֵן graece Α pro ה vel Α articuli habuerunt. Sic et in fine per א exprimitur I Sam.
IX, 1. אֲפִיחַ. Vatic. et Compl. 'Αφιω.

Exemplis ab autore allatis fubjungimus alia inprimis ex verfione Septuagintavirali petitis, ut quo diverfo et faepius mutato fufo littera exprimatur, eo facilius
dijudicari poffit.

ה cum (֑) ab initio α. חֵסַם Efdr. II, 19. 'Ασυμ.
ה eum (֑) ab initio α. חֵלָמָאל I Paral. IV, 26. 'Αμυηλ.
ה cum (֑) ab initio α. חֲבַנָאֵל Nehem. III, 1. 'Αναμηλ.
ה eum (֑) ab initio αι. חֲרָת Num. XIII, 22. 'Αμαϑ.
ה eum (֑) ab initio ε. חֲבִילָה I Sam. XXIII, 19. 'Εχελα.
               חֲוִילָה Gen. X, 7. 'Ευιλα.
ה cum (֑) ab initio αι. חֵרָם 2 Sam. X, 16. 'Αελαμ.
ה cum (֑) ab initio α. חֶבֶר I Paral. VII, 32. Χαβερ.
ה eum (֑) cum praepofitione חִיאֵל I Reg. XVI, 34. Αχιηλ
ה eum (֑) ab initio α. חָבָה Num. X, 29. Οβαβ Ald. Ιωβαβ
               חָרִי Genef. XXXVI, 22. Χαρι.
ה eum (֑) ab initio ε. חֲבָיָה Nehem. VI, 63. Εβια.
ה eum (֑) ab initio ε. חֹרֶם Genef. XXVI, 38. 'Οφαμ.
               חֹוּר Exod. XVII, 10. 'Ωρ.
ה eum (֑) ab initio α. חֲסֻם Genef. XLVI, 23. 'Ασυμ.
ה eum (֑) ab initio α. חֶלְדָּה I Reg. XXII, 14. 'Ολδα.

B.

40   P R A E F A T I O.

ט.

,, טיט Teth. — legitur τ apud veteres. — Sic Pf. CIX. 4. טוב רוב,
,, Pf. VIII, 6. טטם Deut. II, 3. A. στττιμ טטשים et Ifaiae XXVI, 4. βοτου Βα-
ρτων בחית, חיטב,, Scribitur etiam per Ϩ Graecorum 2 Sam. V, 16. אלישלם 'Ελι-
φαλεϑ. Vulgata Eliphaleth.

   ט cum ( ) α. טבם Efdr. IV, 7. Ταβηλ.
   ט cum ( ) α. טבם Gen. XXII, 24. Ταβεκ.
   ט cum ( ) α. טביהו 1 Paral. XXVI, 11. Ταβλαι. Alex. Ταβελαις.
   ט cum (ּ) α. טובדוניה 2 Paral. XVII, 8. Ταβαδωνας.

,, יד Jod. — Mobile redditur per ι ab omnibus. De quiescenti infra.,,
    Redditur quidem per ι feu Jota, quod consonantis litterae vim habet, fed
non ubivis eodem sono effertur, quem typus maforethicus offert: interdum et ι ab
initio plane exterminatum est. 2 Sam. V, 15. יבדר 'Εβεαρ. Genef. 46, 14. יחלאל
Αχιηλ. 1 Paral. XV, 18. יחיאל 'Οζιηλ. 1 Paral. VIII, 14. ירמות 'Αριμαϑ. Jof.
XV, 55. יקום Ivas. Exprimitur quoque per γ. Eſil. X, 28. עים 'Αγγαι. 1 Sam. XXX,
27. יתר Vulg. Gether.

כ

,, כף Chaph. — Ab interpretibus adspiratur femper. — quod fi bis terve
,, contrarium occurrat, id potest Librariorum oscitantiae adscribi.,, Ut Genef. X, 4.
כתים Kytiai. Ezech. I, 2. יוכין Ιωακειμ. Littera per κ Graecorum exprimitur,
atque loco Scheva Hebraeorum tam α quam ε subftituitur. Caph dagefchatum duplici littera scribitur 2 Paral. IV, 17. סכם Σικχωϑ. Jud. I, 31. עכו 'Ακχω.

ל

,, למד Lamed per Graecorum λ exprimitur: fed quam frequentiffime cum
Hebraeorum ר confunditur, quod ex forma litterarum Λ et Δ haud diffimili deriva-
dum. Num. III, 24. לאל Δαηλ. ל cum ( ) communiffime per fyllabam λα redditur.
Gen. XXV, 3. לתשים Λατουσιιμ. לאבים Λασωμιμ, ita et (.) Jof. XIX, 26. לבנת
Λαβαναϑ.

ם

,, מם Mem. Per Graecorum μ exprimitur, fed in terminatione plurali loco μ
faepius γ subftituitur, quia a terminatione μ abhorret graeca lingua. Puncta vocalia litterae fubjecta quam frequentiffime in fcriptione graeca permutantur, pro ( ) est
α, pro ( ) αι, pro (.) α, ε, pro (.) ε, et v. v.

נ

,, נן Nun. Per ν graecum exprimunt omnes. Vocales vero interdum permutantur. e. g. Jud. VIII, 11. נבח Ναβεκ. Alex. Ναβεϑ.

ס

,, סמך Samech. Omnes legunt per σ. Interdum vocalis praemittitur. Nehem.
VII, 47. סיאה 'Ασουαι. (ּ) manet 2 Reg. XVIII, 4. סא Σαμ. (ּ) manet, 2 Paral. VII,
36. סיה Σουε, et mutatur, Num. XXV, 14. סלוא Σαλω.

                 ע

ע

ע‎ עֵין‎ Ain. — LXX. Init. haud raro per γ exprimunt. A. γεα. שֻׁתֵה. Allibi et literam et motionem frequentius per ε, nonnunquam per α reddunt. Sic Gen. II, 8. עֵדֶן‎ 'Εδεν. Gen. XXVIII, 19 Εχ ειγ. Jof. VII, 2. עֲמֶק‎ εμεκ. 1 Reg. XVII, 18. Δ. ערבה‎ 3 Reg. IV, 12. סֵבֶר‎ LXX. μνηβεε. 4 Reg. I, 2. עֶקְרֹן‎ εκρων. Pf. XLVI, v. ult. עִם‎ εμ cum. — Pf. XC, 9. ελων קֵלִין‎ Idl. LXIV, 5. Theod. ηθμε pro עֵדֹים‎. Et fic alibi. Per α autem Gen. III, 5. αξων שׁרִם‎ nudus. Jof. VII, 24. עֲכֹור‎ αχωρ. Pf. VIII, 1. עַל‎ αλ. Pf. LXXIV, 4. αμωθη סְמוּדִיה‎. Pf. LXXV. ערה‎ Pf. XLVIII, 6. עֶן‎ αεν. Ib, v. 12. αλη עַל‎. Idl. XVI, 1. Theod. αις עַל‎.

In medio autem vocum fua poft primam litteram modo per ε, modo per α, et quidem frequentius exprimitur per ε. Malach. I, 13. קֵרַשׁ‎ Syrec. Ofeae XI, 1. קֵרַ‎; per α Pf. VIII, 6. μαν בֶעֵם‎. Pf. IX, 7. Βααλων בַּעֲלִיך‎ 4 Reg. I, 2. בַּעַל‎ Ibi. XXVI, 2. σααρμι שְׁרִם‎. In fine autem vocum per ε fere femper legunt, nifi fequatur ה Paragogicum five Heemantionem: nam tuoe per α legitur 1 Paral. VII, 16. שֵׁרֵח‎ 4 Reg. XI, 4. יְהֹורִיע C LXX. Iodae. 4 Reg. XIII, 34. A. ειτ בֶּשֵׁ‎; aliquando tacen per α. Deut, I, 38. e. Iφτ וַישֻׁע‎. et Jefuae XV, 26. σαφαπα שֵׁמַע‎.

Praeter vocalem α α α pronunciatur etiam littera alio fono, imprimis fi ante vocalis ab α et α diverfa fequatur. Ruth IV, 17. עֹבֵר‎ Ωβεδ. 1 Paral. XV, 1. עֹודֵד‎ Ωδηδ. Jof. XII, 'ι j. עֹלָם‎ Ωδολλαμ. 2 Sam. VI, 3. עַזָה‎ Ω͗ζα. Gen. X, 23. עוּץ‎ Ουζ. Commutatur frequentiffime in γ. Gen. X, 12. עֵכְבֵל‎ Γαβελ. Genef. XXVI, 33. עֵרֶבֵל‎ Γαββελ. עַלֹן‎ Γαλααμ. 1 Paral. IX, 4. עֵשׁוֹ‎ Γαββει. Gen. XXXVI, 3. שֵׁחֵ‎ Γολθαμ. v. 23. עַלֹן‎ Γαλααμ. Genef. II, 18. עֵין‎ Poγαμι Nec defunt exempla, quae per α litteram effe expreffam commonftrant. Num. XXXII, 34. עֵרֹעֵר‎ Εσβαμι. 1 Reg. IV, 14. עֵורֹא‎ Εσδω 1 Paral. IX, 4. עֵשׁמֵר‎ Eamud.

פ. Veteres omnes interpretes פ per φ femper efferunt: fubjectae vero vocales faepiffime permutantur. Num. I, 10. פְּדָהצוּר‎ Φαδασουγ. Jud. VII, 10. פֻּרֶה‎ φαρα. Sed et per β et π effertur. פֵּתֻאֵל‎ Βαθουηλ. Joel I, 1. et Dan. XI, 45. אַפַדְנֹו Απαδαω.

צ Tfade. Omnes interpretes per σ legunt.

קֹף‎ Koph. Veteres per α exprimunt. Si fecus aliquando reddi obfervatur, vidulicet per χ, puto fit librariorum ofcitantia accidiffe.

E. g. Ezech. XXIII, 23. וְקֹור Txμαρ. ubi Ald. Kουδ. Jof. XV, 22. קֵינֵה baμλι.

רֵישׁ‎. Per ρ exprimitur, fed faepe cum ד confufum deprehenditur.

שׁ‎. Veteres femper σ legunt, five dextro five finiftro puncto fit notandum. Sed et per ζ et θ expreflerunt. Gen. XXII, 12. בֵּשֹׁר‎. Compl. χαζαθ. Alex. Χασζαθ. Vatic. χαζαθ. Jud. I, 35. שֵׁלֵבִם‎ Θαλαβεν.

Biblioth. Sacr. Par. II. f. ר

ח

ת. Veterum femper per ϑ reddunt. Verum non plane defunt exempla, Tau
in fine per ς effe expreffum. Jof. XIX, 10. רְבַת Ῥ8εΐϛ, v. 21. רֶסֶת Ῥεχχαμεε. Reau
per ϑ Gen. II, 14. רִתְב Compl. Φεχαδ. Alex. Εὐφραντηϛ; per τ Ezech. XXX, 18.
תַחְפַנְחֵס Ταφνιεϛ. Ab initio vero et per Σ feribitur 1 Chron. VII, 10, תַחַת. Vatie: Σααδ.

Vocalium.   Quam varii Interpretes in exprimendis vocalibus textus Maforethici fuerunt,
fupra jam adlata exempla commonftrant. Contulimus fupra inprimis ad priores Alphabeti hebralci litteras plura exempla, et ftudiofe illa conqolivimus, in quibus ingens vocalium difcrimen inter fcripturam maforethicam et hebrseo-graecam obvium
eft. Multa eandem in finem congeffit Montfaucunius exempla, quorum e numero
nonnulla tantommodo in noftram transferre res voluimus. Pro α Greci legunt ε.
Pf. CIX, 4. יַלְדֻתֶךָ Ἰαλδωϑηχ. Pro ε vero legunt α. 1 Reg. XVII, 1. אַבֵּן αϑιϛ.
Kamez affixi ן litteras praemittunt Pf. XLIV, 8. אֱלֹהִים ηλωεμ, Efel. XLII, 3. בֵּן
βεη. Pro α legunt ω. Pf. XVII, 1. רֶס דֶ δερμη. Scheva Hebraeorum fieplus
omittunt, faepius ut ε, vel α legunt, dum pro fcheva initiali fequentem vocalem
fubftituunt. Pf. XLVIII, 5. לְמִשְׁל λαμσωλ. Jod Hebraeorum per ε exprimunt,
quod in plurali nominum terminatione faepiffime diphthongefuit ηι vel αι. 2 Reg.
XIV, 26. כָאֵב μαϑαιμ: quiefcens vero in Tere per η redditur, ה vero poft
vocalem α jacet, per fimilem exprimitur. Pf. LXXV, 4. כָּל-חַסֵד μαλχασεμ. Scheveck
Hebraeorum quam faepiffime per ε et α redditur, id qnod et τω Cholem accidit.
2 Sam. XIII, 18. אֲבָרִים LXX. Σαβειμ. Deut. IV, 43. גּוֹלָן Vatie. Γαυλων.

Scriptio   Reftat denique, ut et de characterum graecorum formis, quibus feriptores eo
continua.   tempore, quo Verfio Septuagintaviralis in publicum exiit, ufi funt, nonnulla anno-
temus. Falluntur, qui in illis antiquiffimis temporibus eandem litterarum ductum,
eundemque modum feribendi quaerunt, qui vel hodie typis exprimitur, vel in MStis
recentioris aui medii aevi oftenditur. Character ille antiquiffimus omni ex parte ab
hodierno recedit, uti ex fpecimine aeri infcripto apparet, quod Cl. Tychfenius Tea-
tamini fuo praemifit. Plures diverfosque Graecorum characteres eollegit Auctor
Differtationis, quae Montfaucunii Palaeographiae graecae adhaeret. *) Litterarum
formae antiquiffimae accedunt ad formam litterarum uncialium, quae in antiquiffi-
a is adhuc inveniuntur MStis Codicibus. Singula vero fcriptione continua exarata
olim fuere; fingula verba non, uti hodie folemus, fpatio feparata fcripta funt, fed
una connexione voces conjunctae fuerunt. Verfio Septuagintaviralis eadem modo
feripta fuit, quia et autographum, ex quo ipfa verfio conferta eft, jam eodem modo feriptum fuiffe exempla fatis produnt.

Gen. XI, 8. שֻׂפַת חָמֶת νοττεμφανεχ.
— XXVIII, 19. וְאוּלָם לוּז Verumtamen Luz. Ουλαμλουϛ.
Num. XXXIV, 11. מִשְׁפַּט הָרִבְלָה Σεφαμμας βηλα.
Jof. XI, 2. בִכְחַת דוּר in arem Dor, Θεναεδως. Alex. Compl. Ναφεδδως. Ald.
Ναφεδδως.
— XV, 6. בֵּית הַגְלָה βαιϑαγλααμ.
— 23. וְחָצוֹר וְיִתְנָן Ἀσορωναιν.

                                                                    Joc

*) De prifcis Graecorum et Latinorum Litteris.

Jof. XIX, 8. בְּאֵלֶת בָּאֵר רָמֵח, Βααλοτεφυμμεθ. •
— XIX, 27. אֵל כָּבֹל סִסְמָאֵל Ad Cabul finiftrorfum. Εις χιμαμμαασμελ.
Jod. III, 8. כֹּשָׁן רִשְׁעָתֵים Χασιανρεσαθαιμ. Compl. Χασιανρασαθαιμ.
2 Reg. IV, 12. אָבֵל מְחֹולָה אֵל; Σαβελμαουλα.
2 Reg. II, 14. אֶל הָרָא gx etiam ipfe. Αφφω.
— X, 12. בֵּית הַעֵקֶד Βαιθακαδ.. Alex. Βαιθακαδ Ald. Βαιθακαθ.
2 Paral. IV, 22. חַדְרֵים שְׁתֵים rei εeterer. Αβεδδος εκ μαθνααιμ. Ald. Αβεδδος εκ μεθνααιμ.
— — 31. וַבֵּבֶת סֻרְכָּבֹות. Εν Βαιθμαχμαθ, Alex. Βαιθμαχχαβαθ. Cant.
Βαθμαχαμαθ. Compl. Βιθμαχχαβαθ. Ald. Βηχαρχαβαθ.
וְהַחֲצַר סֻסִים Ημισουσιωσιμ. Alex. Ημισουσειμ. Cant. Ημισατεσειμ.
Compl. Εσεφσουσιμ. Tres editiones vocem חַצֵר per ημισυ interpretan-
tur, Aldina vero ipsum hebraicum verbum graece scriptum servat.
בְּרָאֵי וּבְשׁוֹשַׁנִּים וְרָכֵב. και εικοσι Βαρουσευσιμ. Alex. Βαρουμεσεισιμ.
Compl. εν Βαθ.ζαφη και εν Σεισιμ.
2 Paral. XVII, 13. סֵב אֲדֻתֵיהַ Ταζαδωνας.
Efdr. II, 32. אֵנשׁ בְּנֵי לֹד הָרֵד uer Λοδαδι.

Plura hujus fcriptionis exempla fubminiftrat Capellus, b) ut variantium lectionem omnium adaugere queat.

Specimina et exempla jam jam a nobis in medium prolata commonftrant
maximam diverfitatem pronunciandi interceffiffe inter Palaeftinos et Alexandrinos cir.
ca Judaeos. Cum vero itaque confentiunt, quae Demetrius de tam diverfo modo
pronunciandi ad Regem fcripfit. Si vero nomina propria eaque notiffima tam diverfo modo prolata fuere, idem certe et aliis vocibus accidit, ut adeo Alexandrinus
textum facrum a Palaeftino quandam praelectum intelligere haud poterit. Si ipfa vero
vocalium et litterarum frequentiffima permutatione fequitur porro unam eandemque
vocem alium habere poffe fignificatum, fi a Palaeftino pronunciatur, et etiam, fi
idem ab Alexandrino factum eft. Quodfi denique textus hebraicus graecis litteris uncialibus et continua fcriptione fcriptus fuerit, cur voces in quibus litterae N, ה, ח, y, occurrunt, tam frequenter permutatae, voces diftinctae in
unam compactae, et aliae voces hebraeae fermoni graeco infertae fuere, ratio
reddi quam facillime poterit. Jam vero, quid factum fit, inquirendum erit.

Seniores e Palaeftina Alexandriam cum codice facro Hebraeo miffos, juffu Regis et vi confcios litterarum formas permutaffe et textum hebraicum charactere graeco,
quantum fieri potuit, et fecundum pronunciationem Alexandrinis confuetam, expreffiffe ftatuimus. Fatemur quidem, nullum diftinctum et expreffum in fcriptoribus anti-
qais, fi Talmudifticorum exceperis teftimonium, de codicibus ejusmodi Hebraeo-
graecis inveniri teftimonium. Verum et ne hoc quidem hypothefi noftrae opponi
poteft. Ponamus, Ariftobulum, aut Jofephum, aut Juftinum, vel fi quis alius fit,
expreffis hoc confirmaffe verbis. Quid quaefo Adverfarii refponfuri effent? Sine
dubio eosdem et hisce derogaturi effent fidem, qui omnes teftes, qui de Ptolemaeo
et de verfione Graeca fub ejus aufpiciis confecta, diferte loquuntur, acroeis graviffi-
mi

f 2

b) Critica Sacra Lib. IV. cap. XIV. p. 656.

accufant? Interim, fi rem totam accurate ponderamus, non deerit hujus rei teſtimonia, quae hypotheſi noſtrae fidem conciliant.

Quomodo exoticа ſcripta ſint? Antiquiſſimis ſcriptoribus & moris fuiſſe, exoticis characteris ipſis ſcriptoribus patrio exprimere, plura demonſtrant exempla. „Hunc litteras exoticam graecis „characteribus exprimendi morem, non modo Ptolemaei aetate, ſed etiam ante „eam adhibitam fuiſſe, ex lingua graeci conſtat. Veſtigia quoque hujus conſuetudinis „paſſim apud ſcriptores graecos v. c. *Antipatrum*, qui in Antholgia Lib. III. cap. 25. „n. 70. in epigrammate in Meleagrum Tyrium ſaλεμ (שׁלם) et aloδona (אדני) „habet, ut et apud *Plautum* et *Perſium* manſerunt. A I Judaeos praeſertim quod τε„λαος, conceſſum ipſis erat (vid. Tr. Schabbath fol. 115. 1. lin. 29.) legem ſcribe„re NB. litteris שמׁנֵא Aegyptiis ſeu Copticis, מדׁית Medicis, עברׁית transfluviali„bus, forte Phoeniciis, עלׁמׁית Elamiticis, יוׁנׁית Graecis, ut eo melius Judaei in„ter has nationes diſperſi, ſuis adſueti characteribus propriis eam legere, aut ex ea „in publicis conventibus praelegere poſſent: quoniam non tantum Judaei exteraneï „ob dialectorum affinitatem, aut ob cognitionem dialecti affinis cujuſdam, textum „hebraeum quodammodo intelligere poterant, ſed etiam officio ſuo rite ſatisfeciſſe „ſe cenſebantur, ſi verba Hebraea, ut pſittacus ſuum χαιρε, licet illa haud intelli„gerent, recitarent.„ *) Graeci Interpretes *Aquila*, *Symmachus* et *Theodotion*, hebraicas voces, non ſolum nomina propria, ſed et alias communi ſignificationis voces graece exſcribunt characterе, quoties ipſis viſum eſt ad fontem recurrere. Idem et *Hieronymo* moris fuit. Voces hebraicas, quas ſtudioſe interpretatus eſt, non characterе hebraeo ſed latino expreſſit. In antiquiſſimis quoque Vulgatae Verſionis Codicibus MStis, ut et in antiquiſſimis editionibus, in Prologo in Danielem graeca nonnulla characterе latino redduntur. In *Blanchini* vindiciis canonicarum ſcripturarum et Codice Veronenſi ſiſtitur Pſalterium Graecum characterе Latino expreſſum. Quodſi itaque Codex ſacer Hebraeus tempore *Ptolemaei Demetrio* ſuadente ita in graecum transſcriptus ſit, ut non ſermo ipſe, ſed unummodo characterem formae permutatae ſint, nihil certe factum eſſet, quod a moribus iſtius ſaeculi alienum pronunciandum ſit. Exotica propriis litteris exarata in aliam transfundere formam, et vulgari characterе ea lectoribus offerre, quae alio modo ipſa incognita manſiſſent, non a conſuetudine antiquorum ſcriptorum abhorret.

Graecа ſcriptio librɩ ſacr. Auctorem Verſionis Septuagintaviralis eundem morem exotice ſcribendi charactere notiori obſervarunt. Ex iis, quae ſupra attulimus exempla, non ſolum nomina propria Graece ſcripta, ſed et ad pronunciationem Helleniſticam ſeu Alexandrinam eſſe transformata, apparet. Qui Paleſtinis vocabatur שׁטֵר Alexandriniis Σαφαι, illis שׁטֵׁעֵׁם his Σαφαευ, illis תׁרׁה his ίαβα. Simili modo alia verba hebraica ab interprete retenta civitatem graecam nacta ſunt, dum litteris graecis et ſecundum pronunciationem Helleniſtarum expreſſa ſunt. e. g. Joſua XI, 2. וׁבׁׁאׁרׁיׁתׁ דׁׁוׁרׁ et in tractu Dor. LXX. φεναεδδος. Jerem. XXXVII, 14. שׁׁעׁׁר בׁׁנׁיׁמׁׁן he asant εἰσαλευμλ. Alex. Εαλαδηλ. Numquam quisquam certe, ut mihi quidem videtur, vocem יׁׁשׁׁיׁׁ in εἰσαλευμλ transformaſſet hebraicamque vocem ita graecis expreſſiſſet characteribus, niſi ipſi hebraica graece ſcribere conſuetudini fuiſſet.

Quia

*) Drſyum teſtamen p. 62.

Quin et, si interpres hebraicam textum hebraico charactere scriptum ante oculos habuisset, et tam tritum notissimumque verbum יֹשֵׁב in nomen proprium domus cujusdam transformasset, interpreti certe haud sanum fuisset syncipu, atque certe talia, ut ajunt, nonnumquam ignorasset. Veniam vero meretur, si codicem hebraeogrammis oculis subjecit, atque in illo vocem ἀσαλυταφ invenit, qua deceptus ex adjectivo ישב nomen proprium domicilii construxit. Quae vero quomodocunque se habeant, Interpretes hebraica graecis litteris scribere haud ignorasse, satis demonstrant. Idem vero status atque conditio Judaeorum Alexandrinorum postulabat. Quidquid in horum usum scribebatur, etiamsi hebraica essent, graeco charactere et secundum pronunciationem Hellenistis consuetam scribendum erat. Vulgus eorum ignorabat, ut Vulgus inter Judaeos hodiernos, characterem sanctum seu quadratum, nec exulibus et captivis facultas erat, codicibus MSis sanctis, seu charactere quadrato exaratis potiundi, nec etiamsi ex communi consuetudine patrium sermonem secundum pronunciationem hellenisticam discere potuissent, pronunciationem sanctam seu in Palaestina usitatam addiscendi, ipsis non erat. Si itaque lex Hebraeorum in usum Hellenistarum seu Alexandrinorum scribenda fuit, necessario litteris graecis et secundum pronunciationem ex communi usu familiarem redditam scribi debuit. Alias enim ipsi legem praelectam haud intellexissent, sicut hodierni Judaei, quae e codice masorethico et secundum pronunciationem nobis usitatam praelecta sunt, non intelligunt. Quomodo vero Hellenistae tum puncta vocalia, tum litteras seu characteres hebraicos expresserint, et a Palaestinis recessarint, collatio nonulorum propriorum hebraice et graece scriptorum manifestabit.

Antiquorum Scriptorum testimonia jam supra exposuimus, et ex ipsa illorum explicatione, omnes tum de versione seu interpretatione, tum vero de transcriptione et litterarum permutatione loqui, apparet. Aristeas historicam relationem, alii omnia nos fallunt, ut authenticam et genuinam vindicavimus, quamvis et Aristeam haud sincere singula narrasse, sed callide quaedam silentio occultasse concedamus. Justini vero Martyris testimonium seria contemplatione dignum nobis videtur. Hic certe non ex vago rumore, nec ex hariolatione, quae scripsit, nobis suppeditavit, sed in singula Alexandriae ipse studiose inquisivit. Provocat vero ad authentica exemplaria, in bibliotheca Alexandriae adservata, litteris hebraicis a septuaginta sapientibus viris graece et hebraice scilentibus scripta, qui libros sacros in graecam pronunciationem transformaverunt, μετεβαλοντας αὐτους εἰς την ἑλλαδα φωνην, Quid sibi φωνη apud Graecos scriptores? Utuntur hac voce, ut vocabulum vel verbum designent: sed frequentius illa utuntur, si de vocabulo ore prolato loquuntur, quin et animalibus et instrumentis musicis φωνην tribuunt. Justino teste libri sacri hebraico charactere scripti in Bibliotheca Alexandrina fuere reposti, sed idem libri in graecam φωνην transformati sunt, atque hoc a viris, qui Hebraice et Graeca seaarate sciverunt, factum est. Quomodo id fieri potuit? Si viri isti tantummodo textum hebraicum quadrato charactere descripserunt, quomodo idem ille in graecam φωνην seu pronunciationem transformari potuit? aut quid opus fuit, viros Graeca sciretes seligere, si tantummodo apographum textus hebraici conficiendum fuit? Sin vero viri isti solummodo versionem graecam textus hebraici elaborarunt, quo facto codex ille Alexandriae adservatus litteris hebraicis scriptus dici potuit? Quae

ha-

Testimonium Justini Mart.

Itaque in dubium vocantur, impreßis definit *Justinus* verbis, Alexandrinae characterum hebraicam in graecam fuisse transformatam.

Accedit testimonio *Justini* Martyris praxis *Origenis* in conscribendis Hexaplis suis. Quòd in illo opere, cujus fragmenta tantummodo ad nostra pervenere secula, textus facer duplici charactere scriptus fuerit, nimirum in prima columna charactere hebraeo, et secundum pronunciationem Palaestinorum, et in secunda columna charactere graeco et secundum pronunciationem Hellenistarum seu Alexandrinorum, omnibus est notissimum. Jam vero quaeritur, unde *Origenes* sua hauserit? utrum columna hebraeo-graeca apographum codicis alicujus antiquioris hebraeo-graeci fuerit, quem *Origenes* descripserit: an vero ipse primus periculum hebraea graecis litteris scribendi fecerit? Posterius qui adfirmarunt, non desunt; sed ipsi, quod adfirmant, vix studiose reputarunt. *Origenes* totus in eo erat, non ut ipse scriberet, sed ut integrum opus Hexaplare ex aliorum codicibus compilaret; quem vero in finem ipse hebraica graece scripsisset, dum plures textus authentico adderet interpretationes? Qui hebraica hebraice scripta non intelligebat, is certe et hebraica graece scripta ignorabat. Quem in finem opus tanti laboris in se suscepisset? Concedamus jam, *Origenem* textum hebraicam omnium primo charactere graeco et secundum pronunciationem Hellenisticam exscripsisse, quis esset, cui isto labore inservire potuisset? Non Judaeis, hi enim opus ejus nec legebant, nec transcriptum et in aliam pronunciationem transformata intelligere poterant. Non Christianis, qui si hebraica didicerant, prima columna contenti esse poterant, et si hebraica ignorabant, ex permutatione litterarum nullum habebant emolumentum. Optime revera praxis *Origenis* cum testimonio *Justini* Martyris consentit. Vivebat ille Alexandriae et Bibliotheca publica habebat codicem *Ptolemaei* authenticum, duplici columna distinctum, in quarum una textus hebraicus litteris hebraicis, et in altera idem textus graecis litteris scriptus exstabat. Sicuti in Hexaplis apographa textus authentici et versionum graecarum, Septuagintaviralis, *Aquilae*, *Symmachi*, *Theodotionis* aliorumque exhibuit, sic et apographum alterius columnae, nimirum textus hebraici litteris graecis secundum pronunciationem Hellenisticam scripti, edidit. Prudenti consilio hoc certe peregit. Non ignorabat, quale inter Palaestinenses et Hellenistas seu Alexandrinos prostaret discidium; et sine dubio ipse probe intellexit, Versionem Septuagintaviralem, in plurimis locis, in quibus a textu authentico aberrat, cum textu hebraeo-graeco Hellenistarum more pronunciato apprime consentire: praefenses itaque utriusque codicis apographa conjungit, cum versionum consensum et dissensum ostendere conaretur. Si denique antiquorum scriptorum relationes de opere isto *Origenis* apud omnes celebratissimo consulimus, nullus omnium invenitur, qui *Origenem* auctorem columnae hebraeo-graecae appellet; sed ipsi circa utramque columnam eundem nimirum describendi laborem tribuunt. *Hieronymus* de Hexaplis loquens ait: „In quibus et ipsa Hebraea propriis sunt charagteribus verba descripta, *l)* et graecis literis tramite expreßa vicino.„ *e)* Idem testatur *Epiphanius*: Ἑλληνιστὶ μὲν τῇ λέξει ἑλληνιστὶ δὲ τῷ γράμματι γέγραπται ἀγνώστως συνθέσει: hebraicae lectioni apposuit aliam graecis literis scriptam. *o)* Et denique *Ruffinus*: „Famosissimos

»mos

l) Comment. in Ep. ad Tit. tom. 4. col. 437.
e) Haeres. 64, c. 3. Conf. de Ponderib. tom. 2. p. 164.

... suas codices compeluit Origenes, in quibus per singulas columnas e regione separatim opus interpretis uniuscujusque descripsit; Ita ut primo omnium ipsa Hebraeum verba hebraicis litteris poneret, secundo in loco per ordinem graecis litteris, [f]) Jam vero si Origenes codices tantummodo descripsit, et columnas hebraeam aliam hebraeo-graecam adjunxit, Alexandriae certo ejusmodi Codices in Bibliothecae publica asservatos fuisse, necessario sequitur. Attdiamus denique ipsum Origenem, qui non solum testatur, se graecam scripturam e codice aliquo hausisse, sed et de modo scribendi rationem simul reddit. Hic enim expresse ait, in codicibus antiquis summa cura ex hebraicis transscriptis ἐν τοῖς ἀκριβέσι τῶν ἀντιγράφων ἑβραικοῖς Nomen Dei tetragrammaton characteribus originali γράμμασι ἀρχαίοις transscriptum fuisse. ε) Quomodo vero hoc factum sit, ex ipsis Hexaplis discimus, Ps. LXXI, 20. Βαρούχ, ΠΙΠΙ Ἐλωαμ, Ἐλωεϊ Ισραήλ, Malach. II, 13. Οὐζααθ οπιοὺ Στον χριστουθ δημε εθ μααθση ΠΙΠΙ βαχι ὑπάνυαα μκην ᾧ φωτιαθ λι αμματα δυλασυθ αματον μεδεγρω. Aperte hisce Origenes profitetur, se antiquus habuisse codices, in quibus nomen Dei ΠΙΠΙ charactere originali scriptum fuerit. Quales vero fuerunt illi codices antiqui? Hebraeo charactere exarati? Quid mirum si in illis nomen Dei charactere originali expressum fuerit, cum singula verba eodem modo scripta essent? Quam ob causam ad codices summa cura exaratos provocasset, dum in omnibus nomen Dei sicut et reliqua omnia charactere antiquo et originali expressa essent? Si vero de codicibus graeco charactere exaratis loquitur, assertum ejus genuinum admittit sensum; ostendit enim, omnia verba integri codicis graeco charactere fuisse exscripta, excepto nomine Dei essentiali, quod quia graeco charactere exprimi haud potest, characteres originali ΠΙΠΙ, ΠΙΠΙ codicibus illis insertum sit. Origenis itaque tempore antiquos fuisse codices hebraeo-graecos ipse testis est gravissimus. δ) Quae signis si perpenduntur, sua sponte cadunt, quae Cl. Starckius ι) hisce opposuit. Nullas enim antiquorum scriptorum Origeni ipsi tribuit transformationem characterum; et si hoc a quopiam factum sit, majus esset ipsius Origenis testimonium; ipse vero inconstantia, qua hebraicus textus graeco charactere expressus est, alium graecae scripturae prodit auctorem. Facile sane certe Origenes male constituisset, in tam inconstantem transformationem archetypo hebraico ad latus posuisset. Jam vero singula, qui invenit, in hebraicis, graecis et in variorum versionibus accurate descripta, ac quivis singula perpendere et dijudicare possit.

Judaeorum et supremis Talmudistarum fides suspecta, et haud raro non in- Testimonia juste in dubium vocatur; hoc loco vero fidem illis habendam esse censemus. Misit Judaeorum. Eleazarus deputatos Senes eorum in suam, ut, uti tibi persuasit, codicem sacrum graece interpretarentur, seu in graecam linguam transferrent. Cum vero audirent, et quae facta sint, retulissent, etiamsi Legati multo honore magnisque muneribus onerati dimissi essent, dies lugubris et jejunii quotannis celebrandus indictus est. Hoc certe manifestum est indicium, rem aliter credidisse se sibi persuasissent, et Senes secundum regis mandatum Legem non solummodo interpretatos esse, sed cum etiam

f) Hist. Eccles. Lib. VI. c. 13. pag. 16. Anhang p. 13.
g) Montfaucon tom. I. Hexapl. p. 16. ι) Davidis aliorumque Poet. Hebr. Carmina Vol. I. p. 50.
δ) Conf. Kristani befreytes Testamen

etiam scribere coactos fuisse. Quomodo vero legem scripserint, hebraice vel graece, sub judice lis est. Verum hebraice textum scribere, et quidem hebraicis litteris, certe non opus erat, siquidem codicem hebraeum litteris quadratis scriptum legentum manus Regi sponte offerebant. Et si de novo illum eodem modo describere coacti fuissent, cur jejunium quotannis celebrandum induxissent? Non major causa luctus erat, codicem de novo describere, quam jam descriptum offerre; Graecam versionem si scripsissent, Eleazarus quoque diem jejunii indicere haud potuisset, cum enim in finem Seniores Alexandriam ablegati fuerant. Quid itaque restat? Unicum tantummodo, quod codicem sacrum graecis litteris secundum pronunciationem Hellenistarum scribere coacti fuerint. Quod si factum est, omnia et singula satis concinne et apte consentiunt, nec causa lugendi blanditiis regis deceptis defuit Judaeis. Solenne vero fuit jejunium genti Judaicae ex isto tempore, quo Seniores ex Aegypto redierant, hinc codicem sacrum ibidem contra opinionem descriptam fuisse certum est. Quae cum ita sint, cur Judaeis in relatione de immutatione tredecim locorum sacri codicis Alexandriae fides deneganda sit, nullus video. Sunt vero in numero illorum tria, quae aperte produnt, Alexandriae codicem sacrum graecis litteris transscriptum fuisse. Gen. I, 1. verba transposita sint, ne rex crederet vocem בראשית esse nomen Dei, Exod. XXIV, 5. loco נערי scriptum fuit זקני (ζωγ-ται) et Levit. XI, 6. loco ארנבת scriptum est את עזירת הרגלים, quod graece verterunt δασυπεδα. Jam vero si Seniores textum hebraicum graeco sermone exposuissent, nulla certe mutatio possibilis fuisset, nam Gen. 1, ἐν ἀρχῇ ponendum fuisset, quam vocem rex certe intellexisset, Exod. XXIV. legendum fuisset νεανιας, et ultimo loco vox ארנבת, quae nomini Reginae aliquo modo similis est, retineri haud potuisset. Secus se vero res ipsa habet, si voces hebraicae graece charactere scribantur. Sequitur ergo ex hoc testimonio, Alexandriae textum hebraicum graecis litteris fuisse descriptum. Nec obstat Demetrium scribam huic rei adfuisse, ipse enim, cum singula in favorem regis fierent, adsensum huic facto dedisse videtur. [k]: Opponit quidem CL. Sturchius dubiam Judaeorum, et inprimis libri Megilla fidem, quin ex Exod. XXIV. probare vult, legem non fuisse transscriptam, sed in graecum sermonem translatam. [l] Verum cur ipsa fides Judaeorum tam suspecta sit, non patet; ei exponitur, et vocem עזי per ζωγραι graece versam esse, asserere haud audemus. Accedit hisce testimoniis Judaei cujusdam famigeratissimi, qui quidem recentiori tempore vixit, attamen omnem meretur fidem apud eos, qui quam tenacer Judaei traditionum paternarum sint, non ignorant. Testis est Moses Maimonides, [m] cujus verba hic exscribenda duximus: אין סופרין תפלין וחוזות ואלא בכתב אשורית: מתירו כסתרים לכתב בלבד הכר נשקף יוני מן העלם נשתבש ואבר לסמך אך סתבק היום טלשטן אלגא אטורית: Provocat ad hunc locum Ifagenfilius, [n] qui illum interpretatur: Ad Phylacteria et Schedas luminares describendas haud alius quam Assyriacus character adhiberi licet, in libris vero sacris describendis, litteris etiam graecis uti conceditur, sed his folis, (nec ullis aliis aliarum gentium.) At vero pridem in desuetudinem abiit lingua graeca, confusa est, ac periit. Quamobrem hac aetate tam libri sacri quam Phylacteria audre

---

k) Conf. Dresdensii tentamen §. 12. p. 48.   m) Hilchot Tephill. cap. I, §. 19.
f) l. c. p. 11.   n) Sota p. 972.

... Addit Idem „ ... ...vestitem, longe majori ratione ide... ... nec Maimonides nec quisquam Jud... ... sequitur *Wagenseilius Frickius*) sed propter ad verum ... ... accedit: „nihil falso quid usum sibi vult, perillustrum linguae graec... ... qui oblatolam una ... ... fabulosis tueretur, et cum antiquis templis ... ... hebraeo, videtur exprimendis literis characteres essent adhibiti, hinc ... ..., hujusquidquam-illud Graeci sit sacris fedmorum cursui. „ Vidit *Frickius* ... e longinquo hodiernam vix cudiculus hebraeo-graecis disputationem, et anti... Hebraeos graecis characteribus et inter Judaeos expressa fuisse hanc ... ... Majori jure illinc *Maimonides* locum in suos transfert usus CL. *Theodorus*. FJ Distin... ... affirmat auctores ... ... perutilium fuisse, libros hebraeos graecis literis ... ... cum vero ... ... jam dudum poenitus fabitis sit, eo verbum L... ..., Tephillin et ... ... quadrato scribenda esse. Per *Mosen* vero ... Maimonidem libros ... ... Legum Mosis intelligere, manifesto cudi... ..., quod ii soli characteres ... ..., non vero cursivo scribendi fint. Ipsa de... ... *Maimonidis* relatio ... ... de usu linguae Graecae monumentis ... ... subjecta, lingua graeca quavis dicta ..., negotia ... ... distinguunt est. *Antiochus Epiphanes* Judaeo... ... Denique ... ... vendixit, et eos ad Graecorum mores confer... ..., cum commandavi ... ... negotio Samaritanos, qui se Persarum et Medorum... coloni perhibebant, hac ... ... servantissimos; quibus et publico mandato ... Graeci... gia Institutis vivens ... ... Atque et hoc tempore Graecarum litterarum ... ... Samaritanae juvant ... ... *Ptolemaei Philadelphi* tempore, sive ipsi volu... ... fiera graecis literis ... ..., vel saltem in graecum sermonem transferri jusserit, ... incertus interpres et in graecam sermonem transformaverit, literas graecas in... ... nomine usitatas fuisse, necesse est. Accedit hisce traditio ... ... Orientalem obvia, cujus mentionem fecit *Niebuhrius*,) quod tempore ... ... graeca lingua, ... injucunde, vel et *Waltonus*, *Pocockus* fin... graec-graecam cum literis ... ... observat; siquidem in Christi... pada graeca vocabula hebraea ... ... rum Alpinibus ... ... curate consentit,) quin et ipsa ... ... ormui et Pococken habentur, qui Graece-docuerant, scris Alpha... ... cum cunctis alii... ... stipulanturque et linguae graecae ... ... eodem ... ...

... Singula quae hactenus dis... ... ... Probantia. ... ... de codicibus hebraeo-graecis partim observa... ... De ... ... sibi adversarii ejus persuaserat que communem ... ...

Bibl. gr. p. 2.   ) Bodleian. vol. ...
... August. I. XXII. S.   ) Prolegn. II. S.

testimonia Christianorum ... induxerunt, haec omnia optime concludunt, ... dita a Senioribus ... illis codicum hebraeorum litteris graecis ... esse, statuimus ... aut ipsam ablegationem Seniorum in dubium ... in caussa librorum ... voluerunt, qui incertam Versioni septuagintavirali ... adsignant, ... testimonia, quae sibi invicem accurate respondent, ... vix conciliari ... index demenganda esset; omnes itaque excutiere, quia eos ... si voluissem? Non hisaisme praeterit, quae a Viris doctis jam super isadaria versionis scriptis huic hypothesi opposita sunt. Verum in illis, quorum multa sunt levisima ... refutandis haud immoremur, sed ad ultimum tractationis nostrae caput ... , ut versionem septuagintaviralem, quam hodie habemus, non e codi...re hebraeo litteris quadratis scripto, sed e codice hebraeo graecis litteris conscripto, confectam esse monstremus. In duo itaque capita sequens abit tractatio, primo ut ostendamus, varias lectiones a Capello productas lectionesque graeco deriv... secundo vero versionem ipsam graecam e codice hebraeo graecis litteris et secun dum pronunciationem hellenisticam scripto confectam esse.

Variae lectiones e scriptione graeca ortae.

Ludovicus Capellus totus in eo est, ut ex... ...onibus graecis in LXX... viis, aliter alias in textu hebraeo lectam, annuam posteriori tempore adultam ... transformaremque esse, evincat. [1]) Sequuntur illam perplures Critici recen... Obviam ivit Capello, Buxtorfius, [2]) ut textum ... a disruptionis nota ... libraret. Verum hic vir alias in hebraicis doctissimus eum eos ad graecam ... nem respexit, variis in locis Capello haud par videtur. Legens enim ... Capello productam variantium lectionum numeras; verum a omnia lin... ...distinetur, quae ex graeca scriptione in versione septuagintavirali hodie... ... tantummodo originem traxerunt, et in hac editione cardinali sin... alia vero aliter leguntur, plurimas lectiones varie syne...lat. Si su... quae restant, ad graecam scriptionem textus hebraei revocantur; alii caussa ... ...iant, exiguus variantium lectionum seu potius errorum graece scribendum ... ...pretantium numerus supererit. Capellus per plura capita argumentum suum dedit ... ...plures Variantium lectionum formas classes, et singulis plura subdit exempla... ... fieret in singula inquirere. Sufficiat itaque, ut nonnulla exempla deg... ... subjecta sub examen vocamus, quo, quam lubrico hypothesi Capellus...fundamento, evincatur.

1. Lectiones variae, quae circa puncta vocalia occurrunt in translatione graeca LXX... Ps. XIII. 11. ... propter iniquitatem suam. LXX. ἐν στεναγμῷ legerunt ... Capellus p. 302. Resp. Scribitur graece ... vel ... vel ... ... pronunciationem hellenisticam species, ancipitis est significationis. Symmachus eodem modo ductus est. Sed quid multis de punctorum germanatione disputabimus? ... ...doctis exemplis patet, quantopere puncta vocalia, in ipsis nomi... propriis, quorum pronunciatio tamen notior fuit, quam aliorum vocab... permutata sint, ut vix antiquorum punctorum superset vestigium. E.g. ... 35. ... Χαλααμ. Alii Χαλάμ. Gen. X. 29. ... Εὐιλᾶτ. Gen. XI. ... ... Ἀρφαξάδ. Alii ... Jef. XV. 55. ... Ἰνυῶ... Quidquid hujus...

1) Crit...a lib. IV. cap. 1-18. ...
2) Anti...a. ... Vindiciae Veritatis ... cap. ... pp. 54 ...

עִיר et illud junxerunt cum sequenti חֹסֶן. *Capellus* p. 555. *Resp.* Scribitur graece: αΘαλτσεά. Oritur varia lectio ex continua scriptione, in qua litterae אוּיר vel ejiciuntur, vel cum voce sequenti conjunguntur: omnis praeterea distinctionum usus ab hoc genere scribendi abest. Conf. exempla hujus scriptionis, quae supra exposuimus.

III. V. L. oriuntur ex litterarum sono, affinium permutatione.

Permutantur א et ה. Psalm. XXXVII. 3. בֶּאֱמֶת in veritate. ἐπὶ τῷ πλούτῳ, legerunt הֹון. *Capellus* p. 563. *Resp.* Graece scribitur utrumque αμωτα.

א et ע. P. V, 1. אֶל הַגַּיְלוֹת LXX. υπερ. legerunt עַל. *Capellus* p. 564. *Resp.* Scribitur graece εἰλ.

Esb. IV, 7. לתכלת ad perditionem. LXX. εως εἰς δουλεαν. *Capell.* ibid. *Resp.* Scribitur utrumque δουλευαι vel δυλευαι.

ה et ע. 1 Paral. 17, הָעָם הַזֶּה בּ hic usque. LXX. εως εκεινος. leg. עֹלָם. *Capell.* p. 566. *Resp.* ה et ע utrumque scribitur α.

ע et ה. Amos I. 5. עֵדֶן Eden. LXX. Χαρραν. L רון. *Capell.* ibid. *Resp.* Graece scriptio est error codicis cujusdam graeci, in quo scriptor inscitus עֵדֶן et חֵרָן γραφας permutavit. Compl. recte scribit Ἀδαν. Litteras vero saepius sine ratione in graece scriptione duplicantur. Ἀδαμμιν, Ὀδδομιν, Οελμ. Ολλα.

IV. V. L. oriuntur ex litterarum figura, affinium permutatione.

Ita *Capellus*. Sed ex exemplis adductis apparet ejusmodi permutationem factam esse non tam in codice hebraeo describendo, quam in variis versionis graecae apographis, vitiose descriptis.

1 Paral. IV, 21. לָחֶם LXX. Ληχαβ. permutarunt ה et כ. *Capell.* p. 581. *Resp.* Compl. habet Λααχα. Aldina habet Αληχα. Aldina habet Αηχαβ.

1 Paral. VII, 6. בֶּכֶר LXX. Βαχιρ. *Resp.* Compl. Βοχορ. Ald. Χαβερ. Alex. Βαχορ.

1 Paral. V, 27. בֶּכֶר LXX. הַ... *Resp.* Compl. Εβερ.

— III. 22. נְעַרְיָה LXX... Compl. Ναμαν.

Pauca haec *Capellus* ... , attuli ex hujus generis erroribus in variis, sed non in omnibus versionis graecae apographis obviis, permutationem in codice hebraeo factam probare voluit. Dissero enim editione Francofurtana Versionis Septuagintaviralis, cujus et vitia typographica in vulgatis Codicis fieri solet ... interdum et Vetusanam consuluit.

V. VI. oriuntur ex litterarum tam sono quam figura ... permutatione, ... laborarunt ... ab utraque parte, thesin sive ... defensam, sive ... Qui cum *Capello* faciunt, non majus usquam textum sacrum corro... ... argumentum inveniri poteris, quam quod ... tractat, sibi persuadent. Et qui a parte ... militant, ... dum quomodo fieri potuerit, ... tam figura quam

...conciudit lectio...

g. 1 Reg. XVII. 84. אֵל

...duplicitas exhibere, unde in ...

...vidum effet. Sed et hue ...

...denoncatrns. 1 Sam. XIV, 5. 'Αβιννε Δ...

...Παραλ. VIII, 4. Αθεελ ...

...Αβικ... Αβερ... Αββατα. Οδδοφαν.

II. V. L. oriuntur ex textu vel plurium vocum ...

...Capello producta ex diversitate editionum graecarum diiudicanda funt; ...lectionum editionem Complutenfem revocant. E. g. 1 Paral. VIII. 8. 41 IX, 44. ...'Αου, qui ... abeft codice. Capellus p. 657. Verum hoc no...

...laudat ... Ald. et Alex. Recenfentur fere voc. Αζελ, qua...

...in numero eft ... At quietos per aguorum ...

...tantum fuperaddi ... quis, ut numerum fa complerant, ...

... Aza. Reliquo ... ementa, forte marginalia, quae tamen ...

...vero extra textu fita, nec un... codice fuere, nec in omnibus editi...

...Variarum lectionum Claffis, quae ...

...one, vel exiguorum permutatione, fed ...

... vel ex integrarum periodorum ... fiu vu...

...bus et permutationes ejus quae ... quonim...

...modici hebraeo, ut vero jam dubinp ...

... corruptelis et erroribus fubjectas verfion...]

...Confectaria.

...quae contra Capellum obfervanda fuerunt, ex ...

...ibus fua fponte fefe fequendo produci: I. Omnes variarum lectionum claffes ita ...

...ut omnia ad genuinam fcriptionem redeant. Singula ... bus ...

...quae verifcal graecae funt peculiaria, fi non omnibus ejus ...

...pula; in ... Capellus aliam editionem confuluiffet, fine dubio alia ...

...ad clafem ... editicam Vatinam ... Refch et Nun Hebraeorum ...

...; fed eam ... factum effe negandum effet. Qua ...

...eam fui fine ... textus hebraei puritatem co...

...equa Capellus cap. XV, Integram ...

...faulis ...ude pu...

...ad-integram hebraicum ...

...recepta et ... correcta eft. ... amplius, qui ...

...ibus fint eotdumque, neceffario dubitari offeat. Si ...

...fcriptam ante oculos habuiffet, fdeviffet certe ...Jof. XIX, a...

...verfus, Jer. XXXVIII, 14. indicare terrae, Malach. II. ...

...fecundum, Sec, ut compariberic ...1 Reg. II, 34. ...

...permififfet. Idem certe et alio in loco, ubi errore...

III. Jam vero omnem ...demonftrari volent affero...

...Graecam ad codicem Hebraeum revocatam effe, affero...

...? Si vero graeca cum textu hebraeo coll...

... vocatur ...

cum quibus collatio versionis Graecae instituta sit, necessario... Atqui hoc modo rationem reddere possimus, quomodo factum sit, ut tam aperti et ... errores locum semel occupatum obtinere potuerint. Legit enim revisor seu corrector Jos. XIX. χαραμμασραμλ, Jerem. XXXVIII. ασαλετημλ, Malach. II. εμεθ, et 2 Reg. II. εἰρρα, quae cum, quia graece scripta erant, non intellexit, atque de hebraica-scriptione cogitavit, intacta in textu Graeco retinuit. Quae longae Capellus summo studio cumulavit, ex omnia pro existentia codicum hebraeo-graecorum, quamvis citra ejus opinionem, strenue militant.

Ultimum denique superest tractationis nostrae membrum, ut nimirum ostendamus, ipsam versionem graecam, prout hodie exstat, aperta et indubia ostendere indicia, ex quibus, versionem non e codice hebraico, sed graecis litteris scripto, confectam esse, probari potest. Multis in locis ... interpretem graecum quam longissime a textu hebraeo recedere, atque singularum et ... a textu authentico alienam exhibere sensum, id est, in quo omnes consentiunt. Istam vero dissensum non in locis δυσνοητον atque perplexis, sed in locis apprime planis invenimus, quia ... verba utriusque notissima ita interpretati sunt auctores, ut nulla unquam ejus interpretationis reddi possit ratio. Jam vero si voces illas graecis scribimus litteris, et secundum pronunciationem hellenisticam, cujus vestigia sim in nonnullis propriis, quam in Hexaplorum fragmentis superfunt, quo factum sit, ut in aperto notissimas voces tam sinistre interpretati sint, commoda ratio reddi potest. Exempla nonnulla hoc manifestabunt. Duo vero maxime sunt observanda: primo, Hellenistas in pronunciandis punctis vocalibus admodum versatos, et plura simili fere sono protulisse, uti in graecis fieri solet, dum ρας, ρες, ρος, ρυς simili sono pronunciantur; et secundo in graeca scriptione litteras ΑΛΑΓ, ΠΤΠΡΝ, ΣΕΘΜ, ΚΕΡΤ, ΤΓ, ΟΘΦ, ΤΑΚΒ, ΜΠΗΘ quam frequentissime permutari. Utrumque undeuique, qui nomina propria, uti in editionibus canonicalibus scripta exstant, conferre voluerit, facile patebit. Argumentum hoce Cl. Tychsenus in triplici scripto fere exhausit, dum perplurimis exemplis, quomodo legerint interpretes, et quare ita, uti factum est, voces in graecum sermonem transtulerint, accurate demonstrat. Fortner, exempla quae hic subjicimus, nos debere huic Viro doctissimo, qui a Cl. Schaero?) inter nos primus omnino salutatur, qui hanc translationem ex hebraico exemplari, quod graecis characteribus scriptum fuerit, derivatam solide damnat. Plura exempla in Tentamine de variis codicum hebraeorum V. T. MSS. in publicum hunc in finem prodidit, ut originem versionis graecae ejusque ... manifestei. Sed quia hocce Tentamen in manibus etiam exterorum doctorum frequentissimum est, Nulla ex illo haustmus exempla: sed tantummodo ex defensionibus Tentaminis, idiomate germanico conscriptis, *) a quibus exteri, qui germanicum linguam haud callent, ipso idiomate prohibentur, illa selegimus exempla, quae ad graecas scriptione interpretationem eam etiam derivandam est clare demonstrant.

Gen. VII, 11. c. VIII, 1. לקרב ליבש הרביצה βαταβιελ αισιρκεψ, alia decimo septimo. LXX. ιβδεψη και ... κει. αιγεψω.

γ) Apparat. ad illustrationem V. T. interpr. — σ) Subsecytere Tentamen, et Beilage zur Ahndung. tib. a. p. 295.

A rudo, cinerem egredi ... ... עפר esse, P pro Δ.

— 14. ... ... LXX. ὁ σωδῶν. 'בן Ben. N pro ...

— 7. ... ... decem partibus. LXX. Δεκα ...

Exod. ... ... vel ... populus. LXX. αὐτρις. ... ... vel ...

— XVI, ... quid est γοῦ. LXX. παρσιτ ... λεγ. ... ...

— XIX, ... חזק ... mons. LXX. ὁ λαος. λεγ. ... ... pro P.

— XXXV, 35. ... ... artifex. LXX. τοῦ αγιου. λεγ ... ... σαφατ. Δ pro P.

Num. XXIV. 7. ... ... βασιλεια, et femen'ejus in aquis. LXX. και ... ... et ... gentes. leg. ... ... Σ pro Z. ... pro M.

Deut. XXXII, 2. ... ... Brach per compostm scribendi. LXX. ... λαι ... ... Deus.

XLX, ... λαι. LXX. λαλει. ... אל לא λαι aut λαι.

— ... ... λαμ, quia habebant currus fer... ... αυτοις, quia ... ...

— ... ... λεγ. σαμ. Σ pro M.

— ... LXX. ... ... et confortans ... λεγ ... ... LXX. και ὁ θεος. ... αυλαι.

— 5. ... LXX. ... ... L ... ... συνισεα. Γ pro Σ.

— IV, 19. ... ... incurvabat fe. LXX. και ελκωσεν. L ... ...

— XIII, ... fima. LXX. τρυγητος, vindemia. leg ... ... B pro ...

— ... ... LXX. τηπτ ... ...

Sam. XXVIII, ...

Reg. ... ... LXX. λαθαι τοματσι. ... ...

Reg. II, ... ubi Dominus ... ... ipfe. LXX. ... ...

— XX, 10. ... ... fcilicet ... LXX. ... ...

— XXII, 14. ... in. LXX. ... L ... ... M pro Σ.

III, 17. ... robur. LXX. ... ...

— 7. ... vel ... ciansbat. LXX. ... stabo. ... ...

— ... ... LXX. ... αυτος. ... ...

— ... ... nubes. LXX. ... ...

— ... ... his. LXX. ἐν ... ...

Job.

Job. XL, 19. הרבו אשר. τον ἀγγελων αὐτον, אשר כהם.

Pf. VIII, 3. עז אל, fortitudo, LXX. αἶνον. תוד pro Z.

— XXV, 14: סוד סוד, myfterium, LXX. robur, שות סוד.
πεο .

— XXXIX, 6. טפחות זפא.9, palmos, LXX. πακαιας. שבית Σι,3ω9.

—LV, 9. סוד סוד, myfterium, LXX. ἐδεσματα. זור סוד, Z pro Σ.

— LVIII, 9. אשת אש, mulier. LXX. πυρ, אש אש.

— LXXIV, 3. פעמיך, pedes tuos. LXX. τας χειρας σου. בהיך Βασανχ.

—, LXXXIX, 52. עקבות αἰνι,3ω9, veſtigia. LXX. το ἀνταλλαγμα, permutatio: הקיפות αἰκαφυ.9. Φ pro B.

— CXXXII, 8. קוך γνοζαχ, fonjitudo tua. LXX. του ἀγιασματος σου, fan-
ctitatis tuae, קודש κυδσαχ, K pro Γ. Σβιοφ

Prov. III, 12. ואת בן ובאב ααβροβεν, ut pater filium. LXX. μαστιγοι δε παντα
υἱον. הכה כל בן αικαιολ3εν.

— V, 12. נאץ עαϛ, fprevit. LXX. ἐξεκλιτον, declinavit. נט Ναζ.

— VIII, 2b. עד לא αἰθλω. LXX. Κυρις. ארהי.

— XIX, 13. ודלף סורד פריני אשוח κ̇ελαφ τορך μεθωατα, et ſtillatio
continuans contentiones mulieris. LXX. αχ αἰνει αχ αα μιδωματος
ἐταιρας, non caſta vota de mercede meretricis. אי שלם תהורות מצהנוח אטוה
υφλεμ Θαϛι μισθωματα.

— XXI, 9. כאש μετι9, pro muliare. LXX. ἢ ἐν κοινωμεντι. מסד μσαδ9,
a rad. שור.

— XXXI, 11. בשערים סעשיה βασασμμισσα, in portis operu ejus. LXX. ἐν
πυλαις ὁ ἀνηρ αὐτης, in partis vir ejus. אשה βασαειμ ισσα.

Cohel. II, 3. שבים σαμαιμ, eraftam. LXX. τον αἰων. שבש Σαμες.

— VIII, 12. מאת μεας, centiet. LXX. απο τοτε. מאן μεαζ.

Eſai. V, 2. באשים βατφι, uvae putidae. LXX. αἰανθας. קוצים κωσιμ.

— VI, 8. לנו λαγου, nobis. LXX. προς τον λαον τουτον. לעם חוא λαμου.

— XVI, 1. כר מושל ארץ agnus dominator terrae. LXX. ὡς ἐρπετα ἐπι της
γης. ל χερμεσελαφος כרמש על ארץ

— XVII, 2. ערי ערער civitates Aroer. LXX. εἰς τον αἰωνα. ל ערי עד עד A pro P.

— XXII, 1. גיא חזיון vallis viſionum. LXX. φαραγγος Σιων. הציון

— XXVIII, 16. יחיש μεχιϛ, feſtinabit. LXX. καταισχυνθη. ל יבוש B pro X.

— 25. שורה oupa, dienſlrata. LXX. σπερει. זורע ζορε, Z pro Σ.

— XXX, 12. בסן κεμεν, fieut. LXX. αι ὑδωρ. כם κεμω.

— XXXV, 2. הסב αμμε, ipſi. LXX. ὁ λαος μου. עם αμμε.

— XL, 2 צבאה σεβαα, militia ejus. LXX. ταπεινωσις. שבלה Σι,3λα.

— — 5. יחדו ισου, pariter. LXX. σωτηριον του θεου. ל ישע יהוה ισα ασεαα.

— XLI, 4. כרתי μεθει, pauci. LXX. ἐλυςτος. ל סרטי μιτει.

— XLIX, 5. וישראל לא יאסף ουισραηλλασασαφ, et iſrael non colligetur. LXX.
και ισραηλ συναχθησομαι. ל יאסף ουισριησλεασαφ.

— LIII, 8. נגע ιαγα, plaga. LXX. ἠχθη, ductus eſt. ל נחה νεχα.

— LXI, 1. לאסורים λασοραιμ. LXX. τυφλοις. לעורים λαβδραχ.

— LXIV, 2. כקדח χιαδεα, ſicut ardere. LXX. ὡς κηρος.

Jerem.

Jud. VI, 9. אבי העזרי. LXX. πατρος του Εσδρι. Alex. πατρος Ἀβαζρι. Compl. πατρος Εσρι.

2 Sam. II, 31. מחנים מאֹת. LXX. παρ᾽ αυτου מאתו מאֹתו.
— VI, 3. 4. אחת. LXX. οἱ αδελφοι αυτου. L [αχαυ vel αὑαυ.
— XV, 7. בית המרחק. LXX. ἐν οἰκω τω μακραν.
— XXIII, 9. אחֹתֹי. LXX. πατραδελφος.

1 Paral. V, 1. ובחללו. συββαλλω, in profanare illam. LXX. η τω αναβηναι. L ובעלה vel ובעליו συββαλλω.
— 15. אחי בן עזריאל. LXX. αδελφοι υιου Ἀβδηλ. cap. VIII, 14. Alex. et Ald. Ἀδελφοι. cap. IX, 37. και Γεδουρ και αδελφος.
— XI, 22. בן איש חיל. LXX. υιος ανδρος δυνατου.
— XII, 1 חסם Ἀμως και Ἐμως, violentia. LXX. αληθεια, חמס αμως vel αμος.
— XVII, כתור χεθωρ. ut periodus. LXX. ὡς ὁρασις כהתאר.
— XVIII, 3. וסם עד הדדיעזר. LXX. ἐκ των ἐυλεκτων πολεων Ἀδρααζαρ.
— XXI, 2. העם αομ. LXX. τας δυναμεως. L התן אος Σ pro M.

2 Paral. VII, 13. הארץ σαφερ. LXX. το ξυλον. האה σαφες. Conf. 1 Reg. V, 26. ubi hanc vocem per ξυλον verterunt.
— XI, 16. האחרתם αυχμεγναμ. LXX. και ἐξεβαλεν αυτους, ויגרשם συνημεσαμ. Σ pro E.
— XXXI, 4. בחרות יהוה βεθιφαθ αιδοναι. LXX. ἐν τη λειτουργεια ὁσιου κυριου, בית יראת יהוה βεθιφαθ.
— XXXIII, 19 אברי חוי על. LXX. επι των λογων των ὁρωντων. Cogitarunt participium verbi חזה oz.

Esf. IV, 13. וגם χειλω, tribus LXX. πραξεις וספרה.
— — 20. והלך συαλεω, et vectigal LXX. και φορος. והמן συαλεω.
— IX, 7. ברנינו κεννωα LXX. οἱ υιοι ἡμων, בנינו ἡμων. Eandem vocem הכהנים σακωννω reddiderunt Jof. IV, 11. λιθοι, אבנים. Confuderunt B et K.

Job. XXVII, 2. הסיר αστερ. LXX. ὁς, אשר αεερ.

Pf. XXVI, 4. עם מתי שוא ἐμ Ἐμπτωαβ. LXX. μετα συνεδριου ματαιοτητος, שוא עזרה שוא.

— XL, 7. באזנים. αζνιμ. LXX. σωμα. Provocavid hunc locum Cl. Kennicotteus in Diff. generali ad Vol. II. Biblior. p. 9. coll. p. 44. ut textum maforethicum corruptum ſtatuat. Verum niſi eſt error in graeco textu, ut librarius loco Ωτια scripſerit Σωμα, interpretes graeci cogitarunt אזבים σωμα, vel אזב ασω.

Prov. XII, 7. בעטמהתו βεασεαμωθαυ. LXX. ἐν ξυλω απολλυσι, leg. יהמך vel נעץ שמרי.

Efa. LVII, 12. מעשיך μεσαχ. LXX. τα κακα σου. Cogitarunt מעה jurgium, quod Prov. XIII, 10. per κακα reddunt.

Jerem. XXXI, 2. Gr. XXXVIII, 2. חן χεν. LXX. θερμον. חם. M pro N. Theodomt. ὁ Ἐβρ. και ὁ Συρ. Quis quaeſo eſt iſte Ebraeus? Non alius certe, quam Codex hebraeo-graecus. Symm. legit χαεη.

Jac. XLVI, 15. Gr. XXVI. נסחף נסחך σεσαπ. LXX. ἐφυγεν ὁ Ἀπις. Cogitarunt נס.

et Ali pro abbreviat... habuerunt, cui terminationem a... ...Diff. general... ...m. ...Bibl. p. 20.

Ezech. VII, 7. דוד הרים ... LXX. μετα οδυνων צדים אַת
— IX, 2. קסף רסם ...tom scribes. LXX. ζωνη σαπφειρου.
Zach. XIII, 7. את חתוה... על 19 ...que Ald. et Compl. πυταξον...
XXVI, 31. MuraXIV, 27. ...Ea. Cl. Kennicottius in Diff. gen. pag. 20,
§ 14. ad duo provocat gr. MStu, quae πυταξω legunt. Sed utraque lectio
ex scriptione hebraeo-graeca derivanda ית et ית unico modo א χ vel ...
scribitur.

Ali porro deprehenduntur exempla, ex quibus ...il apparet, Interpretes verba hebraica in linguam graecam ...plici, et quidem fine diligentia... Si codicem hebraicum et litteris hebraicis scriptum ante oculos habuissent, verba ipsi textus intellexissent: atque interpretum erat, hebraica in graecam sermonem transferri. Jam vero notissima verba hebraica in ...versione graecis situm ...scrib... Nunquam id certe fieri potuisset, nisi ...lione hebraeo-graeca seduci ... Ipsi verba ergo in compluribus hebraeo-graecis aut fuerunt erronee et falfi scripta; aut pronunciatione ...similia tantopere fimm... fuerunt, ut interpres non ...lum, quod in textu authentico ...in fit, recordari potuerit.

Gen. II, 14. ... LXX. Vatic. Ευφρατης. Ald. et Compl...r... Ευφρατης, et qui... ...rrecturam scribes haud felicem: scribere ... debuisset .... Codex itaque hebraeo-graecus fluvii nomen ...t, quod adhuc hodie in usu est.

Josua XI, 2. דור ... Vatic. ...δδας. Alex. et Compl. Naφeθδοε, ...l. Naφeδδοα.

Jude VIII, 7. חברקים ... oxycanthae. Βαρηκιμ. Alex. Βαρρακιμ. Ald. Βορκοννιν.
2 Sam. XIII, 18. ...בצפ... vallis tinctorum. Γαι την Σαβηε. al. Σαβανζι.
— XX, 20. ... ...t scopum. Alex. ...ματταφαι. Δ pro Λ. Compl. ...
...φαε. Ald. Αμε...

2 Sam. XXX, 8. נדוד turma. Γεδδουρ.
2 Reg. XIV, 7. מלח Γμελεδ. Ald. Γεμελε.
...Paral. XXV, 28. ...ππα. Αποχος. Alex. Οχοζ.
Nehem. III, 5. ... advance... eorum. Adoupa. Alex. Adoupn.
Jerem. XXXVIII, 14. ...m tertia. ...
— XLIX, 4. ...בציע ...m. Ge. XXX. 4. Εμμααα.
Ezech. XX, 29. ... ...lum. Αβαμα. Alex. Αββα...f. Ald. Αββαμα.
— XLVIII, 28. מריבות contradictiones. Βαρημω. Ald. Μαριμωθ. Compl. Μαριβωθ.

...ien. X, 6 ... Byssus. Buddin.

Tertio denique loco producenda funt exempla, quorum in interpretatione ...tarum fecerunt interpretes methodum. Verba hebraica graece et ad ...rve hellenticam... scripta interdum admodum firaliter funt verbis grae... ...m habent fignificationem. Accidit interpretibus, ut talia verba ...pro vero graecis habuerint. Nunquam id fieri potuisset, si e ...cod... ... folus codex hebraeo-graecus seu i... potuit.

Exod. XII, 19. גֵּר peregrinus, Γειώρας.

Nehem. VII, 3. הַשֶּׁמֶשׁ חֹם עַד אֵי ad calorem folis. ἕως ἅμα τῷ ἡλίῳ.

— XIII, 31. לַבִּכּוּרִים et primitias. καὶ ἐν τοῖς βακχηρεία.

Jerem. XXV, 30. יִרְאֶה Gr. XXII, 30. ὄψε.

— XLVIII, 33. יֵדַד Gr. XXXI, 33. ἀἰδε. Compl. ἀἰδεῖ.

Dan. I, 20. הַחַרְטֻמִּים Ἀσσωφιμ. In Cod. Chif. Σαφιμ. A pro ח articuli habentes.

Amos III, 12. עֶרֶשׂ sponda. LXX. ἱερεύς, conjunxeruntque vocem cum sequenti conimate.

Habac. II, 17. חֹם Aq. ἅμα.

Singula exempla, quae ex multis hisce prorsus similibus, quorum plurima ipsa huic hypothesi invitos suppeditat *Capellus*, selegimus, accurate qui penfitabit, verfionem istam graecorum Interpretum nonquam e codice hebraice scripto profectum esse, sed necessario codicem Hebraeum graeco charactere et secundum φωνήν Hellenistarum scriptum praesupponere, fine ambio intelliget. Indoles et ipsa Verfionis graecae conditio de existentia codicum hebraeo-graecorum testatur. Jam vero de Methodo scribendi nonnulla obfervanda sunt. Triplex erat modus scribendi: *hebraeus*, ad dextra ad finiftram; *graecus*, a finiftra ad dextram; et *buftrophedon*, quo lineae alternant, et modo ad dextram modo ad finiftram producuntur, et inter sefe fingulae lineae connectuntur. Fragmenta codicis hebraeo-graeci, quae in Hexaplis *Origenis* superfunt, oftendunt fcripturam graecam a finiftra ad dextram. Verum cum primi fcriptores Judaei fuerunt, qui a primis unguiculis a dextra ad finiftram fcribere didicerunt, atque ipfi Sacra codicem Hebraeum graecis litteris fcripferunt; omnium primo codicum Hebraeum graecis litteris a dextra ad finiftram fcriptum fuiffe, verofimillimum nobis videtur. Reftat unicum exemplum, quod *Montfauconius* detexit in MS. Cod. Jefuit. ubi 'ad Jerem. XXXI, 21. in verfione Aquilae vox עֶרֶשׂ graece ἑψς fcripta eft: ex quo apparet, non plane inufitatum et pofteriori tempore fuiffe, hebraica graecis litteris fecundum morem Hebraeorum fcribere. Nomen Dei effentiale יהוה litteris originalibus in codicibus hebraeo-graecis fcriptum fuit, quod alii ΠΙΠΙ, alii vero Aja vel Jaia, duobus Ja, ut habet *Hieronymus*, legerunt: ex quo priores a finiftra ad dextram, pofteriores a dextra ad finiftram hoc nomen legiffe, fequitur. *c*) Ni fallimur, hoc pro fcriptura *buftrophedon* militat. Sed quomodocunque fit, id tamen, fuiffe olim codices hebraeo-graecos, e quibus verfio graeca feptnagintaviralis confecta eft, ex fupra allatis argumentis, etiamfi modus fcribendi incertus fit, lector qui a praeconceptis liber eft opinionibus, non in dubium vocabit.

At quomodo factum fit, ut tam finiftra et perverfa interpretatio in graecam verfionem tranfierit, quaeftio eft, quam filentio intactamque tranfmittere haud poffumus. Ex iis quae jam fupra obfervavimus, interpretes coactos fuiffe, facrum codicem ita interpretari, non ut hebraice fcriptum ipfi e Palaeftina adduxerant, sed uti graecis litteris et fecundum pronunciationem hellenifticam ipfi fcripferant, conftat. Ancipiti premebantur boni viri moeftis inclufi carceribus periculo. Si textum

genui-

a) Vid. *Trefbfrai* befreytes Tentamen p. 39. Erfter Anhang p. 105.

..
...permi... ...interpretationem, atque sic Regem elicere... ...quod erat, cœterosque diligenter, seque ex angustiis, ut ita le... ...perlustur, uti quilibet intelligit, eam interpretamus fuisset, liberare stud... Atque hoc modo communem omnium suffragium comprobaretque approbass... ...tissimo existimare potuerint. At vero statulares, quinque Seniores, qui lo... ...et scribendum et interpretandum Hierosolymam vertendam interfuerunt, accurate tatum ...evigetatis... ...fieri potuit, ut posterius tempore, a quodam correctore, qui græcam versionem cum codice hebræo-græco contulit, loca illa ad codicem illum revocata et correcta sunt; qui cum hebraice scripta ignoraret, ...ionem a codice su... ...quævis errata expendere... dum versione... ad lectionem hebræo-græcam reformavit. E. g. invenit in versione Deut. XXII, ...ne ...λ, et in codice hebræo-græco ...th. Errorem detexit; sed sequid erravit? Non in eandem, ut hodierni Critici perplurimi, qui quoties versionem in... ...rentiam deprehendunt, ...textui vim inferunt, abiit partem; sed ...medelam paravit, et qui אלהים בני græce ab Aquila οἱ ἄγγελοι τοῦ Θεοῦ, ... τῶν ...ων dicuntur, etiam interpretationem in locum Deut...um. substituit. Aliis in locis hodierni Critici, quibus ipsi Capella, qui non ...quid fuerit scriptum ...d, sed quid ipsis commodiorem præbere videntur ...sui ...dilil sunt, ...ulit. Perplexus ipsi e. g. visus est locus Genes. XXIX, ...ne, quid ...o velit lapis Israel, cogitare potuit, ...m itaque ...m græce ...m, quam et Chaldæus adoptavit, ...retationem. Reliquos quo... ...t Libros sacros, quorum versio græca versione... ...uli longe est inferior, si non ab ipsis senioribus, qui festinanter opus quomodo ...que sit conscriptserat, et quibus Demetrius ...ων in elaborando opere haud adfuit, confecta est, incerto quodam auctore e gremio eruditorum Judæorum, qui Alexandriæ vixerunt, græce versi sunt; et enim auctor codicem ...os-græcum manibus tractav..., quid mirum si ambiguam ejus codicis lectionem sequutus sit, et quæ forte ignoraverit, hebraice, sed græco charactere transcripserit, aut quæ ipse haud intelligeret, tamdiu torserit et exagitaverit, donec aliquem præbere potuerit sensum? E. g. 1 Sam. XIII, 21.

Quid vero demum ...dum variantibus textus Hebraici a versione græca septuaginta...it, ...o unicuique patebit. Fortass. Lut. V. 12 storium.
es, qui scripserit, ...variationibus eum ...deam, et textui ...medelam parare, ...tum ...ptu ... time se probabant. Ver... ...edita yüfi... veru, ...imus, et unicuique ...permittimus judicium, ...doctos viri eruditi, qui subviderint ui scatere aut ...Septuaginta virali... ...m, eamque lacunam interpolatam, ...iis vb... ...iis ex librariorum ...io oriundas ...ones, ...nem ...et nullo modo fieri ex ista versione ...um ...um ...o visum sit, ...em ...is

raſſe ſidera ſaciet? *Capellus* certo ſuo ingentem Lectionum e graeca verſione accumulavit, ut, ſi vera eſſent, quae ſcripſit, textus Hebraeus revera quum maxime eſſet deturbatus. Ecquis vero illum reſtituet? Verſio illa graeca, interpolata, deſoedata, manca, et malitioſe depravata? Studioſe in illas, quas e verſione graeca deduxit lectiones varias *Capellus*, inquiſivimus, atque illos quadruplicis generis eſſe obſervavimus. Prioris generis ſunt gloſſemata, quae ex margine in textum verſionis irrepſerunt, et manifeſti errores, vel ab interprete, vel a quodam correctore vel a librario quodam commiſſi. Omnes itaque hujus generis lectiones ſumma injuria variantibus annumerantur Codicis ſacri lectionibus. Ingens adeo variantium *Capelli* lectionum evaneſcit cumulus; et hasce qui colligit, non eodcs Hebraei varias lectiones colligit, ſed errorum graecae verſionis coacervat cumulum. Secundi generis ſunt lectiones, quae ex varia punctorum vocalium pronunciatione oriuntur. Quam diverſa Helleniſtarum ſuerit pronunciatio, ſupra multis exemplis oſtendimus. Reſecantur itaque et hujusmodi lectiones, et qui illas colligit, non varias lectiones Textus ſacri, ſed diverſitates Helleniſtarum et Maſoretharum ſeu Palaeſtinorum in pronunciandis punctis vocalibus vel litteris manifeſtat. Tertii generis ſunt varietates, quae una aut altera editione verſionis graecae ſuffulciuntur, alia vero ejusdem verſionis editione deſtruuntur. *Capellus* plerumque unicam conſulit verſionis graecae editionem, et quam ſaepiſſime Francofurtanam, haud accuratam; et quoties illa a textu Hebraico recedit, variantem cudit lectionem, quae, ſi alia in ſubſidium vocatur editio, ſtatim evaneſcit. Fallitur *Capellus* erronea ſcriptione unius codicis ſeu editionis, et fallit incautos et harum rerum ignaros lectores. Obviam hisce aliquo modo ivit Cl. J. G. *Scharfenbergius* in obſervationibus novis editioni *Criticae ſacrae* Capellanae ad marginem adſcriptis, in quibus lectores, ne tam facile, uti alias conſueverunt, *Capellio* ejusque adſertis ſidem adſenſumque praebeant, ſtudioſe monet. Quae hujus generis variae lectiones nominantur, revera non ſunt, ſed qui illas colligit, tantummodo diverſitates variantem verſionis graecae editionum cardinalium coacervat. Quarti generis ſunt varietates ipſa verſione graeca et conſenſu editionum cardinalium comprobatae. Sed quid de hisce ſtatuendum ſit, ex graeca ſcriptione textus Hebraici et ex pronunciatione helleniſtica dijudicandum erit. In ſingulis hujus generis varias lectiones a *Capello* prolatas ſtudioſe inquiſivimus; et ne unica ſupereſt quidem varians lectio, quae non ex ſcriptura hebraeo-graeca reſolvi poſſit. Singulae permutationes temporum verborum, ſingulae vocalium permutationes et litterarum, quibus diverſus efficitur ſenſus, in aliis vocibus, et inprimis in nominibus propriis deprehenduntur, ita ut lectio textus hebraici abſimilem habeat lectionem alio in loco in una editione; et lectio, quam graeca verſio indicat, abſimilem lectionem habeat in eodem loco in alia editione. Exemplo ſtatim obvio hoc monſtrabimus. 2 Sam. VII, 23. habet textus Hebraicus ולארצו *et Diis earum*: verſio vero graeca habet σκηνωματα, legit itaque ולאהליו. Secundum *Capellum* p. 628. eſt varians lectio orta ex litterarum tranſpoſitione, et literae *Lamed* et *He* Francofitae ſunt. Textus Hebraicus ſcribit *Lamed He*, textus graecus *He Lamed*. Capar. XXII, 34. legitur במעשה et ſcribitur ſecundum textum Hebraeum in editione Vaticana *Moxys*, et poſito ſeu loco literarum M et I quodcet poſitioni literarum *Lamed He*. At in editione Complutenſi ſcribitur Μολχομ, et poſitio literarum X et M reſpondet poſitioni literarum *He Lamed* in lectione ver-

ſo-

Verſione graeca petitur, examinare. Notiſſimum eſt dictum Eſai. XIX, rꝗ. ubi verum codicis Hebraici lectionem fuiſſe volunt עֵיר הֶהֶרֶם Civitas ſolis, · quam Palaeſtinenſes Judaei malitia ducti in עִיר הַהֶרֶם Civitas perditionis permutaſſe dicuntur, *)* ex quo per malitiam Helleniſtarum iterum πόλις Ἀσιδὲκ natum ſit, perinde ac ſi olim in codice Hebraeo עִיר הַצֶּרֶק Civitas juſtitiæ lectum fuiſſet. Graecos ſi conſulimus editiones, graviſſimus certe inter illas eſt diſſenſus. Nulla editio accurate legit Ἡλιαπόλις. Symm. πόλις ἡλίου. Theodot. Ἀρες. 〔..〕pt. Ἀχερες. Cod. Marc. Θαρες. Vat. πόλις ἀσιδὲκ. Quid ex tanta teſtium inconſtantia contra Hebraei textus lectionem concludi poſſit, diſpiciant alii. Plures e Graecis quam certiſſime errarunt: unicus ergo eſt tantummodo contra textum Hebraeum teſtis, et quidem Symmachus. Porro, ſi verba textus graecis litteris ſcribuntur, nimemque הֶרֶם et הֶרֶם ſcribendum eſt κ̔ ἀρες. Unde faciliſ diverſarum verſionum eſt origo, Symmachus cogitavit ἀσερις הֶרֶם et vertit πόλις ἡλίου; Aquila legit מַצֶר et cogitavit רָצָר κ̔σὲρ, et vertit civitas terræ. Alii codices retinuerunt vocem hebraicam, et quia nomen Civitas ſolis apud notiſſimum erat, et contextus de Aegypto ejusque civitate loquitur, ſcripſerunt αχερις, vel ex ΑΑρες per errorem ſcribentium natum eſt Ἀχερες. Quomodo vero in nonnulla exemplaria nomen urbis ἀσεδεκ tranſierit, jam diſpiciendum eſt: vario enim modo hoc fieri potuit. Ponamus LXXII. Seniores in carceribus incluſos textum hebraeum et graece ſcripſiſſe et deinde ex hebraeo - graeco codice verſionem confeciſſe. Hi certe Ptolemaeum quam graviſſime offendiſſent, ſi civitatem Aegypti civitatem deſtructionis ſalutaſſent; ut itaque Regi adulatentur, loco μαρες, in verſione nomen hebraicum ſcripſerunt ασεδεκ. Commode hoc fieri poterat, quia jam in Metropolin Aegypti Lex Dei ejusque cultus tranſierat, et urbs, quae propter idololatriam civitas deſtructionis fuerat, jam in urbem juſtitiae per Legem et veri Dei cultum transformata erat. Vel ſi mavis, interpretes olim in graeca verſione ſervaſſe vocem μαρες, correctura eſt cujusdam Alexandrini Judaei, qui Alexandriam Hierosolymis non minoris dignitatis eſſe voluit, atque eam in ſinem ex Eſai. I, 26. nomen ασεδεκ ſubſtituit. Quod vero antiquitus ſuſpicio de errore in graeca verſione invaluerit, ex ipſa codicum inconſtantia ſequitur. Is enim, qui la Complutenſi ασεδεκ ſcripſit, non de textu hebraeo, neque de Alexandria cogitavit, ſed Helleoplin ſic ſibi perſuaſit, ejusmodi vero deviationem in Graecis obviae pro vera et intemerata Codicis hebraei lectione ſtrenue militant, atque ſic Judaei ab ignominia malitioſae depravationis codicis ſacri liberandi ſunt.

De reliquis Graecis Interpretibus, Aquila, Symmacho, Theodotione et Anonymis in Bibliotheca noſtra egimus. Hosce vero interpretationem graecam non e codice hebraico, ſed graecis litteris ſcripto confeciſſe, exempla demonſtrant, quae Cl. Tychſenii hunc in ſinem produxit. *d)*

Nihil amplius itaque addimus, quam ut Deo benigniſſimo rerum noſtrarum arbitro, qui vitam viresque hucusque conceſſit, publicas hic referamus grates. Caeterum ſciant, qui rebus noſtris favent, Volumen partis ſecundae tertium de Editionibus Sacri Codicis Latini, jam prelo adaptatum eſſe.

Scribebamus Neoſtralitzii in Ducatu Mecklenb. die XVI. menſis Martii MDCCLXXXI.

c) Krmievrias Diſſ. gen. p. 10. et 5). Starckius l. c. p. 9. et 114.　d) Teutmann p. 46. etc.

CONSPECTVS

VOLVMINIS II. PARTIS II. BIBLIOTHECAE SACRAE.

Sect. I. De verſionibus graecis.
  1) Hiſtoria Veterum Interpretum, qui
    a) recenſentur.
      α. ἐ LXX. §. III - V.
      β. Aquila §. VI.
      γ. Symmachus §. VII.
      δ. Theodotion §. VIII.
      ε. Verſio quinta. §. IX.
      ζ. Verſio ſexta. §. X.
      η. Verſio ſeptima. §. XI.
    b) et typis exſcribuntur.
      α. Fragmenta in Biblia graecis. §. XII.
      β. Editiones peculiares. §. XIII.
      γ. Origenis Hexapla. §. XIV.
      δ. Laciniae Veterum Interpretum. §. XV.
    c) Verſiones reliquae.
      α. Librorum V. T. §. XVI - XXXIII.
      β. Librorum Apocryph. §. XXXIV - XXXVI.
      γ. Librorum N. T. §. XXXVII - XLI.
  2) Hiſtoria Verſionis Septuaginta Interpretum.
    a) Editiones antiquiores. §. XLII.
      α. Origenis prima. §. XLIII.
      β. Origenis ſecunda. §. XLIV.
      γ. Euſebii et Pamphili. §. XLV.
      δ. Luciani. §. XLVI.
      ε. Heſychii. §. XLVII.
    b) Editiones ſuppoſititiae. §. XLVIII.
    c) Editiones ſuperſtites. §. XLIX.
  3) Editiones typis exſcriptae. §. L.
    α. Totius Veteris Teſtamenti.

א. Classis I.
  1) Editio cardinalis Complutensis. §. LI.
  2) Editiones iteratae. §. LII.
ב. Classis II.
  1) Editio cardinalis Aldina. §. LIII.
  2) Editiones iteratae.
    a) graecae. §. LIV.
    b) graeco-lat. §. LV.
    c) polyglottae. §. LVI.
ג. Classis III.
  1) Editio cardinalis Romana. §. LVII.
  2) Editiones iteratae.
    a) Graecae.
      α. In Anglia. §. LVIII.
      β. In Belgio. §. LIX.
      γ. In Germania. §. LX.
    b) Graeco-latinae. §. LXI.
    c) Polyglottae. §. LXII.
ד. Classis IV.
  1) Editio cardinalis Grabii. §. LXIII.
  2) Editiones iteratae.
    a) Graeca. §. LXIV.
    b) Polyglotta. §. LXV.
ה. Editiones tentatae. §. LXVI.

β. Partium Veteris Testamenti.

א. Genes. §. LXVII.
ב. Exod. §. LXVIII. LXIX.
ג. Numer. §. LXX.
ד. Josua. §. LXXI.
ה. Ruth. §. LXXII.
ו. Esther. §. LXXIII.
ז. Jobus. §. LXXIV.
ח. Psalteria.
  a) Integra.
    a) Polyglotta. §. LXXV.
    b) Graeca.
      α. Seculi XV. §. LXXVI.
      β. Temporis posterioris.
        א. Antwerpiae. §. LXXVII.
        ב. Argentorati. §. LXXVIII.
        ג. Cantabrig. §. LXXIX.

a)

PAR.

PARTIS II.

VOLVMEN II.

DE

VERSIONIBVS GRAECIS.

.

.

SECTIO I.

DE

VERSIONIBVS GRAECIS VETERIS TESTAMENTI.

§. I.

Antiquitate et celebritate inter occidentales sacri codicis versiones eminent versiones graecae, quae vel integrae vel saltem ex parte nostris servata sunt temporibus. Consignatae sunt lingua, quae olim fere ubivis terrarum celeberrima, et tunc temporis tam universalis fuit, ut et remotissimis ab ipsa Graecia populis innotuerit. Inter populum Judaicum usque ad prioris captivitatis tempora pura et intemerata lingua Hebraica conservata erat: sed cum justo divino judicio gens incredula et pervicax in captivitatem traderetur, in locum purioris linguae hebraicae, populorum, qui vicis imperabant Judaeis, successit dialectus. Inter Graecos vero artes et scientiae florere coeperunt, unde qui ad eruditioni, artibus et scientia sese dederunt, ad Graecos abeuntes, illorum linguam addiscere coacti fuere. Ipsa quoque bella, quae *Alexander M.* et qui post ejus obitum regni in partes dissecti potiti sunt, gesserunt, victoriae Graecorum celebres, qui victis artes, leges, linguamque dabant, communis linguae Graecae usus causae fuere. Quin et ipsis Judaeis, ante Novi Foederis tempora, in Palaestina satis nota et familiaris, et lis, qui extra patriam, alios inter populos dispersi vixerunt, vernacula fuit. Ipsi quoque Judaei *Aristobulus*, *Philo*, et *Josephus*, quamvis hebraicam linguam intellexerint, graeco tamen idiomate in conscri-

ben-

§. III.

Auctores Verfionis.

* Prima verfio (inquit auctor Synopfeos S. Scripturae) eft fepta-
ginta duorum interpretum. Hi cum Hebraei effent, electi funt ex unaquaque tribu fex viri, et divifam fcripturam fub Ptolemaeo Philadelpho rege interpretati funt, ducentis triginta annis ante nativitatem fecundum carnem Domini noftri Jefu Chrifti.

* Verfio graeca LXX. Interpretum ita vocata eft, quod a magno
Synedrio LXX. viris coacto fuerit approbata. ')

[De ipfo interpretum numero, qui Vetus Teftamentum in graecam
linguam transtulerint, et inter illos, qui *Arifteae* relationem agnofcunt, magnus eft diffenfus, et vix ac ne vix quidem diverfae relationes, fi omnes de
verfione intelligendae effent, conciliari poffunt. Plurimi cum auctore Synopfeos, fex e quavis tribu viros delectos ad opus conficiendum Alexandriam
miffos effe ftatuunt. Sed non defunt, qui auctoritate Talmudis Hierofolymitani ducti, numerum interpretum ad quinque viros reducunt. „Non enim
„tot homines (inquit *Lamb. Bar*) ') quot vulgo feruntur, nimirum LXX. vel
„LXXII. hoc opus aggreffi videntur; fed pauciores numero, et forfan, „vel
„ego quidem exiftimo, quinque tantum, quae fententia confirmatur traditi-
„one veterum Judaeorum, quemadmodum videre eft apud *Hudium*. At-
„que hi homines non transtulerunt omnes libros facros, quod alvei opinan-
„tur, fed Pentateuchum folum. Cujus fententiae auctores habeo praeter,
„*Jofephum*, Viros eruditiffimos, *Ufferium*, *Salmafium*, *Marshamum*, „alium aliumque.„ Quibus *Capellus*, *Isaacfenius* aliique accedunt. Utraque
vero fententia teftes habet haud rejiciendos. Talmudiftae quinque, alii fcri-
ptores LXX. vel LXXII. nominant interpretes. Optime vero conciliantur
contrariae fententiae, fi teftimonia cum diffonantia rite diftinguuntur, ita ut
LXXII. Senes ad integrum opus perficiendum miffi, quinque vero viri in
Pentateucho feribendo occupati fuerint. Quae *Rich. Simon* Synedrio magno
Hierofolymitano tribuit, de Synedrio Alexandrino, a quo opus examinatum
et approbatum fit, exponit *Lamb. Bar* : Verum Judaei in Palaeftina opus
non

Job. Buxtorfii anticrit. part. 1. cap. 7. p.
341. *Stephani Morini* exercitationum de lingua primaeva cap. 1. p. 336. *Job. Henr. Hottingeri* thefaurus philolog. lib. 1. cap. 3. pag.
278. Ejusd Diff. de translat. Bibliorum in
linguas vernaculas p. 96. *Job. Leusdeni*
Philol. hebraeo-mixt. Differt. 1. 4. p. 10.
Job. Aug. Starckii Davidis aliorumque psal-
tarum Scriptorum carminum lib. V. Regio-
mont. 1776. §. vol. 1. Sect. 3. p. 110. *Ga-
briel Fabricii* des Titres primitifs tom. 1. p.
191. *Job. Sal. Semleri* apparatus ad liberiorem Vet. Teft. Interpretationem. Halae

Biblioth. Sacr. Part II.

1771. §. p.188. *Car. F. Schmidii* historia an-
tiquiffima Canonis V. et N. T. Lipfiae 1775.
§. p. 120. etc. *J. F. Schleusneri* prolufio
de verfionibus graecis, Lipf. 1771. §. *J.
G. Hasseanus* Nachricht von den fürnehm-
ften Ueberfetzungen der h. Schrift p. 17.
Allgemeine Welthiftorie tom. §. p. 762.
644. * Plures fcriptores, quos vero nobis
confulere haud licuit, recenfet *Carpzovius*
nofter loco fupra citato.

*) *Le Long* p. 143. col. 1. C.
/) Prolegom. ad Biblia graeca cap. 1.
§. 1.

E e

non approbarunt, fed diem, quo ſacra in manus gentilium profanas perve-
nerunt oracula, lugubrem et diem jejunii ſtatuerunt: eorum enim judicio
dies aeque acerba ac illa fuit Iſraeliti, qua ſacrus ſuit vitulus, quia lex jam
non potuit recte pronunciari ſeu recitari. Synedrium vero Alexandrinum,
quod ad normam Hierofolymitani formatum ſit, valde dubium eſt. Res itaque redit ad LXXII. Senes Alexandriam miſſos, qui Synedrium Hierofolymitanum repraeſentantes, apographum juſſu *Ptolemaei* factum publica decla-
ratione confirmarunt. *)

§. IV.
Fontes Verſionis.

* Non praetereundum (inquit *Job. Alb. Fabricius*) *) quod Ariſteas
et Joſephus ſcribant verſionem hanc factam eſſe ex Hebraico; Philo et R. Azarias e Chaldaico; nonnulli apud Ghedaliam in Schalſchelet Hakkabala e Syriaco; e Samaritano denique Chriſtiani doctores Poſtellus et Seldenus.
* Ea de re ſcribit *Waltonus*): Guilielmus Poſtellus primus in Tab.
XII. linguarum aſſeruit Septuaginta ex Codicibus Samaritanis ſuam verſionem
confeciſſe. Alii vero e contra, Samaritanos ex Graeca LXX. interpretum
verſione Pentateuchum ſuum deſcripſiſſe aiunt; in quam ſententiam adducunt
quidem Ludovicum de Dieu in Matth. XIX, 5. et Joannem Seldenum in ma-
ri clauſo p. 37. quorum tamen neuter hoc directe adſirmat. β. Azarias libro
Meor Enaim cap. 8. et 9. et paulo ante illum R. Ghedalia dicunt poſt Esdrae
reditum Legem in linguam Chaldaeam translatam fuiſſe, in gratiam vulgi,
quod linguae Hebraeae tempore captivitatis oblita, Chaldaeam melius intelli-
gerent, et hujus uſus duraſſet per totum tempus templi ſecundi. Sed quia
carebant Maſora, inter vulgus corruptam et depravatam fuiſſe, et ex hoc de-
pravato codice Chaldaico ſeptuaginta ſuam feciſſe verſionem; hanc eſſe cauſam diſcrepantiarum inter eam et Hebraeam, licet exemplari, quod ſequuti
ſunt, ad amuſſim reſpondeat. *)

[Non inanis aut otioſa vel mere ſpeculativa eſt de fonte verſionis
Graecae diſceptatio, in primis hodierno tempore, quo *Capelli* veſtigiis inſi-
ſtentes Critici omnem rem navant, ut ex verſione Graeca textum ſacrum re-
ſtituant. Multas inter textum Hebraeum et Graecam verſionem diverſitates
intercedere, non negamus, unde quaeſtiones, num illum interpretes habuerint textum archetypum ac hodiernum, num lectio Hebraei codicis noſtri
ſit immutata aut depravata, num interpretes oſcitantia a textu Hebraeo aber-
rarint, et quae hujus plures ſunt generis, naſcuntur. *Joſephus* textum Hebraeum, *Philo* vero Chaldaeum verſionis ſiſtit fontem, qui vero tantummodo nomine, non vero re ipſa a ſe diſſentiunt. *Philonis* enim textus Chal-
daeus eſt textus Hebraeus, litteris quadratis ſeu Chaldaeorum charactere ſcriptus. Nec ex Chaldaea paraphraſi, ſeu ex Targumim formari potuit verſio
Grae-

g) Conf. *Fabricii* Biblioth. gr. vol. p. ;   i) Prolegom. IX. §. 14.
p. 311.   k) *Le Long* p. 145. vol. 1. E.
h) Lib. 3. Biblioth. gr. c. 12. §. 4.

Graeca, quae forte aetate paraphrafin chaldaicam fuperat. E Samarkanis codicibus ipfa verfio Graeca originem haud trahere potuit, folus enim Pentateuchus Samaritanus proftat, et hic quidem e Graeca verfione acceffiones et
aberrationes accepit, feu viciffim proprias Graecae verfioni commodavit.
Quam accuratiffime fingula difcuffit *Joh. Henr Hottingerus.* [1]) Ut de Syriaco contextu taceamus, nullus reftat, nifi folus contextus Hebraicus, ex
quo verfio Graeca formari potuerit. Verum qui fieri potuit, ut interpretes
tam frequentiffime a Codicis Hebraei lectione recefferint? Variis in locis
ofcitancia aberrarunt. litteras externa forma fibi fimiles inter legendum permutarunt; fed ex hisce erroribus minime omnes derivari poffunt deviationes,
quod unicuique, qui amplum iftum errorum cumulum, quem *Hottingerus*
contulit, [a]) fub examen vocat, facile patebit. Quid itaque ftatuendum?
Aliter legerunt Interpretes, quam hodie in textu Hebraeo legimus. Effne
textus Hebraeus pofteriori tempore corruptus, immutatus, depravatus? Non
defunt, qui textum Hebraeum tali injuria afficiunt. Verum ex hypotheff Cl.
Tychfenii de Codicibus Hebraeo-Graecis, five textu Hebraeo litteris graecis et quidem uncialibus fcripto, plurimarum aberrationum commoda reddi
poteft ratio: quae fe itaque unicuique, cui integritas textus noftri Hebraei
curae cordique eft, quam maxime commendat.

§. V.
Stylus Verfionis.

Graece quidem fcripta eft verfio feptuagintaviralis, fed minime fty-
lo puro, verum multis hebraifmis intermixto, qui a puritate et delicie Graecae eloquentiae multum recedit; et ideo a *Scaligero* hellenifticus dictus eft.
Quomodo vero ille comparatus fit, paucis exponit *Hottingerus*, qui de fty-
lo et genio verfionis graecae ita judicat: „1. Stylum V. T. quidem graecum
„effe, fimplicem tamen, γενδαιον et ἀιατῆς; II. Certum et indubitatum eff,
„verfionem hanc plures Hebraifmos intertextos Graecae orationis corpori,
„quafi notas ac nervos offendere; III. Eandem in multis ita adftrictam effe
„textui Hebraico, ut quae Vocibus Graecis exprimere non valerent Inter-
„pretes redderent Hebraicis, terminatione Graeca veftitis, tale eft γυιωφs ὰ
„בּד, κεφαλεs ὰ בּד, γרואs ὰ חוות IV. Non tamen femper
„Graecorum Interpretum invenienda accepta ferenda, quae in aliis fcripto-
„bus minus crita fint: poffunt enim illa vel a Macedonum, vel Theffalorum
„aliorumve Hellenum prifcorum fcholis manuari. V. Quod fi vero vel
„linguae Hebraeae, quae paupertina valde eft, et verborum inopia laborat,
„contingat, ut ad vocis emphafin retinendam vel nova prorfus fingatur dictio,
„vel illis fignificatio, fumma attentione opus eft, ne forte per Incuriam, aut
„minus attentum idiotifmi illius examen, in varios incidamus errores. VI.
„Atque his de caufis veniam mereri, qui ftilum Graecorum Interpretum vel
„Hellenifticum appellant, vel Hebraeo graecum, vel etiam Hebraizantem.
„Hei-

E e 2

l) Thefaur. philolog. lib. 1. cap. 3. p. m) Ibid. p. 332. etc.
294. etc.

„Hellenisticum, quatenus in iis maxime comparet scriptis, quae vel Ju-
„daeis ἑλληνίζουσι contexebantur, vel manibus eorum versabantur, Hebraeo-
„graecum vero aut Hebraizantem, quia pleraque verbis quidem Graecis,
„sed nimia Hebraismi tinctura conspicuis exprimuntur.„ *) In dijudican-
da *) vero ipsa versione duo, ut nobis quidem videtur, distinguenda sunt
momenta, quid nimirum Interpretes primi ipsi scripserint, quid vero deinde vel incuria aliorum, qui exemplaria descripserunt, irrepserit, vel ab iis,
qui exemplaria recognoverunt, studiose insertum sit. Ex collatione quatuor
editionum Cardinalium facile patebit, communes esse omnibus editionibus
errores interdum sat lepidos, qui ex Hebraei codicis falsa lectione derivandi,
adeoque primis interpretibus tribuendi sunt; permultos vero esse errores
qui in alia editione reperiuntur, in alia vero rectius leguntur; atque hi revi-
soribus aut scribis adscribendi sunt. Tristem vero ipsam versionem ubivis
ostendere faciem, qui quatuor comparabit editiones, nunquam negabit. Antequam ita de restituendo codice Hebraeo ex Versione Graeca disputamus,
de restituenda integritate versionis Graecae disputandum esset.

§. VI.
Verso secunda Aquilae.

Altera versio est Aquilae, qui cum Sinope Ponti oriundus et Graecus esset, Ierosolymis baptizatus est. Postea vero reprobato Christianismo,
Judaeis se conjunxit, et sacram scripturam perversa ratione sub Adriano Imperatore, tabe corporis laborante, trecentis triginta post LXXII. versionem
annis, interpretatus est. *)

Hic, ut narrat *Guil. Cave* *) circa annum Christi 128. vel 129. novam Bibliorum versionem Graecam aggressus est, eo praecipue animo, ut
LXXII. interpretationem eluderet, et testimonia de Christo in scripturis prolata perverteret, atque aliter ederet; de eo ita Hieronymus ad Pammachium
epistola de optimo genere interpretandi: „Aquila Proselytus et contentiosus
„interpres, qui non solum verba, sed et etymologias verborum transferre
„conatus est, jure projicitur.„ Quanquam alibi de illo benignius loquitur,
nempe: „Aquilam non contentiosius, ut quidam putant, sed studiosius ver-
„bum Interpretati ad verbum;. Quaest. 3. ad Damasum tom. 3. „Verborum
„Hebraeorum diligentissimum explicatorem, vocat, Epist. ad Marcell. Ibidem.
Versionem suam restante eodem Hieronymo in Ezechiel cap. 3. 16. 40.
iterata editione, quam κατ᾽ ἀκρίβειαν nominant Judaei, perpolivit. Hujus
translationis supersunt hodie tantum particulae, aliquorum scriptis huc inde adsutae.

Duas interpretationes edidisse Aquilam exploratum est. (inquit D.
Bern. de Montfaucon) primam liberiorem, ubi etsi verba singula Hebraea Graece exprimere fugebat, sensum tamen apte reddere curabat, neque tam
scru-

u) Thesaur. philolog. lib. 1. cap. 3. p. .   *Cave.* lit. scriptor. eccles. secul. Gno-
318.   sic. ad annum 128.
x) Auctor Synopseos S. Scripturae.

scrupulose voculas omnes sectabatur, ac cum seriem interturbaturus esse pro-
spiceret, repraesentare negligebat, quod verum erat Interpretis officium.
Alteram deinde versionem paravit, quae κατ' ἀκρίβειαν vocitabatur, id est,
secundum accuratam vertendi rationem, ubi tanto scrupulo verba et voculas
singulas Hebraicas reddere curabat, ut de styli barbarie nihil cogitaret. 𝔶𝔶)
[Perperam hic *Aquila*, Interpres Graecus, confunditur cum *Onke-
lofo*, Paraphraste Chaldaico, qui tempore prior vixit. ⁵) Ab ecclesia Christiana recessit, non ad Ebionitas aut Nazaraeos, uti *Cappellus* sibi persuasit,
sed secundum communem Patrum Ecclesiae relationem, ad Judaeorum castra
transiit, quorum causam ut ageret, novam condidit Veteris Testamenti interpretationem et quidem duplicem, aeque praeeunte R. *Atiba* de Christo
Vaticinia, quae ex Versione Septuagintavirali Judaeis opponi poterant, mi-
fere detorsit. Varius in recensenda hac Versione est ipse *Hieronymus*, qui
modo illam perstringit, modo mitior de illa judicat. Quonam vero ex Codice, utrum ex Hebraeo hebraice scripto, an ex Hebraeo graeco charactere
scripto versionem suam concinnaverit, quaestio est, quae hodie inter eruditos agitatur. Posteriorem adfirmare sibi sumsit Cl. *Tychsenius*, multisque exemplis comprobavit, *Aquilam* usum fuisse codice Hebraeo graecis litteris scripto, cujusmodi codices tunc tempore communiores fuere. Versio vero
Aquilae adeo periit, ut non nisi fragmenta quaedam nostris temporibus servata sint. *Origenes* vero suis Hexaplis *Aquilae* versionem junxerat. ⁷)

§. VII.
Versio tertia Symmachi.

Tertia interpretatio est Symmachi. Hic cum Samaritanus esset,
nec populo suo acceptus, quod primatum adfectaret, ad Judaeos se recepit,
ac secundo circumcisus est. Et ut Samaritanos subverteret, vertit et ipse divinam Scripturam sub Severo Imperatore ¹) annis post versionem *Aquilae*
quinquaginta fex. ²)

Duas Symmachus aeditiones emisisse certum videtur, ut testatur
Hieronymus Comment. in Nahum 9. 1. et in Hieremiam 20, 3. et 30, 32.
Duae etiam exeque diversae Symmachi lectiones adferuntur Ibi. 47, 2. Ose-
12, 11. Pfalm. 109, 4. In utrisque tamen ad 2. Regum binae nunquam ejus
interpretationes adferuntur. Sed quia ejusmodi Exempla non ita frequentia
sunt, conjectandi locus est, Symmachum non duas omnino diversas Aeditiones

Ee 3

𝔶𝔶) D. *Bern. de Monrfaucon* cap. 4. Proleg.
de Hexaplis Origenis. Le Long pag. 146.
vol. 1. B.
ⁿ) v. supra cap. I. Sect. II. §. XII.
ᵗ) Conf. *J. C. Wolfii* Biblioth. hebr.
vol. 2. p. 918. *Jo. Alb. Fabricii* Biblioth gr.
vol. 3. p. 212. *Jo. Franc. Buddei* Isagoge p.
1515. *Rich. Simon* hist. crit. du V. T. lib. 2.
c. 5. p. 232. *Joh. Henr. Hottingeri* thesaur. philolog. p. 376. Ejusd. Dissertat. de translat.

biblior. in ling. vernac. p. 105. *Brian. Waltoni* proleg. 9. §. 19. etc. *Jab. Frickii* praefat. ad edit. Lipf. Septuag. Interpr. p. 13.
J. G. Carpovii critica sacra, part. 1. c. 3. p.
393.
ʳ) Vel potius sub Lucio Vero, juxta
Dionyf. Petavium in notis in Epiphanium p.
393.
ᵗ) Auctor Synopseos S. Scripturae.

nes emisisse. sed quam priorem emiserat, aliquot in locis emendasse, verbaque alia identidem substituisse pro aliis   Alioquin si duas perinde ac Aquila prorsusque varias interpretationes concinnasset, quid causae est, cur, cum longe elegantior et melior interpres a multis habitus sit quam Aquila, tam paucae tamen ex altera ejus editione lectiones adferantur, quando tot tantaque ex secunda Aquilae editione supersunt? Haec conjectando solum dicta sint; res enim non ita explorata est, ut possimus sententiam ferre. — — Interpretatio ymmachi clarissima et elegantissima omnium est. Res Ille ut plurimum apte ac dilucide exprimit; non verba singula scrupulose referre studet, ut Aquila; non LXX. Interpretes presso vestigio sequitur ut Theodotion; sed vel in difficillimis locis sensum ita legenti exhibet, ut statim intelligatur. Hebraismos raro sectatus, summopereque cu isse videtur, ne quidpiam in Graeca serie poneret, quod Graecum lectorem Hebraice ignarum offendere posset: ea tamen cautela, ut Hebraicum exemplar unicum sequendum sibi proponeret, nec quidpiam ex editione τῶν ό, quod sibi cum Hebraeo non quadrabat, in Interpretationem suam refunderet *)

   * Haec tertia dicitur interpretatio juxta Origenis Hexapla, in quibus tertio loco ponitur.

   * Symmachus (inquit Guill Cave) *) a Judaeis ad Christianos, saltem ad Ebionitas defecit; et ut popularium suorum interpretationes subverteret, simulque loca quaedam de Christo, ad genealogiam praecipue spectantia, celaret, novam Veteris instrumenti translationem Graecam condidit, q iam secunda etiam editione perpolivit, in qua, non ut Aquila verbum e verbo, ut Hieronymus praefat. in Iob. innuere videtur, sed potius sensum e sensu expressit.

   * Franciscus Junius hunc tertia vice versionem suam aemulatione Theodotionis recensuisse affirmat, ') sed sine antiquo teste. Haec leguntur in Bibliotheca seu Antiquitatibus Constantinopolitanis in 4. Argentorati 1578. editis et alibi postea pluries

   „Symmachi Hebraei Interpretatio in Psalterium David. Ejusdem „Interpretatio in omnia volumina Veteris divinae Scripturae. „ *)

   (Circa aetatem Symmachi et Theodotionis, quaestio oritur, quis horum alteri praecesserit? Si Epiphanio credendum esset, Symmachus tempore prior fuisset. Verum ipsa Epiphanii relatio cum vera Imperatorum Romanorum chronologia haud consentit, et auctorem satis oscitanter scripsisse evincit. Dubia itaque horum remanet aetas: interim ab Origene Symmachus Theodotioni praemittitur, sed et ne hoc quidem ab Johanne Frickio ut argumentum pro vera horum determinanda aetate admittitur. „Ut in collocanda in Hexaplis versione τῶν LXX. aetatis rationem nequaquam habuit Origenes, sed medium pro dignitate'tueri jussit, Epiphanio teferente; ita potuit etiam sine respectu aetatis Symmachum Theodotioni anteponere: cujus rei cau-

a) D. Bernardus de Montfaucon cap. 6, prolegom. ad Hexapla Origenis p. 54.
2) Hist. litt. scr. eccl. l. c.

3) l.lib. 1 cap. 1. de Verbo Dei.
4) Bibl Rever. Dom.ni Confantini Berini cod. 10. et 11. Le Lon, p. 146. col. 2. A.

causam sane perquam probabilem eam *Huetius* excogitavit: quod quemadmodum studiorum ordo postulet, ut intricatam quaestionem' et incertam discepturi extremas primum et oppositas exploremus sententias, inde ad temperatas et medias progrediamur: ita *Origenes* junxerit Hebraeo textui primo *Aquilam*, qui maxime ad illum accessit, tum *Symmachum*, qui ex opposito plus reliquis ab eodem recessit, sententiarum quam verborum retinentur; demum LXX. et *Theodotionem*, media via incedentes, ut sic per extrema et media veritas eo rectius inquiratur., *) Fragmenta quae hujus versionis superfunt, itidem Codicem Hebraeo-graecum archetypum prodant.

§. VIII.
Verfio quarta Theodotionis.

* Quarta Theodotionis Ephesii est. Hic cum primum haeresin Marcionis Pontici sequeretur, postea sectatoribus haeresis illius succensens, et ipse sacram scripturam sub Commodo Imperatore, eo ipso tempore, ad subversionem praedictae haeresis interpretatus est. *)

* Theodotion fuit tempore post LXX. sacrae scripturae secundus Interpres; claruit ut nos docet Epiphanius lib. de menf. et ponder. n. 70, sub secundo Commodo, i. e. Marci Aurelii Veri filio, circa annum 175. His gente Ponticus, Ephesinus ab Epiphanio et ab auctore Synopseos vocatus, forsan quia ibi habitavit, religionem Christianam deseruit, et ad Judaeos defecit. Ab his litteras hebraicas edoctus, Vetus Testamentum graece transtulit, LXX. Interpretes praecipue secutus, a quibus, ut ait Hieronymus cap. ii. Comment. in Ecclefiaften, simplicitate sermonis non discordat. Hanc ob causam caeteris praelatus est; adeo ut Origenes, cum Hexapla sua conderet, quae ex Hebraeo deerant, ex Theodotione supplenda conferet, asteriscis notata. Quin et totam Danielis Prophetiam non ex 70. sed ex Theodotionis versione et olim et hodie legit ecclesia, unde et in codice Rupifucaldismo hunc ductum praefixum habet Danielis liber, Δανιηλ κατα Θεοδοτιωνα. Hanc translationem, quae in Hexaplis Origenis quartum locum occupavit, edidisse dicitur Theodotion circa annum 180. vel 186. Paucula quae superfunt fragmenta, ab Aquila fragmentis edita sunt. *) Ex ejus editione refertur historia Suzannae in Bibliis graecis editis.

* Duas olim fuisse Editiones Theodotionis, obfervavit hactenus nemo, inquit eruditissimus Hody, *) nempe vir infimitae lectionis non memineravit Huetil, qui hoc jam annotaverat libro de Claris Interpretibus. *)

* Theodotionis genus translationis mixtum est et temperatum, ita ut quemadmodum Aquila verbum e verbo, Symmachus fensum e fen-

---

a) Prolegom. ad edit. LXX. Lipf. p. 18.
Conf. Joh. Alb. Fabricii Biblioth. gr. vol. 2.
p. 316. Rich. Simon hift. crit. du V. T. p.
236. J. H. Hottingeri thesaur. philolog.
p. 576. J. G. Carpzovii critica facra p. 566.
Walaeus prolegom. IX. Bina.

b) Auctor Synopseos S. Scripturae.
c) Ita Guill. Cav hift. litter. script. ecclef.
fec. 2. num. 175.
d) De Bibl. text. origin. pag. 564.
e) Ita Joh. Alb. Fabricius, Biblioth. gr. lib.
3. c. 12. p. 116.

senfu (Hieron. praefat. in Iob. verf. ex Hebraeo) fic Theodotion ex utroque
commixtum et medie temperatum translationis genus expresserit. f)

* Ado Viennensis in Chronico veram Interpretum horum aetatem
defignat, atque de tempore Hadriani Imperatoris loquens ait, „per idem
„tempus Aquila Ponticus Interpres fecundus poft LXX. oritur.„ Et fub Commodo: „Theodotion Ephesius Interpres tertius apparuit.„ Idem fub Severo: „Symmachus interpres quartus agnofcitur.„ t)

[Quod Danielis prophetiam graece verfam attinet, fatis luculenter
Usserius Armachanus, collata interpretatione cap. VII. Danielis ex verfione
Theodotionis et LXX. ex Justino defcripta, illam priorem agnofcere auctiorem demonftravit. Latuit Verfio hujus Prophetae graeca feptuagintaviralis
ufque ad annum hujus feculi LXXII. de qua infra dicendum erit. Grotius
eidem auctori tribuit verfionem Paralipomenon, fed absque ulla veterum auctoritate. *)

§. IX.
Verfio quinta.

* Quinta interpretatio ea eft, quae abfcondita in dolio inventa eft
fub Antonio Imperatore, Caracalla dicto, in Jericho, a quodam ex illis,
qui Ierofolymis literati erant. ')

* Complexa eft haec quinta Editio Prophetas minores, Pfalterium,
Canticum Canticorum, et ut videtur, Iobum. In Prophetis minoribus citatur haud raro ab Hieronymo in Hof. c. 13. Juel. 3. Amos 1, 4. Mich. 5. Na-
chum 1, 2. Habacuc. 2. In Pfalmis a multis paffim. In Cantico citatur ab
Origine in Homil. In Iobo citatam non invenio. Olympiodorus tamen in
Iobi caput ult. alium quendam Interpretem adducit praeter Aq. Th. et Symmachum. *)

* Chriftianusne an Judaeus, Samaritanusne fuerit, qui editionem
quintam adornavit, nec ex Veterum teftimonio, nec ex ejus interpretatione
colligi poffe videtur; quisquis vero fuerit, multo liberiore quam Symmachus. interpretandi genere ufus eft; ita ut paraphraften quandoque fapiat, ut
videre praefertim eft in XII. Prophetis minoribus, ubi frequentiora ejusdem
fragmenta habentur. f)

[Quae auctor Synopfeos, praeeunte *Epiphanio*, de verfione quinta
refert, eam tempore Caracallae Jerichunti inventam effe, majori jure tefte
Hieronymo de verfione fexta dicuntur; quinta vero ab *Origine* in Actaeo littore, Nicopoli inventa creditur. *)

§. X.

f) *Jo. Henr. Hottingerus* Differtat. de
translat. Bibl. in ling. vern. p. 105.

g) *le Long* p. 14°. col. 1. C.

h) Conf. *Jac. Usserii* fyntagma de Septuaginta interpr. verfione cap. 6. p. 56. *J. G.
Carpzovii* crit. facr. part. 2. cap. 3. p. 560.
Rich. Simon hift. crit. du V. T. lib. 2. cap. 9.
p. 217. *Brian. Walton* proleg. IX. §. 19.
p. 326.

i) Auctor Synopfeos S Scripturae.

k) *Humphr. Hody* lib. 4. de Bibl. text. origin. cap. 1. p. 590.

l) D. *Bern. de Montfaucon* cap. 7. prolegom. ad Hexapla Origenis p. 39. *Le Long*
p. 147. col. 2. C.

m) *J. G. Carpzovius* l. c. p. 571.

§. X.
Verſio Sexta.

* Sexta interpretatio et ipſa in duliis latens inventa eſt, ſub Alexandro Mammaeae filio. Nicopoli ad Actium, a quodam Origenis familiari. ⁼)
* Comprehendit editio ſexta Prophetas minores, librum Pſalmorum, et Canticum Canticorum. Utrum alios aliquos libros, mihi non ſatis conſtat. In Pſalmis non raro citatur; In Propheta Habacuc ab Hieronymo ad cap. 2. et 3. In Cantico apud annotationes Nobilianas cap. 6. Inſigni errore aſſerit Salmaſius libro de lingua Helleniſtica, nec Quintam nec Sextam ab Hieronymo unquam memorari. Sunt qui credunt has editiones Quintam et Sextam non fuiſſe proprie loquendo verſiones, ſed coagmentatas fuiſſe ex aliis verſionibus LXX. Aq. Theod. et Sym. Verum hoc ex eo refellitur, quod aliquibus in locis ab omnibus illis diſſentiebant. *)
* Sextam editionem a Chriſtiano viro concinnatam fuiſſe vel ex hoc uno ejus fragmento Habacuc 3, 13. (apparet) cujus verſicull Graeca ex MS. eruuntur, Latina ex Hieronymo, qui addit, Sextam editionem prodere manifeſtiſſime Sacramentum. Hic autem Interpres perinde atque praecedens paraphraſi gaudebat. ⁵)
* A Judaeis fuiſſe (Quintam et Sextam Editionem) exiſtimat Hieronymus: ᵗ) *Magnis ut ſcio ſumptibus redemiſti Aquilae et Symmachi et Theodotionis, Quintaeque et Sextae Editionis Translationes.* Sextae vero auctorem fuiſſe Chriſtianum apparet ex illius interpretatione verſus 13. Orationis Habacuc, quam ipſe profert Hieronymus: *Sexta editio prodens manifeſte Sacramentum, ita vertit ex Hebraeo: Egreſſus es ut ſalvares populum tuum per Jeſum Chriſtum tuum* ⁿ)
* In Pentateucho Quintam et Sextam editionem locum occupaſſe ſuum, teſtificantur exempla non pauca: ſic Geneſis cap. 14. v 15. ex codice regio adfertur Quintae editionis lectio, et cap. 35, 19. Ambroſius in Epiſtola ad Horantium ait: *Quinta autem traditio* (ſeu Editio): Ephrata ipſa eſt domus panis; *hoc praeteritum eſt in aliorum traditionibus.* Et Levit. 11, 17. Sexta editio memoratur, ejusque interpretatio adfertur. At mirum eſt Quintam et Sextam editionem a nemine Veterum Graecorum, qui in Pentateuchum tot commentaria ediderunt, memoratam uspiam fuiſſe De Septima in Pentateucho nihil hodie: utrum vero olim adſu-rit Ignoratur. *)
* Quidam volunt authores utrasque fuiſſe Judaeos, ut Hieronymus lib. 2. contra Rufinum. Alii utrosque Chriſtianos eſſe exiſtimant. Quintam enim commendat Athanaſius, ut a quodam. qui Hieroſolymis precibus vacaverat, compoſitam, utramque Hieronymus in Habacuc. c. 3. quod locum

de

ⁿ) Auctor Synopſicos S. Scripturae.   p) Lib. 1. adv⁰ Ruff circa finem.
ˣ) Humphr. Hody, ibid.   q) Hod., ubi ſu·ra.
ˢ) D. Keu. de Monſaucon, tab ſupra.   ʳ) D. Bern. de Montfaucon cap. 1. p. 17.

de Chrifto bene explicaffent. In Sexta enim Jefus Chriftus nominatur ut
falvator mundi. ')

[Sextam Editionem non Nicopoli, fed Jerichunti inventam effe jam
fupra §. praeced. obfervavimus. De religione interpretis *Hieronymus* fibi
ipfi haud conflat. Majorem fibi interpretem licentiam evagandi et a fontibus recedendi, quam priores interpretes, fumfiffe, ex iis, quae adhuc fuperfunt, fragmentis conflat. ']

§. XI.
Verfio feptima.

* Septima editio laudatur ab Eufebio Caefarienfi hift. lib. 6. cap. 16.
his verbis: *Qum etiam in Hexaplis Pfalmorum exemplaribus, poft infignes illas quatuor editiones* (fc. LXX. Interpr., Aquilae, Symmachi et Theodotionis)
eum non Quintam modo, fed etiam Sextam et Septimam opponeret verfionem etc.
Ex hoc autem Eufebii loco concludunt Valefius, Huetius et Voffius, Septimam editionem Pfalmos tantum habuiffe. — Tantum abeft, ut haec editio
fuerit Pfalmorum duntaxat, ut non immerito dubitaveris, utrum Pfalmos
omnino complexa fit, licet id conftare videatur ex verbis Eufebii. Certe
eam non fuiffe Pfalmorum ex eo colligi poffe videtur, quod ab Hieronymo
nec in Epift. 135. ad Sunniam et Fretellam, nec 139. ad Cyprianum, nec 140.
ad Principiam, nec 141. ad Marcellum, nec 145. ad Damafum, in quibus
faepe citantur fex aliae Editiones Pfalmorum, nominatur fepdma. — —
Nec ab eo nec ab ullo Commentatore citatur ufquam feptima. ')

* Hanc vero fententiam refellit D. Bern. de Montfaucon his verbis: ') In Pfalmis quidem tres illas editiones adjunctas fuiffe fuadent frequentia fingularum fragmenta, quae paffim obfervantur. Deinde addit: In duodecim vero Prophetis minoribus, tefte Hieronymo, praeter Aquilam, Symmachum, LXX, Theodotionem et Quintam, duae aliae Editiones appofitae
erant, videlicet Sexta et Septima; Quintae nempe frequentiffima, aliarum
vero rariora. In Canticis Canticorum Quintae folum et Sextae lectiones adferuntur, Septimae vero ne veftiglum quidem habetur.

* Septima editio Chriftianine an Judaei Interpretis fit, ex uno Habacuci
Cantico judicari poteft, fi tamen Septimae fit Interpretatio Cantici totius,
ibidem editioni τῶν ε' fubjuncta, quod fane plus quam verifimile arbitror. —
Ille autem interpres locum Habac. 3, 4. fupra allatum, quem Hieronymus que-
ritur a Symmacho et Theodotione Ebionaeo more verfum fuiffe hoc pacto:
Egreffus es ut falvares populum tuum, ut falvares Chriftum tuum, Judaico
more convertit his verbis: *apparuifti fuper falute populi tui ad liberandum
electos tuos,* quod fane vir Chriftianus non fecerit. Ex hoc item capite deprehenditur hunc interpretem admodum παραφραστικῶς vertiffe, ut quisquis
vi-

r) *Jo. Henr. Hottingeras* Differt. 3.de tranf-
lat. Bibl in ling. vera. p. 101. *Le Long* 1.
147. col. 2. L.

s) Conf. *Carpzovius* l. c. p. 573.
u) *Humphr. Hody* l. c. p. 573.
z) l. c. p. 17.

videre poſſit. His itaque perfpectis dicendum reſtat, tres illas fuperadditas
Editiones, longe liberiori interpretandi genere concinnatas fuiſſe, quam Editio Symmachi, qui tamen magis, quam Aquila et Theodotion ab Hebraica
litera deflectit.)

* Hanc feptimam (*dixerat Humphredus Hody*)) etſi in Hexaplis Origenis extantem, ignorabant Epiphanius, Auctor Synopſis, Euthymius et
Jofephus Chriſtianus. E quibus Auctor Synopſis et Euthymius, quos vulgo
fequuntur recentiores, pro Septima perperam recenſent Editionem Lucianeam. At pergit:) Sixtus Senenfis negat Septimam editionem in Origenis Hexaplis aut Octaplis locum habuiſſe. Quod refellitur non modo ex
ipſius Eufebii verbis, ſi modo ea recte fe habent, aliisque fcriptoribus, qui
eum fequuntur: verum etiam ex Hieronymo in Catalogo; ubi ait Origenem
praeterea Quintam, Sextam et Septimam Editionem, quas etiam nos (inquit)
*de ejus Bibliotheca habuimus, miro labore reperiſſe, et cum ceteris editionibus
comparaviſſe,* i e. in Hexaplis Idem Comment. in Epiſt. ad Titum cap. 3:
*Unde et nobis curae fuit omnes Veteris legis libros, quos vir doctus Adamantius
in exempla digeſſerat, de Caefarienfi Bibliotheca defcriptos, ex ipſis authenti-
cis emendare, in quibus et ipfa Hebraea propriis funt characteribus verba defcripta, et Graecis litteris tramite expreſſa victro, Aquila etiam et Symmachus,
LXX. quoque et Theodotio fuum ordinem tenens. Nonnulli vero libri, et maxime hi, qui apud Hebraeos verſu compofiti funt tres alias editiones additas
habent, quas Quintam, Sextam et Septimam translationem vocant, auctoritatem fine nominibus Interpretum confecutas. Editiones Quintam, Sextam et
Septimam, licet quibus cenfeantur authoribus ignoretur, tamen ita probabilem
fui diverfitatem tenere, ut auctoritatem fine nominibus tenuerunt,* teſtatur rur-
fum Hieronymus Praefat. Chronici Eufebii.)

[Quaenam illa feptima fuerit Interpretatio, divinandum reliquit *Joh.
Morinus.* Sunt, qui illam et Lucianeam LXX. Interpretationem eandem effe ſtatuunt, ut *Flaminius Nobilius,* qui in praefatione ad latinam editionem
Romanam feptuaginta Interpretum dicit, in vetuſtis Scholiis Quintae duntaxat et Sextae mentionem fieri; nec fere Graecos aliam Septimam agnofcere
praeter Luciani, qui aetate inferior erat Origene, Interpretationem.) Praeter hasce ab auctore noſtro recenſitas Interpretationes ab Origene et aliae minus notae recenfentur, quas hic ſilentio praeterire nobis non licebit.) ὁ Αλ-
λος. Quis vero ſit ita defignatus Interpres, utrum ille ſit qui Septimam edidit, an vero alius, et ab hoc diverfus, haud accurate determinari poteſt.
Interim, Origenem illum ab aliis, quos recenfet, interpretibus recedere depre-
hendiſſe, ex provocatione ejus ad hunc Interpretem fatis conſtat. Eundem
vero verſionem fuam pariſſe non e Codice Hebraeo charactere ſcripto, fed e

Ff 2 Co-

y) D. Bern. de Montfaucon l. c. p. 60.   c) Conf. Walraei proleg. p. §. 10. Cor-
z) l. c. lib. 4. cap. 1. p. 591.   arius l. c. p. 573. J. A. Fabricius l. c.
a) Ibid. p. 594.   p. 345.
b) La Long p. 148. col. 1. E.

Codice Hebraeo-graeco, ex exemplis a Cl. *Tychsenio* paffim in medium prolatis, conjici poterit. E. g. 1 Sam. IV, 19. ויתחל *Et incurvavit.* אא *ετταξε.* אנדם. C. XV, 33. וישסף. σωπασηρ aut ενωσπιρ. *Dilaniavit.* אא * νου Σαπηρ. Filii Safeiph*: hebraicum σω sumsit pro Graeco νιου. 2) ὁ Εβραιος. Quis ille sit, iterum incertum est; ab *Aquila* vero illum diversum esse, exinde quod ab *Origene* huic ad latus ponatur, quin et praemittatur, conjiciendum est. Fortassis eruditus quidam fuit Judaeus, cum quo *Origeni* frequens fuit commercium. 3) ὁ Συρος et 4) τὸ Σαμαρειτικον. Singulae istae versiones inter Veteres Ecclesiae Doctores satis celebres et notae, ab *Origene* immenso labore in unum collectae opus, temporum injuria adeo periere, ut non nisi fragmenta quaedam supersint, quae demum typis mandata in publicum prodiere.

§. XII.
Editiones Fragmentorum graecorum in B. Gr.

[I.] * Veterum Interpretum Graecorum, Aquilae, Symmachi et Theodotionis fragmenta ex antiquis veterum scriptorum libris collecta a Petro Morino. Romae 1587. fol. Eadem Latine, Romae 1588. fol.
        V. Biblia Graeca; et Biblia Latina, Romae 1587. et 1588. *d)*
[Non seorsim excusa sunt illa fragmenta Interpretum, sed Bibliis Graecis auctoritate Sixti V. Pontif. inserta sunt, quae deinde *Flaminius Nobilius* latine edidit. Plura de hisce Bibliis infra dicenda veniunt: hic tantummodo monemus, *Petrum Morinum*, qui perperam *Johannes* vocatur, et cum editore Bibliorum Graecorum Parisiensium confunditur, fragmenta ista ex antiquis monumentis collegisse, uti ex ejus epistola ad *Antonium Sylvium* apparet. *e)*

[II.] * Veterum Interpretum Graecorum, Aquilae, Symmachi et Theodotionis fragmenta ex antiquis veterum scriptorum libris collecta. Francofurti 1597. Fol.
        V. Biblia Graeca, Francofurti 1597. fol. *f)*
[Eadem sunt ac in editione praecedente Romana. Editor, qui vel *Franciscus Junius*, vel *Fridericus Sylburgius* creditur, quamvis in edendis Bibliis Graecis non editionem Romanam, sed Herwagianam, hinc Aldinam sequi maluerit, ex Romana tamen Veterum Interpretum fragmenta suae editioni addidit. *g)*

[III.] * Veterum Interpretum Graecorum, Aquilae, Symmachi et Theodotionis fragmenta ex antiqua veterum scriptorum libris collecta. Parisiis 1628. Fol.
        V. Biblia graeco-latina studio *Joan. Morini* edita. *h)*
[Eadem quidem sunt ac praecedentia; placuit vero *Joh. Morino*, versionem latinam, in editione Romana seorsim excusam, singulis in eadem addere pagina. *i)*

[IV.] * Veterum Interpretum Graecorum, Aquilae, Symmachi et Theodotionis fragmenta ex antiquis veterum scriptorum libris collecta. Londini 1653. 4.

V. Bi.

d) Le Long p. 149. col. 1. D.   *g)* V. Infra, §. LIV. a. 5.
e) Vide infra, §. LVII.   *h)* Le Long ibid.
f) Le Long ibid.   *i)* V. Infra, §. LXI. a. 1.

V. Biblia Graeca Londinensia 1653. 4. [k])
[Cum haec editio accuratissime et ad amissim ad exemplar Romae editum
recusa dicatur, quod tamen vero haud-confentaneum est, eadem ut Romana exhibet
fragmenta. [l])

In sacra Biblia Graeca ex versione LXX. Interpretum Scholia, simul et   [V.]
Interpretum caeterorum lectiones variantes. Francofurti 1697. 8. maj.
V. Biblia graeca ex editione Frickii, infra § LX. n. 1.

* Veterum Interpretum Graecorum, Aquilae, Symmachi et Theodotionis   [VL]
fragmenta ex antiquis veterum scriptorum libris collecta. Franeckerae
1709. 4.
V. Biblia Graeca, Franeckerae 1709. 4. [m])
[Locupletior hic prodit fragmentorum collectio, cura *Lamberti Bos*: de
qua in praefatione: „Ceterum, ne quid huic editioni deesset, praeter varias lectio-
„nes inseruimus Fragmenta Versionum Aquilae, Symmachi et Theodotionis, non
„tantum ea, quae reperiebamus in Schol. Rom. sed longe plura, ex notis *Patricii*
„*Junii*, ex ed. Francof. ex *Drusio* et ex Card. *Barberini* Cod. margine.„ [n])

§. XIII.

Editiones Fragmentorum peculiares.

* Veterum Interpretum Graecorum in totum Vetus Testamentum Frag-   [I.]
menta, collecta, versa et notis illustrata a Joh. Drusio. Arnhemiae apud
Joh. Janssonium, typis Friderici Heinsii MDCXXII. 4. [o])
[Opus post obitum Auctoris publici juris fecit *Sixtinus Amama*, auctoris
in officio publico successor, Fragmenta in Editione Romana exposita multis aliis e
propria Patrum lectione adauxit, singulisque latinam addidit *Drusius* Interpretationem. [p])

* Veterum Interpretum Graecorum Fragmenta. Londini 1657. fol.   [II.]
V. Tom. VI. Biblior. Polyglott. Londinensium, n. IX. [q])
[Collectio *Morini* ex editione Romana hic ex collectione *Drusii* locuple-
tior sistitur. [r])

§. XIV.
Orig···is Hexapla.

* Origenis Hexaplorum Pars non minima. Graece et Latine. Parisiis.   [L]
1699. Fol.
V. Tom. II. Opp. S. Hieronymi, column. 830. [s])
[Primum hoc est Operis Origeniani restituendi tentamen. Operum S. Hieronymi editor *Johannes Martianaeus*, duas *Origenis* in Canticum Canticorum homi-
lias ab *Hieronymo* latinitate donatas postquam exhibait, Origenis Hexaplorum partem non minimam subjungit. Singula ab *Hieronymo* mutuo sumsit, qui veterum
Ff 3   Grae-

k) *Le Long* ibid.
l) V. infra, §. LVIII. n. 1.
m) *Le Long* ibid.
n) V. infra, §. LIX. n. 2.
o) *Le Long* ibid.

p) Biblioth. Bunaviana Tom. I. p. 1.
q) *Le Long* ibid.
r) Conf. Part. I. Cap. III. §. VI.
s) *Le Long* p. 151. col. 1. C.

Graecorum Interpretum saepe recordatus est, ingeniemque verborum ac versuom scripturae copiam suo ordine in Hexaplis positam subminiistravit. Singulas interpretationes per columnas disposuit: ubi vero omnerGraecas interpretationes diversas invenit, excepta illa, quae est *Theodotionis*, hanc cum LXX. Interpretibus consentire sibi persuasit, atque hoc modo hujus defectum supplevit. Quae vero hoc modo *Martianaeus* incepit, summo studio felicique eventu a *Bernardo de Montfaucon* ad finem perducta sunt. [1]

[II.]   " Hexaplorum Origenis quae supersunt, multis partibus auctiora, quam a Flaminio Nobilio et Joanne Drusio edita fuerint: ex manuscriptis et ex libris editis eruit et notis illustravit D. Bernhardus de Montfaucon monachus Benedictinus e Congregatione S. Mauri. Accedunt opuscula quaedam Origenis anecdota, et ad calcem lexicon Hebraicum ex Veterum interpretationibus concinnatum, itemque Lexicon Graecum et alia, quae praemissus initio luterculus indicabit. Tomus primus. Parisiis apud Nicolaum Simart, Serenissimi Delphini Typographum, via Jacobaea ad insigne Delphini. MDCCXIII. Cum privilegio Regis Vol. II. Fol.

Ex his sex prioribus interpretationibus (ait *Ben. Huetius*) [u]) et Ebraico exemplari, Tetrapla sua, Hexapla et Octapla Origenes conclanavit. Ac Tetrapla quidem quatuor constabant editionibus per columnas dispositis, prima Aquilae, secunda Symmachi, tertia Septuaginta Senum, et postrema, demum Theodotionis, Interpretationem *τον ε* tertio loco posuit, ut ad eam, quam omnium existimabat esse accuratissimam, reliquas facilius exigi et examinari possent. [x]) Hexaplis hae ipsae Interpretationes quatuor, totidem ordine collocatae cum Ebraico exemplari, Ebraicis descripto literis, eodem Graecorum charactere exarato, continebantur. Prior occurrebat columna Ebraica Ebraice descripta; at quae contextum Ebraicum Graecis exaratum literis exhibebat, interpretationi Aquilae proxime conjungebatur. Sejunera autem post sex istas columnas Hierichuntina editione, quam Quintani appellavit Origenes, et numeri quinarii nota a insignivit, et post Hierichuntinam Nicopolitana, quam vocavit Sextam et *ἑπταπην ς'* notavit, Octapla existebant. [y]

In illa variarum editionum congmentatione (*pergit Huetius*) [z]) aliqui libri quatuor duntaxat constabant edicionibus cum Diplis Ebraicis, atque libri erant vere *ἑξαπλοι*. Sex vero habebant editiones Graecas, cum Diplis Ebraicis, alii libri per versus compulsi, excepto Psalterio, nempe Proverbia, Ecclesiastes, Canticum, ac   pro-

r) Acta Eruditorum Lipsiens. A. 1699. p. 331., J. G. Walchii Biblioth. exeget. p. 145.
u) Libro 3. Origenianorum sect. 4.
x) Optimam hujusce ordinis rationem affert D. Bern. de Montfaucon: Ideo, inquit, Aquilae primum locum deputavit, ejusque editionem priorem posuit Origenes; quia ille scrupulosius quam coeteri omnes, Hebraicam scripturam verbum e verbo reddere studuerat. Post hunc autem

Symmachum locavit, quia ille propius quam LXX. et Theodotio ad veritatem hebraicam accedebat. Deinde LXX. praeposuit Theodotioni, quia Theodotio LXX. Interpretes e vestigiis pene sequi videbatur.
y) Haec fere Epiphanius lib. de pond. et mens. cap. 18. Idem confirmat S Hieronymus cap. 3. Comment. Epist. ad Titum supra laudati.
z) Ibid. p. 158.

proinde erant ἑπτασέλιδοι. At liber Pſalmorum praeter geminas Ebraei contextus columnas ſeptem editiones continebat, meritoque librum illum ἐννεασέλιδον diceret. (Hanc ſententiam oppugnat infra Humphr. Hody.) Igitur opus iſtud Origenis partim erat Hexaplum, partim Octaplum, partim Enneaplum (qua voce nullus veterum, cum de Origeniano illo opere agitur, uſus eſt). — Aſſerit etiam Origenes (in Graeca Catena in Threnos a Mich. Ghiſlero edita) ab interpretationibus Aquilae et Theodotionis abfuiſſe Threnos Hieremiae, itaque liber fuit τετρασέλιδος. — Manifeſtum eſt, unum idemque opus fuiſſe Hexapla et Octapla; ſed a diverſis quibus conſtabat partibus diverſas appellationes habuiſſe.

Hexapla et Octapla (inquit Humphredus Hody) [a] Idem opus fuere, in quo columellis variis e regione appoſiti ſunt teſtamenti veteris 1. Textus Hebraeus characteribus Hebraicis; 2. Textus idem literis graecis; 3. Verſio Aquilae; 4. Symmachi; 5. LXX; 6. Theodotionis; 7. Quinta; 8. Sexta; 9. Septima. Quia vero editio Septima comparuit tantum in libris Scripturae pauciſſimis, ideo, quaſi nulla iſtius habita ratione, volumina illa nominata ſunt, non Enneapla, ſed Octapla ſive Octaſelida. Et quia Quinta et Sexta non comparuere in prioribus ſibris, ſed tantum in quibuſdam ex poſterioribus, idcirco ab aliis, idque frequentius (ſive ab ipſo etiam authore) appellata ſunt Hexapla, i. e. Sextuplicis, a ſex variis columnis, quae in libris prioribus conſpiciebantur. In alio opere, columellis quatuor conjunxit Origenes tantum quatuor Editiones, Aquilae, Symmachi, LXX et Theodotionis, quae volumina a quatuor columellis nuncupata ſunt Tetrapla, h. e. quadruplicia. En tibi jam vera deſcriptio ac ratio illorum voluminum celeberrimorum, de quibus reperiuntur tot et tantae doctorum virorum hallucinationes.

Origenem Tetrapla poſt Hexapla compegiſſe [b] exiſtimavit Valeſius aſſentiente Huetio — nempe putat, Origenem, cum animadvertiſſet Hexaplorum codices nimio ſumptu ac labore indigere, Tetrapla, quorum uſus foret facilior, edidiſſe. Mihi magis placet recepta ab Uſſerio aliiſque opinio, euſſe primo Tetrapla, et deinde adinventis editionibus V. VI. et VII. Hexapla concinnaſſe. — Non enim veriſimile videtur, potuiſſe Origenem reliquas Graecas verſiones in ſecunda editione omittere, tametſi Hebraicas fortaſſe columellas omittere voluiſſet. Neque quidem videtur, volumina illa ab ipſo Origene fuiſſe edita, ſed aliquot annis poſt mortem ejus a Pamphilo et Euſebio publici juris facta fuiſſe.

Vulgo creditur [c] Editionem τῶν ο΄ quae ſub Aſteriſcis ſuppleta, obeliſque notata eſt, ab Origene elaboratam fuiſſe poſt Tetrapla et Hexapla ſive Octapla. Sic ſtatuunt Sixtus Senenſis biblioth. ſanctae lib. 4. Bellarminus de verbo Dei lib. 2. cap. 5. Kimedontius de verbo Dei ſcripto lib. 5. cap 1. Joan. de la Haye Prolegom. Bibliorum maxim. Auctor praefationis τῶν ο΄, ut etiam Rivetus, liſagog. cap. 10. §. 19. Epiſcopius Inſtitut. Theolog. lib. 4. §. 1. Heinſius Ariſtarchi lib. 1. cap. 10. etc. At vero in ipſis Hexaplis appoſitas fuiſſe Aſteriſcorum, Obelorumque etc. notas, indiciis variis luculentiſſimis conſtat. En tibi teſtem Hieronymum apud Ruffinum Invect. 2. Sed Origenes aſteriſcos fecis ex translatione Theodotionis aſſumens, ut com-

<hr/>

a) lib. 4. ut ſupra cap. 2. pag. 595.　　c) Ibid. p. 608.
b) ibid. pag. 603.

componere volumina, quae appellantur Hexapla. Scholion Graecum ad 1 Reg. 14. *Haec in Hexaplo sunt annotata asterisco, quippe quae ex Theodotione sunt apposita.* [d] Ad 3 Reg. 14. *Post haec in Hexaplo ponuntur, quae pertinent ad morbum et mortem Abiae filii Jeroboam, cum asteriscis.* S. Ioction in Psalm. 131. *Hic versus non est positus in Tetraselide. — In Octaselide autem apud solos 70. positus est obelo notatus.*

Hexapla autem et Tetrapla [e] post Origenis obitum per annos circiter quinquaginta delituisse videntur, donec tandem a Pamphilo et Eusebio eius amico, Caesariensi postmodum Episcopo, in Ecclesiae Caesariensis Bibliotheca reperta sunt, et in lucem prolata, vel illius potius Bibliothecam instaurante Pamphilo, aliunde (a Tyro forte) translata. Origenis exemplaria autographa in Bibliotheca Caesariensi reposita sunt, ubi ea pervolvit Hieronymus, et apographa inde descripta nactus est. *Hactenus Humphredus Hody.*

De Origenis Tetraplis, Hexaplis et Octaplis perquam diversi commentati viri docti ex varie intellectis locis veterum, Origenis, Eusebii, Epiphanii, Hieronymi. Mihi satis fuit *(inquit Joh. Alb. Fabricius)* [f] de tota re, quae verissima viderentur, succincte exponere. Interim evolvat conseratque qui velet *Andr. Masium* praefat. in Iosuam, *Petrum Galesinum* et *Joan. Howerum* in finis de 70. Interpretibus commentariis, *Caes. Baronium* tom. 2. Annal. Eccles. ad ann. 231. *Dion. Petavium* not. ad Epiphanium pag. 404. *Jac. Bonfrerium* in Prolegom. biblicis, *Eliam Schingerum* in dispositione Bibliorum, *Jac. Usserium* cap. 5. Syntagm. de 70. Interpret. *Lud. Capellum* pag. 337. Criticae sacrae, *Henr. Valesium* ad lib. 6. Eusebii cap. 16, et in Epistola Eusebio subjecta ad Usserium, *Brianum Waltonum* Proleg. Bibliorum 9. §. 21. *J. A. Morinum* p. 81. Exercitat. Biblic. *Dan. Heinsium* pag. 796. Aristarchi sacri, *Joh. Henr. Hottingerum* pag. 288. Thesauri philologici, *Alexandr. Morum* in causa Dei pag. 120. *Waltherum* pag. 275. Officinae Biblicae, *Jo. Dorscheium* Dissertat. Theologiae Zacharianae praemissa, *Dionysium à Rivis* in Diatriba sua, *Dan. Huetium* lib. 3. Origenian. pag. 234. *Enstholium* in tractatu de variis Bibliorum editionibus cap. 32. pag. 374. *Rich. Simon* cap. 18. disquisitionum criticarum et lib. 2. cap. 3. Hist. Criticae V. T. *Isaacum Vossium* in responsione ad objecta Criticae sacrae pag. 305. *Claud Frassenium* pag. 263. Disquisit. Bibliorum, *Lud. Ellies du Pin* tom. 1. prolegom. Biblic. pag. 183. *Guil. Cave* in vita Origenis num. 18. et qui diligentissime et fusius in hoc argumento versatus est, *Humphredum Hody* lib. 4. de Bibl. textibus Originalibus cap. 2. pag. 595. [g]

[Ex iis, quae Auctor noster ex Eruditorum scriptis coagmentavit, structura et ordo operis Origeniani, quod temporum injuria ad nostram aetatem superesse noluit, satis apparet. Restant nonnulla, quae ad pleniorem operis cognitionem ducere nobis visa sunt. Scopus *Origenis* potissimum in eo consistit, ut septuagintaviralem

---

[d] Hoc Scholion aliter habet in editione latina; sic ibi legitur: Haec usque ad illud (et forte capitur) in sola editione Theodotionis sunt posita, quum ob rem sunt Asterisco notata, tanquam posita in una aut secunda conjugatione ipsorum 70, non tamen in Hebraeo.

[e] Hody Ibid. p. 618.

[f] Lib. 3. cap. 10. num. 13. Bibliothecae graecae.

[g] Le Long p. 149. col. 2. A — 151. col. 2. C.

sem Interpretationem, quae jam tum propter scribarum quorundam incuriam, aut propter nefariam aliquorum scripturam emendantium audaciam, multis mendis, interpolationibus, transpofitionibus, defectibusque laboravit, priftinae fuae Integritati reftitueret. Quo vero hoc felicius fieret, Textui facro duplici charactere fcripto, diverfas tunc temporis exftantes Veterum Interpretationes appofuit, primarium vero tunc ejus objectum fuit verfio feptuagintaviralis, quam quidem ad Textum hebraicum revocavit, fed ita ut non temere, quae mutanda vifa funt, mutaret, fed intacta relicta priori lectione certis fignis demonftraret, quae addenda vel amputanda fint: hinc illa afta Afterifci, Obeli, Lemnifci et Hypolemnifci, et Iiterarum fymbolicarum, ab Origene brevitatis ftudii cauſa in fubfidium vocatarum. Afterifcus, cujus forma crux erat decuffata, fingula indicat, quae in Hebraeo quidem exftant, a Bibliis graecis vero abfuerunt. Obelus ea fignificavit, quae in Graeco quidem, fed non in Hebraeo legebantur, quae e contextu graeco penitus tollere noluit, fed obelo feu linea jacente vel paulo inflexa indicavit. Utriusque propofitionis fial fignum adfcripfit, vel duo puncta, vel lineam perpendicularem, cujus medium linea transverfa tangit. Lemnifcorum vero et hypolemnifcorum ufus non adeo diftincte repraefentatus eft; a vero tamen non aberrare videntur, qui hisce fignis indicari, interpretes vel diverfis vocibus eandem fenfum, vel diverfum fenfum expreffiffe, ftatuunt. Accedunt denique litterae fymbolicae O, A, Σ, etc. quibus LXX, Aquila, Symmachus, etc. denotantur, quibus Origenes brevitatis cauſa ufus eft. Opus Origenianum, quod voluminofum fuiffe neceffe eft, fua intercidit, ut nonnifi fragmenta aliis operibus Scriptorum Ecclefiafticorum inferta fuperfint, quae Bernh. de Montfaucon aliorum veftigiis infiftens in unum collegit opus, Volumini primo praemittuntur praeliminaria in Hexapla Origenis, anecdota quaedam, et teftimonia in veteres Interpretes. Sequuntur Fragmenta Interpretum a Genefi ad finem Pſalmorum, Volumen fecundum reliqua comprehendit Veteris Teftamenti libros. Accedunt huic appendices annotationum, et in duo lexica fequentia praevia difquifitio, Lexicon hebraicum ad Hexapla, et lexicon graecum, quod duplex Lexicon Concordantiis fuis graecis in Septuaginta Interpretes Abrahamus Trommius adjecit. [b)]

[II.]

Hexaplorum Origenis quae fuperfunt auctiora et emendatiora, quam a Flaminio Nobilio, Jo. Drufio et tandem Bernh. de Montfaucon concinnata fuerant, edidit notisque illuftravit Car. Frider. Bahrdt, Antiqu. Sacr. in Acad. Erfurt. Prof. P. Ord. Lipfiae et Lubecae 1769. 70. 8. Partes II.

Emptoribus, quorum non erat, majori aere opus illud Montfauconii fibi adquirere, optime Cl. Bahrdtius confuluit, dum illud in hanc minorem formam minori pretio redimendam redegit. Multa fuaeque refecavit, nimirum verfionem fragmentarum fuperfluam, explicationem fingularum vocum in notis exhibitam, et Scholia

b) Conf. J. G. Carpzovii critica facra, part. 2. cap. 5. §. 6. p. 174. Joh. Francifc. Buddei Ifagoge hift. theol. lib. 2. cap. 8. p. 1785. J. C. Dornii Biblioth. theolog. crit. vol. 1. p. 701. etc. J. G. Walchii Biblioth. exeget.

Bibliotb. Sacr. Part II.

p. 145. Acta Eruditorum Lipfienfia A. 1714. p. 1. Acta eruditorum Germanica, vol. 2. p. 1013. Nachrichten von einer halliſchen Bibliotb. vol. 7. p. 491. Conf. Part. I.

G g

Iis nonnulla, quibus lectores facile carere poffunt. Acceſſerunt vero fragmenta
quaedam e Codice Bibliothecae Paulinae Lipſienſis ab Exod. 32, 7. ad Deuteron. 5,
13. Sic et anecdota, quae in opere *Montfauconii* Geneſi praemiſia, nec non quae
inter appendices e MSto Coisliniano annotata erant, ſuis locis ſingula inferuit. Nos
eas frequenter editor adjecit, quas tamen ab illis, quae *Montfauconii* ſunt, ſignis
non diſtinxit. Poenitendo autem conſilio factum eſt, (ſunt verbis Cl. *Tyrhſenii*) ut
Ven. *Bahrdtius* verba hebraica litteris graecis adſcripta, tanquam rem, m in Praefatione ad Partem I. ſcribit, ad exiguos uſus aptam et praeterea vagam et incertam ocu-
lare juſſerit, hanc rationem inanem addens, quod verba hebraica olim in diverſis regionibus diverſimode pronunciabantur, ut teſtatur Hieronymus: adeoque ne uti
quidem poſſet lector iſtis verbis graece ſcriptis ad cognoſcendum et determinandum
pronuntiandi morem Veterum Hebraeorum. Sed eo ipſo viam lectoribus interclu-
ſit, detegendi interpretationum veterum originem, quae unice e codicibus ſuis graecis litteris ſcriptis haurienda eſt, et editionem ſuam omni uſu ceteron privavit. Atque ſine iſtis hebraeo-graeca pronuntiatione in ſubſidium vocata fieri omnino non
poteſt, ut quis lexicon hexaplare omnibus numeris abſolutum contexat. ')

§. XV.
Latinus Veterum Interpretum.

[I.]   Specimen Hexaplorum, ex editione Waltoni. Londini 1657. Fol.
  In ſexto Bibliorum Polyglottorum tomo p. 133. *Waltonus* exhibet Hof. XI,
7. ut ſpecimen externae Hexaplorum *Origenis* faciel. Hebraicus Textus non charactere hebraico ſed graeco tantummodo expreſſus eſt. Idem etiam in *Montfauconia-
no* opere tom. II. p. 351. ſiſtitur.

[II.]   Geneſeos Cap. I. Hebraice et Graece, et Hoſeae XI, 1. Hamburgi 1707. 4.
  Duplex hoc ſpecimen Hexaplorum *Origenis* inſertum legitur in *Joh. Alb.
Fabricii* Bibliotheca Graeca lib. 3. c. 12. p. 346. Paginae ſibi oppoſitae in ſex diſtin-
ctae ſunt columellas, 1. Textus hebraicus charactere hebraico, 2. idem charactere
graeco, 3. Aquila, 4. Symmachus, 5. LXX. 6. Theodotion.

[III.]   Specimen Hexaplorum ex editione Joſephi Blanchini. Romae 1749. Fol.
  Aeri inciſum eſt ſpecimen hexaplare in Hof. XI, 1.

[IV.]   Libri Eſther editiones Graecae duae, ex Arundelliana Bibliotheca produ-
  ctae: Alexandrini quoque et Romani exemplaris in Cap. VI. et XVIII.
  Libri Judicum diſcrepante Lectione adjecta. Londini 1655. 4.

[V.]   Libri Eſther editiones duae — Lipſiae 1695. 4.
  Ex editione *Jacobi Uſſerii* Armachani, ad calcem Syntagmatis de Graeca
Septuaginta Interpretum verſione. ⁴)

[VI.]   Pars Libri Eſther ex duplici verſione Graeca. Romae 1772. Fol.
  In editione Romana Danielis ſecundum LXX. p. 434-450. una cum paraphraſi Chaldaica et verſione Latina antiqua et vulgata. ')

* Ec-

g) O. G. *Tychſeni* tentamen de variis co-   *Jac. Frid. Reimmanni* catal Biblioth. theol. p.
dicum Hebraeorum V. T. MSS. generibus   344. Acceſſiones ad Catal. p. 151. v. infra
p. 111. Conf. *J. A. Ernſti* Theologis he   §. LXXI.
Biblioth. Vol. 9. p. 483.   *i*) Conf. Part. II. Vol. I. Sect. II. §. XLI.
  k) *J. G. Walchu* Biblioth. exeget p. 141. n 7.

: ° **Ecclesiastes** Graece ex versione Aquilae, Theodotionis et LXX. Inter- [VII.]
pretum, cum Scholiis Olympiodori. Basileae, Bebelii, 1536. 8. *)

(Ita auctor notat. Verum editionem habece e Syllabo graecarum edicionum
exterminandam esse censemus. *Bebelius* Basileensis typographus recusam dedit antiquiorem *Henrici Stephani* editionem anni 1524; utraque vero tantummodo latinam
Scholiorum *Olympiodori* a *Zenobio Acciajola* Florentino confectam versionem exhibet,
sine contextu Graeco. Majori jure huc *referundae* essent editiones graeco-latinae
In Auctario **Bi**bliothecae Patrum Ducaeano, Parisiis 1624. fol. tom. II. p. 602. et in Bibliotheca Patrum Morelliana, Parisiis 1644. 1654. Tom. XIII. *)

Varia loca Scripturae S. ex duplici versione Graeca ex editione Jacobi Uf- [VIII.]
serii. Londini 1655. 4. Lipsiae 1695. 4.

Inserta leguntur *Jacobi Usserii* syntagmati de Graeca septuaginta interpretum
versione: 1) Fragmenta Psalmorum, p. 36. 2) Fragmenta Prophetiae Esaiae, p. 40.
3) Fragmenta Amosi, p. 43. 4) Michae, p. 44. 5) Danielis cap. VII, 9-28. p. 62.
et 6) Dan. cap. IX. Singula editor eum in finem produxit, ut suam de LXX. Interpretibus hypothesin, de qua infra dicendum erit, eo felicius stabilire possit.

Catena Graecorum Patrum in Pentateuchum, latine versa a Francisco Ze- [IX.]
phyro. Florentiae 1547. 8.

Catena Graecorum Patrum in Pentat. — Coloniae 1572. 8. [X.]

Quae sub nomine *Catenarum* veniunt diverforum veteris aevi interpretum
fragmentorum collectiones, huc referundae sunt, cum una cum variis Scriptorum
ecclefiasticorum in diversa loca commentationibus, etiam Veterum interpretum fragmenta et lacinias memoriae conservarunt. Quam *Zephyro* debemus catena graece
extat in Bibliotheca Reipublicae Tigurinae. Posterior editio subjunctam habet Ca-
tenam in Canticum Canticorum et in Novum Testamentum, quae primo Bataviae
1564. 4. prodiit. Varia habet ex *Aquila, Symmacho* et *Theodotione.*

Catena in Beatissimum Iob absolutissima, e quatuor et viginti Graeciae [XI.] ʼ
Doctorum explanationibus contexta, in lucem emissa, cura Laurentii cum
Deo. Lugduni apud Johannem Stratium. 1586. 4.

Catena in Beatissimum Iob — Venetiis 1584. 4. [XII.]
Catena Graecorum Patrum in Iobum collectore Niceta, Heracleae Metro- [XIII.]
polita, ex duobus MSS. Bibliothecae Bodlejanae codicibus, graece
nunc primum in lucem edita et latine versa opera et studio Patricii Junii
Bibliothecarii Regii. Accessit ad calcem Textus Iobi ωχρων, juxta verum et germanam Septuaginta Seniorum interpretationem, ex venerando Bibliothecae Regiae MS. codice et totius orbis antiquissimo ac prae-
stantissimo. Londini ex typographeo regio MDCXXXVII. fol.

Tres hasce conjungimus editiones, quae quamvis ita sint diversae, ut duae
priores tantum versionem Latinam, posterior vero textum graecum cum nova habeat versione latina; in eo tamen consentiunt, ut unum idemque sistant opus, quod
primus *Junius* vero auctori, *Nicetae* vindicavit. Multa hic adstant *Aqui-*
Gg 2   *lae,*

m) *Le Long* p. 198. col. 2. E.
n) Conf. *Joh. Alb. Fabricii* Biblioth. Gr. vol. 9. p. 351.

las, Symmacki et *Theodotionis* fragmenta. Librum *Iobi* operi non ab initio praemisit, uti refert *Job. Alb. Fabricius*, sed ad calcem addidit ex *Codice Alexandrino*, ex quo integram codicis sacri verfionem edere fatuerat. Eundem *Terentius* eruditi fecit.

[XIV.] Balthafaris Corderii expofitio Patrum Graecorum in Pfalmos. Antwerpiae 1644. Fol.

Fragmenta undequaque collecta *Aquilam*, *Symmachum*, et *Theodotionem*, nec non alios a Septuaginta diverfos Interpretes agnofcunt an'oi es.

[XV.] Catena Patrum Graecorum et Latinorum in Jeremiam, in Mich. Ghislerii Comment. in Jeremiam. Lugduni 1623. Fol.

Multa funt ex *Aquila* et *Symmacho* memoriae confecrata.

[XVI.] Antonii Agellii Commentarius in Threnos, collectus ex auctoribus graecis, et in eosdem explicatio, et Catena graecorum Patrum ex ejusdem verfione. Romae 1589. 4. ')

§. XVI
Ufus Verfionum.

Veterum Interpretum collectiones, diverfarumque Interpretationum collationes magnae effe utilitatis, et multifariam rei criticae et facrae Veteris Teftamenti Scripturae interpretationi infervire, quin et antiquiffimas Codicis Hebraei lectiones repraefentare, poft *Coppellum* multi ex hodiernis Criticis exemplis demonftrare fatagunt. Ecquis eft, qui ratiocinia: Ita interpretari funt, ergo ita olim lectum, et hodie legendum eft, ignoret? Sunt vero, qui contrarium ftatuunt, atque verfiones antiquiores, quorum ufus tantopere extollitur, nihil hic fubfidii conferre contendunt; fiquidem et notiffima Hebraica vocabula tam vage redduntur, ut ipfos Interpretes de vera vocabulorum notione incertos fuiffe fatis evincant. *)* Non illa quae fupra *)* de verfione Septuagintavirali annotavimus, hic repetenda funt; id tantummodo. reliquos Veteres Interpretes, quorum fragmenta noftro aevo confervata funt, non feliciores fuiffe Interpretes, ac LXX, qui omnium funt antiquiffimi, hic monemus. Quapropter parum fubfidii ab hisce quoque exfpectandum eft: nifi forte in exponendis ἅπαξ λεγομένοις aliquo modo lectori fuccurrere poffint.

§. XVII.
Verfiones reliquae V. T.

Praeter illas quas jam enumeravimus verfiones codicis facri graecas, longe plures celebrantur a Scriptoribus antiquioribus verfiones graecae, quae plerumque videntur ficticae: quarum nonnullae fi exftiterunt, ita ut ne fragmentum illarum quidem fuperfit, periere. Interim quia Scriptoribus ecclefiafticis frequens de illis fermo eft, hiftoriam illarum fcribere placuit Auctori noftro, quem ducem fequi jus eft, quam nobis ipfis fecimus.

§. XVIII.

---

*) Conf. *Walchii* Biblioth. exeget. p. 388. *Job. Alb. Fabricii* Biblioth. gr. lib. 3. cap. 17. vol. 7. p. 727.

*p) Conf. *Job. Simonis* in praefat. ad obfer. vationes Lexic. Halae 1763. 8.

q) v. Praelationem.

§. XVIII.

Verſio I.

* Graecae ſacrae ſcripturae verſio ante Alexandrum Magnum adornä-
ta. Ariſtobulus, celebris e Judaeorum gente Peripateticus, cum incredibi-
le ipſi videretur e ſola converſatione tam multa de Judaeis manare ad Ethni-
cos potuiſſe; jam dudum ante Graecorum regna conditam legis Moſaicae verſionem aliquam Graecam fuiſſe ſuſpicatus eſt. Haec ſunt verba ejus apud
Euſebium *): „Satis conſtat, inquit, legum noſtrarum Inſtituta ſequutum eſſe
„Platonem, et ſingula earum capita diligenter et ſtudioſe perlegiſſe. Nam
„etiam ante Demetrium illum Phalereum, adeoque ante Alexandri ac Per-
„ſarum Imperium, ea jam omnia Graece ab aliis converſa fuerant, quibus il-
„la Hebraeorum popularium noſtrorum ex Aegypto migratio, tum eorum
„feries, quae coelitus ipſis evenere, promiſſae regionis occupatio, et univer-
„ſae legis expoſitio continetur: nemini ut dubium eſſe poſſit, quin ſuos in
„libros laudatus inde Philoſophus pleraque derivarit. Quemadmodum
Ariſtobulus diſerte Pentateuchum jam tum eſſe translatum non ſcribit, ſed et
ita poteſt accipi, ut e libris Hebraeorum hiſtoriam gentis ejus, legumque
enarrationem deſumptam dicat, ita plerique alii doctorum, Joſephi, Philonis
et Ariſteae teſtimoniis ſubnixi, haud immerito verſionem illam inter fabulas
ablegant, potuitque ſane in totum falli ſua conjectura Ariſtobulus, quod adfirmare non dubitant Lud. Capellus *), Waltonus, *) Rich. Simon. *) Ita
Frickius. *)

Si credimus commentariis, quae olim ferebantur ſub Ariſtobuli nomine, extitit olim quaedam Pentateuchi verſio Graeca, non modo ante LXX-
viralem, ſed et ante Perſarum imperium. Ariſtobuli teſtimonio acquieſcunt
Bellarminus, Gretſerus, Serrarius, Poſſevinus, cum multis aliis. Genebrardus exiſtimat eam factam fuiſſe ſub Manaſſe Rege Judaeorum. — Rugerus
de libris Canonicis cap. 38. eam ante ipſos Homerum ac Heſiodum extitiſſe
arbitratur, quoniam illi quoque, ut ait, ex Judaicis ſcriptoris nonnulla hauſerunt. — Eam mere ficticiam eſſe, et Ariſtobulum finxiſſe quandam ante
LXXviralem extitiſſe, quo probabile fieret Platonem aliosque Veteres Graecorum Philoſophos e Lege Moſaica quaedam deſumpſiſſe, mihi res videtur
certiſſima et minime dubia. Non modo SS. Patribus omnibus, verum etiam
Joſepho, Philoni, atque ipſi Pſeudo · Ariſteae, ignotam fuiſſe iſtiusmodi verſionem conſtat. Qui omnes de LXXvirali unquam omnium prima loquuntur. *)

Judaeus quidem nomine Ariſtobulus, qui ſe Regis Ptolomaei praece-
ptorem dicit, aſſerit, fuiſſe quandam ſacrorum librorum Verſionem Graecam,
antequam Alexander Magnus Aſiam invaſiſſet. Cur et a quibus facta ſit haec

Gg 2   Grae-

---

r) Praeparat. Evang. lib. 13. num. 12.   x) In praefat. ad edit. LXX. Lipf. 2497.
s) Critica ſacra lib. 4. cap. 1. p. 212.   y) Haec Humphr. Hody lib. 4. ut ſupra
t) Prolegom. IX §. 10.   p. 570.
u) Hiſt. crit. V. T. lib. 2. cap. 2.

Graeca Verfio? an a Judaeis, qui hanc linguam non callebant praefertim bis in regionibus? an pro Judaeis, qui illam non intelligebant? [*])

[Arifobulo jungendus eft Jofephus, [a)] qui Platonem potiffimum legislatorem Judaicum fcilicet Mofen imitatum effe teftatur. Non defunt fcriptores, qui ex hisce teftimoniis, Platonem fua e libris facris Judaeorum hauffe ftatuunt; et ut quomodo hoc fieri potuerit oftendant, Arifobuli relationi fubfcribunt. In aliam abit fententiam Auguftinus, [b)] qui cum expreffe adfirmaffet, Platonem fcripturas legere haud potuiffe, quae nondum fuerunt in Graecam linguam translatae, eum per interpretem et quidem colloquendo argumentum librorum facrorum didiciffe ftatuit. Pofterius hocce quamvis non negaverimus, Arifobuli tamen relatio fabulam fapere videtur. [c)]

§. XIX.
Verfio II.

*Graeca Bibliorum ex Chaldaeo fermone translatio a LXX. Interpretibus facta et auctoritate Philonis Judaei comprobata.

Sic enim loquitur Philo Judaeus libro 2. de vita Mofis circa medium: „Talis Princeps (Ptolemaeus Philadelphus) captus legis noftrae amore ac defiderio, in Graecam linguam e Chaldaica eam transferendam curavit„

Hanc difficultatem ita folvit Ifaacus Voffius: [d)] „Futile eft illud quod dicunt, Interpretes LXX. non ex Hebraeo codice, fed ex Chaldaica Paraphrafi verfionem fuam adornaffe, ac fi ulla ifto tempore vel Paraphrafis vel Verfio Chaldaica extitiffet. Nempe quia Philo fcribit verfionem Graecam factam effe ex Chaldaico, ideo putant eum de verfione aut de Paraphrafi quadam intellexiffe Sed infigniter falluntur: Philo Linguam Hebraicam et Chaldaicam pro eadem ubique accipit, Hebracumque codicem paffim Chaldaeum appellat, cum quod Hebraeorum aborigines e Chaldaea, ac proinde Hebraei faepe Chaldaei vocentur, tum quod Philonis feculo non amplius Syriacis (five Chananaeis) fed Chaldaicis literis effent exarata.

Hoc quoque probat, quod ante Philo dixerat: Lex antiquitus fcripta fuit lingua Chaldaica, manfitque longo tempore in ea, quamdiu legis pulchritudo non eft intellecta externis hominibus.

Omnes Judaei (ait Morinus) [e)] uno Afaria (de Roffi, in libro fuo, quem infcripfit Meor Enaim) excepto, Legem a LXX. Interpretibus ex Hebraeo Texru verbum e verbo translatam fuiffe teftantur; hic Afarias folus e libris Chaldaicis charactere Samaritano defcriptis translationem factam fuiffe opinatur. [f)]

[Qui

---

*) Memoriae Trevoltianae Septembr.
1711. p. 406. Le Long p. 173. col. 1. E. —
154. col. 2. A.

a) Lib. 1. contra Appionem.

b) De Civitat. Dei lib. 8. c. 11.

c) Conf. Job. Clerici Epiftolas criticas, Epift.

γ. p. 139. et de Arifobulo, Job. Alb. Fabricii
Biblioth. gr. lib. 3. c. 11. vol. 2. p. 160.

d) Cap. VI. Differtat. de LXX. Interpretibus.

e) Epift. 18. ad Th. Cromberum p. 103.
Antiq. Ecclef. Orient.

f) Le Long p. 154. col. 2. B.

[Qui hic *Aſaria de Roſſi* nominatur, eſt R. *Aſarias di Rubeis*, Mantuanus, [a] ſcriptor ſeculi XVI celebris, qui in libro *Meor Enajim* libro tertio multa, de lingua hebraea, ejus litteris et vocalibus aliisque linguis orientalibus tractavit. Statuit ille tempore templi ſecundi duplicem fuiſſe librum legis, alterum lingua hebraea et charactere chaldaico exaratum; qui liber ſanctus legitimus et rectus ſacerdotibus cuſtodiendus traditus eſt: alterum vero lingua Aramaea et litteris transfluvialibus (*Samaritanis*) ſcriptum in communem uſum evulgatum eſſe; et ex hoc codice Seniores ad Ptolomaeum vocatos verſionem ſuam compoſuiſſe credit. [b] *Aſarias* vero non unicus eſt, uti *Morinus* ſibi perſuaſit, qui hanc inter Judaeos ſententiam aluerit, legem litteris Samaritanis primo ſcriptam fuiſſe. Plura enim ejusdem generis teſtimonia collegit *Joh. Buxtorfius* F. [c] Interim utcumque ſint, quae de litteris primaevis codicis ſacri inter eruditos diſputantur, [d] id tamen, et *Philonem*, et *Aſariam*, non aliam, quam hodie extantem Septuagintaviralem verſionem intelligere, exinde ſequitur, quia verſionem *Ptolomaei* curae adſcribunt. Interim verſiones Chaldaicas ſeu Targumim multis in locis, et quidem iis, in quibus verſio graeca a Textu Hebraeo recedit, cum hac apprime conſentire, eandemque, ut Graeci, oſtendere lectionem, non negamus. Verum ejusmodi exempla non graecam verſionem ex Chaldaico contextu formatam, ſed Chaldaicum Textum ad graecam verſionem transformatum eſſe evincunt.

§. XX.
Verſio III.

Graecae Bibliorum verſiones ſub Ptolemaeo Lago et ſub Herode. Duae iſtae verſiones ab uno et ſolo Calviniſta Junio (*ait Serrarius*) [e] effictae ſunt, et quidem ex ſolo novitatis ſtudio aliqua cum imperitia conjuncto. Nam quem pro *Lagiano* citat, Clemens Alexandrinus lib. 1. Stromatum clare loquitur de ea, quae eſt Septuaginta. Juſtinus vero, quem pro *Herodiana* profert, mendoſus eſt; ita ut, quemadmodum etiam Novatorum quidam obſervarunt, *Langius et Sylburgius* in Apologiam Juſtini ſecundam, pro *Herode* Rege legendum ſit *Eleazaris Pontifex*, cum de ſola Septuaginta verſione ſermo ipſi Sancto Juſtino ſit.

Joſeph. Scaliger: [f] Contendit (ait) eos falli, qui a Ptolomaeo Lagida curatum volunt, ut Hebraeorum ſacra inſtrumenta in Graecum ſermonem converterentur.

Franciſcus Junius [g] et Samuel Petit [h] ſuſpicati ſunt Pentateuchum ſub Philadelpho; at libros Veteris Teſtamenti Propheticos et Pſalmos ſub He-

g) Conf. *Wolffii* Biblioth. hebr. a. 1771.
b) Cap. 5. fol. 38. col. 2.
i) Differtat. Philologico - Theologicae, Differt. 4. p. 196. etc.
k) Conf. *Stephani Morini* exercitationes de lingua primaeva cap. 6. p. 192. *J. G. Carp-*

andi crit. ſacr. part. 1. cap. 5. ſect. 6. p. 215.
Wolffii Biblioth. hebr. vol 2. p. 419.
l) Cap. 16. Prolegom. Biblic. quaeſt. 3.
m) Animadverſ. Euſebii ad. pag. 122.
n) Lib. 2. contra Bellarminum de Verbo Dei cap 5. ⊕
o) Cap. 23. variar. lection.

Herode Rege demum translatos, et ab Effenis quidem, ut confick Petitus,
in Graecum idioma fuiffe. Alii fub Herode concinnatum volunt totius Veteris Teftamenti verfionem novam Graecam, priore fcilicet 70 Interpretum
deperdita. Verum non illum habens hujus fententiae fuae fundum, quam locum Juftini Mart. *) in quo nifi lateat error librarii, neceffe eft optimi doctoris parachronifmum confufamque temporum rationem excufare. *)

[Antiquiores fcriptores rerum Ebraicarum parum perici, minime de
Veteribus Verfionibus diftincte loquuntur: dum modo Pentateuchum, modo
integrum codicem fanctum graece verfum afferunt. Procul dubio infequen-
tibus temporibus Codices Hebraeo · Graeci faepius defcripti funt: et exinde
Patres occafionem nacti funt, de novis verfionibus loquendi, dum recentio-
ra Apographa cum novis verfionibus confuderunt. Fortaffis Juftinus aliquo-
modo excufari poffet, fi verba illius de Apographo aliquo Hebraeo · Graeco
exponantur, quod tempore ifto transfumtum effet. Aut fi mavis, diverfa
S. Pater confundit facta. Poft incendium, quod Bibliothecam in Serapeo
conditam ex parte confumfit, Cleopatra Ptolemaei Philometoris uxor novam
exftruxit Bibliothecam, quod, tempore Herodis factum, fortaffis Juftino anfam dedit, ut Verfionem Librorum Propheticorum hoc tempore factam effe,
fibi imaginatus fit. Serrarii emendatio certe nimis dura videtur, nec melior
eft illa Joh. Ern. Grabii, qui in editione fua Juftini pro βασιλιωττι Ηρωδη
legi vult ιερευς, et mox pro βασιλεως Ηρωδης, βασιλευων ιερευς. Tutiffima videtur Fabricii fententia, Patrem S. aliquid humani paffum, ipfamque verfionem ficticiam effe. ,

§. XXI.
Verfio IV.

* Graeca facrorum voluminum verfio ex Hebraeo ab Origene
condita.

Non defuerunt inter recentiores, (inquit Hodius) *) qui Origenem
ex Hebraeo verfionem novam inftituiffe credidere, quod quae deerant ex
Hebraeo juxta Theodotionem inferuerint, eaque afterifcis illucefcere fecerit.

Idem de hac praetenfa verfione fic fcribit: *) Origenes ob illuftrem
hunc operam in edendis Hexaplis verfioneque LXX. emendanda atque fup-
plenda, inter ipfos interpretes a nonnullis male recenfetur. Jacobus de Va-
lentia prol. in Pfalmos: in quibusdam Ecclefiis Graecorum legebatur traductio
Origenis, et in aliis traductio Luciani. Origenem fcripturas ex Hebraeo
tranftuliffe, ait Poffevinus Appar. facr. v. Biblia. Sic quoque Lutherus praefat. Comment. de ultimis Verbis Davidis, et Abulenfis. Comeftor ait illum
primo fub Alexandro LXX. correxiffe cum Afterifco et obelo, poftea tranftuliffe
fine iftis. Eadem habet Hugo Cardinalis. Alii illum auctorem fuiffe verfionum

*) Apologia I. p. 71.   *) Lib. 3. cap. 4. fub finem p. 400.
*) Ita Joh. Alb. Fabricius lib. 3. c. 12. mem.
5. Biblioth. graec. La Longe. p. 154. col.   *) Idem lib. 4. p. 618.
2. E.

num Sextae et Septimae dictarum tradidere, ut Hugo de S. Victore: *Sextam et Septimam Origenes fecit, cujus codices Eusebius et Pamphilus vulgarunt.*

Quod autem (*inquit Petrus Sutor*) [a] nonnulli putant Origenem Vetus Testamentum de Hebraeo in Graecum traduxisse, ipsi viderint. Aliter enim sentit Ruffinus hoc pacto dicens: Ego Illud nec ullam lineam ex scripturis divinis de Hebraeis invenio translatam. [x]

[Qui *Origenem* ipsum novae Veteris instrumenti versionis Graecae auctorem venditarunt, testimonia Veterum de opere Origeniano male intellexerunt, et quae de editione *Origenis* dicta sunt, de versione ab ipso confecta interpretati sunt. Nec ipse *Origenes*, quamvis versiones graecas ad Textum Hebraicum revocarit, et quae in versione deerant, addiderit, tamen ipsius linguae Hebraicae tam peritus fuit, ut proprio marte versionem novam condere potuerit. [y]]

§. XXII.
Verfio V.

* Graeca Sacrae Scripturae verfio ex Hebraeo a Theodoro Antiocheno concinnata.

Salmafius haec ait: [z] Photius de Theodoro Antiocheno, quem tradit novam translationem Bibliorum molitum effe poft Septuaginta Interpretes, poft Aquilam, et Symmachum, etc.

Longe fallitur Cl. Salmafius, (*inquit Job. Frickius*) [a] cum eam in rem Photium testem Theodoro id operis tribuentem allegat. Sane fi Photius evolvatur (cod. 177. *De Theodore Antiocheno*) nequaquam la Theodoro novam verfionem S. Scripturae tribuere deprehenditur, fed potius ipfiusmet Theodori indignabundi querelam exprimit, qua in Aramum (hoc nomine decurtato Hieronymum intelligit) quendam occidentalis Ecclefiae doctorem invectus vitio ei inter alia vertit, quod rejecta divina vetere των LXX. verfione novam ipfe condere aufus effet, neque tamen Hebraeam linguam fatis edoctus, nec fenfum fcripturae tenens, fed ignobile Hebraeorum quorundam terrae filiorum mancipium. Haec ibi apud Photium Theodorus, qui tantum abeft, ut novam verfionem in fe fufceperit, ut potius ex eo capite Aramum graviter reprehendendum exiftimarit. Haec vero cum ita fint, quivis facile videt, nec Theodoro tribuendam cum Salmafio verfionem Scripturae facrae, nec omnino illam, quam Aramo adfcriptam a Theodoro diximus, Graecis effe annumerandam [b]

[*Theodori* contra *Hieronymum* querelae, nifi omnia nos fallunt, errore aliquo nituntur. Hieronymum nunquam verfionem graecam Textus Hebraei adornaffe certum eft. Sed extitit nunc temporis duplex editio verfio-

a) Cap. 2. de tralat. Bibliae.
x) Le Long p. 155. col. 1. D.
y) Conf. J. A. Fabricius Biblioth. gr. lib. 1. cap. 12. num. 12. p. 543.
Biblioth. Sacr. Part II.

z) De Hellenistica Commentat. p. 177.
a) Praefat. in Bibl. Graec. Lipsiens.
b) Le Long p. 155. col. 2. B.

Hh

242 PARTIS II. VOL. II. SECTIO I.

fionis graecae, Vulgata illa, κοινη dicta, et altera ab Origene in Hexaplis emendata. Priorem rejecit *Hieronymus* tanquam corruptam et adulteratam; posteriorem latine ipse vertit. Hoc aegre tulisse *Theodorus* videtur, quod *Hieronymus* adeo siniftre de Verfione Vulgata judicarit, eamque rejecerit, dum verfionem meliorem cum Ecclefia communicare voluerit: et fortaffis fi- bi, *Hieronymum* meliorem verfionem graecam meditari, imaginatus eft.

§. XXIII.
Verfio VI.

* Graecae facri codicis Verfiones ex Hebraeo a Patrophilo et ab Eu- febio Caefarienfi concinnatae.

Librorum omnium Veteris Teftamenti, qui in Canone Hebraeorum funt, in Graecam linguam *facta* eft ab Eufebio Caefarienfi translatio, cujus recordatur Socrates et Sozomenus. [c]

Patrophilus Scythopoleos Palaeftinae Epifcopus in prima Nicaena Synodo clarus omnem Hebraicam Scripturam Graece verfit anno 300. Me- minit hujus Translationis Gregorius *feu potius Georgius*) Laodicenus in vita Eufebii Emifleni apud Socratem [d]

Haec funt ejus verba ex verfione Henrici Valefii: Quisnam porro ifte (*Eufebius Emifenus, de quo in hoc capite loquitur*) fuerit, docet Geor- gius Laodicenae Epifcopus, qui Concilio huic etiam interfuit. Nam in libro, quem de ejus vita confcripfit, ait illum ex viris nobiliffimis Edeffae in Mefo- potamia generis fui originem duxiffe: et a puero facris litteris inftitutum, Graecas poftea difciplinas a quodam magiftro, qui tunc temporis Edeffae de- gebat, percepiffe: τελος υπο Πατροφιλου και Ευσεβιου τα ιερα ηρμηνευθη βιβλια. Tandem vero facrorum voluminum expofitionem ex Patrophilo hauſiſſe et Eufebio. [e]

En verba Sozomeni: Eufebius quoque cognomento Emifenus a puero juxta patriam confuetudinem facras fcripturas didicit. Poftea vero in Gentilium difciplinis inftitutus eft a Magiftris, qui tum in ea civitate more- bantur. υστερ δε εξηγηταις ι υσεβιω τω Παμφιλου, και Πατροφιλω τω προεσταμω Σκυθοπολεως, ταις θειαις βιβλοις περιβοτος. Tandem vero interpretibus ufus Eufebio Pamphili et Patrophilo Scythopolitano Epifcopo ad fummam facro- rum voluminum notitiam pervenit. [f]

Quibus verbis nihil aliud hi auctores fignificarum voluerunt, quam hunc facrarum literarum intelligentiam a Patrophilo et ab Eufebio Caefarienfi didiciffe. [g]

§. XXIV.
Verfio VII.
* Graeca facri codicis verfio a triginta hominibus facta.

Hanc

[c] Ita Sixtus *Senenfis* lib. 4. Biblioth. fun-
ctae p. 117.
[d] Idem ibid. p. 290.
[e] *Socrates* hift. ecclef. lib. 1. cap. 9.
[f] *Sozomenus* hift. ecclef. lib. 3. cap. 6.
[g] Le Long p. 255. col. 2. E.

Hanc memorat Philaſtrius Epiſcopus Brixienſis haereſi poſt Chriſtum 91: Eſt haereſis, quae iterum poſt Aquilam triginta hominum interpretationem accipit, non illorum beatiſſimorum LXXII., qui integre inviolateque de Trinitate ſentientes, Ecclefiae Catholicae firmamenta certiſſima tradiderunt interpretantes Scripturas. Iſti triginta in multis Aquilani ſunt ſequuti, unde ab Ecclefia Catholica et iſtorum non fuſcipitur interpretatio: quae continetur in libris authendicis. Haec Philaſtrius.

Nec ab ullo Scriptore (inquit Humphredus Hody) [b] praeter Philaſtrium, memoratur iſta triglika hominum translatio. Viſne, quid ipſe ſentiam, ſcire? paucis accipito. Cum Luciani editionem in Bibliorum Graecorum marginibus ſub litera Λ et λ (quae non modo illius nominis initialis eſt, ſed et numeri 30. nota citatam invenit, triginta quorundam hominum interpretationem deſignari putavit. [i]

§. XXV.
Verſio VIII.

* Verſio graeca ſex virorum.

Meminit idem (*Philaſtrius*) illeque ſolus Interpretationis alius Sex Virorum. „Eſt haereſis, *inquit*, quae iterum ſex virorum interpretationem „poſtea edicum vult ſequi, non illorum primorum ſanctorum, qui LXXII., „aliis modis Interpretari deſiderant, et non parvum errorem incurrit, diver„ſa itidem ſentiens de fide Catholica.„ Et hoc quoque eſſe errorem non dubito, ex eo nimirum exortum, quod in marginibus Bibliorum editionem Sextam ſub epiſemo ς' citatam (quod fieri ſolet, repererat. [k]

§. XXVI.
Verſio IX.

* Editio Heracleenſis.

Editionis Heracleenſis, e qua hiftoriae Suzannae Syriaca verſio conſecta eſt, mentionem habemus ante editionem Suzannae Syriacam. *Scribimus praeterea librum Danielis parvuli bifteriam Suzannae ex editione Heracleenſi.* Deſignatur, ni fallor, Editio Theodotionis, qui Ponticus fuiſſe dicitur, ubi ſita eſt Heraclea Atque hoc ex eo ſit magis probabile, quia monet quoque Hieronymus in principio verſionis Latinae vulgatae ſe eam transtuliſſe ex Theodotionis editione. [i]

§. XXVII.
Verſio X.

* Verſio Macedonica.

Hb 2 Ge.

b) Lib. 4. de Bibl. Text. origin. p. 632.   f) Hody ubi ſupra. La Long p. 156. col.
i) La Long p. 151. col. 1 D.   2. A.
k) Hody ubi ſupra. La Long p.156.col.1.E.

Galefinus de 70. Interpr. pag. 53 Inter eas verſiones, quae ex LXX. derivatae funt enumerat *Macedonicam.* Quaenam autem fuerit, viderint alii. Galeſini certe cerebelli foetus eſt. [a])

Haec eadem eſt quae ante Alexandrum Magnum adornata narratur. [s])

§. XXVIII.

V e r ſ i o XI.

* Graeca Bibliorum verſio ab Apollinario juniorl confecta.

Apollinarium Apollinarii filium Epiſcopum Laodiceae Editionem quandam mixtam Bibliorum ex Interpretum omnium verſionibus conſtatam, elaboraſſe exiſtimant eruditi, inducti teſtimoniis quibusdam Hieronymi. Prae-„termitto (inquit lib. 2. adv. Ruſſ) Apollinarium, qui bono quidem ſtudio, „ſed non ſecundum ſcientiam, de omnium translationibus in unum veſtimen-„tum pannos aſſuere conatus eſt: et conſequentiam ſcripturae non ex regula „veritatis, ſed ex ſuo judicio texere., Idem Comment. in Eccleſiaſten XII. „Symmachus neſcio quid in hoc o loco ſentiens, multo aliter interpreta-„tus eſt — — cujus interpretationem Laodicenus ſecutus, nec Judaeis pla-„cere poteſt nec Chriſtianis. dum et ab Hebraeis procul eſt et ſequi LXX „Interpretes dedignatur., Baronius Ann. Ecclef n. 377. „Conatum fuiſ-„ſe Apollinarium divinorum librorum translationes omnes in unum aſ-„fuere tradit S Hieronymus, qui tamen opus minime probavit., Idem re-fert Poſſevinus in Apparatu Sacro. Sixtus Senenſis Biblioth. Sancta in Apol-linario: „Secutus eſt autem in expoſitionibus ſuis aliquando Symmachi ver-„ſionem, aliquando vero editionem quandam ex omnibus editionibus a ſe „ipſo conſtatam, de qua Hieronymus libr. 2. contra Ruffinum., Huetius de claris interpretibus p. 95. „Novam quoque ex aliis omnibus editionem conſla-„re uſus eſt Apollinarius, Symmacho tantum ſeſe preſſius adjungens etc.„ His etiam accedit Uſſerius, ut alios miſſos faciam. Sed falluntur omnes; lo-quitur enim Hieronymus non de ulla Bibliorum editione ab Apollinario con-fecta, ſed de illius tantum Scripturarum explanationibus, in quibus ſine ullo judicio translationes omnes commiſcuerat, ſecutusque fuerat. Et intelligi tantum illius explanationes, confirmant haec verba ad cap. 4. Ecclef. ubi de aliis commentatoribus cum verba feciſſet, „Laodicenus, inquit, Interpres „res magnas brevi ſermone exprimere contendens, more ſibi ſolito etiam hic „locutus eſt: de commutatione, inquiens, bonorum in mala, Eccleſiaſtae „ſermo eſt., Neque talem Bibliorum editionem tacuiſſet Hieronymus in il-luſtr. virorum catalogo, ubi commemorat illum ſcripſiſſe in S. Scripturas fere innumerabilia. [s])

[*Apollinario* ejusmodi verſionis centonem adſcribit *Sixtus Senenſis,* [r]) *Richard Simon,* [t]) et *Joh. Alb. Fabricius,* [r]) qui omnes ad *Hieronymum* pro-vocant; quem de Commentariis loqui ſtatuit *Hodyus.* Edidit vero *Apollina-*

rius

---

a) *Hody* ibid. p. 633.

s) v §. XVIII. *Le Long* pag. 156. col. 2. B.

o) *Hody* ut ſupra, pag. 631. *Le Long* p. 664. p. 156. col. 2. C.

p) Bibliotheca Sancta, lib. 4. p. 203.

q) Hiſt. crit. du V. T. lib. 2 c. 10. p. 240.

r) Biblioth. graec. lib. 5. cap. 16. vol. 7.

rius Moyfis libros et ceteros V. T. libros hiftoricos carmine heroico, integrumque carmen ad imitationem *Homeri* in 24. libros digeffit. Hunc foetum refpicit *Hieronymus*, qui verfioni propius accedit, quam ejus Commentaria, quae breviffima fuere.

§. XXIX.
Verfio XII.

* Graeca utriusque Teftamenti ex Hebraeo translatio a S. Hieronymo condita.

Juxta Epiftolam quae extat fub nomine S. Auguftini de magnificentia S. Hieronymi. Ridicule fcribit auctor ille, „S Hieronymum utrumque Teftamentum ex Hebraeorum lingua in Graecam pariter et latinam transtuliffe.„ Nec multo melius auctor carminis in ejus laudes:

Tu Vetus atque novum duo Teftamenta labore
Ingenti variis purgans erroribus illa
Verfifti in linguam facro de *fonte* Latinam
Hebraico quae nunc traductio vera tenetur. ')

Quafi vero tempore S. Hieronymi extitiffet aliqua Novi Teftamenti Hebraica translatio, quam deinde fanctus hic doctor latine reddiderit. ')

§. XXX.
Verfio XIII.

* Graeca totius facri codicis verfio ex latino S. Hieronymi a Sophronio confecta.

Hieronymi verfionem latinam fuiffe totam a Sophronio Graece translatam crediderunt nonnulli, ut Genebrardus in Chronologia, quibus Huetius etiam affentiri videtur. At vero non totam, fed tantum Pfalmorum et Prophetarum verfionem a Sophronio fuiffe in linguam Graecam traductam, teftatur ipfe Hieronymus. ') Non defunt qui arbitrantur verfionem, quam e Graeca των LXX. elaboravit Hieronymus, e Latino fuiffe iterum Graece redditam. Huetius id afferit ') ipfomque laudat Hieronymum lib. 2. in Ruffinum. In hoc Clariff. Viro minime accedo, fed graviffime certe fallitur. Loquitur enim ibi Hieronymus de interpretatione fua ex Hebraeo derivata, nimirum de illis libris, quos exinde in Graecum traduxerat Sophronius. *Unde mihi putabam bene mereri de Latinis meis, et noftrorum ad difcendum animos concitare, quod etiam gratae verfum de latino poft tantos interpretis non faftidiuns.* ')

§. XXXI.
Verfio XIV.

* Graeca totius Veteris Teftamenti converfio Interprete Hugone Broughtono.

Hh 3   Pro-

---

r) *Hody* ibid. p. 359.   *s*) De claris Interpretibus pag. 95.
t) *Le Long* p. 117. col. 1. B.
t) In Catalogo Scriptor. Ecclef. cap. 134.   *x*) *Hody* ubi fupra, p. 630. *Le Long* p.
Conf. *Fabrum* Biblioth. graec. lib. 5. cap.   137. col. 1. D.
11. vol. 5. p. 197.

Promiserat Hugo Broughtonus novam translationem Graecam ex Hebraeo Textu propius expressam, sed morte ipsius incubuit illud opus in spongiam. ')

(*Hugo Broughtonus*, Anglus, multis scriptis inprimis elencticis clarus, obiit 1612; praeter orationem ab auctore nostro laudatam, edidit an Epistle concerning the translation of the Bible. Opera ejus conjunctim prodiere Londini 1662. IV. tomis fol. ')

§ XXXII.
Versio XV.
* Graeca Pentateuchi Samaritani translatio a multis auctoribus laudata. ')

Tertia versio (*Pentateuchi Samaritani*) est Graeca juxta Jo. Morinum: ita intelligit *Samaritani Pentateuchi Graecus interpres.*') Idem: „Consertae „antiqua Pentateuchi Samaritani versio Graeca, cujus vestigia nonnulla de-„prehenduntur in choliis, quae citantur in editione °0. Interpretum Six-„tiniana. ') Et Joh. Henr. Hottingerus: *per Samariticum codicem intelli-gitur versio Graeca, ex Samaritanorum codice Hebraeo translata* ') Uter-que citat hic in Exercitationibus quaedam Scriptorum Ecclesiasticorum loca, in quibus de codice Pentateuchi Samaritani mentio fit, et haec sunt: Euse-bius Caesariensis lib 1 Chronicorum integra et satis prolixa fragmenta pro-fert: Diodorus Tarsensis, Numerorum 24, :. S. Hieronymus Quaest. in cap. 4, 8. Geneseos et praefat. Comment. in Lib. Regum: S. Cyrillus Alexandri-nus ad Genes. 4, 8. Procopius Gazaeus in Devteron. 1 6. et 9. p 115. et Scholiastes Graecus antiquus saepe laudatus a Flaminio Nobilio et in Scho-liis Graecis ad editionem Romanam LXX. Interpretum. Hi omnes linguae Samaritanae imperiti vertendo in Graecum Pentateucho ipsimet pares esse non potuerunt, proindeque quae ex illo laudant, ex versione Graeca sane exerpta sunt. Haec vero collecta sunt a Morino et ab Hottingero locis ci-tatis. V. Waltonum ') Rich. Simon ita scribit: *f)* Fuit quoque Samariti-„cis versio Graeca, in usum Samaritarum, quibus lingua Graeca erat verna-„cula, composita.„

In

---

g) *Gisbert Voetius* lib. 2. Biblioth. studii theol. cap 2. p. 307 \. Ejusdem *inaugurend* Oratio brevis ad Electorum Moguntinum de Veteri Testamento conversio recens Graece de Hebraeo. Francofurd 1610. 8. *Le Long* p. 157. col. 2 A
a) Allgemeines Gelehrten-Lexicon tom. I p. 1402. *Georg. Matth. Koenig* Biblioth. Vetus et nova, p. 135.
e (Quae auctor noster de hac versione e scriptis variorum Eruditorum collegit, non uno eodemque loco protulit. Primo in Articulo de Versione Samaritana p. 110. col. 2. A recenset versionem graecam, ut tertiam Pentateuchi Samaritani versionem;

primo enim est versio Samaritana, secunda Arabica, et tertia Graeca.
Reliqua vero subdit Articulo de Versio-nibus graecis p. 117. col. 2. B Nos vero quae ita disjuncta erant, ut singula eo faci-lius inter se conferri possint, hic uno loco exhibemus.
b Cap. I. Exercit. 3. in Pentat. Samarit. p. 215.
c Epist. 18. pag 102. Antiq. Ecclef. Orient. ad Th. Crumberum
d Exercitat Anti-orin. p 28.
e) Prolrgom 1. §. 22.
f) De variis Biblior. edition. cap. XI. p. 49.

In Actis Eruditorum Lipsiensibus leguntur haec verba: s) „Moni-
„tus Joan. Frickius post publicatam Bibliorum Graecorum Lipsiae 1697. edi-
„torum praefationem a quodam amico est, forte Symmachli Samaritiae ver-
„sionem Graecam ipsum illud esse τὸ Σαμαρειτικον, quod apud Veteres toties
„allegatum legitur, nec alia ratione nomen Samaritici Textus illi impositum
„fuisse, quam versioni Aquilae nomen Textus Hebraei apud Justinum alios-
„que Patres. De qua conjectura alii judicent.„

Amicus ille sane fuit Illustriss. et Doctiss. Joan. Frid Mayerus, qui in
Dissertatione de notis biblicis Veterum, ea de re mentem suam iisdem pene
verbis explicat. „Accuratius itaque perpendenti mihi, quae Julius Africanus
„apud Eusebium in Chronico pag. 3. 9. 10. ac Syncellus p. 80. 83. 85. et 88.
„edit. Regiae, tum alii Veteres sparsim ex Samaritano codice producunt,
„in mentem venit sententia, num Samaritani codicis nomine Veteribus ve-
„nerit Versio Symmachi, eo quod auctor Samarita fuerit, et versionem ex co-
„dice, quali Samaritae utebantur, composuerit? Judicent me doctiores,
„utrum ex vero fuerim suspicatus. Confirmat conjecturam meam, quod
„Aquilae versio passim Hebraici Codicis nomine apud Veteres laudetur, et
„LXX. opponatur Interpretibus.„ b)

Christiani Scriptores (inquit Joh. Alb. Fabricius) quemadmodum
Aquilam fere innuunt, quando provocant ad Hebraicum, ita quando Σαμαρειτικον laudant, respicere ad hanc Symmachi Samaritae versionem, a quo
Pentateuchum ex Samaritano translatum mihi persuadeo: neque enim Symmachi meminisse simul solent Veteres, quando inter diversas interpretationes
Samariticum laudant, (his contraria vide in sequentibus) neque Samaritice callebant antiqui Patres Graeci vel Latini plerique, ne Origene quidem excepto,
ut ex ejus Commentario ad Ezechielem 9. 4. observat Huetius. c) Graeca
autem si exstitisset diversa a Symmachiana interpretatione Samaritici Pentateuchi versio Origene antiquior, cur, quaeso, eam Origenes in Hexaplis
omisisset? quod si non omisit ut visum est Isaaco Vossio, d) quare Veteres
Scriptores de Hexaplis Origenianis agentes hoc ad unum universi tacent?
Superest igitur, ut Operi Origeniano inserta fuerit sub Symmachi nomine,
vel ex Origenis Hexaplis sit lecta. e)

Joan. Henricus Hottingerus scripsit Graecam versionem Pentateuchi
ex Samaritano codice confectam fuisse circa Alexandri Magni tempora, proindeque ante LXX. Interpretes. Sic enim postquam attulit quendam S. Cyrilli locum, subdit: m) „Ubi per Samariticum codicem intelligitur Versio
„Graeca sine dubio circa tempora Alexandri Magni vel paulo post introdu-
„cta, et ex Samaritanorum codice Hebraeo translata. Idem alio loco haec
ait: n) „Factum est, ut Samaritanorum aliqua versio Graeca, sive Symma-
„chi,

f) Anno 1698 pag. 77.
g) Dissert. de notis biblicis Veterum ad
calcem Historiae Versionis germanicae Bibliorum D. M. Lutheri, p. 207.
i) Origenian. p. 29.

l) Resp. ad objecta Criticae sacrae. p. 105.
f) Biblioth. graec. lib. 3. cap. 11. num. 10.
m) Exercitat. Antimoria. §. 15. pag. 28.
n) Thesaurus Philolog. lib. 1. cap. 3. Sect.
3. p. 501.

„chi, five etiam alterius Samaritani, paulatim incaute irreperet. — — Sic-
„que duplex verfio Graeca, quarum altera ex Hebraeo, altera ex Samarita-
„no contextu, coaluit in unum.„

Nonnulli verfionem aliquam Graecam (*inquit Ifaacus Voffius*) ad fidem Samaritici exemplaris factam fuiffe contendunt et feorfim editam, unde
iftae (ante allatae, lectiones promanarint. Verum haec opinio nulla vel ratione vel auctoritate nititur. *) Idem ait Hody: Haec fine idoneis argumentis affirmantur; potuerunt Patres nonnulli, qui Samaritica allegant, ab
ipfis Samaritis de illis edoceri. *)

Hanc deftruere conjecturam (*Mayeri et Fabricii*) facile eft teftimonio
Procopii Gazaei ad Exod. 23, 16. Hic enim interpres Comment. in Deute-
ronomium circa initium, poftquam femel et iterum laudaffet Samariticum
exemplar, ftatim in eadem pagina Symmachi teftimonium adducit. Hinc
unum ab alio diftinxiffe manifeftum eft. Videatur Joh. Morinus, *) qui duplex producit exemplum difcriminis faltem quoad verba inter Samaridicum
codicem et Symmachum. Si rem attentius confideremus, nulla eft difficultas:
Auctores Graeci linguam Hebraicam non callentes, quae explicanda vole-
bant, exquirebant a Samaritanis ipfis; v. gr. erant Gazae plurimi Samaritani,
a quibus quae adduxit Procopius, difcere potuit. Idem dicendum de aliis
fcriptoribus, qui exemplaris Samaritici, non vero verfionis Samaritanorum
loca proferunt. Verum cum plurima ea de re a doctiff. Bern. de Montfaucon in praefatione Hexaplorum Origenis adducantur teftimonia, quibus invi-
ctiffime probat, fuiffe olim Graecam Samaritici Pentateuchi translationem,
meam nunc depono fententiam, et antiquam libenter amplector.

(Singula quae hactenus producta funt, ad certa capita revocat *J. G.
Carpzovius*, *) et denique fubdit: „Quidquid demum ejus rei fit, certum
„omnino exploratumque eft, neminem eorum, qui tam confidenter Grae-
„cam Samaritarum verfionem afferunt, oculis eam unquam ufurpaffe, fed ex
„Graecorum folum allegatione, fatis quidem vaga et adhuc dubia, exfcul-
„ptam pro ingenii faltem facultate exornaffe., Quanquam vero in re tam
ardua nihil definire audeamus, veritati tamen propius accedere, qui ejusmodi verfionem olim extitiffe affirmant, nobis videntur. Luculentum obfervatur Levit. 26, 41. exemplum. Scholia graeca annotarunt, exemplar
Samaritanum hic habere ἀπεσόμενα; LXX. vero habent ἀπερίμηρον. Sed
in Codice Hebraeo et Samaritano eadem eft vox עלו. Cum itaque eadem
vox in utroque Pentateucho legatur, interpretatio ejus vero tam diverfa fit,
olim exftitiffe verfionem, et quidem a Symmachiana diverfam, e Pentateucho Samaritano confectam, omnem veritatis habet fpeciem. *) Compro-
batur hoc ipfa Samaritanorum gloriatione, qui jam tempore Ptolomaei Phila-

delphi

o) *Voffius* cap. 19. de LXX. Interpr. p. 96.   r) Part. 2. cap. 4. p. 619.
p) Libro laudato, p. 633.   s) *Joh. Henr. Hottingeri* Differt. de tranf-
q) Exercitat. 3. in Pentat. Samarit. pag.   lat. Bibl. in ling. vernac. p. 145.
212.

delphi verſionem graecam e codice Samaritano confectam eſſe adſerſſſe, uti ex Chronico Samaritano *Abulpheiuchii* adhuc inedito conſtat, cujus verba latine verſa exſtant apud *Hodium:* [1] „Anno M. 4130. annoque X. Ptolemaei „Philadelphi egregii litterarum fautoris acciſis Alexandriam Aarone et lectiſ„ſimis Samaritarum, nec non doctoribus Judaeorum ſub Eleazaro ſuo, ut le„gem moſaicam in Graecorum dialectum transferrent ex Hebraico, cum de „monte ſſcoque electo templi et (in Deut. 32, 33.) de die retributionis, „aliisque in verſibus verſiones iſtae variarent, Rex approbavit magis Sama„ritarum interpretationem, eosque ſplendidis muneribus donavit; imo vero „Judaeos ille monte benedicto Garizim Reſcripto omnino arcuit. Referunt „autem chiloanas tenebras paſſum fuiſſe mundum, cum Judaei in Graecum „Moſis libros verterent.„ Nec alio modo, quomodo Patres cum linguae Hebraeae quam Samaritanae ignari τ8 Σαμαρειτικον citare potuerint, ratio reddi poterit, niſi ex Samaritano verſionem graecam exſtitiſſe concedatur. Interim Samaritica illa verſio penitus excidiſſe videtur, cum lingua Arabica in locum dialecti Samaritanae ſucceſſit. [a]

§. XXXIII.
Verſio XL.

* Pſalmi et Prophetae a Sophronio, S. Hieronymi coaetaneo, ex verſione Latina ejusdem Sancti Graece verſi.

Opuſcula mea (inquit S. Doctor) [a] in Graecum Sermonem elegantiſſime Sophronius transtulit; Pſalterium quoque et Prophetas, quos nos de Hebraeo in Latinum vertimus. [1]

§. XXXIV.

Verſiones Libr. Apocr. Sapient. Salom.

* Liber Sapientiae Graece ex lingua Syriaca converſus.

R *Moſes Nachmann* [1] ſtatuit compoſitum eſſe hunc librum a Salomone lingua Syriaca, ſe mitteret eum ad aliquem regem ad fines Orientis habitantem. Sed haec mera ſunt Rabbinica ſomnia, nullamque refutationem merentur. „Convenientia autem locorum a Ramio citatorum (*inquit Joh. Henr. Heideggerus*) [a], cum editione Syriaca in Bibl. Polyglott. Londin. con„jecturam facit, non originale utique exemplar linguae Syriacae ſcriptum fuiſ„ſe, ſed Graeci textus originalis duntaxat converſionem Syriacam fuiſſe edi„tionem.„

* Liber Sapientiae Graece ex Hebraeo translatus.

Idiomate liber hic ab auctore ſcriptus eſt Graeco. Falluntur enim haud dubie, qui primitus Hebraice ſcriptum tradunt. Ipſe namque Stylum

ee

1) De Textibus originalibus p. 113.   3) Vid. §. XXX.
2) Conf. Dubſnii append. ad tentamen   1) Teſte R. Aſaria in Meor Enaim, p. 175.
liberatum, p. 111.   2) Lib. 1, cap. 2. Enchiridii Biblici,
3) Cap. 134. de ſcriptor. Eccleſ.   num. 8.

* Biblioth. Sacr. Pars II.   II

et Conftructio prodit, numquam fuiſſe ſcriptum Hebraice ab auctore, ſed ab Hebraeo aliquo rarius Hebraizante, Graece. *)

Contra ea *Job. Alb. Fabricius* ') ubi librum Sapientiae incerti auctoris eſſe docuit, de lingua ejus originali haec addit: „A Philone Presbytero „Graece converſum eſſe ait Voſſius, ') neque ex Hebraeo converſum eſſe ab„nuerim, etſi Stylus Graecam eloquentiam redolere viſus eſt Hieronymo, „qui ſuo jam tempore nullum ſe Ebraicum exemplar reperire potuiſſe eſt te„ſtatus.„ ')

[Graecas librorum Apocryphorum editiones, utpote quae pro editionibus authentici textus hab itur, jam ſupra Part. I. Cap. IV. recenſuimus. Hoc loco auctor noſter illorum, quatenus graecus textus a quibusdam verſio tantummodo dicitur, memionem facit. Obſcura ſunt horum librorum nata litia, niſi forte penitus dubia. Quidquid de illorum lingua originali ſtatuendum ſit, graeca illa ſit, an vero Hebraea aut Chaldaea, ex ipſo illorum contextu dijudicandum erit; et quid mirum, ſi ipſi in diverſas abeant partes judices? Quae ab utraque parte diſputata ſunt, accurate exponit *Job. Alb. Fabricius*, in prolegomenis in librum Sapientiae. ')

§. XXXV.
Eccleſiaſticus.

* Eccleſiaſticus ex Hebraeo ſive Syriaco in Graecum ſermonem converſus a Jeſu Filii Sirach nepote.

Ut ipſe innuit in prologo. Id ipſum confirmat S. Epiphanius libro de ponderibus et menſuris num. 4. et Hieronymus, qui praefatione in Proverbia ipſum codicem Hebraicum vidiſſe ſe teſtatur *)

[Hebraice primo ſcriptum eſſe Eccleſiaſtici Librum, certum quidem eſt, at hodie exemplar originale non amplius exſtat. Neque enim audiendi ſunt, qui Syriacam de Graeco factam translationem, quae una cum Arabica verſione habetur in Polyglottis Anglicanis, originale exemplar eſſe volunt. *)

§. XXXVI.
Tobias et Judith.

* Libri Tobiae et Judith e Chaldaeo idiomate Graece translati. Hos chaldaice primitus ſcriptos fuiſſe ex Hieronymi verbis colligitur. ')

§. XXXVII.
Verſiones N. T.

Novi Foederis libros ſacros lingua Graeca primitus conſcriptos eſſe, communis eſt eruditorum ſententia. Interim non deſunt, qui nonnullis Novi

b) Idem Ibidem.
c) Biblioth. graecae lib. 3. c. 29. p. 736.
a) De LXX. Interpret. pag. 336.
e) Le Long p. 113. col. 1. C.
f) In editione Apocryphor. Francof. 1691. 8. pag. 217.

g) Le Long p. 118. col. 2. A.
h) Job. Alb. Fabricii prolegom. p. 336.
Conf. Biblioth grace.
i) Le Long p. 118. col. 1. A. Conf. ſupra Part. II. Vol. I. Sect. I. §. XII.

vi Teſtamenti Libris aliam adſcribunt linguam authenticam, Textumque ho-
diernum Graecum pro verſione vendicant. Quae auctor noſter de integro
Novo Teſtamento de novo Graece verſo refert: „Novum Teſtamentum no-
„ve verſum Graece reliquit Georgius Mayr praelo paratum prodeucumque:
„Soſſel in Bibliotheca Script. Soc. Jeſu„, manifeſtum continent errorem. [a]
Georgius Mayr enim Novum Teſtamentum quidem reliquit, ſed non Graece,
verum Hebraice verſum, quemadmodum jam ſupra Part. II. Vol. I. Sect. I. §.
V. n. 3 indicavimus. Quatuor vero ſunt Libri Novi Teſtamenti, quorum
Textus Graecus a quibusdam verſio graeca ſalutatur, nimirum Evangelium
Matthaei et Marci. et Epiſtolae Pauli ad Romanos et ad Hebraeos. De
ſingulis Auctor noſter quaedam ſeorſim annotavit, ut lector de lite inter
eruditos oborta ipſe judicium ferre poſſit.

§. XXXVIII.
Evangelium Matthaei.

* Evangelium ſecundum Matthaeum Graece ex Hebraico, vel potius
ex Syro-Chaldaico Sermone converſum a Jacobo Apoſtolo, vel a Joanne,
vel a Barnaba.

Papias apud Euſebium [b] de Matthaeo ſic habet: „Matthaeus quidem
(inquit) Hebraico Sermone divina ſcripſit oracula.„ S. Irenaeus apud eundem: [c] „Matthaeus (inquit) apud Hebraeos propria eorum lingua conſcri-
„ptum Evangelium edidit.„ Origenes apud eundem [d] ait: „Primum ſcilicet
„Evangelium ſcriptum eſſe a Matthaeo — qui illud Ebraico Sermone conſcri-
„ptum Judaeis ad fidem converſis publicavit.„ S. Hieronymus [e] idem teſtatur his verbis: „S. Matthaeus Evangelium Chriſti Hebraicis literis ver-
„bisque compoſuit, quod quis poſtea in Graecum transtulerit, non ſatis cer-
„tum eſt. Porro ipſum Hebraicum habetur uſque-hodie in Caeſarienſi Biblio-
„theca, quam Pamphilus Martyr ſtudioſiſſime confecit: mihi quoque a Na-
„zaraeis, qui in Beroea urbe Syriae hoc volumine utuntur, deſcribendi facul-
„tas fuit.. Idem ſcribit S. Epiphanius. [f] Idem Auctor Synopſeos apud Athanaſium Quae contra opponuntur, docte refellit Rich Simon. [g] Fragmenta
ejus Evangelii hinc inde ſcriptoribus vetuſtis collecta exhibet Hugo Grotius in Matthaei cap. I. et Johannes Sauberti [h]

Autographum illud Hebraeum, (inquit Tirinus argumento in hoc
Evangelium, jam intercidit: nam quod nuper Munſterus et Joannes Tilius
nobis obtruſere, ſpurium olet. Et Syriacum quod nunc extat, longe recen-
tius eſt ſeculo S. Matthaei. [i]

Il 2   Ex

a) Le Long p. 113. col. 1. B.
b) Iah. 3. Hiſt. Eccleſ. c. 39. ſub finem.
g) Lib. 3. cap. 3. Idem Lib. 3, adv. Haereſ. cap. 1.
n) Lib. 6. Hiſt. Eccleſ. cap. 25. et initio
Co ment in Matth.
e) Libro de ſcript. Eccleſ. cap. 3.

f) Lib. 1. adv. Haereſe, Haereſ. 30. num.
3. et 4.
q) Cap. 5. Hiſt. crit. Textus N T.
r) Prolrgom in varietates Evangelii Matthaei Lectiones p. 11. etc.
s) Le Long p. 101. col. 1. C.

Ex hisce patet, hoc Evangelium Syriaco-chaldaice fuisse primitus conscriptum; a quo autem in linguam Graecam translatum, non satis constat. Auctor Synopseos apud Athanasium sub finem asserit, hunc librum a Jacobo fratre Domini fuisse translatum   Theophylactus vero praefatione in Matthaeum: „Joannes, inquit. hoc ex Hebraica lingua in Graecam, ut fe-„runt, interpretatus est.   Sunt qui opinantur, Barnabam Apostolum Matthaei Evangelium ex Hebraeo in Graecum transtulisse, inter quos est Sixtus Senensis. Anastasius Sionita libro 8. Hexaëmeron dicit, „Lucam et Paulum „reddidisse idem Evangelium Graece.„

Matthaeus Evangelium suum Graece scripsit, non Chaldaice vel Hebraice, ut post Papiam multi veteres, de Graeco interprete S. Jacobo vel Paulo, vel denique Luca et Joanne mirum in modum diversi inter se tradentes, affirmarunt. [r]   Gottfr. Olearius in observat. ad Matth. 6, 9, 10. quidem Matthaei Evangelium Graece primitus conscriptum. attamen ipsis Apostolorum temporibus Hebraice conversum publicatumque fuisse, ex Patrum testimoniis optime colligit [s])

[Non recens nata, sed per secula virorum clarorum crebris exercitationibus agitata est quaestio de lingua originali Evangelii Matthaei. Ingens est numerus scriptorum, qui pro Hebraico militant exemplari, paucinres Graecum textum originalem defendunt, paucissimi nihil definire audent. Rem ipsam vero quod attinet, lubenter concedimus, Patres duce Papia de Evangelio Matthaei hebraico frequentius loqui; sed neminem, qui illud oculis usurpavit, aut exemplar, quod vidit, pro authentico Evangelistae scripto venditet, inveniri simul adfirmamus. Fuit primo tempore Evangelium quoddam, quod vel Evangelium Matthaei, vel Evangelium κατα Εβραιους, vel Evangelium duodecim Apostolorum salutatum est. Scripsit vero Evangelium suum Matthaeus in usum Hebraeorum, seu conversorum ex Judaismo in Palaestina.   Patres itaque Evangelium Hebraeis scriptum etiam Hebraice scriptum fuisse, crediderunt.   Hinc ille inter illos rumor in fabula de Matthaei Evangelio Hebraice scripto, quod nemo unquam vidit, aut consuluit. Integram controversiam singulari opella ante viginti, et quod excurrit, annos, sub examen vocavimus. [x])

§. XXXIX.
Evangelium Marci.
* Evangelium secundum Marcum Graece ex Latino factum.
Baronius adfirmat [y]) S. Marcum Romae suum scripsisse Evangelium, proindeque lingua Romana, puta Latina. Ita quoque Syrus in fine hujus

Evan-

r) *Joh. Alb. Fabricius* Biblioth. gr. lib. 4. cap. 5. Conf. *J. b Henr. Heidegerus* Enchir. biblic. Lib. 5. cap. 9.
s) *Le Long* p. 158. col. 2. B.
x) Abhandlung von der Grundsprache des Evangelii Matthaei, Halae 1755. 8.

quacum conferatur *J. D. Michaelis* Einleitung in die Göttl. Schriften des neuen Bundes, vol. 2. p. 916 etc. Repertorium für die biblische und morgenl. Litteratur, part. 1. p 1. etc.
y) Annal. Eccles. ad an. 45.

Evangelii haec diferte addit: „Finit Evangelium fanctum, Evangelium Mar-
„ci, quod locutus eft et evangelizavit Romae Romane. „ Idem legitur ad
calcem verfionis Arabicae et Perficae. Verum nullius funt auctoritatis hujusmodi Infcriptiones, quae ad calcem, vel ad calcem codicum facrorum praefertim in Orientalibus Verfionibus leguntur. Accedit quod Seldenus ¹) notat,
a Syro ceterisque Orientalibus per Romanam linguam etiam Graecam quandoque intelligi Praeterea Marcum Graece fcripfiffe afferit S. Hieronymus
praefatione in Evangelia. „De novo, ait, loquor Teftamento, quod Grae-
„cum eft, excepto Apoftolo Matthaeo, qui primus in Judaea Evangelium
„Chrifti Hebraicis literis edidit.„ Idem expreffe docet S. Auguftinus. ²)
„Matthaeus, inquit, Hebraeo fcripfiffe perhibetur eloquio, ceteri Graeco.„
„Idem fuit communis Veterum et recentium fenfus;„ juxta Cornelium a
Lapide, ³) cui affentitur Maldonatus: ⁴) „Conftantiffima apud omnes Veteres
„fuit opinio, ceteros quidem Graece, Matthaeum vero Hebraico fcripfiffe
„fermone.. Ita Maldonatus. ⁴)

[Poft *Baronium Melchior Inthoferus* longo fermone probare voluit,
Marcum Evangelium fuum latine fcripfiffe, tum ad plura SS. Patrum *Clementis Alexandrini, Athanafii Papiae, Eufebii Caefarienfis, Gregorii Nazianzeni, Damafi,* aliorumque teftimonia, tum ad ipfum Evangelii ftylum latinum
originale prodentem, provocans.) Sed ipfa in medium prolata teftimonia
vel nihil definiunt, vel fidem haud merentur: et ex ipfo fcribendi genere
contrarium evincit *Millius.*) Nec ad *Marci* Evangelistae autographum, de
quo gloriatur urbs Venetorum, provocare licet; fiquidem hoc MScum tempore adeo eft detritum, ut nullius fit ufus; et multi praeterea, quibus illud
videre contigit, graecum effe litteris uncialibus fcriptum, adfirmarunt. Verum qualis ille codex fit, noftris temporibus fatis demonftratum eft, continere illum nimirum verfionem latinam Evangelii Marci. Integer codex, cujus
pars aliqua Venetiis adfervatur, eft Codex ille Forojulienfis, quem *Blanchini*
in Evangeliario fuo exfcribi curavit. Fragmentum Evangelii Marci, feu pars
exemplaris Veneti, adfervatur Pragae, ufque Cl. *Jof. Dobrowsky* cum impreffum extat. s)

II 2   §. XL.

s) Comment ad Eutych obfervat. 18.
a) Lib 1. de confenfu Evangelii, cap. 2.
b) Praefat. in Marcum.
c) Praefat. in 4. Evangelia, cap. 5.
d) Lr Lonc pag. 118. col. 1. E.
e) Hiftoria facra Latuatatalia, lib. 5. cap.
3. 2. 346.
f) Prolegom. in N. T. §. III.
g) Conf. *Joh. Alb. Fabricii* Biblioth graec.
lib 4. cap. 5. §. 2. 3. vol. 3. p. 231. *J. G. Pratii*
introduct in N. T. p. 301. *J. D. Michaelis*
Einleitung in die Göttl. Schriften des neuen
Bundes, vol 4. p. 1399. *Rich. Simon* Hift.
crit. du Texte de N. T. cap. 21. p. 131.

Chrif. Kortholti tract. de variis fcripturae
editionibus, cap. 7. p. 71. *Ern. Chr. Schröteri*
Diff. de lingua Marci authentica, Witeb.
1703. 4. *J. P. de Lauroy* unterfuchte Um-
ftände des von dem Evangeliften Marco ei-
genhändig gefchriebenen und zu Prag und
Venedig verwahrten Evangelii, und ob daf-
felbe lateinifch gefchrieben? In Hollifchen
Anzeigen, 1748. n 60 15 - 15. *J. F. Sam-
gartens* epift ad calcem Diff. Vindiciae textus Graeci N. T. contra Hardtuinum, Halae
1741. 4. *J. h. Dobrowsky* editio fragmenti
Pragenfis Evangelii St Marci vulgo Auto-
graphi. Pragae 1778. 4.

§. XI.

Epiftola ad Romanos.

* Epiftola D. Pauli ad Romanos Graece ex Latino converfa.

Idem de Epiftola ad Romanos (inquit Alphonfus Salmeron) [i]) per Tertium amanuenfem latine fcripta cogitari poteſt. Cum enim illud nomen Tertii five, ut alii legunt, Terantii, Latinum fit, cujus opera et miniſterio ufus Paulus fuit: nihil mirum effe debet, fi poſtquam Epiftola illa ex Latino fermone, in quo primum fcripta exſtitit, in Graecum fuit transfufa atque converfa.

Huic opponitur alter Jefuita, nempe Jacobus Tirinus, qui praefatione in eandem fic fcribit: Ut aliae, ita et haec Epiftola Graecifmis abuudat. Unde patet, Graece a S. Paulo confcriptam Et hic videtur fenſus et conſenfus effe 'nterpretum tam Graecorum quam Latinorum Omnes enim, cum dubia lectio occurrit, provocant ad Textum Graecum, quaſi ad Pauli autographum. Nolim tamen Salmeroni, Latine fcriptam contendenti, negare, Graecum autographum mox ab aliquo Pauli interprete converfum effe in latinum Sermonem, et ita Latinis transmiſſum. Et forſan Interpretis (five Tertius is fuerit, five alius quisquam, obſcuritai cauſa fuit quod haec Epiftola prae aliis tam obfcure et hiulce confcripta fit, inquit Diodorus Tarfenſis. [l])

[Perpauci funt inter Eccleſiae Romanae cives, qui Graeci Textus hujus Epiftolae authentiam negant, ejusque loco Latinum ſubſtituunt. Ficulnea funt argumenta, quae hunc in finem producuntur, quibus aliud ejusdem generis addi poſſet, nimirum Interpretem Syrum hanc Epiftolam *Romane* fcriptam effe aſſerere. [k])

§ XI.I.

Epiftola ad Hebraeos.

* Epiftola D. Pauli ad Hebraeos Graece ex Hebraico fermone traducta.

Veteres non pauci; Clemens Alexandrinus, Eufebius Caeſa-lenſis, S. Hieronymus, et Theodoretus, aſſerunt a Luca vel a Clemente eam effe Graece converfam. „Clemens Alexandrinus tut refert Eufebius) [i]) Epiſto„lam ad Hebraeos Pauli quidem effe affirmat, fed Hebraico fermone utpote „ad Hebraeos primum fcriptam effe: Lucam vero eandemGraeco Sermone „ſtudiofe interpretatum, Graecis hominibus edidiffe .. Eufebius ipfe = haec ait: „Cum ad Hebraeos patrio fermone fcripfiſſet Paulus, alii Lucam Evan„geliſtam, alii hunc, de quo loquimur, Clementem (Romanum Epiftolam „illam effe interpretatum ferunt.„ S. Hieronymus [o]) haec refert: „ Vel cer„te quia Paulus fcribebat ad Hebraeos, propter invidiam fuļapud eos nominis *

h) Prolegom. 36. in Evangel. p. 433.
i) Le 1. ang p. 159. col. 1. C.
k) Conf. J b Alb. Fabricii Biblioth. gr. lib. 4. c. . 5. vol. . p. 153. J. G. Prüs introdoat. in N. T. p. 308.

l) Lib. 6. hiſt. ecclef cap. 14.
m) Ibid lib. 1. cap. 58.
o) De fcriptor. ecclef cap. 5.

„nis titulum in principio falutationis amputavit; fcripferat autem ut Hebraeus
„Hebraeis Hebraice, id eft fuo eloquio, difertiffime, ut ea quae eloquenter fcri-
„pta fuerant in Hebraeo, eloquentius verterentur in Graecum.„ Theodoretus: *) „Scripfit Paulus (inquit) eam lingua Hebraica; ferunt autem eam fuif-
„fe a Clemente Interpretatam.„

Sic autem iftas auctoritates refellere conatur Heideggerus: r) Mana-
vit haec tradido a Clemente Alexandrino folo, non alia ratione feu conjectura ducto, quam quod ad Hebraeos fcripta effet, cum tamen non ad folos
Hebraeos Palaeftinos, fed ad difperfos etiam, Hebraici idiomatis parum callentes, fcripta fuerit. — — Neque Graeca editio translationis notas habet
ullas, fed Graecanitatis purae plurimas. Elegantia enim fcriptionis illius verfionem non fapit. Epiftola illa, (inquit Origenes) t) et in verborum compofi-
tione majorem praefert Graeci fermonis elegantiam, ut fatebitur, quisquis de
ftyli differentia perite judicare poteft. Loca quoque Veteris Teftamenti ex
Graeca translatione citantur, *) ex Hebraeo potius citanda et traducenda, fiquidem Hebraice primitus fcripta effet. *)

[Hebraica lingua, qua Epiftola fcripta perhibetur, non eft illa pura
Veteris Teftamenti, fed Dialectus Chaldaico-Syriaca feu Hierofolymitana.
SS. Patrum de hac Epiftola teftimonia ftudio congeffit Cl. J. S. Semlerus. *)
Plura funt inter illa, quae de Hebraico autographo loquuntur. Verum nemo omnium unquam Hebraicum vidit exemplar, fed ad Graecum omnes provocant: fola itaque ex conjectura, Hebraeis Hebraice fcribi debuiffe, ortus
eft ifte inter Veteres rumor. Inter recentiores ftudiofe in hanc controver-
fiam inquifivit, atque pro textu Hebraico ftrenue militavit Jofephus Hallet-
us in conatu ad detegendum epiftolae ad Hebraeos fcriptorem linguamque,
qua fcripta primum eft, inveftigandam relato, et Jo. Peircei Paraphrafi et notis in Epiftolam ad Hebraeos annexo; quem primo nobis latinum J. C. Wolfius *) et deinde Cl. J. D. Michaelis tradidit. *) Ad tria capita fingula revocari poffunt: Paulum hebraice loquutum effe; Hebraeorum, ad quos fcripfit,
conditionem, ut lingua ipfa vernacula uteretur, poftulaffe; et Patres hoc
teftimonio confirmaffe. *)

§. XLII.

e) Prologo in hunc Epiftolam, tom. 3. opp.
p) Lib. 5. Enchiridii Biblici cap. 21. pag.
225.
q) In Iefaiam ad Hebr tom. 1. p. 430.
r) Ut obfervavit Hieronymus Comment.
in Iefaiam litt 2. cap. 1.
f) Locus p 1 9. col. 1. E.
t) Inftitua qu genauerer Einficht des
Briefes an die Hebräer, ap. S. J. Baumgart-
ni Comment. in Ep. ad Habr. Halae 1763. 4.
u) Curae philologicae et criticae Tom. 4.
p. 106. etc.

x) Jacobi Peircei Paraphraf. et not. in Ep.
ad Hebr. Latine vertit, et fuas ubique obfervationes addidit Joh. Dav. Michaelis. Halae 1747. 4.

y) Conf. Joh. Alb. Fabricii Biblioth. gr.
lib. 4. cap. 11. vol. 3. p. 139. Joh. Georg. Fri-
tii Introd. in N. T. p. 107. etc. Multii prolegom. § 61 Frid. Spanhemii Diff. de textura
Epift. ad Hebr. part. 3. cap. 2. Obfervat.
Selectae Halenfes, vol 7. p. 268.

§. XLII.
Editiones Versionis LXX; Vulgus.

* Quinque (aut sex) omnino versionis LXX. Interpretum editiones diversae colliguntur, juxta Morinum, *) quibus praemittenda est vetus illa Origenis, quae emendationem praecessit, et κοινη seu vulgata est. *)

[Ardua et difficilis est de antiquis LXX Interpretum versionis Graecae editionibus in scriptis veterum celebratis disceptatio: nec plane inanis est. Nam quae hodie exstant exemplaria tum in MStis tum in editionibus typis expressis. non unius sunt editionis, sed multum a se invicem differunt, et diversas antiquorum editiones aperte produnt. 'Quodsi vero temporis rationem habemus, editiones sunt duplicis generis, seu ad duplicem referendae sunt periodum. Prior comprehendit omnia apographa versionis Graecae, quae ab initio et die versionis natali ad Origenis tempora publicata sunt. Plura certe apographa inter lectorum manus versata esse, nemo unquam negabit. Etiamsi cum *Jacobo Usserio* fluctuare vellemus, primam illam Pentateuchi versionem in Bibliotheca Philadelphi repositam, penitus intercidisse, aliamque et plane novam totius codicis versionem a Hellenistis tempore *Ptolemaei Philometoris* confectam esse: *) multoties tamen versionem iterum descriptam divulgatam esse asserendum erit, omnia vero 'Exemplaria ita privato judicio publicata et divulgata exhibent Versionem Vulgatam, seu την κοινην dictam. Qualis illa fuerit, ex ipsa Hieronymi recensione liquet, nimirum, quod pro locis et temporibus et pro voluntate scriptorum Veterum corrupta fuerit.] Ad secundam periodum vero referendae sunt editiones correctiores, repurgatae et emendatae, quae posterioris sunt temporis, et ab illa Vulgata multis in locis differunt: cujus generis quinque aut sex recensentur.

§. XLIII.
Editio Origenis prima.

* Prima est Origenis, qui Tetrapla et Hexapla ex versionibus supra memoratis per columnas digestis composuit, atque etiam Octapla, addito Hebraeo textu, duplici charactere et columna exarato. *)

§. XLIV.
Editio Origenis secunda.

* Aliam seorsim LXX. Interpretum editionem Origenes recensuit et edidit: cui ea, quae apud Hebraeos abundant, et apud LXX. deficiunt, ex Theodotione desumpta, sub asterisci, ne cum genuino textu confunderentur, supplevit; quae vero apud Hebraeos desunt, et apud LXX. reperiuntur, obelo notavit. Istius editionis meminit saepius S. Hieronymus praefatione in Pentateuchum, in Josuam, in Paralip. et in Epist. ad Suniam et Fretellam.

b Haec

---

a) Praefat. in 70. Interpr.
a) Le Long p. 151. col. 1. E.
b) Syntagm. de LXX. Interpr. Londin. 1637. 4. Lipsiae 1694. 4.

c) Epist. 135. ad Suniam et Fretellam. Conf. *J. G. Carpzovii* crit. sacra part. 1. cap. 2. p. 533.
d) Le Long ibid. Conf. supra §. XIV.

Haec Morinus. Aliter sentit Humphredus Hody, In quo leguntur sequentia Hieronymi: „Breviter illud admoneo,. ut sciatis aliam esse editionem, quam „Origenes et Caesariensis Eusebius. omnesque Graeciae tractatores κοινην, id „est communem, appellant atque vulgatam, et a plerisque nunc λουκιανον dici-„tur, aliam LXX. Interpretum, quae et in Hexaplis reperitur, et a nobis in „latinum sermonem fideliter versa est, et Hierosolymae atque in Orientis „Ecclesiis decantatur. — — Κοιν autem ista, hoc est, communis editio „ipsa est, quae et LXX. Sed hoc interest inter utramque, quod κοινη pro lo-„cis et temporibus et pro voluntate scriptorum veterum corrupta editio est; „ea autem quae habetur in Hexaplis, et quam nos vertimus, ipsa est quae in „eruditorum libris incorrupta et immaculata LXX. Interpretum translatio re-„servabatur. Quidquid ergo ab hac discrepabat, nulli dubium est, quin ita „et ab Hebraeorum auctoritate discordet., Ita Hieronymus. ') Et quod (scribit Hody)') Illa editio, quae obelis asteriscisque ab Origene signata fuit, non fuit κοινη, sed parior illa quam Hieronymus saepe του ο nomine ab ea distinguit, ipse docet in plerisque locis ejusdem Epistolae.

Cum priora Hexaplorum exemplaria (inquit Bern. de Montfaucon) vetustate consumta fuissent, exscribendi negligentia torum opus in perniciem ivit. Id vero quandoquam acciderit, nullo scriptorum testimonio indicatur. Certum quidem est Hexapla superfuisse adhuc Justiniani aevo; quandoquidem Procopium Gazaeum et Joannem Philoponum ea in manibus habuisse liquet ex eorum commentariis, quae supersunt. Indubitatum etiam videtur, Hexa-plorum saltem partem maximam extitisse in Bibliothec. Apollinarii Coeno-biarchae, quo tempore Codex Prophetarum, nunc Collegii Ludovici Magni, descriptus fuit, ut memoratur in nota ibidem, idque seculo circiter octavo, ut ex charactere arguitur. ')

[Codex ille, ad quem Montfauconius provocat, „est codex Rupiscal-dianus, ubi ad calcem Jeremiae haec nota apposita est: „Descriptum est ab „exemplari Patris Apollinarii Coenobiarchae, in quo subjecta sunt ista: „Desumptum est ab Hexaplis juxta ediciones, et correctum est ex Origenis „Tetraplis, quae et propria ejus manu correcta sunt, et scholiis illustrata. Ego „Eusebius Scholia adjeci. Pamphilus et Eusebius correxerunt., ') Dubia et incerta est haec secunda Origenis editio, quae nil aliud, quam apographum Columnae e Hexaplis, comparatili causa descriptum, esse videtur.

§. XLV.
Editio Eusebii et Pamphili.

* Tertia editio (ita pergit Morinus) est Eusebii et Pamphili, quos ait Hieronymus praefat. in Paralipom. codices ab Origene elaboratos evul-gasse

a) Respic. ad Scaliam et Fretellam.   b) Conf. Le Long p. 169. col. 1. C. Bern. de
f) Loc. cit. lib. 4. cap. 1. num. 19.   Montfaucon Palaeographia Graeca, lib. 3. p.
g) Le Long p. 191. col. 1. E.   119. Jacob Usserii Syntagma p. 101.

Biblioth. Sacr. P. XXII.   K k

gaffe — — his codicibus ufae funt quae Aegyptum inter et Antiochiam jacent provinciae.

Hudius de hac editione ita loquitur: [i] Pamphilus et Eufebius conjuncta opera editionem LXX. afterifcis obelifque in Hexaplis fignatam emendarunt, indeque defcriptam publici juris fecerunt, Ecclefiisque Palaeftinis tradiderunt. — Unde Palaeftinae nomen fortita eft. [k]

§. XLVI.
Editio Luciani.

* Quarta, inquit Morinus, editio a Luciano Martyre condita eft: quid autem praeftiterit, docet Eufebius. [l] Editionem Septuaginta cum Hebraeis codicibus comparavit, recenfuit et emendavit. — Luciani Codices Graeciae Afiaeque minoris Ecclefiae Antiochiam usque ceteris praetulerunt.

Auctor Synopfeos apud S. Athanafium, cum fex enumeraffet Interpretationes Graecas ex textu Hebraeo, de quibus in praecedenti, (§. II. · X.) haec addit: Septima et poftrema Interpretatio fancti Luciani magni Afcetae et Martyris eft, qui et ipfe, cum in praedictas editiones et Hebraicos libros incidiffet, et diligenter, quae vel veritati deerant, vel fuperflua aderant, infpexiffet, ac fuis quoque propriis fcripturam locis correxiffet: interpretationem hanc Chriftianis fratribus edidit, quae fane poft ipfius certamen et martyrium, quod fub Diocletiano et Maximiano Tyrannis fuftinuit, libro videlicet propria manu fcripto comprehenfa Nicomediae fub Conftantino Magno Imperatore apud Judaeos in pariete turriculae calce circumlito, quo cuftodiae gratia pofita fuerat, inventa eft.

De eadem Niceas Metropolita Heracleenfis in comment. Pfalterii prooemio fic loquitur: Sub Diocletiano et Maximiano Tyrannis fanctus Martyr Lucianus, vir non minus in Judaeorum, quam in noftrorum fcriptis exacte verfatus, illorum libros in noftram dialectum optime atque accuratiffime transtulit. Nos vero ejusmodi editionem venerames, eam quae eft LXX. maxime praeferimus; quia divifim dialecti translationem facientes, unam in omnibus fententiam et dictionem reddiderunt.

· Ac fi (inquit Jac. Ufferius) [m] Lucianea illa plane nova fuiffet verfio, atque ab ea, quae LXXII. Interpretum habebatur, prorfus diverfa, — fane Lucianus *tantum in litterarum ftudio laboravit, ut ufque nunc quaedam exemplaria fcripturarum Luciana nuncupentur*, inquit Hieronymus. [n] Sed, pergit Ufferius, κοινή feu Vulgatam τῶν ὲ eam fuiffe editionem, quae a pleriſque λουκιανός, feu λουκιανῆς dicebatur, oftendit Hieronymus, [o] et quidem poft Origenis emendationem alio modo ab ipfo interpretatam. [p] Quo in genere et Lucianum et Hefychium majorem quam Origenem licentiam fibi fumpfiffe, et minore cum fucceffu ex illo loco Hieronymi in praefatione Evange-.

i) Ubi fupra num. 30.
k) Le Long p. 111. col. 2. E.
l) Hiftor. Ecclef. lib. 8.
m) Syntagm. de LXX. Interpr. p. 71.

n) In Catalogo de Scriptoribus ecclef. cap. 17.
o) Epift. ad Suniam et Fretell.
p) Idem Epift. ad Chromatium.

angelorum ad Damasum colligitur: *Praetermitto eos codices, quae a Luciano et Hesychio nuncupatos paucorum hominum asserit perversa contentio: quibus utique nec in toto veteri instrumento post LXX. Interpretes emendare quid
licuit, nec in Novo profuit emendasse, quum multarum gentium linguis scriptura ante translata doceat falsa esse quae addita sunt.* Unde et a Gelasio, cum
Romani LXX. Episcoporum Synodo, Evangeliorum ab eis factam emendationem hac censura videmus notatam: Evangelia, quae falsavit Lucianus,
Apocrypha.   Evangelia, quae falsavit Hesychius, Apocrypha.   Haec
Usserius. q)

[Quod si singula, quae Auctor noster proposuit, cum iis, quae a
Waltono) collecta sunt Veterum testimonia, conferantur, *Lucianum* alia,
quam *Origenes*, via progressum esse, satis apparet. Qui cum, exemplaria versionis Septuagintaviralis ut a mendis purgaret, et quantum fieri posset, eam
completam sisteret, ex aliis versionibus voces singulas et propositiones simul-
lisset, adeoque mixtam e diversorum auctorum foetibus compilatam edidio-
nem procurasset: *Lucianus* contra antiquam versionem Vulgatam seu κοινην,
a Compilationibus *Origenis* liberam, fundamenti loco posuit, et ad Codicem
Hebraeum revocavit; quam ubi lacunosam, depravatam vel interpolatam invenit, proprio marte secundum Textum Originalem emendavit; supplevit,
correxit. *Luciani* methodus utique Origeniana praeferenda est; verum
tamen jam erat Origenis in ecclesiis auctoritas, ut ejus exemplaria, quamvis
mixta et compilata, editionibus *Luciani* longe praestat, hujus vero editiones in Ecclesia Asiae minoris tantummodo fidem et auctoritatem nactae sint.ττ)

§. XLVII.
Editio Hesychii.

* Quinta Editio Hesychii fuit, pergit Morinus. Hanc nihil aliud
fuisse quam LXX. translationem ab eo recognitam, satis superque docet S.
Hieronymus Praefat. in Paralipom. cum de his tribus ultimis editionibus verba faciens ait: *Alexandria et Aegyptus in Septuaginta suis Hesychium laudat
auctorem. Constantinopoli usque Antiochiam Luciani Martyris exemplaria probat. Mediae inter has Provinciae Palaestinos codices legunt, quos ab Origene
elaboratos Eusebius et Pamphilus vulgarunt.* Quorum editionis et emendationis luculentum exstat monumentum in codice Romani Marchalli (qui nunc
Rupifucaldius dicitur, et extat Parisiis in Bibl. Collegii S. J.). ita Morinus. s)

Quod ad Hesychii et Luciani Martyris editionem attinet, (inquit Isaacus Vossius)') illae nonsunt accensendae novis versionibus, hi enim in eo potissimum elaborarunt, ut versionem LXX. Interpretum, quantum fieri posset, a naevis expurgarent, nihil interpolantes, aut immutantes absque fide
Kk 2   exem-

q) Le Long p. 252. col. et 2.   s) Le Long p. 252. col. 1. B.
r) Prolegom. §. 23.
ττ) Conf. Carpzov. l. c. p. 552. Conf   t) In Epist. ad Lectorem praefix appar-
bibl. etc. Fabricius   diel ad libr. de LXX. Interpr.
l. c. p. 558.

exemplarium. Cum utraque editio etiamnum superfit, non eft, ut de eo ulterius dubitemus. Hefychianam editionem exhibet exemplar Alexandrinum, quod in Anglia adfervatur. — Lucianea vero etiamnum extat in multis Orientis Ecclefiis; hujus quoque exemplar habet Sereniffima Chriftina. *)

[*Hefychius* Aegyptius Epifcopus, *Luciani* coaevus, eandem codicibus Vulgatae feu communis Verfionis praeftitit operam, ut a mendis et corruptelis, quibus maculata erat, liberaretur: fed in methodo a *Luciano* difceffit: nam ex collatione plurium codicum Communis Verfionis genuinum textum reftituere voluiffe videtur; quapropter haec editio a Lucianea diftinguenda venit. Omnes itaque hujus verfionis editiones duplicis generis funt: *primo* Vulgatae, feu communes, quae exftiterunt ante *Origenis* tempora, quarum apographa cum tempore intercidiffe videntur: *fecundo* editiones correctae et emendatae, et quidem triplicis generis: editiones mixtae et ex variis interpretationibus interpolatae, nimirum Origenianae, a Pamphilo et Eufebio revifae; editiones ad Textum revocatae, quae eft Lucianea; et denique editiones ad codices plures emendatae, quae eft Hefychiana. *)

§. XLVIII.
Editiones suppofititiae.

[I.]   * Nova LXX. Senum Graeca editio, a Sancto Hieronymo adornata. Si credimus Guillelmo Cave, *) cujus haec verba funt: „Quin etiam „Graecam *τῶν* LXX. verfionem ex melioris notae exemplaribus correctam „atque emendatam in ftudioforum ufum edidit„ Revera Sanctus ille Doctor in Epift. 38. ad Lucinium ita fcribit: „Septuaginta interpretum editio„nem et te habere non dubito, et ante annos plurimos diligentiffime emen„datam ftudiofa tradidi.„ Haec autem dicta effe de LXX. Interpretibus ab ipfo Latine redditis manifeftum eft ex variis S. Hieronymi locis, v. gr. lib. 1. Apolog. adv. Ruffinum: „Egone contra LXX. Interpretes aliquid fum locu„tus, quos ante annos plurimos diligentiffime emendatos meae linguae ftu„diofis dedi.„ Et Lib. 2. ejusdem Apologiae: „Mihi non licebit poft LXX. „editionem, quam diligentiffime emendatam ante annos plurimos meae lin„guae hominibus dedi.„

[II.]   Editio a Johanne Jofepho confecta.
Alia adhuc refertur Septuaginta Interpretum editio a Johanne Jofepho confecta. In Differtatione MSC. Theodoreti (cujus fragmenta quaedam laudat Jo. Phelippaeus) *) proferuntur notulae, quales fere reperias defignandis variis Interpretibus in Eufebiano codice apponi: Ἰνίον δὲ ἔτι ἔσου τὸ ὃ μετὰ δυναμείου διαπολῆς ὑφεϑῆ, τῶν ἐβδομήκοντα ὑπάρχει Ἰνδίκου. — — ὅσου δὲ τὸ ὃ μετὰ τοῦ ᾱ, Ἰούνιου Ἰονίσου. Sciendum eft autem, ubi reperietur τὸ una cum diductione lineolae obliquae inferiptae, fignificari editionem LXX. Interpretum.

w) *Le Long* p. 153. col. 1. E.   y) Ad ann. 378. Hift. litterariae de fcript. ecclef.

x) Conf. *Fabricius* l. c. p. 338.   z) Praefat. Comment. in Ofeam, p. 19.

—— —— *et ubi i cum ū jungitur, editio quaedam eſt Joannis Joſephi.* Haec Philippaeus ſibidem.

Exemplar cujus meminit Georgius Syncellus.

Alter tamen codex ob ſummam tum accentuum tum propriorum eujque dictioni characterum integritatem commendatus et ex Caeſarienſi Bibliotheca ad manus meas delatus; cujus inſuper praefixa inſcriptio libros priores, ex quibus exſcriptus fuerat, a magno Baſilio comparatos ad invicem et correctos deſert argumentum. Haec Georgius Syncellus, qui claruit A. 780. in Chronographia pag. 203. editionis Regiae. *)

§. XLIX.
Editiones ſuperſtites.

* Unam igitur (inquit Maſius) bujusmodi Interpretationem, veluti aptam ex duabus miſtamque, cum ſic Adamantius concinnaſſet, ut per appoſitos, quas dixi, notas, ipſa illa Vetus interpretatio LXXII. Senum, cujus auctoritatem Eccleſia Chriſtianorum jam tum comprobaverat, tanquam integra et intacta videretur conſervare; mox usque adeo placere illa coepit omnibus, ut in ipſa etiam templa atque in ſacros coetus ad preces lectionesque admitteretur. Neque vero id mirum eſt; cum ea una inſtar Hexaplorum atque Octaplorum illorum eſſet, qui libri niſi ſumptu et labore maximo parari a nullo poſſunt; et inſuper in illa, non item in his, quid Hebraeum haberet, quidque non haberet, dijudicatum conſpiceretur. Itaque cum hanc interpretationem omnes deſcriberent, hac una contenti eſſent, brevi ceterae omnes neglectae jacuerunt, atque paulatim interciderunt etiam; usque adeo ut Hieronymus absque dubitatione dixerit, ſua memoria in omnibus Eccleſiarum Bibliothecis vix unum atque alterum inventum iri potuiſſe librum, in quo illa LXXII. interpretatio ſimplex et absque aſteriſcis, hoc eſt, non ſuppleta Theodotionis verbis, ſupereſſet. Verum enim vero illae notae, etſi utiliſſimae eſſent, tum ad germanam τῶν ό verſionem, tum ad ipſum Hebraeum Textum plane repraeſentandum; tamen librariorum pigritia, et, ut opinor, minorum etiam ſumptuum gratia, non ita diu poſt apponi prorſus deſierunt, ut earum etiam memoria prope jam aboleverit.

Haec igitur ea eſt interpretatio, quam ego in meis annotationibus miſtam voco, atque hujus exemplar ſecuti ſunt in ſua editione Complutenſes, quanquam non planiſſime ubique. At altera illa Graeca apud omnes pervulgata, et ſaepe typis edita in vulgus (*Aldina eſt, et quae illam imitantur Argentoratenſis et Baſileenſis*) eſt illa quidem ſimplicis interpretationis LXXII. Seniorum exemplum, ſed haud purum, neque ab omni admiſtione verborum Theodotionis liberatum. Hoc enim facile intelligit, quisquis eam cum codica Vaticano, multo ſane integriore exemplari, confert, de quo dicam opportuno loco. Haec Andreas Maſius. *)

Kk 3   Ex

*) Le Long p. 159. col. 1. A.
*) In praeſat. commentar. ſuorum in Joſuam, p. 123.

Ex editionibus ante dictis (ait Hodius) Origenianae, Lucianaea et Hefychiana promanarunt, quotquot exstant, verfionis Graecae exemplaria integra hodierna. Nullum tamen reperitur, quod unam aliquam editionem puram atque finceram exhibeat; sed omnia mixta funt partim ex illis, partim ex xenñ editione; nonnullis etiam ex aliis istis verfionibus Aquilae, Theodotionis, et Symmachi etc. subinde admixtis. Liberam tamen agnosco editionem, quae hodie supereft, Graecam quoad partem longe majorem, eandem effe cum illis, quae Patrum antiquorum temporibus pro LXXvirali habebatur. [r]

[Editiones Cardinales Verfionis LXX. Senum, fi inter fe conferantur, non omnes ex una eademque inter Veteres celebrata editione profluxiffe, unicuique patebit. Diverfas certe repraefentant antiquorum editiones, fed quae qualisve unaquaeque fit, haud facile definiri poterit. Complutenfem editionem fequi editionem Origenianam, et verfionem mixtam ftatuit Mafius: Alexandrinum vero Codicem editionem Hefychianam exhibere afferit Voffius. §. XLVII. Cujus vero editionis fit Codex, ex quo Aldina expreffa eft, et Vaticanus Codex, difficile eft dijudicatu. Hieronymus teftis eft [s] in Alexandrinis exemplaribus commati undecimo Capitis LVIII. Efaiae addita fuiffe in principio Verba: Et adhuc in te erit laus mea femper, et in fine: Et offa tua quafi herba orientur, et pinguefcent, et haereditate poffidebunt in generationes et generationes, quae verba nec in Hebraico et ne in LXX. quidem emendatis et veris exemplaribus lecta fuerint. Si verba ifta tantum in unica editione exftarent, illam ubi Alexandrinus Codices formatam fuiffe, fciremus. Sed verba ifta: και τα οστα σου ως βοτανη ανατελει, και τιαν θησεται και ευφρανθησουται γνωσθησεται, leguntur in Codice Alexandrino, hinc in editione Hefychiana, in codice Reguefucaldiano, hinc Eufebiano, et in Aldina editione. Defiderata procul dubio fuerunt haec verba in editione Lucianaea ficuti et hodie in editione Complutenfi et Vaticana non leguntur. Sed quis inde, hasce editiones vel cum editione Lucianaea, vel cum Veteribus emendatis et veris exemplaribus, exacte confentire, unquam probabit? Exempla ejus generis plura suppeditant collectiones Variantium lectionum. Quae cum ita fint, nullam editionem hactenus in publicum productam editionem aliquam Veterem, Origenianam, Eufebianam, Lucianaeam vel Hefychianam accurate repraefentare, fed omnes textum exhibere mixtum et interpolatum, et omnes suis laborare naevis, defectibus, interpolationibus, certo eft certius. [t]

§. L.

Editiones Cardinales.

Praemiffis hactenus, quae ad hiftoriam Verfionum Graecarum In Veteribus Ecclefiae celebratiffimarum faciunt, ad recenfendas editiones typis evul-

---

[r] Lib. 14. ut fupra pag. 634. Le Long p. 152. col. 1. D.
[s] Lib. 16. Comment. ad Efai. LVIII. Conf. Jac. Ufferi Syntagm. c. 7. p. 69.

[t] Conf. Capparii Crit. facr. p. 109. etc. Joh. Fricii Grahn Diff. de variis titul. LXX. Interpretum verfioni ante B. Origenis aevum illatis. Oxon. 1710. 4.

evulgatas progredimur. Placuit auctori noftro, primo integra Biblia Graeca ordine chronologico defcribere, et deinde partium et fingulorum librorum
recenfionem fubjungere: in quo ipfum non omni ex parte fequimur. Editiones omnes, quotquot hactenus lucem adfpexerunt, commode ad quatuor
capita revocari poffunt, pro numero editionum Cardinalium, ad quarum
normam pofteriores effigiatae funt. Sunt nimirum Editiones Complutenfis,
Aldina, Romana, et Alexandrino - Anglicana, quae familiam ducunt. Singulas eo ordine recenfebimus, ut, unicuique illas, quae ex priori formatae
funt, fubjiciamus.

§. LI.
Biblia Graeca Complutenfis.

* Biblia Graeca cum verfione latina ad verbum. Editio vulgo Complutenfis vocata. Compluti 1517. fol.
V. Biblia polyglotta Complutenfia. *)
Haec editio primum locum occupat, licet annis aliquot poft Venetam prodierit: completa eft quidem anno 1517. quo Cardinalis Ximenius abiit ad fuperos;
et anno 1520. Leonis X. diplomate fuit munita; fed publicam eft donata poft annum 1522. Erafmus enim in tertia fua Novi Teftamenti recognitione hoc anno 1522.
excufi ejus non meminit; in quarta vero anni 1527. Complutenfi novi Teftamenti
exemplaris Graeci ufus eft.

Quod autem ad Graecam fcripturam attinet (loquit Auctor fecundi prolo-
gui) illud te non latere volumus, non vulgaria feu temere obtia exemplaria fuiffe
huic noftrae impreffioni archetypa, fed vetuftifima fimul et emendatifima.

Codices LXX. Interpretum (loquit Morinus) etiam correctiffimi inter fe
non nihil variant, etiam ubi amanuenfium negligentia aut ignorantia nulla eft vel altera-
tio commiffa. Correctiffimos dico, ne exiftimet hic de minutis illis editionibus me verba facere, quibus funt Complutenfis, Antwerpienfis, Francofurtenfis et aliae; illae
enim non funt ullo modo fincerae LXX. Interpretum editiones, fed farrago quaedam
ex editione LXX. feniorum et interpretatione Theodotionis collecta. *)

Waltonus hoc de illa editione fert judicium: Licet inter omnes hodiernas
editiones ad textum Hebraeum proxime accedat Complutenfis editio; tamen rerum
iftiusmodi peritus et in lectionervaterum exercitatus omnibus inferiorum effe et a
genuina LXX. verfione omnium longiffime abeffe deprehendit. Nova enim et mixta eft haec verfio, partim ex Septuaginta, partim ex Origenis additamentis, partim
ex Aquilae, Symmachi aliorumque Interpretum, imo et Commentatorum Graecorum verbis confarcinata; ut hoc modo textui Hebraeo per columnas aptius-refpon-
deret. Unde Doctiff. Mafius annotat, in Jof. 21. dicit, *meram effe infcitiam, fi quis
dicat Complutenfem editionem puram LXX. verfionem repraefentare. Licet enim viri
illi docti* (ut obfervat Nobilius in praefatione ad editionem Romanam) *hujus editionis
auctores Origenem aliqua ex parte fibi imitandum propofuerint, ut quae ex Hebraeo
effent et cum* LXX. *ex alia verfione fupplerent; in hoc tamen ab Origenis inftituo
dif-*

discesserunt, quod quae apud LXX. habentur, et non sunt in Hebraeo, quaeque Origenes non tollere ausus est, sed obelo notavit, ipsi saepe resecuerint, et delectu habito, collatisque exemplaribus non modo Bibliorum, sed et Graecorum commentatorum, ubi varia esset lectio, quod frequentissime evenit, eam probarent et retinuerent, non quae Sept. Interpretum fuisse constabat, sed quae ad Hebraicum propius accederet, etiamsi esset Aquilae, Symmachi vel alterius interpretis: hoc tamen vel libris destituti vel taedio victi non perpetuo fecerunt. [h]

[Operis editores, se castigatissima omni ex parte vetustissimaque exemplaria pro archetype habuisse, atque tam Hebraicam quam Graecorum et Latinorum multiplicem copiam non sine summo labore conquisivisse, in praefatione testantur. Sed quod maxime dolendum est, nec ipsi exemplaria ita delinearunt, ut de illorum auctoritate quidquam judicari possit; nec accurate exemplaria antiqua sequuti sunt, qui textum Graecum ad Hebraicum revocare et immutare non erubuerunt. Accedit versio latina Graeci textus inter lineas inserta, quae partim ab aliquot Academiae Complutensis eruditis hominibus, partim a Demetrio Duca, Pinciano et Astunica confecta fuit: quae deinde castigatae ab Andrea Cratandro anno 1526. seorsum excusa est. Editio Versionis Septuagintaviralis prima, et Cardinalis, ad quam sequenti tempore plures formatae sunt. [i]

§. LII.
Editiones iteratae.

* Biblia Graece et Latine, a Benedicto Aria Montano et ab aliis recogni
[I.]   ta. Antwerpiae 1572. Fol.
       V Biblia Polyglotta Antwerpiensia. [k]
       [Complutensis editionis vestigiis accurate insistit *Arias Montanus*, qui in opere Regio Textum Graecum una cum versione latina exscribi curavit. Parum in Textu Graeco ex collatione Aldinae immutavit, versionem vero Latinam in Complutensi editione lineis insertam hic ad Graeci Textus latus posuit. In Apparatu apparent *Guil. Stricti* annotationes variarum lectionum in Psalmos. [l]
       * Biblia Graeca Ex officina Sanctandreana 1586. Fol.
[II.]   Biblia Graeca. Ex officina Sanctandreana 1587. Fol.
[III.] * Biblia Graece ex officina Commeliniana 1599. Fol.
[IV.]   * Biblia Graeca ex officina Commeliniana 1616. Fol.
[V.]   V. Biblia Polyglotta Bertrami. [m]
        [Unicum exemplar, quod non solum triplicem, ut olim scripsimus, sed quadruplicem ostentat soni nexum. Cum inter Polyglotta [n] opus hocce recenseremus, titulum ex Volumine nobiscum benevule communicato, quod notam anni 1586.

h) *Waltonus* proleg. IX. §. 18. *Le Long* p. 185. col. 1. A.
i) Conf. *J G. Carpzovii* crit. sacr. part. 2. cap. 2 p. 514. *Jch. Alb. Fabricii* Biblioth. gr. lib. 3. c. 11. vol. 2. p. 715. *Joh. Lssrii* Syntagm. cap. 8. p. 79. *Rich. Simon* catalogue des princip. Edit. de la Bible p. 515. et
Scriptores Part. I. cap. III. §. II. not. i. recensitos.
k) *Le Long* p. 187. col. 2. B.
l) Conf. Part. I. cap. III. §. III. Conf. *Fabricius* loc cit. vol. 2. p. 715.
m) *Le Long* p. 187 col. 1. C.
n) Part. I. cap. III. §. VIII.

1586. habebat, exfcripfimus. Jam vero eadem editio noftris annumeratur
rebus, cum titulo aliter difpofito et nota anni 1587. „Biblia Sacra, He-
„braica, Graeca et Latine. Latina interpretatio duplex eft, altera vetus, alia-
„ra nova, cum annotationibus Francifci Vatabli Hebraicae linguae quondam La-
„tetiae Profefforis Regii. Omnia cum editione Complutenfi diligenter collata,
„additis in margine, quae Vatablus in fuis annotationibus nonnunquam omi-
„ferat, Idiotifmis, verborumque difficiliorum radicibus. Ex officina Sanctandrea-
„na. MDLXXXVII„ Inftituta collatio nos docuit, editorem in edendo opere potiffimum fequutum effe opus Regium, ut Textum Hebraicum ex editione Antwer-
pienfi cum verfione interlineari, Graecum vero ex opere Polyglotto exfcribi curarit.
Singula itaque ad editionem Complutenfem recognovit. Joh. Alb. Fabricius, cui alia
errata rerum eft, in defcribendo hoc opere aliquid humani paffus eft, dum quatuor
operis recenfet editiones: „Biblia Hebraeo-Graeco-Latina, cum notis Vatabli, et
„Apocrypha Claudii Badoelli. Anno 1588. Fol. apud Commelin. et 1596. Fol. Ge-
„nevae ex officina Sanct-Andreana. 2 Volum. Biblia Commeliana A. 1599. et 1616,
„2 Vol. Hebraei et Graeci cum Latina Vulgata, et Pagnini, notisque Vatabli„   [VI.]
Quae omnia unicam tantummodo defignant editionem. r)

* Biblia Graeca, ftudio Davidis Wolderi. Hamburgi 1596. Fol.
    V. Biblia Polyglotta Wolderi. t)
    [Diverfae, fub quibus opus exftat, titulos jam fuo loco annotavimus.
Hic tantummodo, verfionem Graecam ex Opere Regio, feu Polyglottis Antwer-
pienfibus defcriptam effe monemus, quod contra Joh. Alb. Fabricium notandum,
qui hanc editionem ad Aldinam formatam afferit. r)

* Biblia Graeca et Latina. Parifiis 1645. Fol.   [VII.]
    V. Biblia Polyglotta Parifienfia. t)
    [Septuaginta Interpretum editio Romana anni 1587, ut et iterata ejus edi-
tio a Morino procurata praeceflerat: fed editoribus editionem Antwerpienfem iterum
fub incudem vocare, fatius vifum eft.

§. LIII.
Biblia Graeca Aldina.

"Πάντα τὰ κατ' ἐξοχὴν καλούμενα βιβλία, θεῖας δηλαδὴ γραφῆς παλαιᾶς
τε καὶ νέας. Sacrae Scripturae veteris novaeque omnia. Ad calcem. Venetiis in aedib. Aldi et Andreae foceri M. D. XVIII. menfe Februario.
Fol. min.
    Editio Veneta ex multis vetuftiffimis exemplaribus excufa cura Andreae
Afolani cum ejus praefatione ad Cardin. Aegidium Viterbienfem. In hac editione
plerimae mendae typographicae irrepferunt.
    Ex Praefatione: Ego Vetuftiffimis exemplaribus collatis, adhibita etiam
quorumdam eruditiffimorum hominum cura, Biblia, ut vulgo appellant Graeca, cuncta

p) Fabricius Biblioth. gr. vol. 2. p. 315.   r) Biblioth. gr. vol. 2. p. 316.
Conf. Part. I. cap II. Sect. II. §. VI 2. 1. et
Cap. IV. §. XVII. n. 6.   s) Le Long p. 193. col. 1. C. [Conf. Part. I.
    q) Le Long p. 191. col. 1. C. [Conf. Part.   cap. III. §. 4. p. 357. Fabricius l. c. p. 315.
I. cap III. §. IX.

Biblioth. Sacr. Pars II.   Ll

cta deſcripſi, atque in unum volumen reponenda curavi tul nominis aeternitati dicata.

Obſervat Jac. Uſſerius[t]) eam ſequi interdum non LXX. ſed Aquilae lectiones, et varia in eam gloſſemata irrepuiſſe.

Secundum eam (ſ. e. editionem Romanam) pura eſt et ſincera editio Venetis anno Chriſti 1518. ab Aldo euſa et publicata. [u]) Aldinam editionem quatuor quas ſecutae ſunt editiones ad amuſſim expreſſerunt, ita ut quarta editio dici poſſit Aldina quarto repetita, pauca, quae notamus, ſi exceperis, inquit Jo. Moritur.[x])

Haec quidem editio (inquit Waltonus) proxime ad Romanam accedit, et Complutenſi purior eſt. Abſunt enim pleromque additiones, quas ſub Aſteriſcis poſuit Origenes; adſunt, quae per Obelos notavit, transpoſitiones etiam capitum et verſuum, quas commemorant Veteres in editione LXX. fuiſſe, in hac editione inveniuntur. Quae etiam a Veteribus allegata vel commentariis illuſtrata erant, eadem pleromque ſunt in hac editione. Unde Doctiſſimus Maſius praef. commerat. in Joſue ſcribit, Venetam editionem eſſe quidem ſimplicis interpretationis LXX. ſeniorum exemplum: addit tamen, ſed haud ab omni admixtione verborum Theodotionis liberum, quod veriſſimum judico. [y])

Complutanſi multo ad ſidem codicum mſt. ſincerior eſt Editio Veneta, cum illa in plurimis longe locis ſit ad Hebraeum textum ab editoribus emendata. [z])

[Complutenſis editio Verſionis Septuagintaviralis tempore quidem prior eſt, quippe quae jam Anno 1517. officinam typographicam reliquit; ſed haec Aldina, cum illa in clauſtris abſcondita ad annum 1522. retineretur, prior in publicum exiit. Ipſe Aldus Manutius, de omni re litteraria optime meritus, procul dubio MSta illa antiqua, quorum praefatio ipſius mentionem facit verbis, conquiſiverat, atque opus praelo adaptandum aggreſſus erat: ſed biennio poſt mortem ejus ex officina demum prodiit, cura Andreae Aſulani ſoceri ejus, cujus et eſt ad Aegidium Viterbienſem, Presbyterum Cardinalem Titulo Sancti Matthaei, et ad Catholicum Regem Legatum epiſtola. In fronte libri cernitur Emblema Typographi et ad Latos litterae: Aldus et M. A. Tribus volumen partibus conſtat. Prima continet Pentateuchum, Joſuen, Judices, Ruth, Regnorum libros quatuor, Paralipomenon duos, Eſra, Eſther, Tobit, Judith, Iob, Pſalterium, ad cujus calcem adjiciuntur, uti in MStis fieri ſolet, Pſalmus David, cum contra Goliath pugnatur: Ode Moſis ex Cap. 15. Exodi et ex Cap. 32. Deuteronomii: Oratio Annae Samuelis matris ex 1. Reg. cap. 2. Oratio Abbacuc cap. 3. Oratio ex Eſai. cap. 26. Oratio Jonae cap. 2. Oratio trium puerorum ex Dan. cap. 3. Hymnus eorundem: Hymnus Mariae virginis; Oratio Zachariae, et Odae quindecim verſuum trimetrorum, incipiens Δαβιδ μελωδος etc. Secunda pars inſcribitur: ελεγχος των βιβλιον του δευτερου μερους. Siſtit haec pars Proverbia, Eccleſiaſten, Canticum Canticorum, qui tamen liber in reliquorum librorum indice non memoratur, ſapientiam Solomonis, Sapientiam Siracidae,

Eſaiam,

t) In Syntagm. de LXX. Interpr. cap. 2.
u) Non ab Aldo, qui vivere deſierat anno 1514. ut refert Trithemii continuator ad hunc annum, ſed in ejus domo ab Aſulano, ipſius ſocero. [Mors ejus contigit demum 1515. vel 1516. v. Allgem. Gelehrten-Lexicon.

x) Exercit. Bibl. exercit. 9. lib. l. cap. 1. num. 6.

y) Waltoni prolegom. IX. §. 29.

z) Acta eruditorum Lipſienſia, An. 1698. p. 75. Le Long p. 116. col. 1. B.

Efalam, Hieremiam, Baruch, Threnos, Epiſtolam Jeremiae, Ezechiel, Daniel,
Ofee, Joel, Amos, Abdiah, Jonah, Michaeam, Naum, Abbaeum, Sophoniam,
Aggaeum, Zachariam, Malachiam, Maccabaeorum tres libros, eum *Federici Afu-*
lani latina ad *Danielem Remerium*, Vernnae Praefectum Epiſtola. Tertia pars exhibet Novum Teſtamentum eam *Francifci Afulani* latina ad *Defid. Frafinum* epiſtola.
Taxtus editionis perior eſt, et majori fide, quam Complutenſis, MSta antiqua fe-
quilur. Editio eſt mere graeca, fine verſione latina, et fecundae Claſſis editionum
graecarum Carriinalis, ad cujus normam fequentes, donec melior Editlo Romana in
ejus locum fucceſſit, formatae funt. *)

§. LIV.
Editiones vereae Graecae.

" Τῆς Θείας γραφῆς, παλαιᾶς δηλαδὴ καὶ νέας ἅπαντα. Divinae Scriptu-   [L]
rae, veteris novaeque omnia. Argentorati apud Wolphium Cephal. An.
M. D. XXVI. 8. Volum. IV.

Ex praefatione: Praeterea eum fuperioribus annis officinam fiam graecam
aufpicaretur Wolphius Cephalaeus, optimir atque felectiſſimis eam authoribus primam
dicavit, cujus rei teſtimonium dicere queant Novum Teſtamentum, Homerus, et
nunc potiſſimum πάντα τὰ κατ' ἐξοχὴν καλούμενα βιβλία, quae (communibus
Joannis Hervagii impenſis adjutos) accuratiſſime et caſtigatiſſime transcribi curavit,
eo modulo, quo officinae fuae primitias, Novum Teſtamentum aedidit, ut, quibus
videretur, totam ſcripturam et veterem et novam eodem charactere comparare poſ-
fent. — In partitione et ferie voluminam fecuti facaus Martinam Lutheram (onum
illum et praeſtantiſſimum facrarum litterarum Phoenicen) b) qui eum ordinem, quem
hie vides, in Germanica fua Bibliorum verſione obfervavit. Unde et quos Apocryphos vocant, libros, ad finem in unam faſcem collegimus. — Paroemias Salomonis inordinatas, ut Aldina aeditio habet, retiquimus, annotatis tamen capitum inver-
fionibus. In Ezechiele non difficilis Labyrinthus, quantum fieri potuit, in fuum nativum ordinem reſtitutus eſt. In fapientia Sirach iterum textus involuchrum ut Aldina habent exemplaria, dimiſſum eſt, indicata tamen capitum miſſura. Additus eſt
ex vetuſtiſſimis in Graecis ſcriptis Bibliis Ἰηſ́ͅππου liber de Maccabaeis, qui hactenus
non eſt excuſus. Adjectae ſunt etiam παρατηρήσεις, quibus interpretum diverſa
ſtudia fubindicantur.

L l 2   Pri-

a) Conf *J. A. Alb.* Fabricii Biblioth. gr.
vol. 2. p. . *б. J. G. Carpovii* Critica ſacra,
p. 134. *J. G. Walchii* bibliothaea exrget.
pag. 51. et p. 137. *J. C. Durrus* Biblioth.
theolog. lib. 4. cap. 5. p. 493. Sammlung
von alten und neuen theol Sachen, A. 1731.
p. 14. Merkwürdigkeiten der Königl. Biblioth. zu Dresden, vol. 2. p. 121. *Theophili*
Bo̤ ers neue Sammlung von lauter alten
und raren Büchern, part. 5 p. 255. *J. M.*
Goezii Verzeichnis feiner Bibelſammlung,
p. 66. *J. F. Reimmann* catal. biblioth. p. 200.

Erleutertes Preuſſen, tom. 1. p. 741. 745.
D. Clemm Biblioth. hiſt. crit. tom. 4. p 141
Widckindi Verzeichnis von raren Büchern,
p. 335. *Mairabe* annal. typogr tom. 1. part.
1. p 310. *Kirb. Sam* hiſt. crit. du V. T. Catalogue p. 524. Catalog. Biblioth. Bunav.
tom. 1. p. 2. *Mylii* memorabilia biblioth.
Jenenf p. 270. Conf de Novo Teſtamento
Part. 1. cap. II. Sect 1. §. X.

b. Verba parentheſi diſti cta, e contextu eliminavit *Joc. Le Long*, quae hic reſti-
tuenda duximus.

Prima post Aldinam edidio, *inquit Morinus*, Argentorati typis Wolphianis
anno post Aldinam octavo facta est, procurante quodam Lonicero Lutherano. Ista
Prophetiarum ordinem apud Jeremiam totum immutavit, ut illum Hebraeo Textui
accommodaret, verba tamen et periodos textus inviolata dimisit. Iste praeterea Lu-
theranus libros, quos Apocryphos judicavit Lutherus, foederata audacia contra Aldi-
nae editionis fidem, omniumque manuscriptorum consuetudinem, Graecorumque
authoritatem a coeterorum corpore divulsit, locoque separato, et imposito Apocryphorum titulo in aliud volumen ad libri finem relegavit. — — Insuper tertio Maccabaeorum libro, Josephi librum de martyrio septem fratrum Maccabaeorum in octo-
decim capita distinctum, irreligiose attexuit. [a]

Haec et sequentes editiones Germanicae (*ut ait Waltonus*) ab Aldina versione discerunt, quae plerumque quoad verba Aldinam sequuntur, nisi quod ordinem
librorum, capitum et versuum quorumdam, quae alio ordine in Hebraeo positi fuisse omnes antiqui codices testantur, ad normam Textus Hebrael plerumque mutarint
et transposuerint. Libros etiam qui vulgo dicuntur apocryphi (*a Protestantibus*)
non sparsim inter reliquos secundum ordinem historiae, ut omnes antiqui codices habent, sed separatim post reliquos posuerunt. 1) Basileensis primus per Andream
Cratandrum anno 1520. cui ut jam diximus, apposita est latina versio Complutensis.
2) Argentoratensis apud Wolphium Cephalaeum opera Loniceri, anno 1527. etc. [b]

[Antequam ipsam editionem rarissimam minimo typo attamen luculento ex-
scriptam delineamus, duo, quae supra scripta respiciunt, praemonenda sunt. Quae
Morini stomachum adeo moverunt, quod *Lonicerus* libros Apocryphos a Canonicis
separarit, leviora sunt, quam quae Arias Montanus, qui e Codice sacro Apocrypha
plane eliminavit, in quo et Hispani ipsum sequuti sunt, perpetravit. [c] Sed huic veniam dat, qui in *Lonicerum* invehit *Morinus*. Basileensis prima editio, par *Andream
Cratandrum*, de qua refert *Waltonus*, quod versionem latinam e Complutensi adjun-
ctam habeat, supposititia est. Scism enim versionem latinam e Complutensi opera
typis exscripsit *Cratander* non 1520. sed anno 1526. Argentoratensis vero editio,
quae post Aldinam prima est, quatuor absolvitur voluminibus. Primum, cujus titulum supra dedimus, continet Pentateuchum usque ad librum Ruth. Secundum, quod
inscribitur: Δεύτερον Βιβλίων μέρος. Argentorati apud Vuolph. Ceph. M.D.XXVI.
habet quatuor Regum libros, usque ad Psalterium, ad cujus calcem eadem ex Aldina adjecta sunt additamenta. Tertium volumen: Τρίτον Βιβλίων μέρος. Argentorati apud Vuolßum Cephalaeum. Anno M.D.XXVI. exhibet scripta Salomonis et Prophetae, quibus adhaerent παραπεπομένων annotatiunculae quorundam locorum ex
Aldinis et scriptis in Graecia vetustissimis Bibliis congestorum. Quartum volumen:
'Απόκρυφοι δι παρ' 'Εβραίοις εκτός του τῶν διξείσιων αριθμού συμπαθάγωνται, in
ipso rubro catalogum librorum habet, in quo ultimo loco recensetur 'Ιωσήπου περί
μακκαβαίων. Ad calcem legitur: Argentorati apud Vuolphium Cephalaeum excudeba-
tur, 1526. Textus sine distinctione versuum expressus est: capita vero distincta
sunt, et ad cujusvis capitis initium, secundum morem prioris seculi, littera initialis
mi-

minor in fpatio quadrato vacuo exprefla eft. Ex ipfius typographi, qui germanice *Wolf Koephel* audit, et ex hiftoria Bibliorum Germanicorum clarus eft, intentione hisce Bibliis Graecis jungendum eft Novum Teftamentum jam anno 1524. typis exfcriptum. *)

* Τῆς θείας γραφῆς παλαιᾶς δηλαδὴ καὶ νέας ἄπαντα. Divinae Scripturae, veteris novaeque omnia. Argentorati apud Vuolphi. Cephal. Anno M. D. XXIX. Menfe Martio. 8.   [II.]

Haec non eft nova, fed prorfus eadem editio, quae anno 1526. vulgata eft; eademque praefatio, cujus initium mutatum eft, omiſſo nomine Loaicxri, et pro Luthern Hieronymi nomen appofitum eft. s)

[Titulum folommodo cum praefatione recufi fuerunt editores, paragraphumque, quem fupra exhibuimus, fic immutatum expreſſerunt: „Quod ad non attinet, Lector optime, folo ftudia tua juvandi amore adducti, Biblia Graeca lavul„gamus noftra et impenfa et opera diligentiſſ. recogalta, ut poft Hebraea et latina, „adde etiam in alias transfufi linguas, et si Φιλόλογος graece habeant, atque adeo „nulla non lingua laudetur Dominus in faecula laudendus. Coeterum ne hoc te fu„giat Lector, in partitione et ferie voluminum fequuti fumus D. Hieronymum.„ Secundum auctorem noftrum in iterato ditulo legitur, loco *Argenterati*, *Bafileae*, quod a CL *Gorzio* ad errores commiſſos referrur. Verum cum *Cephalaeus* Argentoratenfis, et *Herwagius* Bafileenfis, communea operi fubminiftrarunt impenfas, Exemplaribus, a *Herwagio* Bafileae venalibus expofitis, et bujus nomen urbis adfcriptrum fuiſſe, eft probabile. Unica tamen eft editio cum diverfa vel anni vel loci nota. *)

* Τῆς θείας γραφῆς παλαιᾶς δηλαδὴ καὶ νέας ἄπαντα. Divinae Scripturae, Veteris ac Novi Teftamenti omnia, innumeris locis nunc demum, et optimorum librorum collatione et doctorum virorum opera, multo quam unquam antea emendatior, in locem edita. Cum Caef. Majeft. gratia et privilegio ad quinquennium. Bafileae, per Joann. Heruagium. M. D. XLV. Menfe Martio. Fol.   [III.]

Cum praefatione Philippi Melanchthonis. Author Praefationis, quae Francofurtenfi editioni praemiſſa eft, fc. Franc. Jonius, teftatur illam cum Aldina prorfus congruere, feque Herwagianam, et confequenter Aldinam fequi. *)

[Ad calcem notatur: *Bafileae, per Joan. Herwagium* MDXLV. *Menfi Martio.* Melanchthonis praefatio data eft Anno 1544. die 25. Nouembris, quo Ierofolymae erant inftituta Encaenia, propter repurgatum eo die templum, ejecto Idolo, quod ibi Antiochus collocari juſſerat; et ne verbulum quidem, quod ad hiftoriam hujus editionis quidquam faceret, continet. De ipfa vero verfione Graeca ille judi-
L l 3   cat:

*) Conf. de N. T. Part. I. Cap. II. Sect. I. §. XII. n. 1. et de Apocryphis, ibid Cap. IV. §. III. n. 2. De Bibliis Graecis V. T. vero confervantur *Bumgartens* Nachrichten von merkw. Büchern, vol. 11. p. 93. Merkwürdigkeiten der Königl. Bibliotb. zu Dresden, vol. 1. p. 116. *J. M. Goetii* Verzeich-

nis feiner Bibelfamml. p. 73. *Joh. Alb. Fabricii* Bibl. gr. vol. 2. p. 316. *J. G. Carpzovii* Critica S. p. 533. *Jac. Uſſerii* Syntagma. p. 23. *J. G. Walchii* Biblioth. exeget. p. 31.
g) *Le Long* p. 186. col. 2. D.
h) *Goetii* Verzeichnis etz. p. 73.
i) *Le Long* p. 187. col. 1. C.

est: „Verſionem vero graecam prophetarum ſeſo longe ſqualidiorem eſſe ſuis fonti-
„bus; ſed tamen curare eam utile eſt, eum ea Graeci etiamnum utantur, et colla-
„tio ſaepe Latinis prodeſſe poſſit; denique cum ſententiae a Paulo citatae oſtendant,
„tunc eam in manibus Apuſtolorum fuiſſe. — Apparet autem interpretibus his, quo-
„rum haec eſt verſio, non tam verborum intellectum defuiſſe, quam diligentiam in
„diſtinguendis ſententiis, quod eo accidit, quia ei fontes non ſatis intellexerunt, et
„ad diligentiam formandae orationis in graeca lingua non fuerunt aſſuefacti; poſtea et-
„iam tot ſeculis multa membra confuſius deſcripſerunt indocti librarii.„   Addit nonnulla de fructibus ex uſu hujus verſionis hauriendis,   Praefationem excipit των της
θειας γραφης διάλων ελεγχος, qui primo libros V. T. Canonicos, deinde Apocryphos, et denique N. T. libros recenſet.   Textus ſineis integris ſine ulla verſiculo-
rum diſtinctione expreſſus eſt; capita vero diſtinguuntur. Pſalterium vero columnis
diviſis eſt inſcriptum, eadem-que ut in Aldina habet additamenta; Apocryphis vero ex
editione Argentoratenſi additus eſt Joſephi de Maccabaeis liber. Novum Teſtamentum
inſcribitur: Νεα διαθηκη. Novum Teſtamentum: ad cujus calcem accedit Locorum
aliquot diverſa lectio, partim ex optimorum exemplarium collatione, partim obſerva-
tione doctorum collecta.   Jam Editioni Argentoratenſi adjecta erat collectio variarum
lectionum, usque ad Librum Paralipomenon ſecundum, quae hic adauctior et locu-
pletior redditur, et varias quoque N. T. exhibet lectiones. Unde varias hauſerit
editor lectiones, ignorare nos vult. Ad Exod. XXVIII. com. 23. ſatis ampla addit fragmentom, quod neque in Complutenſi neque in Romana exſtat editione. Com-
parat tres hasce editiones modo recenſitas Michael Neander, [k] atque ſequens de illis
fert judicium: „Biblia Graeca ſeptuaginta interpretum in folio excuſa olim Vene-
„tiis apud Aldum corruptiſſime, deinde anno 1526. Argentorati apud Vuolphium
„Cephalaeum nihilo emendatius; poſtremo Baſileae apud Herwagium 1545. in fo-
„lio, innumeris locis ex optimorum librorum collatione, et doctorum virorum
„opera, multo quam unquam antea emendatius cum praefatione Philippi Melan-
„chthonis.„ Verum Herwagiam editionem Argentoratenſem preſſo ſere pede ſequitur,
exceptis nonnullis hic illic ex editione Complutenſi tranſſumtis, quae magis ad
textum Hebraeum accedere videbantur. [l]

[IV.]   Η παλαια τε και νεα διαθηκη. Εν βενετιαις, ενετησι Ιακωβου του λεοντιου.
1567. 8.

Quae qualisve haec ſit editio omnibus ignota, hactenus indagare haud po-
tuimus. Si conjecturae locus eſt; eam non aliam credimus, quam editionem Argentoratenſem, quam Cephalaeo debemus. Illa jam ſub duplici anni proſtat nota;
ita vero ordinatus eſt librorum ſacrorum ordo, ut Apocryphi a Canonicis ſeparati
ſint libri; quod in Eccleſia Romana editionem ſuſpectam reddidit. Fortaſſis typo-
gra-

k) In Sanctae linguae Hebr. Erotemati-
bus, p. 409.
l) Merkwürdigkeiten der Königl. Biblioth.
zu Dresden, vol. 2. p. 186. J. G. Walch.
Biblioth. exeget. p. 12. et 137. Wolten prolegom. 9. §. 29. J. F. Reimmann Catal. Bi-

blioth. p. 200. J. A. Fabricii Biblioth. graec.
vol. 2. p. 316. J. G. Carpzow crit. ſacr. p.
511. Fricke prolegom. p. 55. Acta Erudit.
Lipſienſis A. 1692 p. 75. Catal. Biblioth.
Bunav. tom 1. p. 5. Conf. de N. T. Part. I.
Cap. II. Sect. I. §. XVII.

graphus Venetus nonnullis exemplaribus antiquioris editionis, novum praemisit titulum, et illa, tanquam editionem Venetam, eo facilius et fine periculo publice exponere poffet. Utinam emtori docto, qui hunc librum e Bibliotheca Baumgarteniana
fibi comparavit, certiores nos edocere placeret! *)

* Τῆς Θείας γραφῆς, παλαιᾶς δηλαδὴ καὶ νέας διαθήκης, ἅπαντα. Divinae [V.]
Scripturae, nempe Veteris ac Novi Teftamenti, omnia, recens a viro
doctiffimo et linguarum peritiffimo diligenter recognita, et multis in locis emendata, variisque lectionibus ex diverforum exemplarium collatione decerptis, et ad hebraicam veritatem in Veteri Teftamento revocatis aucta et illuftrata. Francofurti apud Andreae Wechelii heredes,
Claudium Marnium et Joann. Aubrium. M. D. XCVII. Fol.

Ex Praefatione Typographorum: Quid in hac editione a nobis praeftitum
fit, paucis accipe. Editionem Bafileenfem Bibliorum Graecorum anni 1545. quae
cum Aldino exemplari prorfus congruit, fecuti fumus; fed ut hoc opus auctius, elegantius et emendatius prodiret, operam dedimus, ut antequam praelo fubjiceretur,
a viro quodam doctiffimo et linguarum peritiffimo diligenter recognofteretur, et a
mendis purgaretur, ac cum diverfis aliis exemplaribus utpote Complutenfi, Antwer-
pienfi, Argentoratenfi ac Romano accurate conferretur, ex quibus Ille varias lectiones collegit, quae huic editioni additae funt, iisque cum Hebraeo textu collatis,
quaenam ex illis cum Hebraea veritate melior conveniant, indicavit. Qua in re
tam fidelem operam ab eo praeftitam confidimus, ut eam omnium bonorum defiderio fatisfacturam effe fperemus.

Ad Novum Teftamentum quod attinet, exemplar Roberti Stephani fecuti
fumus, atque varias lectiones, quae non tantum in eo exemplari, ex eodielbus Regiis collectae continebantur, fed et in Complutenfi, ac in illis editionibus, et quorumdam annotationibus reperiri potuerunt, adjici curavimus, quas Lectori nec in-
gratas nec inutiles fore fperamus — — Aft ifta Graeca verfio, quam nunc habemus, in plurimis locis diffentit ab Hebraeo, multa non habet, quae nunc funt in Hebraeo, multa habet, quae non funt in Hebraeo, ut omnes norunt, qui in ea funt
verfati. — In hac autem editione, quam nunc damus, in quo haec translatio cum
Hebraica veritate confentiat aut differat, et quid omiffum fit, quidve adjici debeat
ex Hebraeis fontibus, multis in locis annotatur.

In Francofurtenfi (inquit Jac. Ufferius) editione, quae cum notis Francifci
Junii, (ut putatur) anno 1597. prodiit, Hervagianam illam anni 1545. fecutos fe
fuiffe profitentur typographi, licet in ordine Textus Graeci ad Hebraicum conform-
mando, Brylingerianam anni 1550. editionem illi fpectaverint; et quatuor penultima Exodi capitula et Proverbiorum XXIV. cap. partem magnam ex Complutenfi editione hic defcripferint *)

Quarta feu poftrema editio (ait Morinus) eft Francofortenfis, anni 1597.
quae tantum graeca eft. Aldinus quoque Textus, et eadem, quae in Bafileenfi po-
fterio-

m) Catalog. Biblioth. Baumgart. p. 44. n) Ufferius Syntagm. de LXX. Interpr.
a 145. Cauf. Part. I. Cap. II. Sect. I. §. cap. I. p. 13.
XXIV. n. 2.

fteriore immutata vel addita. Verum in Exodo textum quatuor Capitum Exodi
prorfus refecuit, atque in eorum locum Complutenfem fubftituit. Pari audacia
in Caput 24. Proverb. graffatus eft. Satis enim illi non fuit capita ad Bafileenfis in-
novationem exigere, magnam capitis 24. partem expunxit, et Complutenfem textum fubftituit. — Ad finem cuiuscujusque capitis variae lectiones in hac editione
adnotatae funt, quas Anonymus ille ex variarum editionum collatione et Hebraeo
Textu, nec non ex notis in editionem Romanam non indiligenter collegit. *)

In Veteri Teftamento (ait Millius) fecuti funt Editores Editionem Hervagianam, hoc eft revera Aldinam, purgatam tamen prius a mendis ac collatam infuper cum Complutenfi, Romana, aliis, opera viri cujusdam docti (Francifcum Junius
is fuiffe perhibetur) qui ex illis lectiones variantes collegit, quae editioni huic adjectae funt; iisque cum Hebraeo textu collatis, quaenam ex illis cum Hebraica veritate conveniant, indicavit. In Novo Teftamento compofiti erant Editores ad exemplar Roberti Stephani patris et filii, five ad editionem Roberti Junioris (anni 1569,)
quam ad Patris editiones duas priores expreffam fuiffe fupra diximus. Ad imam autem partem cujusque paginae lectiones variantes ad marginem editionis Stephanicae
tertiae notatas, ut et primarum quarundam editionum, aliasque quae in doctorum annotationibus occurrunt, adjecerunt fumma certe diligentia. p)

[Editio praeftantiffima typis nitidis emendate excufa et verficulis diftincta,
Sequitur quidem Aldinam, verum non immediate, fed omnes habet in ordine librorum et capitum mutationes editionis Hervagianae et Brylingerianae anni 1550. Quis
ille vir doctus fuerit, cujus in titulo mentio fit, diverfimode definitur; alii Francifcum Junium, Tremellii in interpretando Veteri Teftamento focium, alii Frideri-
cum Sylburgium, multis fcriptorum graecorum editionibus procuratis clarum fuiffe,
et quidem majori fortaffis jure fufpicantur. Uterque operi par fuit, et quisquis fit,
opus ipfum in editoris cedit gloriam. In notis non folum exhibentur lectionum varietates, fed et Veterum Interpretum fragmenta ex editione Romana §. XII. et §. LVII.
Reprehendit Frid, Gotth. Freytagius †) auctores Actuum Eruditorum Lipfienf. *) qui
hanc editionem cum fragmentis Vaterum Interpretum Aquilae, Symmachi, Theodotionis et reliquorum prodiiffe fcribunt. Sed fraudi fuit Auctori alias fatis circum-
fpecto, quod ifta fragmenta, uti ipfa habet praefatio, non feorfim fint excufa, fed
in notis inter lectionum varietates infyta; adeoque non in uno, fed difperfa in locis
inveniantur. ')

[VI.]   ' Ἡ Θεία γραφὴ, δηλαδὴ παλαιᾶς καὶ νέας διαθήκης ἅπαντα. Divina fcriptura, nempe Veteris ac Novi Teftamenti omnia a viro doctiffimo et
lin-

o) Joh. Marius lib. 1. Exercit. Bibl. Exercit. p. cap. 1. n. 7.
p) Millius proleg. in N. T. p. 136. Le Long
p. 191. col. 1. D.
q) Apparatus litterat. vol. 1. p. 138.
r) Act. erud. A. 1692. p. 75. [Legendum:
Anno 1491. p. 75.
s) Conf. Jo. Alb. Fabricii Biblioth. Graec.
vol. 2. p. 336. Nachrichten von einer Bibli-

fchen Biblioth. vol. 7. p. 481. Merkwürdigkeiten der Königl. Biblioth. zu Dresden,
vol. 2. p. 132. Kaebri hiftor. critifche Nachrichten, p. 157. J. M. Gerus Verzeichnis
feiner Bibelfamlung, p. 49. J. G. Walchi
Biblioth. exeget p. 52. Catal. Biblioth Bunav. tom. 1. p.8. Conf. Part. I. Cap. II. Sect.
I. §. XXXIII. n. 1.

linguarum peritissimo diligenter recognita, et multis in locis emendata, variisque lectionibus ex diverforum exemplarium collatione decerptis et ad Hebraicam veritatem in V. T. revocatis aucta et illuftrata, Πιλει μὲν ὑπερφῇ τυπωθεῖσα, καὶ τῶν πρώτων ἐκδοθεῖσα Ἐντεύχη παρὰ Νικολάῳ Γλαυκεῖ τῷ ἐξ Ἰωαννίνων ΑΧΠΖ. (Venetiis 1687.) Fol.

Biblia Graeca olim quidem alibi excufa, et nunc primum impreffa Vene-tiis, cum praefatione feu dedicatione Graeca ad Joannem Serbanum Cantacuzenum, et Synopfi contentorum in capitibus S. Scripturae, velut Indice pleniffimo, typis Nicolai Dulcis Ordinis Johannei.

Operae pretium eft notare editionem hanc fequi per omnia editionem Wechelianam (adeoque et Aldinam) Francofurti an. 1597. impreffam cum variis lectionibus, accurante, ut non fine ratione conjicere licet, Sylburgio editam. *)

Revera Fridericus Sylburgius „scholaftico pulvere relicto „(ut ait in hujus vita Meleb. Adam),„totum fe elucubrandis veterum fcriptis et authoribus, Graecis ù praefertim reftituendis dedit. Egit ergo Francofurti ad Moenum in celeberrimo „typographeo Wechellano.„ Deinde varia opera (de Bibliis ne vola quidem) ejus labore edita recenfeti, quibus fere omnibus varias adjungere folebat lectiones. Haec quidem conjecturam confirmant; contra vero illam faciunt et Sylburgii mors, quae accidit anno 1596, die 16. Februarii, et linguae Hebraicae imperitia, nullibi enim legitur bene didiciffe linguam. Haec Biblia excufa funt an. 1597. ftudio viri linguarum peritiffimi, imprimis Hebraicae, fiquidem variantes ex Hebraeo lectiones fummo ftudio annotavit; has enim folam adjecit, coetera vero fcholia ex editione Romana exfcripfit. *)

[]am centefimus agebatur annus, poftquam editio Romana e Vaticano Codice prodierat, cum Nicolaus Dulcis hanc editionem in publicum produceret. Quam ob caufam vero editionem a Proteftantibus Francofurti procuratam denuo recendandam felegerit, eique editionem Romanam poftpofuerit, definire haud audemus. Accurate quidem haec Veneta Wechellanam illam repraefentat, duplici tamen nomine ab illa differt. Praemiffam habet praefationem graece fcriptam, feu dedicationem ad Johannem Serbanum Cantacuzenum, cujus munificentia in diftribuendis libris pro fuevit ecclefiis depraedicatur. Accedit ad calcem Σύνοψις τῶν περιεχομένων ἐν τοῖς κεφαλαίοις τῆσδε τῆς θείας γραφῆς, f. fynopfis contentorum in capitibus hujus facrae fcripturae. Breviora funt fingulorum capitum fummaria, quae hic feorfim graece excufa funt, uti Bibliis germanicis Dieterici fummaria jungi folent. Editio in hifce oris parum obvia, attamen fplendida. *)

§. LV.
Edit. utraq. Gr. lat.

* Biblia graeca et latina, quorum pars prima continet Mofis quinque libros, Jofuam, Judices et Ruth. Bafileae per Nicolaum Brylingerum Anno M. D. L. 8.

[l.]

Ex

r) Acta Erudit. Lipfienf. tom. 2. Supplement. p. 275.
*) Le Long p. 194. col. 2. A. Biblioth. Sacr. Pars II.

x) Joh. Alb. Fabricii Biblioth. graec. l vol. 3. p. 326. J (i. Walchii Biblioth. exeget. p. 137. Index Biblioc. Wernigerod. p. 14.
M m

Ex Praefatione Brylingeri: Non vero diffimulamus poft alionem quorumcunque feu editiones, feu caftigationes, non longe omnium emendatiffime plurimum adjutos effe.   Sed ut inventis facilis eft addere, ita nemo vitio dabit, noftra ex omnibus quae nos antecefferunt, emendatiora jam reddita, atque adeo non pauca difturbata ac valde permixta in fuum locum repofita effe a doctiffi nis viris, id quod ils quatuor ultima capita Exodi abunde et luculenter teftimonio erunt. — Nunc etiam et latina translatio adjuncta eft, quae Graeco per omnia refpondet.

Tertia poft Aldinam (inquit Joh. Morinus) eft Bafileenfis anni 1550. Idem eft qui in Aldina textus, eadem quae in Argentoratenfi immutata; Idem Jefephi liber Iliadem apocryphis additus. Praeterea in Exodo quatuor penultima capita, quae Argentoratenfis inviolata reliquerat, transpofuit quidem, eorumque partes aliquas loco movit, et velut decuffavit, ut Hebraeo textui textus Graecus rurum tractatorum ordine fimiliter redderetur. Verum textus tantum permutatus, non mutatus — Huic editioni e regione appofita eft verfio Latina ex Complutenfi editione exfcripta. ?)

[Integrum Bibliorum graecorum opus in quinque diftributum eft volumina. Primi voluminis titulum fupra exfcripfimus.   Sequuntur tituli reliquorum, e quibus, quae quolibet volumine comprehenfa fint, apparebit: Bibliorum Graecorum Latinorumque pars fecunda, continens Regum libros quatuor; et Paralipomenon duos, cum Efdram et Nehemiam. Efther et Job, Davidis Pfalterium, Salomonis Proverbia, Ecclefiaften et Canticum Canticorum. Bibliorum Graecorum et Latinorum pars tertia, continens Hefaiam, Hieremiam, Jezechielem, Danielem, Ofeam, Joelem, Amos, Abdiam, Jonam, Michaeam, Naum, Abacum, Sophoniam, Aggaeum, Zachariam et Malachiam. Bibliorum Graecorum et Latinorum pars quarta, continens Tobit, Judith Baruch, Hieremiae epiftolam, puerorum trium carmen, Efdram, Salomonis Sapientiam, Jefu filii Seirach Sapientiam, Sufannae et Draconis exempla, Maccabaeorum libros tres et Jofephum de Maccabaeis. Accedit hisce Novum Teftamentum Graecolatinum, eodem anno a Brylingero editum. *)   Singulae paginae in duas diftinctae funt columnas, quarum interiores eaeque latiores Graecum textum, exteriores vero latinam habent verfionem. Typi graeci funt quidem diftincti et luculenti, at quis minutiores funt, oculis fefe parum commendant. *)

[U.]   * Bibliorum graecolatinorum pars prima, Mofen, Jofuam, Judices et Ruth continens. Bafileae, ex officina Brylingeriana. Anno CIꓛ. Iꓛ. LXXXII. 8.

Ex hujus editionis exemplari collato cum illo anno 1550. vulgato patet, eandem effe prorfus editionem. *)

[Nihil immutatum eft: folam enim tituli paginam recudi fecerunt Haeredes Brylingeri, in quorum manus, quae fuper.runt exemplaria, tranfierunt. Nicolaus enim Brylingerus jam ante annum 1577. inter vivos effe defierat. Haud accurate
CL

y) Morinus ubi fupra, num. 7. Le Long p. 187 col. 1 D
z) Conf. Part. 1. Cap. II. Sect. II. §. XXI. n 4.
a Conf. Nachrichten von einer hallifchen Biblioth. vol. 7. p. 413. Joh. Ab. l'Efraii

Biblioth. gr vol 1. p. 316. Kuochii hiftor. critifche Nachrichten p. 136. J. G. Schelhornii Ergoezlichkeiten aus der Kirchenhiftorie und Literatur, Vol. 3. p. 1081. Index Biblior Wernigerod p. 11.
b) Le Long p. 187. col. 1. B.

Cl. *Knochius* ad auctorem noſtrum provocans de dupliei ſeu iterata operis editione loquitur; et exemplaris quoJ recenſet, volumen primum ad ultimam editionem, reliqua vero ad primam refert editionem. Singulis enim voluminibus editionis anni 1550. novus datus eſt titulus cum elegantiori figura ligno inciſa et nova anni nota, uti ex αὐτοψίᾳ adfirmare poſſumus. *)

§. LVI.
Edit. ſacras, Polyglott.

* **Biblia Graeca ex editione Eliae Hutteri Germani. Noribergae 1599. Fol.** [L]
V. Biblia Polyglotta Hutteri. *)

[Tentatum opus non abſolvit *Elias Hutterus*, ſed rerum domeſticarum conditio ipſi opus coeptum medio in curſu ſiſtere ſuaſit. Prodiere tantummodo Libri quinque Moſis, et Joſuae, Judicum et Ruth. Textus graecus eſt ex Aldina. Ex eadem Textum deſumſit idem *Hutterus* in reliquis opellis, quas hic ſubjungimus.

Geneſis graece. Studio Eliae Hutteri. Norimbergae 1601. 8.   [II.]
Eſaias graece. Studio Eliae Hutteri. Norimbergae 1601. 4.   [III.]
Malachias graece. Studio Eliae Hutteri. Norimbergae 1600. 4. 1601. 4.   [IV.]
Pſalterium graece. Studio Eliae Hutteri Norimbergae 1602. 8.   [V.]
Pſalterium graece. Studio Eliae Hutteri. Amſtelodami 1615. 8.   [VI.]
Specimen quatuor linguarum harmonicum in Pſalterium, ſtudio Eliae Hutteri. Norimbergae 1602. 8. *)   [VII.]
Geneſeos Patriarchae ſex. Graece. Studio Johannis Draconitis. Viteber-   [VIII.]
gae 1563. Fol.
Pſalterium. Graece. Studio Johannis Draconitis. Vitebergae 1563. Fol.   [IX.]
Eſaias. Graece. Studio Johannis Draconitis. Vitebergae 1563. Fol.   [X.]
Proverbia Salomonis. Graece. Studio Joh. Draconitis. Vitebergae 1564. Fol.   [XI.]
Malachias. Graece. Studio Joh. Draconitis. Vitebergae 1564. Fol.   [XII.]
Joel Graece. Studio Joh. Draconitis. Vitebergae 1565. Fol.   [XIII.]
Micheas. Graece. Studio Joh. Draconitis. Vitebergae 1565. Fol.   [XIV.]
Zacharias. Graece. Studio Joh. Draconitis. Vitebergae 1565. Fol.   [XV.]
Singulas hasce opellas ſuo loco annumeravimus. Hic tantummodo Textum Graecum editionem Baſileaeſem, hinc Aldinam ſequi monemus. *)

§. LVII.
Biblia Graeca Romana.

* Ἡ παλαια Διαθηκη κατα τους Εβδομηκοντα, δι αυθεντιας Ξυςου Ε'. ακρου Αρχιερεος εκδοθηςα. h. e. Vetus Teſtamentum juxta Septuaginta ex auctoritate Sixti V. Pont. Max. editum. Romae ex Typographia Franciſci Zannetti. M.D.LXXXVII. cum privilegio Georgio Ferrario conceſſo. Fol.

Biblia Graeca ſeu Vetus Teſtamentum juxta Septuaginta mandato (9) PiiV, et (2. 3. 9) Gregorii XIII. ſummorum Pontificum elaboratum (5.) juſſu et auctoritate Sixti V. Pont. Max. editum, in primis ſecundum exemplar Vaticanum, et ubi
Mm 2   illud

c) Hiſtoriſch critiſche Nachrichten, p. 136.   e) Conf. Part. I. Cap. III. §. XI.
Conf Scriptores ſupra laudatos.   f) Conf. Part. I. Cap. III. §. X.
d) Le Long p. 191. col. 1. B.

illud defait, alterum Venetum Cardin. Bellarionis et alterum ex magna Graecia advectum, absque versuum diftinctione ftudio et opera (2. 3. 4. 6. 9. 10.) Antonii
Cardinalis Carafae, (1) juvantibus diverfo tempore multis viris doctiffimis, cum
variis lectionibus ex antiquis codicibus et ex veteribus interpretibus, Aquila, Symmacho, et Theodotione (5. 6.) a Petro Morino collectis cum ejus (5.) praefatione.

1) Huic editioni, quae Romana dicitur, praemittitur Antonii Carafae Epiftola Sixto V, nuncupata, et Petri Morini praefatio latina adiectis ad fingula capita fcho-
liis ab eodem (6. 9.) Morino excerptis ex antiquis Graecis Interpretibus, Aquila,
Symmacho et Theodotione.   Cui quidem elaborandae operam dederunt fub (9.) Pio
V. (2. 8.) Gulll. Cardinalis Sirletus (2. 3. 9. 10.) Antonius Cardinalis Carafa (9.)
Latinus Latinius (9.) Marianus Victorius, (9.) Paulinus Dominicanus (7. 9.) Em-
manuel Sa, (7.) Petrus Parra, (9.) Antonius Agellius: fub (2. 9.) Greg. rio XIII.
(2. 3. 4. 6. 9.) Anton. Carafa, (9.) Laelius ejus Theologus, (4. 6.) Franciscus
Turrianus, (4. 6.) Petrus Ciacconius, (4. 7.) Joannes Maldonatus, (6. 9.) Antonius
Agellius, (6. 9.) Petrus Morinus, (6.) Petrus Comitolus, (6. 9.) Fulvius Urfinus,
(8.) Joannes Livinejus, (9.) Bartholomaeus Valverda, (9.) Robertus Bellarminus,
et (9.) Franciscus Toletus.

2) Ex Epiftola Ant. Carafae Sixto V. Pont. Max. nuncupata :   Annus igitur jam fere octavus ex quo fanctitas veftra — auctor fuit Gregorio XIII. Pont. Max,
ut facrofancta Septuaginta Interpretum Biblia — ad fidem probatiffimorum codicum
emendarentur. —   Hujus autem expolitionis conftituendae munus, cum nihil demandatum effet — — — operam dedi, ut in celebrioribus Italiae bibliothecis optima quaeque exemplaria perquirerentur, utque ex lis lectionum varietates defcriptae
ad me mitterentur.   Quibus fane doctorum hominum, quos ad id delegeram, in-
duftria et judicio clarae memoriae Guillielmi Cardinalis Sirleti, perfaepe examinatis,
et cum veftro Vaticanae Bibliothecae exemplari diligenter collatis, intelleximus cum
ex hac cc flatione, tum e facrorum veterum fcriptorum confenfione, Vaticanum codicem non folum vetuftate, verum etiam bonitate coeteris anteire, quod caput eft,
ad ipfam, quam quaerebamus, Septuaginta Interpretationem, fi non toto libro, majori certe ex parte, quam proxime accedere.   Quod mihi cum multis aliis argumentis conftaret, vel ipfo etiam libri titulo, qui eft κατὰ τοὺς ἑβδομήκοντα, curavi de
confilio et fententia eorum, quos fupra nominavi, hujus Libri editionem ad Vaticanum exemplar emendandum, vel potius exemplar ipfum, quod ejus valde probare-
tur auctoritas, de verbo ad verbum repraefentandum, accurate prius, ficubi opus
fuit, recognitum, et notationibus etiam auctum etc.

3) Ex Praefatione: Nec vidit folum Sixtus V. adhuc Cardinalis, fed auctoritate fua effecit, ut Summus Pontifex Gregorius XIII. Graeca Septuaginta Interpretum Biblia, adhibita diligenti caftigatione, in priftinum fplendorem reftituenda curaret.   Quam rem exequendam cum ille demandaffet Antonio Carafae Cardinali,
nulla is interpofita mora, delectum habuit doctiffimorum hominum, qui domi fuae
ftatis diebus exemplaria mft. quae permulta nedique conquifierat, conferrent, et ex
iis optimas quasque lectiones elicerent: quibus deinde cum codice Vaticano Ecclefiae faepe ac diligenter comparatis, intellectum eft eum codicem omnium, qui ex-

tant,

tant, longe optimum esse, ae operae pretium fore, si ad ejus fidem nova haec editio pararetur.

Sed emendationis consilio jam explicato, ipsa quoque ratio, quae in emendando adhibita est, nunc erit aperienda, inprimisque Vaticanus liber describendus, ad cujus praescriptum haec editio expolita est. *) — Praeter hos etiam magno usu fuerunt libri ex Medicaea Bibliotheca Florentiae collati, qui Vaticanas lectiones multis locis aut confirmarunt aut illustrarunt. — — Nec illud omittendum, quod pertinet ad notationes — — quae in libris mst. reperta, vel ad indicandas antiquarum tum lectionum, tum interpretationum varietates (sub scholii illius nomine, quod ipsorum incerta essit auctoritas, nonnunquam relatas) vel ad stabiliendam scripturam Vaticanam et ejus obscuriores locos illustrandos pertinere visa sunt; ea certe non sunt praetermissa etc.

Editio Romana (ait Waltonus) ex codice mst. Vaticano antiquissimo, opera Antonii Carafae Cardinalis, aliorumque virorum doctorum, qui per novem annos (h. e. ab an. 1578. ad an. 1587. sub Gregorio XIII.) in hac editione sudarunt auspiciis et jussu Sixti V. Pontificis prodiit. *)

4) Ex Epistola Petri Morini ad Sixtum V. Papam: *) Atque ideo mirandum non fuit, cum Biblia Graeca inspicienda atque edenda essent, varietatesque lectionum et interpretationum annotandae, Cardinalem Carafam accersivisse aliquot viros, quorum conventum ad horum explicationem haberet, Turrianum, Ciaconium, prosa etiam Maldonatum, aliquosque quorum industriam huic operi accommodatam esse intelligebat.

5) Idem: *) Hic animadvertimus, qui ad hoc opus sumus adhibiti, eandem Vaticanum Bibliorum Graecorum, qui nunc jussu sanctitatis vestrae typis mandatur, multo propius abesse ab iis, quae LXX. ediderunt, quam quaevis aliae libros, ut propemodum Editio LXX. dici possit. Multae ad hanc sententiam conjecturae nos adducunt, quae in praefatione explicabuntur.

Idem: *) Cum olim ad editionem Bibliorum Graecorum variae lectiones translationesque colligendae essent atque annotandae, mihi qui id munus suscepissem, immens commentarii, qui Catenae dicuntur, editi sunt e Bibliotheca Vaticana.

6) Ex Ejusdem Epistola ad Silvium Antonianum: Anno 1578. author fuit Papae Gregorio XIII. Cardinalis Montaltius, postea Sixtus V. beat. memor. ut Bibliis Graecis scholam institueret, idque monente Petro Ciaconio, qui ei valde familiaris erat. Statim Gregorius dedit Cardinali Carafae negotium, ut scholasticos aliquot homines convocaret, eumque eorum haberet. Accessit Cardinalis Franciscum Turrianum, Petrum Ciaconium, Antonium Agellium, et me (Petrum Morinum); sed Turriano suffectus est Paulus Comitolus; nobisque per aliquod tempus aggregatus est Fulvius Ursinus. Cardinalis cum inter nos comparasset, libros Bibliorum

M m 3

---

g) Deinde si descriptio hujus codicis Vaticani, et duorum aliorum, unius scilicet Veneti ex Bibliotheca Cardinalis Bessarionis, et alterius ipsius Ant Carafae. [De hisce codicibus infra ex auctore nostro notabimus.

h) Waltonus proleg. IX. §. 10.
i) Inter ejus opuscula p. 308.
k) Idem, ibidem p. 111.
l) Idem Epist. V. p. 310. Opuscul.

rum veteres evolvendos distribuit. Multa eaque recondita in medium attulit Petrus Ciaconius e Doctoribus Latinis. Mihi vero uni data est provincia Commentariorum in Vetus Testamentum Vaticanorum, quae Catenae dicuntur, evolvendorum ac perlegendorum; ut ex iis varias lectiones variasque interpretationes Aquilae, Symmachi et Theodotionis, Quintae praeterea ac Sextae editionis exciperem, et in annotationes transferrem, quas iisdem scribendas susceperam. Immensum id opus tam multa legendi aliquot annis exhausti ac pleraque correxi ex Hebraicae linguae conjectura, etc. [m])

Mandatum Pontificium (ait Joannes Morinus) [n]) impiger exequitur Antonius Carafa, antiqua Bibliorum Manuscripta diligentissime inquiri et ad se deferri curat. Viros Latine et Graece doctissimos convocat. — Varia mss. sibi invicem conferant, varias lectiones excerpunt, textum variasque lectiones cum scriptis SS. Patrum comparant, et quae notatu digna videbantur, scholiis ad finem uniuscujusque capitis instruunt.

7) Joannes Maldonatus a Gregorio XIII. Pont. Max. e Gallia in urbem accersitus, ut operam suam praestaret ad editionem Graecam LXX. Interpretum, quam parabat, non diu Romae superstes fuit. (ibi enim obiit 1583.) Per haec tempora Emanuel Sa jussu est cum altero nostro Petro Parra a Pio V. interesse Bibliorum corrigendae editioni. Setuel.

8) Ultimus dicitur (scribit Jac. Augustus Thuanus) [o]) Joannes Livinejus Gaudensis, — — qui cum in Plantiniana Bibliorum editione Graeca cum Guilielmo Cantero sedulam operam navasset, postea suam industriam Guilielmo Sirleto et Antonio Carafae Cardinalibus in eodem opere Romae adprobavit.

9) Ut huic editioni major Lux affulgeat, excerpenda sunt quaedam ex lib. XIII. histor. Cleric. Regul. ad an. 1575. Cum haec scriberet Joseph. Silos usus est lucubratiuncula Michaelis Ghisleri, qui Romae tunc aderat, et fuit studiorum earumque Antonii Agellii comes: „Cavit accurate huic divinarum Scripturarum ultori „sacrosanctum Concilium Tridentinum, ac juxta ejus decreta Pius Pontifex V. il-„larum correctionem est aggressus; cumque in ejusmodi sacrorum Bibliorum eradi-„tione ac literatura insigni tunc laude floreret Romae Agellius, linguarum maxime „peritia instructus, agi de iis gravissimae rei momentis non potuit, quin ipse inter „paucos consuleretur, adhiberetur que operi. Igitur, ut testatur ipsemet data ad La-„tinum Latinium epistola, demandatum hoc illi negotium fuit una cum viris doctis-„simis, Mariano Victorio Episcopo Reatino, Paulino e Dominicana familia, et P. „Emanuele Sa Societatis Jesu; sublatoque e vivis Pio, qui successit Gregorius XIII. „visus in id operis adjecisse animum, habitaque cum Purpuratis Patribus consultatio-„ne, commendatum manus fuit Antonio Cardinali Carafae Bibliothecario Apostoli-„co, qui sub Pio V. hanc etiam provinciam capessiverat, ut cui peropportuna iis „vigiliis instrumenta inerant, multiplex eruditio, ac sacrarum literarum studia, lin-„guarumque Graecae praesertim cognitio; ad haec ardor quidam atque indefessus ani-„mi vigor. Conquisivit inprimis intentiore quidem studio ab eo fuere ab omnibus Eu-„ropae, Christianique orbis partibus ac Bibliothecis, cum Vulgatae, tum LXX. In-„ter-

---

m) Ibidem p. 366.
n) Lib. I. Exercit. Bibl. Exercit. IX. cap. I. num. 9.
o) In fine libri 111. historiar.

„ terpr. editionis antiquiores atque emendatiores codices; quorum exemplaria in-
„ fperfos excufofque antehac in facris Bibliis errores expungerent. Tunc acciit un-
„ dique, adfcitique in laboris partem viri, in omni doctrinarum laude celeberrimi,
„ atque in facris praefertim linguis, rerumque divinarum ftudio verfatiffimi; quorum
„ diligentia ac ftudie operofum atque utiliffimum omnino confilium perduci ad exitum
„ poffet. Ex eo numero, quos ipfe meminiffet ac cognoviffet, fuiffe, ait Ghislerius,
„ Laelium ipfummet Carafae Cardinalis Theologum, Fulvium Urfinum, Lateranen-
„ fis Ecclefiae Canonicum, Petrum Morinum, Gallum, Decrorem. Valverdam,
„ Hifpanum, Robertum Bellarminum Societatis Jefu, Francifcum Toletum ejus-
„ dem ordinis, utrumque in ampliffimum Cardinalium Collegium poftea adfcri-
„ ptum, et Antonium noftrum Agellium, Epifcopum poftea Accernenfem. Et qui-
„ dem in ea parte, in quam eft primo ingreffus hic praeftantiffimorum capitum Sena-
„ tus, nempe in correctione Verfionis Septuaginta Interpretum, prae omnibus defu-
„ daffe curis fuis Agellium exploratum habet Ghislerius, teftis ipfe oculatus. Enim-
„ vero incredibili quadam laboris contentione complurium Graecorum codicum tex-
„ tus contulit, ad lectionis nimirum Hebraicae fidem, aliarumque vetuftiffimarum
„ verfionum. ipforumque Septuaginta Interpretum, prout diverfimode ab antiquis re-
„ ferrentur Patribus examinatos. Quae quidem omnia cum in conventibus, qui co-
„ ram Cardinali Carafa ea fuper re habebantur, ab eo in medium producerentur, at-
„ que accurate expenderentur; quae poftea retinenda, quae expungenda lectio effet,
„ tot fapientiffimorum hominum judiciis definiebatur. Quam Agellii vigilias teftantur
„ liquido Graeci Codices duo Septuaginta Interpretum, quos in noftra Quirinali Bi-
„ bliotheca affervamus. Alter quatuor diftinctus tomis, ad cujus margines multipli-
„ cem videre eft diverforum textuum interpretationem, prout ille probabat, ejus manu,
„ Graecis quidem notis adfcriptam. Alter Romanis typis excufus atque ad antiqua
„ exemplaria emendatus; ad cujus primae paginae extremum, haec leguntur Cardi-
„ nalis Carafae, ut putamus, manu (ab Antonio Cardinali Carafa Antonio Agellio
„ pro fuis laboribus). Quod fi in iis verfionibus colligendis quae adnotatae poft fin-
„ gula capita in correctis codicibus reperiuntur, Petri Morini ftudia laboraverint;
„ conftat nihilominus et in iis non minimum defudaffe Agellium.„ Ita J.C. Silos.

Idem Jofephus Silos eodem fere modo rem narrat tom. 3. Hiftor. Cleric.
Regul. p. 337. quae quidem narratio hic a me refertur, utpote quae omnes Agellii
labores in facrorum librorum tam Graecorum quam Latinorum codices complectitur,
„ Agellio ingreffo in divinarum fcripturarum interpretationem, nihil a face lingua-
„ rum obfcurum illi videbatur; eoque tandem eruditionis pervenit, ut in hoc gene-
„ re literarum facile triumpharet. Eapropter cum ad Tridentini Concilii normam
„ emendare facrorum Bibliorum volumina aggreffus effet, Pius Pontifex V. provin-
„ ciam lectiffimis viris, inter quos Ant. Agellius, demandavit. Pio vero, dum
„ ferveret opus, extincto, cum Gregorius XIII. facrorum principatum capeffiffet, non
„ fegnius hoc ipfum expoliendi facri inftrumenti confilium arripuit, ac profequutus
„ egregie eft, inftituto etiam excellentium capitum coetu, cui praeerat Antonius Car-
„ dinalis Carafa, vir e Sirleti fchola eruditiffimus. Conventum ii maxime confcie-
„ bant, nempe Antiftes Laelius, Carafae ejusdem Cardinalis Theologus, Epifcopus
„ poftea Narnienfis; Fulvius Urfinus, Lateranenfis Ecclefiae Canonicus; Flaminius
„ No-

„Nobilior, Lucenſis; Petrus Morinus, Gallus; Doctor Barthol. Valverdius, Hiſpa-
„nus; Robertus Bellarminus et Franciſcus Toletus, Societatis Jeſu, uterque poſtea
„Cardinalis, et Antonius Agellius. Qui quidem ad LXX. Interpretum verſionem
„cogitationes et curas ſuas primo loco appulere; utque Michael Ghislerius, qui tum
„Agellio aderat, ingenue teſtatur, ac litteris etiam conſignavit, princeps in ea
„emendatione partes egit Agellius; collatis innumeris pene Graecorum Codicum tex-
„tibus, ad Hebraicam videlicet aliarumque. vetuſtiſſimarum verſionum fidem. Id
„quod duo teſtantur LXX. Interpretum Codices etc. (uti ſupra). Ejus etiam latinae ver-
„ſionis LXX. quam Flaminius Nobilius Sixto Pontifici Quinto nuncupavit, non exi-
„guam ſane partem Agellii ſtudiis tribuendam affirmavit perſaepe noſtras Joann. Ba-
„ptiſt. Bandinus, vir ſapientiſſimus, Vaticanae Eccleſiae Canonicus. Sed neque im-
„par illi in corrigenda Vulgata editione labor, ut ejus potiſſimum opera perducta
„ad umbilicum fuerit utriusque inſtrumenti emendatio, quam Cardinalis Caraſa ei-
„dem Sixto Pontifici obtulit. Quae vero Clementis VIII. auſpiciis edita poſtmodum
„Romae eſt, etſi Franciſci Toleti curis elimata videri potuit, nihilo tamen minus,
„ut inquit quem modo laudavi Ghislerius, nulli dubium, Toletum in iis lucubratio-
„nibus illorum, qui in eo opere antea deſudarant, praeſertim Agellii, uſum ſtudiis„
Hactenus Joſephus Silos.

10) Guilielmus Sirletus itidem Cardinalis, rara linguae Graecae atque etiam Hebraicae peritia praeditus, factus Bibliothecae Vaticanae Praefectus, cum
Graecam Bibliorum editionem curaret, mortuus eſt anno aetatis 71. exacto, cui
in eo munere ſuccedens Antonius Caraſa, rara et is linguae Graecae cognitione im-
butus inchoatam editionem ad umbilicum perduxit. ρ)

Joannes Mariana, „neque negaverim, inquit, Graeca Biblia, quae ante
„aliquot annos Romae prodierunt, multo ſinceriora eſſe quam reliqua. — Sed et
„ipſa ex aliis editionibus non pauca habent admixta.„ 1) Joannes Morinus: „Editio
„Romana, inquit, omnium editionum, quae extant, puriſſime et defecatiſſime divi-
„num illum textum LXX. Interpretum, qui in eccleſia univerſa ante Origenem lege-
„batur, nobis repraeſentat. Secundum eam pura eſt editio Venetiis anno Chriſti
„1518. ab Aldo cuſa. ρ) — Negare nolim additamentorum Origenianorum pauca
„quaedam in editione Romana ſupereſſe, ut Iſaiae XXXIV, 4. Jeremiae XVI, 17. etc. ρ)
„Nolim exiſtimes, me Editionem Romanam omni menda puram credere; habet
„ſuos naevos haec editio.„ ſ)

Etſi editionem hanc, (inquit Brianus Waltonus) a) omnium, quae extant,
maxime ſinceram judicemus, et proxime ad puram ſeptuaginta Interpretum editionem
accedere; tamen ex omni parte perfectam eſſe non audemus aſſerere, cum hoc non
aſſerant, qui ipſam ediderunt. Quaedam enim habere poteſt ſphalmata ex Libracio-
rum incuria, incogitantia, vel audacia introducta.

Deu-

_____

p) Hear. Spandovus ad an. 1585. num. 55.   s) Idem ibid. cap. 5. verſus finem.
Annal. Eccleſ.   t) Idem Epiſt. 14. ad Th. Cromberum,
q) Sub finem cap. XV. tractatus pro edi-   p. 115. Antiq. Eccleſ. Orient.
tione Vulgata, p. 10.   a) Proleg. IX. p. 32.
r) Lib. I. Exercit. Bibl. Exercit. 9. cap. 2.

Deerant, inquit Lambertus Bos, *) in exemplari Vaticano Libri Machabaeorum et capita prima 46. Genefeos et a Pfalmo 105. usque ad 138; membranae enim nimia vetuftate confumptae erant. In illis fequuti funt inprimis alios duos libros, Venetum alterum, alterum ex Magna Graecia advectum. *)

(Quae multo ftudio et labore variis e virorum clarorum lucubrationibus coogeffit Auctor nofter, fata hujus editionis praeftantiffimae et cardinalis in illuftrant, ut perpauca nobis dicenda fuperfint, quae commode ad tria capita reduci poffunt. Provocarat fupra auctor nofter n. 1. ad deferiptionem trium Codicum graecorum, quibus uti funt editores Romani, quam hic, ne lectori quidquam detrahamus, inferendam duximus. 1) „Biblia Graeca Veteris Teftamenti, juxta LXX. In-„terpretes. Codex Vaticanus, ut quidam opinantur, fecundum editionem Luciani, „quantum ex forma characterum conjici poteft, cum fit majoribus litteris, quas ve-„te antiquas vocant, exaratus, ante millefimum ducentefimum annum (haec fcripta „fuit anno 1587.) hoc eft circa annum Chrifti 380. ante tempora B. Hieronymi et „non infra fcriptus videtur — — ex editione Septuaginta, fi non toto libro, certe „majorem partem conftare vifus eft. — Macchabaeorum Libri abfunt ab hoc exem-„plari, atque item liber Genefis fere totus; nam longo aevo confumptis membranis „mutilatus eft ab initio libri usque ad caput 47. Et liber item Pfalmorum, qui a „Pfalmo 105. ufque ad 138. nimia vetuftate mancus eft. Haec ex praefatione edi-„tionis Romanae. Extat hic Codex in Bibliotheca Vaticana, unde Vaticanus appel-„latur. Continet Vaticanus codex longe quidem vetuftiffimus (inquit Andr. Ma-„fius) *) editionem fimplicem LXXII. neque fuppletam aliena interpretatione, fed „ni fallur, a Luciano Martyre emendandi ftudio nonnihil contaminatam, hoc eft „eam quam κοινην vocare folebant. — In qua (inquit Ufferius) *) falli doctiffimum „Mafium nihil dubito, quum Lucianeam hanc effe editionem exiftimat. Ut enim „hujus rei veritatem explorarem, in minoribus Prophetis loca contuli, quae in fcho-„liis optimi codicis Barberini nota (:). Luciani fectionem indicante, fignata vide-„bantur. Ex qua collatione, Romanam cum Lucianea editione in uno tantum loco „conveniffe deprehendi. Hoc ille. Triplex fuit (inquit Joh. Morinus) *) LXX. In-„terpretum correctio, Origeniana, Hefychiana et Lucianea. Hinc codicum horum „Interpretum varietas. Hefychiana videtur tua Editio (fcilicet Codicis Alexandrini). „Audio enim Alexandriae olim deferiptum effe codicem tuum. Mafio Lucianeus vi-„detur ille codex, ex quo Editio Romana expreffa eft, mihi vero Origenianus; Lu-„cianeus enim, ut conftat ex Eufebio et Suida in verbo Lucianus, interpretationem „Ecclefiafticam, ubi vitiatam effe iftam conftabat, ad Hebraei textus normam cafti-„gavit; Origenes vero purum putum 70. Interpretum textum repraefentare fategit; „ubi autem ab Hebraeo variabat, id aterifcis vel obelis notavit; ubi vero codices „70. a fe invicem, Lemnifcis et Hypolemnifcis. — Alia ratio, propter quam Ori-„genianam illam Editionem exiftimem, aut potiffimum Origenianam, eft quod non tan-

---

*) Cap. 1. prolegomenon ad Biblia Graeca.
y) Le Long p. 117. col. 1. -- p. 190. col. 1.
z) In Annotat. ad cap. 1. Jofhae.

a) Pag. 17. Syntagm. de 70. Interpr.
b) Epift. 34. ad Patricium Junium p. 179. Antiq. Eccl. Orient.

„tantum Afiae majoris Ecclesiae codices Origenianos amplexae fint, fed Graeciae,
„Conftantinopoleos, Afiae quoque minoris, et vicinarum regionum, Romae quo-
„que et Italiae Magnates et Bibliothecae celebres Origenis Hexapla deferibi, at
„omnium editionum correctiffimas; indeque Editionem 70. exfcribi, magnopere cu-
„rabant, uti S. Hieronymus teftatur, apparetque ex auctorum, qui in illis regioni-
„bus vixerunt, commentariis, qui omnes Origenis Hexapla maxime commendant.
„Haec Morinus. Joan. Erneftus Grabius ait: *) Hic codex non eam exhibet libri
„Judicum verfionem, qualem primi ediderunt Interpretes, fed qualem illam emen-
„davit Hefychius. Oppofitam ea de re fententiam amplexus eft idem doctiff. Gra-
„bius: *) Editio Romana, inquit, faltem ex parte eft Hefychiana, adeoque corru-
„ptiffima; cuntra Alexandrinus codex ex Origeniano quoad plurimos Veteris Tefta-
„menti libros eft deferiptus.„ Addit hisce virorum clarorum teftimoniis Auctor
noſter fequentia, quae celebratiffimae Codicis Vaticani antiquitati et auctoritati minime favent: „Hic codex, in quo nulla reperiuntur manu recentiori emendata, non
„eft adeo antiquus, nec bonae notae, cum erratum faepe fuerit ab antiquario, ut
„ad me fcripfit iteilis oculatus (Eufebius Renaudotus) qui eum infpexit et diligenter
„examinavit. 2) Biblia Graeca Vet. Teft. Codex Venetus grandioribus litteris f. criptus,
„Vaticano non tam vetuftus. Venetiis, Bibl. Cardin. Beffarionis. Nunc exftant Ve-
„netiis in Bibl. Sancti Marci. 3) Biblia Graeca Veteris Teftamenti. Codex alter
„priori non tam antiquus, qui ex Magna Graecia advectus, deinde fuit Cardinalis
„Curafae; qui liber cum Vaticano Codice ita in omnibus confentit, ut credi poffit,
„ex eodem archetypo defcriptus effe.„ *) Hi tres funt codices, quibus editores in
ufu funt, ut, quae in uno deerant, ex altero infererentur. Integra et completa
itaque Biblia V. T. graece in publicum emiferunt; verum non unius codicis lectionem finceram, fed tantummodo ex altero interpolatam repraefentarunt. Nihilo
tamen fecius praeftantiffima eft editio judice Elia Frickio: „Et fioe vix quisquam
„de infigni hujus editionis praeftantia dubitavit, (fi forte II. Voffium excipias, qui
„eam omnium maxime corruptam exiftimabat) fed tamen adeo puram eandem effe,
„ut antiquam et genuinam τῶν LXX. fine omni admiffione referat, hoc vero ex
„ipfimet Pontificis graves viri Joh. Caiterius, Fronto Ducaeus, Rich. Simonius alii-
„que in dubium vocare non dubitarunt; fi vel maxime vehementi cupido illud ad-
„ftruere Joh. Morinus allaboret. *) Alterum concernit ordinem Librorum facrorum, quem pagina tituli verfa oftendit. Notamus illam, qifia, qui editionem Romanam recudi fecerunt, illum non accurate fervarunt. Sequuti funt editores Codicem Vaticanum, qui libros facros ita difponit: Pentateuchus; Jofua; Judices, Ruth;
quatuor Regum Libri; Libri duo Chronicorum; Liber primus et fecundus Efdrae,
qui pofterior eft Liber Eftherae; Liber Nehemiae; Tobiae et Judithae; fragmenta
Eftherae; Jobus; Pfalmi; Proverbia; Coheleth; Canticum Canticorum; Sapientia
Salomonis; Sapientia Siracidis; Prophetiae Hofeae; Amoff; Micheae; Joelis; Oba-
diae; Jonae; Nahumi; Habacuci; Sophoniae; Haggaei; Zachariae; Malachiae;
Je-

---

*) In Epiftola edita ad Jo. Millium.   *) Le Long p. 160. col. 1. et 2.
*) Ibidem p. 47.   *) Prolegom. ad Biblia graeca p. 32.

Jefaiae; Jeremiae; Liber Baruchi; Threni; Epiftola Jeremiae; Prophetia Hefekielis, et Danielis: et denique tres libri Macchabaeorum. Ultimo denique loco externam libri formam notamus, quae fefe chartae albedine et typorum claritate lectoribus commendat. Singulis capitibus non folum lectionum varietates, fed et Veterum Interpretum fragmenta fubjiciuntur. Textus graecus fine verfione latina prodiit: Arcefiit vero anno fequenti 1588. Romae peculiari volumine Verfio Latina, quem *Flaminius Nobilius* non quidem ipfe compofuit, fed veterum Interpretum Latinorum fragmenta, antiquam Italam ut hoc modo reftitueret, undequaque compilavit, Utrumque volumen libris rarifimis adnumeratur. *)

§. LVIII.

Editiones literatae Graecae, In Anglia.

* Ἡ παλαιὰ διαθήκη κατὰ τοὺς ἑβδομήκοντα. Vetus Teftamentum graecum ex verfione Septuaginta interpretum, juxta exemplar Vaticanum Romae editum, accuratiffime et ad amuffim recufum. Londini, excudebat Rogerus Daniel: proftat autem venale apud Joannem Martin et Jacobum Aleftrye, fub figno Campanae in coemeterio D. Pauli. M. DC. LIII. 4. five 8.

Duplex vulgo recenfetur Bibliorum hujus anni et loci editio, nempe in forma 4. et 8. eadem eft omnino forma in 4. at non eadem charta.

Hujus editionis auctores, etfi profiteantur (inquit Waltonus) *) fe editionem Romanam excudere, nimiam tamen in ea licentiam affumpferunt, eam pro lubitu mutandi et interpolandi, ut ad Hebraeum textum et nuperas verfiones accommodarent. Non enim tantum ordinem librorum, capitum, verfuum, contra omnium antiquorum codicum fidem, in quibus difcrepantiae ab Hebraeo per transpofitiones quasdam femper notatae erant, ad normam Hebraei codicis reduxerunt, ut auctores Germanicarum Editionum plerumque fecerunt, et Pfalmorum nomenclaturam, quae a Veteribus obfervata erat, in illam Hebraeorum commutarunt; fed etiam quaedam ex Complutenfi aliisque editionibus addiderunt, quae in editione Romana non habentur. — — At hoc non eft Editionem Romanam vel antiquam LXX. verfionem

N n 2 ex-

[I.]

g) Conf. *J. G. Carpzovii* Critica facr. part. 2. cap. 1. p. 515. *J. J. Breuangeri* prolegom in V. T gr. cap I. §. 10. *L. Beffi* proleg in V. T. gr. cap. 2. de praecipuis LXX Interpret. editionibus; de codice Vaticano ejusdemque praeftantia. *J. E. Grabe* prolog in V. T. gr. cap. 3. *Rich. Simon* hift. crit. du V. T. p 124. *Job. Alb. Fabricii* Biblioth. gr. Vol. 2. p. 326. *Job. Franc. Buddei* ifagoge hift. theol. p. 1515. *J. C. Dornii* Biblioth. theol lib. 4 cap. 5. p. 693 *D. Chmeri* Biblioth. hift et crit. f. 4 p 15. *Knorhii* hiftorifch critifche Nachrichten p. 116. *J. M. Goezii* Verzeichniss feiner Bibelfammlung p. 6. *Metkwürdigkeiten der Königl* Biblioth. zu Dresden, vol. 2. p. 187. *J. G. Walchii*

Biblioth. exegetica p. 131. *Widebindi* Verzeichniss von raren Büchern, p 316. Hiftoriam editionis hujus exacte recenfet *Galeffius* peculiari tractatu edito fub titulo: *De Bibliis graecis Interpretum LXXII. Sixto V. Pont. Max. Auctore editis Commentarius*, brevis ac difiulidus, a P. Galefinio Prot. Ap. fcriptus ad Htum et Rev. um D. D. Alexandrum Peruanum Cardinalem Montalium. Romae, ex Typographia Barthol. mei Graffii. 1584. 4. pp 16. qui libellus non annuntiat, ut De Prec. exhibet, fed iftoriam et praeftantiam hujus editionis celebrat.

b) Prolegom. IX. §. 13.

exeudere, fed novam et mixtam editionem conficere. In plerifque tamen codicum
Romanum exprimunt. Ita Waltonns.

Perquam multa in hac editione fphalmata ac menda occurrunt, neque ea le-
via; nam plurimae voces, imo aliquando fententiae integrae funt omiſſae, adeo ut
affirmare aufim (inquit Lambertus Bos) [1] voces pene centum in ea eſſe omiſſas, diligenter enim hanc cum Romana conferens, fphalmata iſta atque omiſſa annotavi, [2]

[Titulus libri exemplar Vaticanum Romae editum sexcentiſſime et ad amuſſim recuſum promittit. Sed ipſa editio titulo minime respondet. Praemittitur quidem praefatio ad lectorem, quae ex editione Romana defumta eſt: at in ipſo textu
varia ſtudioſe funt immutata. Pſalmorum numerandi ratio, uti erat in editione Romana et a Veteribus Patribus recepta, eſt immutata: Exod. XXV, 6. adje-
ctus eſt verſiculus ex Aldina; et cap. XXVIII. pro tribus verſibus Romanae
editionis fubſtituti funt octo alii ex Compluteñ editione, ut Hebraeo
convenientiores, et in 7. poſtremis verſibus Num. XX. exhibita Lectio
MS. Cod. Alex. in Cap. XXI. et XXII. modo Alex. modo Ald. Infuper ex-
iam capitum transpoſitio, quae reperitur in editione Romana apud Jeremiam
inde a verſu 13. cap. XXV. usque ad principium Capitis ultimi, immutata eſt, et ad
Hebraicum ordinem reducta. Libri denique Apocryphi fuo e loco moti ad calcem
operis rejecti funt. Quid lectores de mutationibus ientatis credere velit editor, ex
monito apparet, quod hic transcribimus: „Cum primum editionem hanc Bibliorum
„exorſi fumus, cogitavimus (aliquorum uſi conſilio) de eis verſibus interferendis
„qui paſſim in aliis exemplaribus reperiuntur, a Romano autem abſunt, deque hoc
„in calce demum operis ſignificando. Ex hoc igitur propoſito loco uno et altero
„fupplevimus, Exodi nimirum cap. 25. verſum quem dicimus fextum, itidemque
„cap. 28. verſus 23, 24, 25, 26, 27, 28, quorum nullus in exemplari Romano le-
„venitur, eorum vero loco haec ita poſita funt: Καὶ θήσεις ἐπὶ τὸ λογεῖον τῆς κρί-
„σεως, τοὺς κρωσσούς. τὰ δ' ὑφάντα ἐπ' ἀμφοτέρων τῶν κλιτῶν τοῦ λογείου
„ἐπιθήσεις. καὶ τὰς δύο ἀσπιδίσκας ἐπιθήσεις ἐπ' ἀμφοτέρους τοὺς ὤμους τῆς
„ἐπωμίδος κατὰ πρόσωπον Novis autem et ſecundis innixi cogitationibus, cum-
„que iſtorum, etſi non omnium, at certe plurimorum ſpecimen in Adnotationibus
„exhiberi cognovimus; reſpuimus illa hac opera, quam ingratam nimis
„fore ſuſpicati fumus: Teque ſolum monendum putavimus, expunctis et reſtitutis,
„quae diximus, coetera fideliter (niſi ubi manifeſtam deprebendimus errorem ty-
„pographicum) exemplari Romano, quod prae oculis in hac re religioſe habuimus,
„refpondere.„ Sed revera fumum vendit editor, qui nimiae oſcitandiae accuſatur.
Sphalmatum enim et omiſſionum ingens certe eſt numerus, quam qui videns fatugit
Lambertii Boſii adem prolegomena, qui editionem Londinenſem cum Romana accurate contulit. „Dolendum eſt, inquit idem, hanc editionem, cujus frons prima mul-
„tos decepit, preſſo adeo pede ſequutos eſſe viros eruditos, Joh. Pearſonium in edi-
„tione Cantabrigienſi A. 1665. et Joh. Leusdenium in Amſteludamenſi A. 1683. ut
„errores eorundem propagaverint in novas fuas editiones, quae tamen hodie maxime
„ufurpantur, et in manibus omnium ſunt, (majoris enim formae editiones rariores
„ſunt,

f) Prolegom. ad Bibl. gr. cap. 2.   g) Le Long p. 193. col. 1. C.

„funt, et a paucis teruntur). Eadem enim omnia, quae in Londinenfi omiſſa, in
„utraque illa editione fimiliter omiſſa inveni„, Idem quoque de editione Lipſienſi in
forma octava, eum praefatione El. Frickii ſtuendam eſt, quippe quae Londinenfis
exemplar accurate ſequitur. Scholia, quae editioni Romanae ſubjuncta ſunt, hic
ad finem operis acceſſere, ſub titulo: In ſacra Biblia Graeca ex verſione LXX. Interpretum Scholia; ſimul et Interpretum caeterorum lectiones variantes, pp. 186. quae vero a quibusdam exemplaribus, neſcio quo ſato, abſunt. *)

* Biblia Graeca, ſeu Vetus Teſtamentum Graecum ex verſione LXX. In-   [II.]
terpretum, juxta Exemplar Vaticanum Romae editum, cum praefatione paraenetica. Item Novum Teſtamentum cum Liturgia Anglicana
Graece. Cantabrigiae per Johannem Field. 1665. Vol. III. 12.

Cum Praefatione Joan. Pearſonii, qui quidem nominis ſui literas initiales
J. P. tantum in fine addidit, ſed omnium eruditorum, inprimis noviſſimi LXX. Interpretum editoris J. E. Grabii teſtimonio verus illius auctor eſt, in qua de uſu et auctoritate LXXviralis verſionis imprimis agit, eandemque ad Hebraicam veritatem
probe percipiendam, ad auctoritatem teſtimoniorum Apoſtolicorum confirmandam,
ad nativum novi foederis ſtilum recte intelligendum, ad Graecos Latinosque Patres
rite tractandos, ad ſcientiam denique linguae Graecae ipſiusque Critices adornandam
utilem atque neceſſariam eſſe docet, exemplisque erudite confirmat. Haec editio
Londinenſe exemplar a. 1653. editum preſſo pede ſequitur.

Ex praefatione circa finem: Quoniam haec verſio etiam S. Hieronymi tempore corrupta fuit atque violata, danda eſt opera, ut ei priſtina puritas reſtitui et
redintegrari poſſit. Certum eſt exemplaria, quae habemus, Complutenſe, Aldinum,
Romanum, plurimum inter ſe et ab Alexandrino diſcrepare, alios etiam codices ali-
quarum S. Scripturae partium ſatis antiquos, nunc cum eorum aliquo, nunc cum
nullo convenire. Optime igitur fecerit, qui codices omnes mſſ. cum editis diligenter contulerit, qui varias lectiones non tantum ad Hebraicam veritatem examinave-
rit, ſed et cum antiquiſſimorum Judaeorum Philonis et Joſephi et vetuſtiſſimorum
Patrum ſcripta comparaverit, ſe denique expoſitiones eas, quae apud Lexicographos
Scripturarios etiamnum extant, vel potius delitefcunt, inſpexerit, atque ita nobis
Editionem LXX. maxime puram adornaverit. Quale opus ünam aliquando vir
doctiſſimus Iſaacus Voſſius, qui optime poteſt, perficeret, ederetque.

Voto, quod magnos Pearſonius ſub finem hujus praefationis edidit, meum
jungerem, (inquit J. E. Grabius,) **) ſi Iſaacus Voſſius adhuc eſſet in vivis; imo
vero optarem, ut ille potius quam hic LXX. Interpretum lo ſa ſuſcepiſſet editionem.
Cum ille huic per ingenio, ac judicio longe ſuperior fuerit, ſaltem non tam iniquo
judicio adverſus Hebraeum Maſorethorum textum praejudicio ac nimis propenſo erga LXX. Interpretes laboraverit ſtudio.

N n 3

Bi-

*) Nachrichten von einer halliſchen Bi-
blioth. vol. 7. p 484. Merkwürdigkeiten
der Königl. Biblioth. zu Dresden, vol. 1.
p. 199. Frickii prolegom. ad Biblia graeca,
p. 52. ubi per errorem ad annum 1655. re-

fertur. Ju. Alb. Fabricii Biblioth. gr. vol.
2. p. 316. Walchii Biblioth. exeget p. 115.
**) In Poſtſcripto Octateuchi ſuo prae-
fixo.

Bibliorum graecorum LXX. Interpretum novam editionem adornare promiſerat Iſaacus Voſſius his verbis: ") „Sed nos Deo favente inſtaurabimus aliquando „hanc verſionem, viamque aperiemus planiorem et miuus fallacem, quam hactenus „factum fit, qua adulterinis ſeparatis, vetus et genuina, quoad fieri poſſit, reduca_„tur Scriptura.„ Hic tamen fidem ſuam non liberavit. ')

[Editio extra Angliam ſatis infrequens, quae cum praecedenti in omnibus, ſi a praefatione recedas, conſentit. In locum praefationis enim, quam Londinenſis editor quoad maximam partem ex editione Romana deſcripſerat, hic ſuccedit Pearſonii praefatio parenetica. ']

§. LIX.
Editiones iteratae Graecae. In Belgio.

[I.]   * 'Η παλαια διαθηκη κατα τους ιβδομηκοντα. Vetus Teſtamentum Graecum ex verſione Septuaginta Interpretum. Juxta exemplar Vaticanum Romae editum. Amſtelodami, Ex officina Viduae Joannis aSomeren, Henrici et viduae Theodori Boom. MDCLXXXIII. 12. maj.

Editio valde mendoſa. ')

[Debemus hanc editionem curae *Johannis Leusdeni*, Critici et Philologi alias accuratiſſimi, qui vero in procuranda hac editione famae ſuae non ita ut in editionibus Novi Teſtamenti Graeci conſuluit. Prius teſtatur ipſe: ') „Hoc currente „anno 1682. Amſtelodami per praeſtantiſſimos typographos Henricum Boom et Jo_„hannem Someren egregiis literis et typis imprimitur, ſub *noſtro ductu*, Verſio Grae_„ca LXX. Interpretum in portatili forma, quam Typographi vocant in *magno* duo_„decimo.„ Quid vero hujus viri doctu factum fit, difficile eſt dijudicatu. Textus graecus preſſo pede ſequitur editionem Cantabrigienſem. Libri Apocryphi et Scholis penitus ab hac editione abſunt. Adeſt quidem pererudita praefatio, quam Cl. *Knochius Leusdeno* tribuit: verum non eſt hujus editoris foetus; ſed *Joh. Pearſonii* praefatio parenetica, quam ex editione Cantabrigienſi, omiſſis litteris initialibus *J. P.*, motus ſumſit. Nec plagularum emendandarum curam in ſeſe ſuſcepit *Leusdenus*; et ſi id factum eſſet, ſatis oſcitanter officio ſuo functus eſſet. Quae itaque ducente *Leusdeno* facta ſunt, fortaſſis in eo, ut conſilium de edendo opere probarit, tantummodo conſiſtere poſſunt. Contulit *Lamb. Boſius* hanc editionem cum Romana et Londinenſi §. LVIII. eademque omnia, quae in Londinenſi omiſſa, et hic omiſſa eſſe teſtatur; et *Frickius* in eo conſentit, Amſtelodamenſes ſatis mendoſe textum graecum expreſſiſſe, quamvis in ipſis editionis Romanae Interpolationes et immutationes non animadvertat. Textus diviſis columnis nitide eſt inſcriptus, et in commata vel verſus diſtinctus: hinc oculis editio ſeſe optime commendat. ')

                                                                                      * 'Η

a) Cap. 7. Differt. de 70. Interpr. p. 17.
b) Le Long p. 191. col. 1 D.
c) Conf. Carpovus crit. ſacr. p. 416. Wal_ chii Bibl. exeget. p. 118. De Novo Teſt. Conf. Part. 1. Cap. II. Sect. I. §. 71. n. 1.
q) Le Lyg p. 194. col. 1. E.

r) Philolog. Hebr. mixt. Diſſ. 4. p. 12.
s) Conf. Carpovii critica ſacra, p. 116. Nachrichten von einer hall. Bibliothek. vol 7. p. 431. Knochii biſtoriſch critiſche Nachr. p. 134.

" 'Η παλαια διαθηκη κατα τους εβδομηκοντα. Vetus Testamentum ex ver- [II.]
sione Septuaginta Interpretum, secundum Exemplar Vaticanum Romae
editum, accuratissime denuo recognitum, una cum Scholiis ejusdem
Editionis, Variis MStorum Codicum Veterumque Exemplarium Lectionibus, nec non Fragmentis Versionum Aquilae, Symmachi, et
Theodotionis. Summa cura edidit Lambertus Bos, L. Gr. in Acad. Franeq. Professor. Franequerae Excudit Franciscus Halma. Illustr. Frisiae
Ord. atque Eorundem Academiae Typogr. Ordinar. MDCCIX. 4. maj.
    Ex prolegomenis: Sic tandem exhibemus tibi L. H. opus, in quo elaboran-
do quinquennium et amplius desudavimus.
    Ex Cap. I. prolegomenon: Confectam esse hujus versionis partem nullos du-
bito, primis Ptolemaei Philadelphi annis, vel tempore illo, quo simul eum parente
regnum administravit filius, ejus sive Jussu, sive potius sponte sua sacros libros ex
lingua Hebraica in Graecam converterunt Judaei Alexandrini, qui Graece sciebant. —
Fuisse autem Alexandrinos Interpretes illos, ex dialecto colligi potest; plurima vocabula in Graeca versione Alexandrinis propria congesserunt Joan. Croius et Humphredus Hodius. — Non tot homines, quod vulgo feruntur, nimirum LXX. vel LXXII.
huic opus aggressi fuisse videntur: sed pauciores numero, et forsan quinque tantum —
quemadmodum videre est apud Hodium p. 32. atque bi homines non transtulerunt
omnes libros, sed Pentateuchum solum. — Quod opus cum absolutum esset, traditum haud dubie fuit LXXvirali Synedrio Alexandrino, a quo postquam recensitum,
examinatum et approbatum est, inde appellationem versionis LXX. virorum na-
ctam videtur.
    Quod ad reliquos libros attinet, illi deinceps sunt translati, non simul eo-
demque tempore, neque ab uno, sed a diversis hominibus diversisque temporibus,
id quod e stilo facile quivis colligere potest. Librum Josue serius et quidem post regnum Ptolomaei Evergetae junioris translatum fuisse colligit doctiss. Hodius ex vocabulo γαιτος, quod cap. 8. Josue occurrit. Diversum a Pentateuchi stilo esse stilum
librorum Judicum, Ruthae et Regum (hic unico exemplo demonstrat). Praeterea in
iisdem libris voces et phrases Hebraeae aliis saepe Graecis redduntur vocibus et phra-
sibus, quam in Pentateucho. — Qui Parallipomena transtulit, rursus alius fuisse videtur ab Interprete Libri Judicum et Regum, quia idem vocabulum diversimode saepe reddiderunt. Estherae Librum conversum in Graecam linguam fuisse Philometoris tempore colligere est ex nota historica, quae ad finem libri adjecta est. — Di-
versus iterum interpres Jobi; is Poetas Graecos legit; variae enim ibi occurrunt voces et phraseologiae poëticae. — Qui Psalmos et Prophetas transtulerunt, periti
atque diserti fuerunt. Et Psalmorum Interpretem alium fuisse a praecedentibus, certe ab Interprete librorum Regum, patet ex uno Psalmo, qui in duobus locis reperitur, et in Psalterio Ps. 17. et 2 Reg. 22. sed versio Graeca valde diversa est. — In
Proverbiis etiam aliquando poëtica occurrunt. — Ecclesiastae Interpretem alium
quoque fuisse a praecedentibus, satis ex ejus dictione apparet. — Diversa et recentior est Cantici versio; suspicari quis potest esse Symmachi: occurrunt enim isthic
vocabula Symmacho propria. Diversos denique a Pentateuchi aliorumque Librorum
Interpretibus fuisse, qui Prophetas transtulerunt, inde pariter colligi potest, quod
                                                                              Pro-

Prophetarum Interpretes faepe vocem Hebraeam Graece reddiderint, quàm priores
illi non reddiderant, fed (excepto Danielis libro) et quorundam aliorum verfionem
factam fuiffe fub Ptolomaeo Philometore, non fine ratione exiftimat Hodius lib. 3.
cap. 9.   Non vero putandum eft omnes Propheticos libros ab uno Interprete effe
converfos; facile enim cuivis attendenti patet fuiffe plures, et alios aliis peritiores et
doctiores — — minus exercitatos fuiffe homines, parumque judicio valentes, qui
Propheticos quosdam libros tranmulerunt. — —   Praeter alios natus eft Efaias interpretem fefe indignum. — Vere judicarunt viri illi docti, qui Romanam editionem procurarunt, illam non refipere puram LXX. editionem.   Profecto ita fe res
habet: eft enim illa verfio Danielis, qua nos hodie utimur, Theodotionis; quia
imo nominatur in vetuftiffimo Renati Marchalli Prophetarum exemplari: Δανιηλ κατα Θεοδοτιωνα, Daniel juxta Theodotionem, [1])
   [Prolegomena operi praemiffa in tria capita funt diftincta. Caput primum,
ex quo auctor nofter, quae jam expofita funt, haufit, agit de verfione Graeca LXX.
Interpretum, ejusdemque utilitate; fecundum de praecipuis LXX. Interpretum Editionibus: de Codice Vaticano ejusque praeftantia; item de Alexandrino Codice,
Variantibus Lectionibus, aliisque quae in hac Editione confpiciuntur. Hic recenfet
editor editiones cardinales, Complutenfem, Aldinam et Romanam, una cum de-
rivatis ex illis editionibus, et poftquam de editionibus Londinenfi, Cantabrigienfi,
et Amftelodamenfi, fententiam tulerat, de iis quae praeftitit, rationem ipfe reddit:
„Bene vero fe habet, quod in hac nova noftra editione curanda veftigiis iftius Lon-
„dinenfis non inftiterim.   Diligenter et ad verbum omnia eunruli ipfe cum editione
„Romana, cujus exemplar exftat in Bibliotheca noftra publica; nec me laboris iftius
„poenitet. Hoc enim fi non feciffem, ad eundem cum aliis offendiffem lapidem,
„eundem erraviffem errorem. Textum igitur hcic tibi L. B. exhibeo purum Codi-
„cis Vaticani fecundum editionem Romanam, accuratum et a mendis repurgatum,
„fervato eodem ordine capitum ac Pfalmorum, fervatis iisdem transpofitionibus,
„quae apud Jeremiam aut alibi occurrebant. Unum tantum mutare volui ac debui
„fecundum id, quod apud nos receptum eft: Libros fc. quos vocant Apocryphos, ad
„calcem Librorum Canonicorum reduxi.   Quare vellem equidem, doctiffimum
„Grabium judicium fuum de noftra editione fufpendiffe tantifper dum eam vidiffet,
„nec male adeo de ea opinatum fuiffe. Ceterum ne quid in hac nova noftra editio-
„ne defideraretur, vifum fuit fingulis paginis fubjicere Scholia Romanae editionis, et
„praeter illa omnes variantes Lectiones, quotquot conquirere potuerimus. Excerpfi-
„mus enim e Polyglottis Anglicanis cunctas, quas in iftoc opere exhibuerat vir eru-
„ditiffimus et diligentiffimus Brianus Waltonus. Has omnes inter farcillum facile
„ducunt eae quae de codice Alexandrino vetuftiffimo fine ac nobiliffimo funt depromp-
„ptae.„ Subjungit hisce recenfionem editionum aut codicum, e quibus variae lectiones collectae funt, et tabulam transpofitionum in Jeremia obviarum. Caput tertium fiftit Animadverfiones ad loca quaedam LXX. Interpretum aliarumve Verfionum
aut Lectionum; quorum alia emendantur, alia explicantur aut illuftrantur; quibus accedunt loca illa, in quibus Biblia Polyglotta minus recte lectionem Alexandrinam
exhibuerunt ex praefatione J. E. Grabii ad Pentateuchum.   Textus graecus typo
ele-

[1]) Le Long p. 196. col. 1. A.

eleganti ac distinctio diviso columnis inscriptus, et ex editione Romana accurate expressus est. Interim circa locum Exod. 25, 6. editor humani quid passus videtur. Abest ille locus ab editione Romana, et teste *Waltono* in Londinensi Polyglotta casu tantummodo transiit. Idem etiam *Bosio* accidit, ut ex Polyglottis incuria ductus eandem transcripserit, neque illam, uti *Reineccius* fecit, signo a reliquo Romano editionis contextu distinxerit. Accedunt editioni quatuor mappae geographicae et repraesentatio sanctuarii ad Exod. 26. et urbis Hierosolymae aeri incisa. Editio facile princeps, quae quamvis Romanae raritate sit inferior, usui tamen quotidiano longe est accommodatior. *)

'H παλαια διαθηκη κατα τους ἱβδομηκοντα. Vetus Testamentum ex versione Septuaginta Interpretum, secundum exemplar Vaticanum Romae editum, denuo recognitum. Praefationem, una cum variis Lectionibus e praestantissimis MSS. Codicibus Bibliothecae Leidensis descriptis, praemisit David Millius. Tom. I. II. Amstelodami Sumptibus Societatis. MDCCXXV. 8.   [III.]

Quibusdam exemplaribus in titulo adscriptum legitur: *Trajecti ad Rhenum ap. Guil. van de Water et Jac. van Poolsen:* sed una eademque est editio pluribus Bibliopolis communis. Millius id sibi potissimum proposuit, ut editionem forma minorem et possessu linguae Graecae studiosis traderet. Textum itaque accurate ex editione praecedenti L. Bosii exprimi curavit, quae ipso judice maximi ab eruditis est aestimanda. Repraesentatur itaque hic genuinus et purus editionis Romanae Textus, sicuti a praecedenti editore restitutus est. Nihil itaque novi de Textu nobis dicendum est. Restat, ut de praefatione et Variantibus Lectionibus nonnulla observemus. In ipsa praefatione multis in locis assentit *Bosio;* quibusdam vero in assertis ab eo recedit. Variae lectiones, quae huic editioni propriae sunt, sequuntur praefationem, et duplicis sunt generis. Priores desumptae sunt e Codice Leidensi satis antiquo litteris majusculis sine distinctione et accentibus scripto, cujus specimen exhibetur. Codex ille fuit olim *Meetelii,* deinde *Patricii,* porro *Vossii,* et denique Bibliothecae Leidensis; mutilus est, et sola continet fragmenta e Libris Mosis, Josuae et Judicum. Ipsae vero Variationes non sunt ejusdem momenti. Gen. XXXI, 53 ανα μεσον ἡμων. MS. αυτων. v, 54. και εδυσε. MS. αδυσε αυτωδ. ibid. και εφωγον και ηπιον. MS. του φωγον αρτω και εφωγον ⚔ αρτον. v. 55. τους υιους. MS. υιους αυτου. ibid. απεστρεφεν Λαβαν απηλθεν εις τον τοπον αυτου. MS. απηλθεν απεστρεφεις εις τον τοπον αυτου. Sequuntur Variae Lectiones, quas *Is. Vossius* in margine Edit. Romanae annotavit, ex incerto quodam codice, qui tamen non levioris momenti fuisse videtur. Lectiones interdum sunt singulares. Gen. III. v. 1. ειπεν ὁ Θεος) ηκε ὁ κυριος ὁ Θεος. v. 5. ὁτι ἡ αν ἡμερα) ὁτι εν ἡ αν ἡμερα. c. V, 16. δυο και εκατον

*) Conf. Carpovii Crit. sacr. p. 136. Acta Erudit. Lipsiensis, A. 1710. p. 475. J M. Goetze Verzeichnis seiner Bibelsammlung p. 70. Catalog. Biblioth. Bunav. tom. 1. p. p.

J. G. Walchii Biblioth. theogr. p. 139. Jac. Bernard Nouvelles de la republique des lettres, A. 1710. p. 634-649.

ἐπτάνεσαι ἔτη.) Λʋ και ὀγδοήκοντα και ἑπτάνεσαι. Sed specimini loco hæc suf-
ficiant. Editio *Milkii* omni ex parte præcedenti *Bofii* longe est inferius. *)

§. LX.

Editiones iteratae Graecae. In Germania.

[p.] * ʼΗ παλαια διαθηκη κατα τους ἑβδομηκοντα. Vetus Teſtamentum Græ-
cum ex verſione Septuaginta Interpretum, cum Libris Apocryphis,
juxta Exemplar Vaticanum Romae editum, et Anglicanum Londini ex-
cuſum. Acceſſit Novum Teſtamentum juxta Oxonienſem editionem recuſum, cum parallelis Scripturae locis et variantibus lectionibus, quae
e plurimis manuſcriptis et impreſſis codicibus ſtudioſe collectae ſunt.
Omnia accuratiſſime ad fidem optimorum Codicum emendatius quam
unquam antea, expreſſa. Cum privilegio Sereniſſ. Elect. Saxoniae.
Lipſiae ſumptibus Joh. Chriſtophori Königli Bibliopolae Goslarienſis,
typis Chriſtophori Fleiſcheri. MDCXCVII. 8. maj.

Cura et ſtudio Matthiae Jacobi Cluveri et Thomae Klimpſii eum Johannis
Frickii prolegomenis, in quibus de variis Graecis Bibliorum editionibus accurate
differit.

In minoribus editionibus (ſc. Londinenſi, Cantabrigienſi, Amſtelodamenſi
et Lipſienſi) Romana pro lubitu interpolata eſt, atque mutata, ut ad Hebraeum Textum et noperas verſiones propius accederet, ordine librorum, capitum, verſuum-
que ſaepe transpoſito, Pſalmorum nomenclatura prout eſt in Hebraeo expreſſa, additis ſubinde ex Aldino et Complutenſi Exemplari integris vocibus. — Imo ſingu-
las quoque voces ſaepius mutatas, et quod omnem excedit audaciam, negativam aliquando particulam abſque omni auctoritate additam obſervavi Hofeae cap. 4. verſ.
14. — Unde et Typotheus Cantabrigienſes, Amſtelodamenſes et Lipſenſes ita verſionem Graecam recuderunt, utpote non ipſam Romanam ſed Londinenſem editionem interpolatam ubique male ſecuti ſunt. Ita Jo. Ern. Grabius. *)

[Humani procul dubio quidquam paſſus eſt *Grabius*, dum ad Hof. 4, 14.
tres iſtas editiones modum excedentis audaciae accuſat. Nec in Amſtelodamenſi, nec
in Lipſienſi occurrit addita particula negativa, ſed utraque editio legit uti in editione
Lamberti Bofii: ὁ λαος ὁ μη ſυνιων, uti et Aldina et Baſileenſis *Herwagii*; Complutenſis vero habet ὁ λαος ου μη ſυνιων, et editio polyglotta Sanct-Andreana ὁ λαος ου
ſυνιων. Quoad reliqua vero, immutatum nimirum Pſalmorum numerum, addita-
mentum ad Exod. XXVIII, 23, et transpoſitiones in Jeremia obvias, Londinenſe hanc
ſequitur exemplar. Hinc idem, quod ſupra §. LVIII. n. 2. exſcripſimus, ad Lectorem monitum editor prolegomenis ſubjunxit. Ad calcem librorum Canonicorum
accedunt Libri Apocryphi, quibus appendicis loco Oratio Manaſſae graece, et dani-
que Prolegin incerti auctoris ex Editione Complutenſi ſubjicitur. Sequuntur *In ſacra Biblia Graeca ex Verſione LXX Interpretum Scholia: Simul et Interpretum caeterorum ſectivnes variantes.* Duplicis ſunt generis: Quae ex exemplari Londinenſi de-

*) Conf. *Kuechii* hiſtoriſch critiſche Nachrichten p. 148. Sammlung von Alten und
Neuen, 1746. p. 691. *J. G. Walchii* Biblioth.

exeget. p. 119. Catalog. Biblioth. Bunav.
tom 1. p. 9. Index Bibl. Werrigerod.
*) *Le Long* p. 194. col. 1. D.

deſumta ſunt; aſteriſco (*), quae vero ex editione Aldina et Wechelianâ hauſta ſunt, ſigno (†) diſtincta ſunt. Novum Teſtamentum ex editione Oxonienſi *Johannis Fell* 1675. 8. accurate eſt tranſcriptum, habetque, quae in V. T. deſiderantur, loca paralleia, variantesque ad calcem rejectas lectiones. *) Reſtat denique ut de erudita Prolegomenis, quibus haec editio ſuperbit, rationem reddamus; id quod verbis Lipſienſium, qui Acta eruditorum recenſuerunt, facturi ſumus; „Ne vero videratur procoemium operi utiliſſimo deeſſe, operoſa illa praefatio, velut iſagogica, praeſixa eſt, de Graecis S. Scripturae verſionibus et editionibus paulo latius differtam. „Auctor illius Clariſſimus *Jo. Frickius*, (Ulmenſis, qui nomen ſuum tantum litteris initialibus J. F. indicavit) „id ſibi inprimis negotii dari crediiit, ut ſuccinctam Graecarum omnium S. Scripturae Verſionum, quas quidem novimus, hiſtoriam e genuinis veterum ſcriptorum monumentis eruram exhiberet: tom recentiorum quoque „Philologorum praeſtantiſſimorum diſſidia et obſervationes, quae ad rem ſacere viderentur, exciteret immiſceretve: tandem ſua quoque hic illic animadverſa inſpergeret. Ordinem chronologicum ſervat, adeoque ab initio ſtatim de antiquiſſima „illa verſione Graeca Bibliorum, quae Perſarum quoque imperium antegreſſa a nonnullis, Ariſtobuli Judaei Peripatetici auctoritate inductis, creditur, ita agit, ut „eam explodat: Simonio tamen non aſſenſus, qui Ariſtobuli librum, et libros Hecataei atque Clearchi gentilium ſcriptorum (Judaeis paulo ſequiores) pro ſuppoſitiis habet; cui poſter ad allatas rationes reſpondet. Inde de Samaritica verſione „Graeca loquitur. — Noſter poſt haec de ipſa verſione LXXvirali agit, ejusque hiſtoriam, prout a variis Veterum relata eſt, enumeratis una circumſtandarum varietatibus recenſet: tum et recentiorum conjecturas refert — nec non errores „aliquot B. Mich. Waltheri, et alios anonymi alicujus, contra quem Ludov. Capellus ſtilum ſtrinxit. — Totam S. Scripturam a LXX. interpretibus iu verſam cenſet, ut non ſimul et ſemel, unave omnium opera, illud ſactum exiſtimet, ſed vel „literata editione, vel a ſingulis, poſt verſionem Pentateuchi manum reliquis libris „ſenſim admoventibus. Auctoritatem illius verſionis in Judaeorum Synagogis adeo „magnam fuiſſe credit, ut non ſolum ſubnexa in publicis conventibus praelecto aute omnia textui Hebraeo fuerit illa, quod Rich. Simonio videtur; ſed a ſola quibusdam in locis lecta. — De Aquilae aetate, verſione duplicis editionis, quarum poſterior dicta κατ᾽ ἀκριβειαν, verſionis hujus auctoritate apud Judaeos atque „Chriſtianos, et inprimis apud diſſentientem toties a ſe Hieronymum, deque aliis „hujus generis quaeſtionibus inde paulo fuſius differit. — — De Theodotionis „Symmachique aetate nonnulla contra Petavium aſſert. — De his omnibus, ut et „de quinta, ſextaque et ſeptima ἀνωνύμων verſionibus, cum praeter fragmenta nihil „ſuperſit, de his quoque agit, et quam multa ſuperſint in MSS. codicibus Bibliorum „graecis Druſio et Waltono non animadverſa monet; — Poſtmodum de κοινῇ veterum agit, et in quantum illa ſit ab Editionibus Origenianis diverſa. Hac igitur „occaſione Tetrapla Hexaplaque Origenis ſollicite explicat. — Pamphili et Euſebii „editiones Bibliorum graecorum, olim in Oriente celebres, ab Origeniana nulla in „re fuiſſe diverſas, quam quod ſcribarum menda ſuſtulerint, ex aliis animadverſis, „et diſtingui debere addit editiones iſtas ab ea, quam diu poſt mortem Pamphili ſo-

Oo 2 „lus

*) vid. Part. I. cap. II. Sect. I. §. 17. n. 1.

„ius Eusebius auspiciis Conflantini Magni in ufum Conftantinopolitanorum procuravit.
„Exinde de Luciani et Hefychii claris per orbem Chriftianorum τῶν LXX. editioni-
„bus agit; et poft alia illud inprimis annotat, errare, quntquot Hieronymi quodam
„loco inducti, Enfebianeam, Lucianeam et Hefychianeam Graecorum Bibliorum
„editiones magno per orbem Chriftianam diffidio occafionem dediffe putant. — An-
„notat Mafium et Conringium autumaffe, Vaticanam eodicem effe ad editionem I.u-
„ciani expreffam, et IC Voffium commemorare reperiri in Bibliotheca Chriftinae Sue-
„ciae Reginae quendam ejusdem editionis codicem. Juxta Hefychii editionem effe
„feriptum eodicem Alexandrinum — non improbabile eredit. — Paulo prolixior
„eft de Sophronii verfione graeca verfionis latinae Hieronymi ad Hebraeum factae.
Agit denique Auctor de editionibus recentioribus verfionis graecae, eamque ad certas
revocat claffes. Ipfa vero edidio quoad typorum nitorem et chartae puritatem editionibus Londinenfi et Amftelodamenfi longe eft inferior, fed fi prolegomena fpectas,
omnibus aliis praeferenda eft. *)

[II.]   Ἡ παλαιὰ διαθήκη κατὰ τοὺς ἑβδομήκοντα. i. e. Vetus Teftamentum Graecum ex verfione Septuaginta Interpretum, una cum Libris Apocryphis
fecundum Exemplar Vaticanum Romae editum et aliquoties recognitum, quod nunc denuo ad optimas quasque editiones recenfuit, et potio-
res quasdam Codices Alexandrini et aliorum lectiones variantes adjecit
M. Chriftianus Reineccius, ﬅS. Theol Bacc. Conﬁl Saxo-Weifenfelf,
Ill. Auguftei Rector et P. P. Lipfiae MDCCXXX. ap. Bernh. Chriftoph.
Breitkopfium. ﬔ.

Ex Praefatione: — „Ut optandum fuerit, magis Integram hanc Verﬁonem
Graecam fervatam fuiﬀe, et a mendis, naevis et defectibus liberam, quod in nullo codice (ut de Editionibus nihil dicamus) et ne in Vaticano et Anglicano quidem factam
eﬀe, ipﬁ Editores fateri coacti ﬅunt, etiamﬁ de palma certaverint Anglicani cum Romanis. Uterque enim Codex et Vaticanus et Alexandrinus ﬅuos habet naevos et de-
fectus, quos emendare et complere atcunque conati ﬅunt ﬅerbae et editores, nunc
applauﬅum apud Doctos, nunc reprehenﬁonem commeriti. Sed multa ex iﬅis naevis
et mendis tribuenda ﬅunt aetati, qua verterunt interpretes, multa forte etiam eodiebus
MSS. ex quibus verterunt, et multa denique oſcitantiae et Interpretum et ſcribarum,
ne quae injuria temporum in MStis exeſſa ﬅunt et per alienos cuſtodes perdita, me-
morem; attamen plura adhuc bona ſuperſunt in hac verſione Graeca, nec ea in interpretatione S. Literarum et lectione S. Patrum carere ſine molto incommodo poſſumus. In noſtris Quadrilinguibus ſecuti ﬁumus editionem Anglicanam Joh. Erneſti
Grabii, in praeſenti vero libello malulmus exprimere editionem Romanam, et preſſius quidem quam factum videtur in Editionibus aliis, utpote Londinenﬁ 1653. Can-
tabrigienﬁ 1665, Amftelodanenſi 1683, Lipſienſi 1697, Trajectina 1725. etﬅ.
niſi quod exemplo harum in aliquibus verſibus et capitibus Jeremiae 25.51. ordinan-
dia

a) Acta Erudit Lipﬁenſ. A. 1698. p. 74.   tra p 144. J. M. Göctü Verzeichnis ſeiner
etc. Corpusvu Crit. ſect. p. 136 Baumgar-   Bibelſamml p 71. J. G. Walchii Biblioth.
seuü Nachrichten von merkw. Büchern,   exeget. p. 138. Reimmanu curaï Biblioth.
vol. XI. p. 100. Kaurini hiſt. crit. Nachrich-   theul. p. 136. Index Bibl. Wernigerod.

die ob facilionem ufum ftudioforum fervaverimus ordinem textus Hebraei, ætut hos Lamb. Bofio in fua editione non placuerit, nec forte placebit aliis, fed in horum gratiam adjecimus p. 1089. Tabulam, in qua utriusque codicis et Graec. et Hebr. carinum ordo confequitur. Si qua vero ex Complutenfi aut alia editione retenta funt, ea etiam fuit fignis.....rvianus, v.g. Exod. 25, 6. c. 28, 23. fqq. Lectiones variantes ex Cod. Alex. aliisque paucas tantum addidimus, nec nifi in locis aliquod momentum habere vifa. Noluimus enim. hoc Manuale Bibliorum Verfionis Graecae iis, attenta plerarumque iftarum exigos utilitate, onerare et lectionem ftudioforum morari. Defectum huns, fi quis eft, compenfare poterunt edhiones majores et Biblia noftra Quadrilinguis., Editio quotidiano ufui maxime accommodata, claro quamvis aliquantulum minori typo exfcripta, quas quidem Romanam editionem accurate fequitur, id tamen peculiare habet, ut Libri Apocryphi e medio Canonleorum fublati ad calcem operis fint rejecti. Diflurbatum ordinem Capitum Propheae Jeremiae, in cujus originem et caufam nuper erudite inquifivit Cl. J. G. Eichhornius, [b] ad normam Codicis Hebraei reftituit editor. [c]

'H πalais διαθηκη κατα τους ἱβδομηκοντα. I. e. Vetus Teftamentum Graecum ex verfione Septuaginta interpretum, una cum Libris Apocryphis — M Chriftianus Reineccius — Editio fecunda, Lipfiae impenfis Bernh. Chrift. Breitkopfii. MDCCLVII. 8.   [III.]

    Editio kurata priori in omnibus accurate refpondens.

'H πalais διαθηκη κατα τους ἱβδομηκοντα. Hoc eft: Vetus Teftamentum ex verfione Graeca Septuaginta interpretum ad Exemplar Vaticanum Romae editum ex optimis codicibus expreffum. Acceffetunt Libri Apocryphi. Halae fumptibus Orphanotrophei. MDCCLIX. 12.   [IV.]

    In gratiam emptorum et inprimis ftudiofae juventutis, in quatuor tomos, quorum finguli titulo ornati funt, diftincta eft editio in forma portatili procreata. Tomus I. continet Pentateuchum et libros hiftoricos priores; tomus fecundus libros hiftoricos pofteriores, ut et Iobum; tertius, Pfalterium Davidis et Scripta Salomonis; quartus denique Prophetarum fcripta. Quibus accedunt Libri Apocryphi eadem forma jam anno 1749. expreffi. [d] Procuravit editionem Joh. Georg. Kirchnerus, qui et praefationem praemifit, in qua, praemiffis nonnullis, occafionem hujus editionis, et quid in illa effectum fit, exponit: „Primo omnia opera data eft, „ut textus ipfe graecus cum praeftantiffimis conferretur codicibus, fecundum „exemplar Vaticanum Romae editum operofe recognitis, atque ad eorum fidem et „ordinem curate exprimeretur. Qrem in finem plerasque editiones optimae in „confilium adhibitae funt, e quibus tantum potiores, nimirum Lamberti Bos, David „Millii, Joannis Ernefti Grabii, Joannis Jacobi Breitingeri cet. nominaffe fuffi- „cit. Deinde etiam id fedulo actum eft, ut non folum nova lemmata fuccincta „capitibus praeponerentur, fed etiam infcriptiones breves, argumentum praecipuum „cujusvis paginae indicantes, lectorum confpectui fe praeberent. Quod vero tan- „dem ad externam libri faciem concinnitatemque attinet, eam fe tam typorum dita-

                                  O o 3   ditate

b) Repertorium für die biblifche und morgenl. Litteratur, part. I. n. 4. p. 141.

c) Knoolii hiftor. crit. Nachrichten p. 151. d) vid. Part. L. Cap. IV, §. 2. n. 5.

„ńtate chartaeque altera, quam emaculatiori castigataque ſpleluraſlibus lectines;
„quantum in humanis viribus poſitum eſt, lectoribus facile commendaturam ſpern-
„mus et evaſidimus„ Codices itaque, quibus editor uſus eſt, non ſunt Codices,
ſed editiones typis expreſſa ita ſalutare ipſi placuit. Quem vero ſinem editionem;
Codicis Vaticani cum Editionibus Grabii et Breitingeri, quaſ cem Alexandrinum repraeſentant, collatae ſint, ſcira procul dubio optarent lectores. Eum quidem in ſntea inſimi potuiſſet ejuſmodi collatio, ut variae exinde colligerentur lectiones; verum iſtae ab hac editione penitus abſunt. Nec ex optimis editionibus,
ad titulos vult, haec edidio expreſſa eſt. Optimae enim ediliones ſunt citra dubium
editionem Boſii et Millii, quas ab interpolationibus immunes, editionem Romanam
ſeuorate repraeſentant. Verum non ad baece genuinas, ſed ad interpolatas haes ſer-
ſmtu eſt, adeoque cum Londinenſi, Cantabrigienſi, et Lipſienſi conſentit. Quod
Libros Apocryphos attinet, illi non ex editione Romana, ſed ex editione Breitingeri,
ſunt deſcripti. Qui deniſque plagularum emendandarum curam ſuſcepit, multam humani paſſus (ſt.)

§. LXI.

Editio interrat graeco-latina.

[L]   * 'Η παλαια διαθηκη, κατα τους ἰβδομηκοντα, ἐκδοθητα ἣ αὐθεντιας Σιξτυ ὁ.
ακρου αρχιερευς. Vetus Teſtamentum ſecundum LXX et ex auctoritate
Sixti V. Pont. Max. editum. Cum Scholiis Romanae Editionis in ſingula
capita diſtributa. Omnia de exemplari Romano fideliſſime et ſtudioſiſſime expreſſa. Nunc primo e regione textus Graeci appoſita eſt Latina
translatio: Verſuum quoque numeri, qui antea nulli erant, ad collatio-
nem Latinae Vulgatae in margine, quoad fieri potuit, inſcripti ſunt.
His ut corpus Bibliorum integrum conſtaret auctarium acceſſit: Novum
Teſtamentum, Graece Latineque, ad fidem probatorum Codd. et verſionis Vulgatae. Adjectae ſunt Capitum Summae, indicesque novi locu-
pletiſſimi, ſuis tomis redditi. Quae ultra ſunt, docebit ad Lectorem
Epiſtola. Tomus I. II. III. Lutetiae Pariſiorum, apud Nicolaum Buon,
via Jacobaea, ſub ſignis S. Claudii et Homiois Sylveſtris. M.DC.XX-
VIII. Fol. III. Vol.

· In Comitiorum generalium Cleri Gallicani Actis legitur : f) „Anno 1625.
„in Comitiis generalibus juſſerunt Epiſcopi, ut inciperetur Graeca Bibliorum Editio
„una cum verſione Latina e regione, eujus editionis cura domino Moriao doctiſſi-
„mo e Congregatione Oratorii ſacerdoti demandata eſt.„
     Verſionem Latinam in hac Editione Pariſienſi occurrentem mate ad Morinum
velut auctorem refert Lambecius III. libr. Comment. de Bibliotb. Vindobonenſi, pag.
16. Eadem enim eſt, quae jam Romae anno 1588. prodierat: obſervante Joh. Alb.
Fabricio. i)
     [Johannis Morini cura prodiere integra Veteris et Novi Teſtamenti Biblia
Graeca cum verſione Latina; et quidem Vetus Teſtamentum ex duplici editione Ro-   ·
mana,

---

e) Conf. Walchii Bibliotb. exeget. p. 139.   g) Lib. 3. cap. 11. p. 317. Le Long pag.
f) Ad Annum 1625. p. 16.   131. col. 1. K.

mana, Graeca nimirum et Latina; Novum vero Teftamentum ad fidem probatorum codicum cum verfione Latina vulgata. Integrum opus in tres tomos diftinctum
eft. Tomo primo continentur: epiftola nuncupatoria; *Joannis Mortini Eleeſenſis*,
Congregationis Oratorii Jefu Chriſti Presbyteri, ad Lectorem praefatio, in qua diſ-
ferit de auctoritate LXX. Interpretum: Sixti V. P. M. editionem antiquam eſſe, et
germanam illorum translationem demonſtrat; cauſas explicat, propter quas ab Hebraeo textu moderno tantopere diſſentit, rationemque reddit eorum, quae huic editioni in lectorum gratiam ſuperaddita ſunt; Praefatio editionis Graecae Romanae et
Praefatio Verſionis Latinae iridem Romae editae; Series librorum ſacrorum hoc tomo contentorum, et primi tomi ſacrae ſcripturae Capitum ſingulorum ſumma, lectori perneceſſarius index. Graece et Latine hoc tomo exhibentur Pentateuchus,
Libri hiſtorici, duo Libri Eſdrae, Liber Nehemiae, Tobias, Judith, Eſther et Jobus. Accedit index rerum, Hebraicarum, Graecarum et Latinarum vocum. Subji-
citur denique: *Lutetiae Pariſiorum*, apud *Nicolaum Buon, Sebaſtianum Chapellet, Antonium Stephanum*, typographum Regium, et *Claudium Sonnium, Via Jacobaea
MDCXXVIII*. Secundus tomus continet reliquos V. T. libros una cum Apocryphis,
eo quidem ordine, uti in editione Romana habeatur. §. LVII. Subjiciuntur indices
rerum et verborum, cum addendis et animadvertendis. Ad calcem denique additum
eſt: *Editio primum finem ſortita eſt, 22. Aprilis 1628*. Quae Morinus in hoc opere edendo praeſtitit, ſequentia ſunt. Primo accurate Romanam editionem Graecam recuſam dedit; deinde adjecit eidem Latinam verſionem, quam *Flaminius Nobilius*, e ſcriptis Patrum Latinorum collegerat; tertio denique ejusdem addidit annotationes, eo tamen
ordine, ut Variantes lectiones, quas Nobilius annotationibus ſuis inſeruerat, ſepa-
ratim exhibeat. In praefatione, uti in reliquis ſcriptis, *Morinus* Textum hodiernum Hebraeum a Judaeis corruptum eſſe contendit, et in hisce corruptelis, cur
verſio Graeca tantopere a Codice Hebraeo diſſentiat, rationem inveniſſe ſibi perſua-
det. Tomus tertius continet Novum Teftamentum Graecum, cum Verſione Latina
vulgata, et quidem ſine annotationibus. Accedit appendicis loco Oratio Manaſſe et
tertius ac quartus Esdrae Liber, una cum indicibus neceſſariis. Editio nitida, rara,
et unica, quae ſeorſim prodiit, et duplicem Romanam Graecam et Latinam conjungit. Libros, quos *Morinus* cum variis erudiis aluit, una cum vita ejus exponit *J. P.
Nicerontius*. [h]

   * Biblia Graeca. (omiſſis his verbis: accurante Joanne Morino) Pariſiis, [II.]
   Simonis Piget. 1641. III. Vol. Fol.

     Haec editio a praecedenti alii primo folio nullatenus differt, eademque eſt. [?]

[To-

b) Nachrichten von berühmten Gelehrten vol. 2. p. 30. etc. Conf *Capauni* Crit.
ſacr. p. 136. *Walrei* prolegom. IX. §. 20.
p 213. *J. M. Gerdi* Verzeichniß ſeiner Bi-
bliothung p. 200 Merkwürdigkeiten der
Königl. Bibliothek zu Dreßden, vol. 2 pag.
298. *Dev. Clampe* Bibliothek. hiſt. crit. tom. 4.

p. 17, *Rich. Simon* hiſt. crit. du V. T. p. 514.
J. C. Dorni Biblioth. hiſt. theol. tom. 1. p.
403. *Joh. Fr. Reudei* ſfagoge theol. p. 1113.
J. G. Walchi Biblioth. exeget. p. 298. Conf.
Part. I. Cap. II. Sect. II §. XIV. n. 2.
l) *Le Long* p. 193. col. 1. B.

[Teste auctore nostro proftant exemplaria cum nota anni nova. Interim
non in titulo omnium exemplarium enim nota anni 1628. nomen *Morini* expreffum
eft. Dedimus fupra titulum Exemplaris, quod exftat in Bibliotheca Regia Dresdensi,
et cujus infcriptio accurate confentit cum Exemplari Bibliothecae Cl. *Goezii*, Ham-
burgenfis. Si *D. Clemens* fides habenda eft, infcribuntur nonnulla Exemplaria: *Biblia Graeca, fcilicet Vetus Teftamentum fecundum LXX. ex auctoritate Sixti V. Pontif.
Maximi editum, cum Scholiis Romanae editionis in fingula capita diftributis. Omnia
de exemplari Romano fideliffime et ftudiofiffime expreffa.* Nunc primum e regione *Textus Graeci aprofita eft Latina tranflatio, cum notis doctiffimi Flaminii Nobilis (verfionin
etiam diftinctione juxta Vulgatam Latinam adhibita). Acceffit N. T. Graece Latineque
ad fidem probatorum codicum et verfionis Vulgatae, accurante Joanne Morino, cum
prolixa ejus praefatione, in qua differit de auctoritate LXX Interpretum.* Quae fere
eadem funt, quae apud auctorem noftrum leguntur, et iisdem verbis a *Dervio* jam
1721. adeoque ante ultimam Bibliothecae *Jacobi Le Long* editionem typi mandata
funt. Ad hiftoriam hujus operis multa faciunt hujus *Morini* exercitationes Biblicae
de Hebraei Graecique textus finceritate, germana LXX. interpretum tranflatione
dignofcenda, iftiusque cum Vulgata conciliatione, Parifiis 1633. 4. quibus *Simeon
de Mufis* affertiones veritatis Hebraicae contra *Morini* exercitationes, oppofuit.

§. LXII.

Editio iterata polyglotta.

* Biblia Graeca et Latina ex editione Romana, ftudio Briani Waltoni, ad-
   jectis ad finem cujusque paginae variantibus Lectionibus ex Exemplari
   Alexandrino ab Alex. Huffio collectis. Londini 1657. Fol.

   v. Biblia Polyglotta Londinenfia.

Editionem Romanam (*ait Waltonus*) ut omnium, quae extant, maxime
finceram in Bibliis noftris exhibemus: quam fine ulla variatione fecuti fumus, nifi
quod per inadvertentiam verficulos unus Exod. 25, 6. ex Londinenfi et Veneto exemplari in noftram editionem irrepfit, qui non eft in Romana. Nobilii quoque verfionem Latinam exacte retulimus, nifi quod quaedam in Latina verfione nonnunquam
omiffa (nam in Graeca extabant) fupplevimus. [k]

Praeter ipfum textum LXX. Interpretum Romanum Gr. Lat. cum fubjunctis Lectionibus codicis Alexandrini in hoc opere expreffum, Tomo VI. etiam exhibentur Scholia Flaminii Nobilii e Jo. Drufii fcriptis locupletata; Patricii Junii annotationes doctiffimae, quas ad editionem exemplaris Alexandrini paraverat, ad Caput
usque XIV. Numerorum; Andreae Mafii notae in Jofuam; Variae Lectiones ex
editione Complutenfi et Aldina, tum e MSS. Cottoniano per Genefin, Cantabrigienfi per Libros Chronicorum, Rupifucaldino per Efaiam, et Card. Barberini per Minores Prophetas collectae. [l]

[Ipfa vero a *Huffio* inftituta variantium Lectionum e Codice Alexandrino
collectio minime ft probavit *J. E. Grabio*, qui in praefatione Octateuchi capite fecundo amplum contexuit catalogum locorum, in quibus Biblia Polyglotta minus feque

k) *Waltonus* proleg. IX. §. 51.   l) *Le Long* p. 193. col. a. B.

ete Lectiones Alexandrinas exhibuerunt. Subtexuit eundem catalogum *Lambertus Bofius* praefationi ad Biblia Graeca, Franeqnerae edita. ")

§. LXIII.
Editio Alexandrina · Anglicana.

* Septuaginta Interpretum Tomus I. continens Octateuchum; quem ex antiquiffimo MS. Codice Alexandrino accurate defcriptum, et ope aliorum exemplarium, ac prifcorum Scriptorum, praefertim vero Hexaplaris Editionis Origenianae, emendatum atque fuppletum, additis faepe Afterifcorum et Obelorum fignis, fumma cura edidit Joannes Erneftus Grabe S. T. P. Oxonii e Theatro Sheldoniano Anno Chrifti MDCCVII. Fol.   [I.]

Septuaginta Interpretum Tomus fecundus continens Veteris Teftamenti Libros hiftoricos omnes, five Canonicos five Apocryphos, quos ex antiquiffimo MS. Codice Alexandrino accurate defcriptos, ope aliorum exemplarium ac prifcorum fcriptorum, praefertim vero Hexaplaris Editionis Origenianae emendavit V. C. Joan. Erneft. Grabe Boruffus S. T. P. ó Μακαριτης. Oxonii e Theatro Sheldoniano M. DCC. XIX. Fol.   [II.]

Septuaginta Interpretum Tomus III. continens Veteris Teftamenti Libros Propheticos omnes, five Canonicos five Apocryphos; quos ex antiquiffimo MS. Codice Alexandrino adcurate defcriptos, ope aliorum Exemplarium ac prifcorum fcriptorum, praefertim vero Hexaplaris Editionis Origenianae, emendavit et ope fupplevit V. C. Erneftus Grabius Boruffus S. T. P. ó Μακαριτης. Oxonii e Theatro Sheldoniano M. DCC. XX. Fol.   [III.]

Septuaginta Interpretum Tomus Ultimus, continens Pfalmorum, Jobi, ac tres Salomonis Libros, cum Apocrypha ejusdem, nec non Siracidae Sapientia, quos ex antiquiffimo MS. Codice Alexandrino accurate defcriptos, et ope aliorum Exemplarium ac prifcorum Scriptorum, praefertim vero Hexaplaris Editionis Origenianae emendatos atque fuppletos, additis faepiffime Afterifcorum et Obelorum fignis, fumma cura edidit Joannes Erneflus Grabe S. T. P. Oxonii e Theatro Sheldoniano, fumtibus Henrici Clementis, Bibliopolae ad infigne Lunae falcatae in coemeterio S. Pauli. Londini, anno Chrifti MDCCIX. Fol.   [IV.]

Septuaginta Interpretum Tomus I. — Oxonii — MDCCVII. 8. maj.   [I.]
Septuaginta Interpretum Tomus II. — Oxonii. — MDCCXIX. 8. maj.   [II.]
Septuaginta Interpretum Tomus III. — Oxonii. — MDCCXX. 8 maj.   [III.]
Septuaginta Interpretum Tomus ultimus. — Oxonii. — MDCCIX. 8. maj.   [IV.]

Hoc opus chartae et typorum fplendore in utraque forma, tum majore tum minore, oppido fe commendat, majoram quoque lucem et clarhatem ab eruditis notis editoris acceptorum. Annotationes, quae ad ultimum tomum amandandae fuerant, morte editoris obvenients, lucem non afperxerunt.

Ex

") vid. Part. I cap. III, §. VI.
Biblioth. Sacr. Pars II.   Pp

Ex Cap. e. Prolegom. Grabii. §. 3. Cum in Bibliis Polyglottis textus MS.
libri Alexandrini nec adeo exacte ac plene, nec continua serie sit expressus, sed ubi a Romana editione, quam pro norma eligendam putavit Waltonus, dif-
crepat, in inferiori paginae ora per notas, easque hinc inde frequentissimas distinctas
leguntur; eumque aliquando, ubi integra capita sunt transposita, non sine mora ac
taedio eum assequi ac invenire possit lector: necessarium utique visum fuit, ut laudatus codex accurate typis ederetur, priusquam vetustate prorsus exederetur. Accedit quod Textus Alexandrinus, licet Vaticano, ut ante dixi, longe praeferendus, multis tamen in locis et ipse sit corruptus, ac mutilus partim, partim interpolatus: ubi
talis desiderata est editio, qua is emendatius ac redintegratius in lucem prodiret, §. 4.
Ante omnia scias L. B. quod textus codicis Alexandrini majusculo charactere sit expressus, paulo minori autem ejusdem sive supplementa, sive emendationes, quodque
his nihilo minus in margine lectio dicti Libri majoribus litteris sit apposita, adeo ut
uno intuitu perspicere queas, et quomodo is habeat, et quomodo habere debebat.
Ac plerumque mendosa verba e regione emendatorum excudi feci; attamen omnes
sive Librarii nostri, sive Libri, ex qua is descripsit, errores in margine annotare, ac
sacrum textum legentes citra rationem saepius interturbare nolui: sed commodam
potius duxi. menda manifestissima hoc loco recensere. — §. q. Sunt et alia quaedam menda, ab ipsis tam ab Librariis correcta: unde nos eorum emendationes in hac
Editione sequuti sumus, nisi ubi manifestae sunt eorumdem hallucinationes; tunc
enim primam scripturam expressimus. — § R. Textus Alexandrinus in nostra Editione quoad literarum charactere majore est expressus: quae autem minoribus typis excusa leguntur, pro emendationibus vel supplementis laudati codicis sunt habenda.

Novam, quam in me suscepi, (ait Joan. Ernest. Grabe) *) Editionem LXX.
Interpretum ita Deo juvante elaboravi, ut ad exemplar ab Origene in Hexaplis eum
Asteriscis et Obelis exhibitum quam proxime accedat. Ope enim atque auctoritate
MSC. codicum partim, partim editorum librorum quorumdam, non modo obelis
illis, quae ab Hebraeo codice absunt, verbis apponam, sed et ea quae in vulgato
textu ò textu desunt, suis quaeque locis. paulo minore tamen charactere inseram, praefixis quidem asteriscis, ubi ea ab origene ex Theodotionis vel Aquilae aut Symmachi versione addita constat, sine isto autem signo, ubi illa post Aristarchii aevum incuria Librariorum exciderint. Menda quoque plurima, quae hactenus irrepserunt,
e medio tollam; ideo ut ultra bis mille loca aegra sanitati, mutila integritati resti-
tuam, ac ducentos et quod excurrit versus integros addam. Haec ille. *)

[Celebratissimae hujus pariter ac splendidissimae editionis historiam dum
condimus, ut ipsius Codicis Alexandrini notitiam praemittamus, ordo descriptionum
requirit. Asservatur ille Londini in Bibliotheca Jacobaea seu Regia Londinensi,
tanquam venerandum Antiquitatis cimelium, quod Waltonus frequentius delineat:
„Manuscriptum Alexandrinum ex recensione Hesychii castigatum, litteris majoribus
„antiquis sine accentuum et spirituum nota exaratum, descriptum manu Theclae no-
„bilis foeminae Aegyptiae circa tempus Concilii I. Nicaeni: quod Cyrillus Lucaris,
„cum a Patriarchatu Alexandrino ad Constantinopolitanum vocatus esset, illi c se
„cum

*) In Epistola ad Huetiv. Hody relata p.   e) Le Long p. 195. col. 1. B.
639. de Biblior. textibus origin.

„cum tanquam magnum thesaurum Conftantinopolim transtulit, et per D. Thomam
„Roe equstem auratum, Regis Angliae apud Turcarum Imperatorem legatum, Ca-
„rolo I. Brittanniae Regi dono mifit; cujus etiam Hugo Grotius annotat. ad Nov.
„Teftam. aliquoties fub Anglici codicis nomine mentionem facit. Extant hujus Co-
„dicis Lectiones Variantes in Polyglottis Londinenfibus. Alexandrinum dicitur,
„non tam quod ex recenfione Hefychii fuerit, quam quod ex Alexandria allatum
„fit., r) Eundem codicem laudat *Jacobus Ufferius* Armachanus, notamque eidem
appofitam refert: *Liber eft Scripturae Sacrae Novi et Veteris Teftamenti, prout ex
traditione habemus, eft fcriptus manu Theclae, nobilis foeminae Aegyptiae, ante mille
et trecentos annos circiter paulo poft Concilium Nicenum. Nomen Theclae in fine libri
erat exaratum: fed extincto Chriftianifmo in Aegypto a Muhammedanis, et Libri una
Chriftianorum in fimilem funt redacti conditionem. Extinctum ergo et Theclae nomen
et laceratum; fed memoria et traditio recens obfervat.* †) Audianus denique ipfum
Joh. Erneft. Grabium, qui de codice, quem multis vigiliis omnique acre publici juris fecit, ita rationem reddit: „Equidem hunc Codicem Concilio Niceno haud
„antiquiorem effe S. Athanafii ad Marcellinum Epiftola, Pfalmis praefixa, una cum
„Eufebii Hypothefibus Pfalmorum plane evincit, ut et Capitula S. Evangeliorum,
„horumque minutior diftinctio in *ςιχους* fecundum Canones Eufebianos, minio in
„margine adfcripta. Quod vero non diu poft Concilium Nicaenum, Theclae, ad-
„eoque faeculi IV. aetate decurrente exaratus fuerit Codex nofter, ex eo colligo,
„quod nulla prorfus Epiftolarum Paulinarum divifio in *κεφαλαια* ae fectiones ibi
„appareat, prout dubio his perinde ut Evangeliis apponenda, fi talis aliqua exftitif-
„fet. Atqui jam anno Chrifti 396. Arcadio IV. et Honorio III. Coff. quempiam S.
„Scripturae peritum ae pium virum, cujus nomen nos fugit, Epiftolarum Pauli in
„Capitula diftinctionem ae fingulorum capitulorum fummas ac titulos confecifle con-
„ftat ex Euthalii praefatione in dictas Epiftolas an. Chrifti 462. fcripta, ae narratione
„laudati anonymi de Martyrio Pauli eidem fuffixa. — Is codex eft in folio fcri-
„ptus atramento in membrana. Singulae paginae duas exhibent columnas. Litte-
„rae funt unciales, rotundae, ubique ejusdem fere formae ae magnitudinis. Coe-
„terum de literis confonantibus pariter et vocalibus diphthongisque notandum, quod
„illae hinc inde, hae autem ubique fere locorum ae faepiffime fint inter fe permuta-
„tae. — Spiritus atque accentus quod attinet, eos in primis Genefeos Capitibus
„recentior manus appinxit: prima vero Librarii manus per totum codicem rarius
„addidit. — Voces plerumque integrae funt fcriptae, exceptis quibusdam, quae
„faepiffime abbreviatas videas. Coeterum verba ubique fere continuo literarum
„ductu funt inter fe juncta. — Porro notandum, quod Codex Alexandrinus ab ipfo
„fcriba, vel quopiam ejus coaevo, cum autographo, aut cum alio potius codice
„fuerit collatus ae fubinde emendatus, nec non in margine fuppletus, licet aliquando
„parum recte., *) Conftat exemplar illud magnificum ex quatuor voluminibus,
quorum tria priora Veteris Teftamenti libros continent, quartum vero Novum Te-
„ftamen-

Pp 2

p) *Walton* prolog. IX. §. 14.   r) *Grabii* prolcg. ad Octateuch. Cap. I.
q) *Jac. Ufferius* Syntagm. de LXX. Inter-   §. 5. 6. 8.
pret. p. 100.

ſamentum cum annexa ad calcem Epiſtola D. *Clementis* priori et poſterioris fragmento. *) Injuria vero temporis jam lacunoſus eſt codex; nam a Pſalmi 48. verſu
20, uſque ad verſum 12. Pſalmi 80, et Evangelium Matthaei uſque ad caput 27. In
eo deſiderantur.

Abſconditum honeſte Theſaurum in communes uſus publici juris facere jam
plures tentarant.   Caput VI. et VII. Libri Judicum juſſu *Jacobi Uſerii* typis mandatum erat. §. XV. *Patricius Junius* Librum Iobi ϵιχηϕωϛ edidit, §. XV. et *Thomas
Gale* Anno 1678. Pſalterium ex hoc codice Alexandrino evulgavit. *Patricius Junius*
vero integrum codicem edere in ſeſe ſuſceperat, ſed morte, quonimos promiſſa
ſtare potuiſſet, impeditus eſt.   *Grabio* itaque, Boruſſo, qui ad Anglos abiit, opus
illud immenſum mandit, qui conſilium de edendo Codice primum 1705. publice ſi-
gnificavit, et ſumma dexteritate atque religione coeptum opus ad finem perduxit;
quamvis aliter ſentiat *La Crozius.* *) Integri operis Tomus primus e Theatro Sheldoniano prodierat A. 1707. ſed ecce dum ſecundus exſpectatur tomus, biennio poſt
A. 1709. in publicum prodit tomus quartus ſeu ultimus.   Mirum hoc ſane videretur, niſi *Grabium* non ſine gravi conſilium ſuum mutaſſe ratione conſtaret.   Anxie
quaerebat *Grabius* MStum illud Syriacum, ex quo *Andreas Maſius* librum Joſuae exprimi curaverat: deſiderabatque duorum MStorum copiam, quorum
alterum in Bibliotheca Cardinalis *Chigi*, alterum in Bibliotheca Jeſuitarum Collegii *Ludovici* XIV. extabat.   Prius, MStum olim Maſsanum, Herbornae
in Bibliotheca *Johannis a Lens* latere ex litteris *Danielis Erneſti Jablonski*
compertum habebat.   Ne itaque tempus exſpectando otioſe tereret, editionem Tomi ſecundi et tertii in aliud differre tempus, ut ipſi quaeſita et litteris eſſlagi-
tata MSta conſulere vacaret, et tomum ultimum edere, viſum eſt *Grabio*.   Sed
antequam votorum ſuorum compos factus eſſet, ad ſuperos evocatus editor opus
minus completum aliorum manibus reliquit.   Succeſſit ei in opere edendo *Franciſcus
Lee*, Medicinae Doctor, qui ſecundum demum tomum A. 1719 evulgavit; poſt cujus fata tomus denique tertius A. 1720. lucem adſpexit.   Singulis tomis pererndi-
ta praemiſſa leguntur prolegomena.   In tomo primo epiſtolam nuncupatoriam *Annae*
Reginae Magnae Britanniae inſcriptam excipit *Humfredi Wanslei* teſtimonium de con-
cordantia hujus editionis cum Codice Alexandrino MSto; et *Johannis Pearſonii* praefatio paraenetica, ex editione LXX. Interpretum Cantabrigienſi.   Ipſa prolegomena
in quatuor capita diſtincta ſunt: I. Notitia Codicis Alexandrini, ejusdemque prae-
ſtantia prae editione Romana, praecipue quoad Octateuchum.   II. Ratio ac Methodus
hujus LXX. Interpr. editionis e codice Alexandrino.   III. Recenſio variarum editionum LXX. Interpretum, ut et MSS. Codicum Octateuchi, aliorumque monumentorum, quorum ope Textus Alexandrinus emendatus eſt, atque ſuppletus.   IV. Enu-
meratio locorum, quae per conjecturas in hac Octateuchi editione ſunt emendata,
ac forte emendanda, ut et cenſura in quasdam aliorum conjecturas.   Ad tomum ſecundum accedunt prolegomena itidem in quatuor capita diſtincta.   I. Notitia verſionis LXX. Codicisque Alexandrini praecipue quoad hunc tomum.   II. Ratio ac Methodus hujus Librorum hiſtoricorum Editionis e Codice Alexandrino.   III. Recenſio atque

*) *Millii* proleg. in N. T. p. 145.
*) vid. *Theſaurus* Epiſtolicus Lacroz. tom. III. p. 202.

que nfus editionum ac MSS. Codicum, quorum ope Textus Alexandrinus in hoc tomo est emendatus et suppletus. IV. Recensio locorum quorumdam in Libris his Historicis, quorum alia emendantur, alia explicantur aut illustrantur. Continentur hoc tomo Libri quatuor Regum, duo Chronicorum, Liber Estherae, Tobiae, Judkhae, Esdrae, Nehemiae, et quatuor libri Macchabaeorum. Tomo tertio, qui omnes continet Prophetas, in quorum numero Hosea agmen ducit et Daniel claudit, praemittuntur prolegomena, in quibus ostenditur quid in hac Prophetarum editione sit praestitum. Ultimo denique Tomo addita sunt prolegomena. Cap. I. quo notitia Cod. Alex. praesertim quoad hunc tomum traditur, et quae in illo Psalmis praefixa extant, accurate descripta exhibentur. Cap. II. Ratio et Methodus hujus editionis Psalmorum aliorumque librorum metricorum, e Codice Alexandrino. Cap. III. Recensio atque usus MSS. Codicum Psalterii, Jobi etc. nec non aliorum monumentorum, quorum ope textus Alexandrinus est emendatus atque suppletus. In Psalmis codicem lacunosum esse, jam supra observavimus. Hinc quae Codici deerant, e Codice Vaticano supplevit. Accedunt operi denique una cum effigie Reginae M. Brittanniae varia ornamenta aeri incisa, et singula ita adaptata sunt, ut et externa lectorum oculos ubique delectet forma.

Exemplaria in forma minori in octo Volumina sunt distincta. Ipse Grabius editionem seri curavit, tam ut emtoribus minori pretio, quo haec minor editio parari posset, consuleret, tum ut Iteratam, quam Amstelodamenses Bibliopolae meditari dicebantur, Impediret. Laudat hanc minorem editionem Jac. Frid. Reimmanus, qui vero in eo fallitur, quod, Brianum Waltonum primum Codicem Alexandrinum in lucem adspectumque publicum prodire jussisse, eumque Bibliis Polyglottis Londini excusa inseruisse, scribat. *)

§. LXIV.
Editio tertia.

Ἡ παλαια διαθηκη κατα τους ἑβδομηκοντα. Vetus Testamentum ex versione Septuaginta Interpretum olim ad fidem codicis MS. Alexandrini summo studio et incredibili diligentia expressum, emendatum et suppletum, a

Pp 3 Joan-

v) Conf. *Reimmanni* catal. Bibl. tom. I. p. 215. *J. G. Carpzovii* Critica sacra, p. 557. *Dav. Clerici* Biblioth. hist. et crit. tom. 4. p. 18. *Koechin* histor. critische Nachrichten, p. 125. Nachrichten von einer hallischen Bibloth. vol. · p. 187. *J. M. Gern.* Verzeichnis seiner Bibelsamml. p. 69. *J. C. Dornii* Bibliotheca theol. tom. I. p. 696 *J. G. Walchii* Biblioth. exeget. p. 139. *Wackner* Verzeichnis von rar. Büchern. p. · 14. Catal. Biblioth. Bunav. tom. 1. p. y. Unschuldige Nachrichten A. 1708. p. 331. Acta erudit. Lipsiens. A. 1704. p. 410. A. 1708. p. 91. A. 1710. p. 464 A. 1711. p. 471. et 511. Duo inprimis hic notanda sunt ipsius Grabii scripta Primum, in quo, ut supra monuimus, consilium suum

de edendo Codice Alexandrino primo publice declaravit: *Epistola ad Clarissimum virum Jo. Millium, qua ostenditur, Libri Judicum genuinam LXX Interpretum versionem eam esse, quam manuscriptus Codex Alexandrinus exhibet; Romanam autem editionem, quod ad dictum librum, ab illa prorsus diversam atque eandem cum Hesychiana esse.* Oxonii 1705. §. Alterum, in quo in ipsam Versionis Septuagintaviralis indolem inquirit: *Dissertatio de variis vitiis Septuaginta Interpretum versioni ante Originis aevum illatis, et remediis ab ipso in Hexaplari ejusdem versionis editione adhibitis,* Oxonii 1710. 4. Vitam editoris recenset *J. F. Niceronius* in Nachrichten von berühmten Gelehrten, tom. 21. p. 101. etc.

Joanne Ernesto Grabio S. T. P. Núnc vero exemplaris Vaticani aliorumque mss. codd. lectionibus var. nec non criticis differtationibus illuftratum infigniterque locupletatum, fumma cura edidit Joannes Jacobus Breitinger. Tom. I. Figuri Helvetiorum ex officina Joannis Heideggeri et fociorum. M.DCC.XXX. Tom. II. M.DCC.XXXI. Tom. III. M. DCC XXXII. Tom. IV. M.DCC.XXX. 4. maj. IV. Vol.

Duplex praemifit Editor, qui anno 1776. ad fuperos abiit, de hac editione paranda confilium A. 1728. In priori promittit omnia, quae ipfe poftea praeftitit; fed et plura exfpectari jubet.   Conftituerat operi Grabiano et fequentia addere. 1) Grabii Diff. de vitiis LXX. Interpretum verfioni ante Origenis aevum iftis, ac remediis ab ipfo in Hexaplari editione adhibitis. 2) Ejusdem Diff. finguларem de Alexandrini Codicis prae Vaticano praeftantiam. 3) Breitingeri Vindicias Codicis Alexandrini adverfus oppofitiones Theologi cujusdam Salamancani, et iniquas Cafimiri Oudini cavillationes. 4) Notitiam Codicis Vaticani; 5) Grabii Epiftolam ad Millium; 6) Breitingeri notitiam codicis MS. Tigurini, Libri Pfalmorum, qui aetate Alexandrino et Vaticano haud inferior, et ejus ope infignes in utroque codice lacunas explere animus eft, et 7) Varias ad calcem operis rejectas lectiones variantes. De hisce aliquantulum, uti ex ipfa operis recenfione patebit, recefit. Alterum Idque Novum Confilium de editione LXX. Interpretum prodiit IX. Kalend. Maji 1728. Quae hic promittuntur, ita accurate praeftita funt. Audiamus ipfum Editorem: „— Vellm autem ita habeas, hanc effe praecipuam noftram curam, ut
„puram et finceram τῶν ό Lectionem ope et ad fidem optimorum Codicum MSS. reftituamus; cum enim nulla in tanto numero editionum fit, quae vel perfectiffimo-
„rum et antiquiffimorum Codd. Vaticani et Alexandrini Lectiones inter fe, qua par
„eft, fide et diligentia componat, et in quo vel conveniant, vel differant, defi-
„nia: ; optime de literis mereri mihi videbar, ut hanc ego curam in me fufcipe-
„rem, et doctorum virorum defideriis in hoc genere fatisfacerem: ita dabit nova,
„quam molimur, Editio, praeter luculentiffima in hanc Interpretationem Virorum
„Eruditorum Prolegomena, textum ad fidem codicis Alexandrini fummo ftudio ca-
„ftigatum, feu integrum opus Grabianum, quod plurimi dudum tam aequo pretio
„parabile votis omnibus expetiverunt. Dabit praeterea omnes Codicis Vaticani
„differentias, qnas ex ipfa prima ejus editione repetere animus eft, quae Sixti V. P.
„M. auctoritate A. 1587. Romae vulgata eft. — — Iiis uberrimi fupplementi lo-
„co accedent diverfae fcripturae variorum Codd. MSS. qui maximam partem etm
„editis hactenus collati non funt: Sunt autem III. Bibliothecae Academiae Bafilien-
„fis Codd. membranacei, quorum unus Genefin atque Exodum complectitur, cum
„plurimis gloffis ex vetuftis graecis PP. collectis; fecundus 4. Libros Regum et 2.
„Paralip. iisdem enm gloffis; tertius denique fimili modo illuftratum Jobum, Salomo-
„nis Proverbia, Ecclefiaften, Canticum, Sapientiam et Siracidem: de quibus Vir
„Venerandus — Jac. Chriftoph. Ifelius S. S. Th. D. et Pr. ita monet: Neque eft fa-
„ne quod exiftimes ab ullo antehac effe cum editis collatos: nam quas paucas Lectiones
„varias a Celeb. Monfalconio allegantur, puto illas ego Mabillonium, vel fi quis fuis
„aliis, certis locis curfim infpectis, ut fere fit in peregrinatione ab hominibus erudi-
„tis, olim adnotaffe. Pretiofiffimum vero, quem Bibliotheca Tigurina affervat, Co-
                                                                                         „dicem

„dicun Libri Psalmorum, membranaceum, purpureum, literis aureis et argenteis
„descriptum, qui aetate et auctoritate Alexandrino et Vaticano inferior baud est, et
„cujus ope insignes in utroque lacunae commune expleri possent, integrum adjiciam,
„Obtulit praeterea in examinandis graecis Bibliothecae Augustanae membranaceis
„duobus voluminibus operam suam Vir literatissimus — J. G. Schelhorn, Illustr.
„Reip Memming. Bibliothecarius, quorum alterum Libros Josuae, Judicum, Ruth,
„Regum et Paralip. complectitur; alterum vero Josuae, Judic. Ruth. Regg. et To-
„biae. Addam denique lectiones Codicis MS. laceri in Octateuchum, quem servat
„Bibliotheca Lugd. Bat. et quo usus est Clariss. iur ἐν ἁγίοις Frues. Grabe in emen-
„danda Codicis Alexandrini corrupta lectione. Ita haec nostra, quam commenda-
„mus, Editio rerum pondere et copia, reliquis, quae extant, omnibus, palmam
„facile praeripiet, et digna inprimis erit, cui in publicis quoque Bibliothecis locus
„concedatur. Quantum vero ad externum ejus nitorem attinet, visum est Typo-
„grapho, ne prolixius omnia videatur polliceri, quam praestare possit, operis ali-
„quod specimen subjungere, ex quo singuli de chartae et characterum forma atque
„elegantia arbitrari ipsi possint. Si qui fuerint, quos offendat, nullas a nobis Co-
„dicis Vaticani ab Alexandrino discrepantias ad priora Geneseos commata adferri, si
„meminerint, Romanum Codicem longo aevo consumptis membranis mutilatum es-
„se ab initio usque ad Cap. 47. Geneseos. Plura non addo. Valete et aequos vos
„praebete Arbitros.„ Haec sunt, quae scire voluit editor, antequam istum in publicum prodiret opus, quod post biennium publici juris factum, singula promissa
ex asse comprobavit. Ne vero in recensendo opere, quae jam §. praecedenti de
opere J. E. Grabii dicta sunt, hic iterum dicenda veniant, ex omnibus iis, quae
isto opere continentur, ne verbulum quidem hic defloreri, in genere observasse sufficiat. Habes itaque hic tomo primo, Epistolam nuncupatoriam Reginae M. B. a
Grabio bistriptam, cui accedit Breitingeri epistola ad Praesides Ecclesiae scholaeque
Tigurinae: porro Joannis Pearsonii praefationem paraeneticam; praefationes in editionem Romanam anno 1587. vulgatam, et Grabii prolegomena ad Octaterchum.
Subjunguntur hisce Lamberti Bos animadversiones ad loca quaedam Octateuchi, ex
prolegomenis editionis ab ipso procuratae; et denique praefatio in hanc novam editionem, multa eruditione referta, et nomine Breitingeri omni ex parte digna. In
hac praefatione, praemissis nonnullis de versione septuagintavirali ejusque dignitate, id inprimis agit, ut Lamberti Bosii editionem sub censuram vocet; atque multis
exemplis demonstret, eum non editionem Romanam ipsam, sed vel iteratam Morini
editionem, vel potius editionem Waltoni in Bibliis Polyglottis Londinensibus sequu-
tum esse. „Quoties enim„ (sunt verba Breitingeri) „recentiores hae editiones ab
„Archetypo suo discrepant, toties fere Bosianum exemplar illas sequitur, relicta
„Romana lectione.„ Eodem modo ad reliquos tomos accedunt Prolegomena Grabii:
Ad ultimum vero reliquis accedit nova praefatio, qua, cur, uti Grabius fecerat, ultimum tomum secundo et quarto praemiserit, rationem reddit. Textus accurate ex
editione Oxoniensi descriptus, cui Variantes Codicis Vaticani Lectiones subjectae
sunt, nihil immutatum est, si a mendis typographicis et quibusdam emendationibus
Grabii recensea. Compendia vero scribendi singula prorsus eliminata sunt. Typi
claritate et chartae nitore sese lectori commendant. Editos omnia tanta cura, tanta

accu-

accuratione, tantaque eruditione praeſtitit, ut haec ipſa editio Oxonienſi palmam
non tam dubiam reddat, quam penitus praeripiat. *)

§. LXV.
Editio iterata polyglotta.

Biblia Graeca ex Codice Alexandrino, cura M. Chriſtiani Reineccii. Lipſiae ſumtibus Haered. Lankiſianorum. MDCCL. Fol.

v. Biblia Polyglotta Lipſienſia. *)

Jam Anno MDCCXIII. finita Novi Teſtamenti editione polyglotta, et Vetus Teſtamentum quadriglotton imprimi coeptum erat. Septuagintaviralem Verſionem ex editione *Grabii* operi inſerere ſtatuerat editor. Verum cum *Grabii* editio,
uti ſupra indicavimus, usque ad annum MDCCXIX. et XX. antequam finiretur, re-
tardaretur: idem accidit operi polyglotto, quod Anno MDCCL. demum in publicum exiit. Habetur hic Textus graecus ex editione *Grabii* cum variantibus lectionibus Codicis Romani. Quae auctor noſter de editione anni 1713. in forma quarta
refert: „Biblia Graeca verſionis LXX. Interpretum juxta edit. J.E. Grabii ex codice
„Alexandrino, notatis inſimul in quavis pagina edit. ex Codice Vaticano diſcrepan-
„tiis, opera Chriſtiani Reineccii in 4. Lipſiae, Lankiſianorum. 1713., ex errore or-
„ta ſunt. Propoſitum ſuum editionem procurandi hoc anno *Reineccius* publice annun-
ciaverat. Unde haec Biblia auctori noſtro nata ſunt. *)

§. LXVI.
Editiones tentatae.

* Bibliorum Graecorum LXX. Interpretum editio a Frontone Du-
caeo tentata, a Romanis impedita et ſuppreſſa, ut memorat Claudius Sarravius; *) „Cogitaverat aliquando Fronto Ducaeus de recenſendis Graecis Sixti
„Bibliis, et multa, ut ajunt, praeclara in eam rem congeſſerat. Dum autem
„omnem movet lapidem, ut ſuam *ἐκλέγη*, undique conquiſitis opibus, locu-
„pletet, ſcripſit de ſuo conſilio Romam ad ſocios, et ad Vaticanae Biblio-
„thecae cuſtodes, ut ſe aliqua juvarent illi vero, quos promovere debe-
„bant, conatibus interceſſerunt bis fere rationibus. — quod omnes iſtae le-
„ctionum varietates turbarent potius, quam firmarent Chriſtianorum animos;
„quodque poſt Clementis Vulgatam, nihil, quod alicujus foret momenti,
„ſupereſſet. Nec hoc dixiſſe contenti, voluerunt, juſſerunt, ut Romam mit-
„teret, quaecunque de eo argumento ſibi paraviſſet. Parere autem neceſſe
„fuit illi, cui ita omnis inſumptus labor *ἄιχετο*. Hoc de Frontone nuper
„didici ab ipſo Sirmondo.„

Sic

z) Conf. Nachrichten von einer hall. Biblioth. vol -. p 416. J. M. Ganii Verzeichnis ſeiner Dibelſamml. p. 71. Mich. Librorum
exegetiſche Biblioth. p. 36. Acta Erudit.
Lipſ A 1712. p. 345 J. G. Walchii Biblioth.
exeget. p. 141. Sammlung von Alten und
Neuen theolog Sachen A. 1718. p. 414. A.
1732. p. 264. Coleri auserleſene theologiſche

Biblioth. vol. 3. p. 654. vol. 4. p. 919. Ni-
cerons Nachrichten von berühmten Gelehrten vol. 21. p. 9. Catalogus Biblioth. Bunav. tom. 1. p. 9.
y) Conf. Part. I. cap. III. §. VII.
x) Le Long p 196. col. 1. E.
a) In Epiſt 18y. ſcripta Jacobo Uſſerio Armachano anno 1648. pag. 193. Epiſtol. ejusd.

Sic loquitur ipſe Ducaeus in Epiſtola ſua ad Seb. Tengnagelium anno 1621. ſcripta. *) „Scito interim a nobis praelo adornari Theodoreti opera, „quae accitis Italorum auxiliis exſcribi cuncta curavimus, ut ſimul uſul nobis „eſſent ad eruendas varias lectiones Graecorum Bibliorum, quorum editionem „communem, quam vocat Hieronymus κοινην, et nobis ſuſcipiendam duxi- „mus, additis Obelis et Aſteriſcis in iis locis, in quibus a textu LXX. dif- „ſentiat. „

Aliam quam ſupra Sarravius impeditae hujus editionis cauſam expo- nit Jacobus Sirmondus in Epiſtola anno 1626. ſcripta ad Seb Tengnage- lium. *) „In Bibliis ſacris multum et diligenter laborabat Ducaeus, unum- „que hoc opus prae coeteris urgebat: ſed vereor, ne in poſterum ſperare li- „ceat, propter novam editionem Graeco-latinam, quae hic jam inchoata eſt, „curante ut audio Joanne Morino, e Congregatione Oratorii viro docto „ *)

[Habuit Ducaeus amicos et ſautores, qui conatibus ſuis applauden- tes data opera, quod moliebatur opus promovere ſtuduerunt; quorum in numero fuit Peireſcius, de quo Gaſſendus ſequentia retulit: „Quoniam vero „Fronto Ducaeus parabat eundem tempore editionem codicis Graeci, literis „majuſculis ſcripti, magnamque Bibliorum partem continentis, et ea quidem „antiquitate, ut diceretur correctus manu propria Origenis atteſtantis, cum „tetraplis magnae vetuſtatis collatum, ideo cum Peireſcius probe meminiſſet „exſtare apud eundem Cottonum MStum Graecum pretioſiſſimum, ab usque „Theodoſii temporibus characteribus etiam majuſculis exaratum, et a Rege „Jacobo mille aureis emtum; ideo inquam, ut ea editio ex collatione fieret „completior, ſcripſit miſitque in Angliam, et ſide ſpouſioneque data Codicem „obtinuit, cumque Frontone communicavit., *) Romae vero, editionem novam impedire factus viſum eſt. Cur vero id factum ſit, non difficile eſt dijudicatu. Ficulnea ſunt, quae ipſi Romae ſcripſerunt ſocii. Verum Du- caeus moliebatur non novam editionis Romanae, uti Morinus prudenter ſuſ- cipiebat, editionem, ſed aliam, ut editionem κοινην antiquis dictam reſtitue- ret. Tales vero conatus auctoritati Pontificis Maximi, tum et Illuſtrium Car- dinalium, qui operi Romano praefuere, multum detrahere viſi ſunt. Hinc ut illa tecta et intemerata maneat auctoritas, quo minus opus novum in pu- blicum prodeat, impedire prudentiae eſſe crediderunt !)

* Paulus Colomeſius in Epiſtola Gallica anno 1685. ad Chriſtoph. Jo- ſtellum ſcripta de Hiſtoria critica Veteris Teſtamenti, poſtquam Ducaeani in- ſtituti mentionem feciſſet, ac narraſſet eadem, quae ſupra Sarravius, a quo haec acceperat, addit: „Si Deo placuerit, irritum Frontonis conſilium exe- „quar,

b) Pag. 267. lib. I. Comment. de Biblioth. Vindobonenſi.
c) Tom. I. pag. 164. Comment. de Bi- blioth. Vindobon. a Petro Lambecio relata.
d) Le Long p. 191. col. 1, C.

e) In vita Peireſkii ap. Fabricium Biblioth. gr. vol 1. p. 18.
f) Conf. Frickii proleg. ad Bibl. graec. p. 53. Acta erudit. Lipſienſis A. 1698. p. 20.

„quar, Romanam fcilicet LXX. Interpretum editionem typis iterum manda-
„bo, cui adjiciam Novum Teftamentum Graecum multopere recognitum,
„ac plurimis illuftratum parallelis, quae commentarii vicem fupplebunt., *)
        [Addimus hisce, cujus jam fupra §. LXIII. mentionem fecimus, Pa-
tricium Junium, Anglum, qui verfionem graecam e Codice Alexandrino
recenfere fufceperat; fed morte praeventus opus ad finem perducere haud
potuit. Quae eum in finem in Graecam verfionem confcripfit commentaria ad Cap XVII. Libri Numerorum perducta Tomo Sexto Bibliorum Polyglottorum Londinenfium inferta leguntur. *)   Ifaacus denique Voffius novam LXX. Interpretum editionem fperari juffit, a Pearfonio itaque ad
promiffa exfolvenda invitatus §. LVIII.   Sed et hujus editio ad Bibliothecam latentem et promiffam ablegenda eft.

§. LXVII.
Genefis Graece.

[I.]   Genefeos capita V. priora, graece; cura Johannis Draconitis. Viteber-
         gae excudebat Joannes Cratо. MDLXIII. Fol.
         Vide Polyglotta *)
[II.]   Prima IV. Genefeos capita Graece converfa cum interpretatione latina.
         Helmftadii apud Wigandum. 1725. 8.
[III.]   * Genefis graece, cura Eliae Hutteri. Norimbergae 1601. 8.
         Vide Polyglotta. *)
[IV.]   Genefeos tria capita priora, graece, cura Petri Artopoei. Bafileae
         1545. 8.
         Vide Polyglotta. *)
[V.]   * Genefeos Caput I. hebraice et graece, fpecimen Hexaplorum Origenis,
         fragmentis veterum Interpretum e Philoponi maxime commentariis in
         Hexaemeron conquifitis, eum v. 1. cap. XI. Ofeae, ex eadem editione
         Hexaplari. (Hamburgi 1707. 4.)
              Defcriptum exftat in Bibliotheca Graeca V. Cl. Joh. Alb. Fabricii lib. 3.
cap. 11. *)

§. LXVIII.
Exodus et Leviticus graece.

Exodi Particula atque Leviticus graece, edidit e cod. MS. Bibliothecae
Collegii Paulini Lipfienfis Joh. Frid. Fifcherus. Lipfiae ex officina Saal-
bachia. A. C. cIɔ IɔCCLXVII. 8. maj.
        Ex Praefatione : „Quum ego ante annos aliquot conquirere inftituiffem et
comparare copias, quarum auxilio uterer, cum in Clave Fragmentorum Graecorum
Vete-

g) Le Long p. 192. col. 2. A.   vid. Fabri-   l) Ibid. §. XIV. n. 5.
cium l. c. p. 329.
h) v. Fabricium l. c. p. 318.   m) Le Long p. 196. col. 2. E. Conf. Part.
i) Part I cap III §. X. n. 1.   I. Cap. I. Sect. III. §. 47. n. 2. et fupra §.
k) Ibid. §. XI. n. 2. Le Long p. 196. col. XIV.
n. E.

Veteris Teftamenti adornanda, tum in augendis locupletandisque Hexaplorum Origenianorum Reliquiis: incidi etiam — in Codicem Membranaceum Verfionis Alexandrinae admodum antiquum, feptingentos enim habere annos videtur, ena-
demque oppido bonum et accuratiffime fcriptum, quo tertius quartusve libri Mofis integri continentur, et particulae quaedam fecundi libri atque quinti, fed cujus
margines commiffa fibi ab eadem manu oftentant multis locis fcholia utilia non minus
quam reliquorum interpretum verba. In his cum vidiffem multa extare, quae a
Montefalconio, fummo viro, in Codicibus vetuftis non reperta, neque adeo vulgata effent: jam tum conftitueram, ut prodeffem ftudiofis divinarum literarum, fed
fuperfederem labore molefto excerpendi et colligendi varientes lectiones e libris caeteris, Codicem integrum edere., Fragmenta Libri Exodi incipiunt C. XXXII, 17.
verbis Την Φωνην του λαου κραζοντων, uti et legit Codex Alexandrinus, et usque
ad finem libri pergunt. Leviticus integer exhibetur. Quae in Codice margini commiffa erant, hic in margine inferiori apparent.

§. LXIX.
Decalogus graece.

Decalogus graece. Studio Johan. Clajj. Wittebergae excudebat Johannes   [I.]
   Crato. 1572. 8.
Decalogus graeco — Clajj. Witebergae excudebant haeredes Johannis   [II.]
   Cratonis. 1587. 8.
Decalogus graece — Clajj. Witebergae 1594. 8.   [III.]
Decalogus graece — Clajj. Witebergae 1597. 8.   [IV.]
Decalogus graece. Magdeburgi 1684. 4.   [V.]
Decalogus graece. Panfiis apud Jacobum Gizelium. 1544. 16.   [VI.]
Decalogus graece. Jenae 1692. 12.   [VII.]
   De hisce omnibus vide inter Polyglotta. *)

§. LXX.
Numeri et Deuteron.

Numeri et particula Deuteronomii graece, edidit e cod. MS. Bibliothecae
   Collegii Paullini Lipfienfis Job. Frid. Fifcherus. Lipfiae ex officina Saal-
   bachia. A. C. CIƆ IƆCCLXVIII. 8. maj.
   Editio fuperiori §. LXVIII, in omnibus fimilis. Editor elegantes de verfionibus Graecis librorum V. T. Litterarum magiftris prolufiones ab anno
1762. edidit, easque anno 1771. 8. in unum redegit fafciculum.

§. LXXI.
Jofua graece.

* Jofuae imperatoris hiftoria illuftrata atque explicata ab Andrea Maffo —
   Antwerpiae ex officina Chriftophori Plantini Archicypographi Regii.
   1573. Fol.
   V. inter Polyglotta. *)

                                   Q q 2   Haec

Haec editio Septuaginta duorum Interpretum quidem est, sed admixtione verborum Theodotionis suppleta, atque asteriscis, obeliscisque et lemniscis, ut olim ab Adamantio, ubique distincta, illustrataque et ab incredibilibus multis mendis repurgata.

Ex Masii Epistola ad Philippum II. Hispaniae Regem nuncupata. „Ego igitur in Josua et menda omnia, quoad ejus a me fieri potuit, in tanta pravitatis vetustate) correxi, et asteriscos obeliscosque suis locis restitui. In ea autem correctione emendationeque cum aliorum vetustissimorum codicum et praesertim ejus, „qui in Vaticana Bibliotheca habetur, fidem suam secutus; tum Interpretem Syrum „ubique auctorem certissimum habui, qui ex Graeca ad verbum expressit ante annos „nongentos, quas in Adamantii Hexaplis ab Eusebio in nobili illa Caesariensi Bibliotheca fuere collocata. — Nolim enim suspicari, meo me sisum ingenio, quadam „perspicacitatis opinione, vel literam unam mutasse.„ Idem Masius in praefatione annotationum in Josue, de versione LXX. Interpretum ita loquitur: „Quid ego sentiam de hac versione, si quis me roget, non dissimulo etc.„

Monendus est Lector (inquit Joh. Morinus) p) versionem graecam de novo a Masio non esse compositam; elegit ille Aldinam editionem, ut omnium, quae tum ferebantur, sincerae Septuaginta Interpretum editioni conformiorem, et juxta Syrum suum exemplar, ex Complutensi aliisque Codicibus, supplevit quae in ea desunt, aut restituit quae abundabant, aut denique reformavit, quae aliter se habebant. Varias praeterea lectiones, ut annotatas in Syro codice deprehenderat, sub limasso margini apposuit, ut ipse haec omnia narrat in adnotationibus ad illas Origenis figuras a se recens Graecae translationi restitutas. q)

[Codicem, quo usus est Masius, sese ita subduxisse, ut et Grabius illius compos haud fieri potuerit, maxime dolendum est. Dignus erat, qui ad illustrandos plures V. T libros adhiberetur. Haec enim de illo habet Jacob Usserius, Armachanus: „Habuisse se testatur Andreas Masius Deuteronomii bonam partem et „omnes Veteris Testamenti Libros Historicos, Alexandriae a Syro interprete anno „Alexandri 927. (qui anno aerae nostrae Christianae 626. maxima ex parte respon„det) conversos ad verbum de Graeco exemplari, quod manu Pamphili ad Origenis li„bros, qui in Caesariensi ecclesiae bibliotheca adservabantur, fuerat emendatum, cum „huic ad eam rem adjutor fuisset suus Pamphilus. Unde et librum Josuae Graeco ac „Latine obelis, asteriscis et lemniscis distinctum Antwerpiae — exeudendum „curavit.„ r)

§. LXXII.
Ruth graece.

[1.]　* Historia Ruth, ex ebraeo latine conversa et commentario illustrata. Ejusdem historiae translatio graeca ad exemplar Complutense, et notae in ean-

p) Exercitat. Biblic. lib. 1. Exercitat. 9. cap. 7. p. 74. De editione cum nota anni 1604. v. infra polygl. l. c. &c.
q) Le Long p. 107. col. 1. A.
r) Joh. Usserii Syntagm. de LXX. Interpr. inter Syriaca.

eandem. Additus eft tractatus, an Ruben Mandragoras invenerit; Opera et ftudio Jo. Drufii. Franeckerae 1586. 4. ')
[Vitae operumque editoris delineationem edidit Abclus Curiander. Franeckerae 1616. 4.

* Hiftoria Ruth — Opera et ftudio Jo. Drufii. Amftelodami 1632. 4. ')   [II.]
[Editio iterata.
Ruth. Libellus hiftoricus graece — cura Conradi Neandri, Bergenfis. Vi-   [III.]
tebergae, excudebat Johannes Crato. 1592. 8.
V. inter Polyglotta. ')
* Libellus Ruth graece ex Veneta editione. v. idem polyglottus 1599. ')   [IV.]
[Ita Le Long. Refpicit vero Biblia Polyglotta El. Hutteri, quae Libello Ruth deftinat.

§. LXXIII.
Efther graeca

* Libri Efther editiones Graecae duae, ex Arundellana Bibliotheca pro-   [I.]
ductae: Alexandrini quoque et Romani Exemplaris in Cap. VI et XVIII.
Libri Judicum, difcrepante lectione adjecta. Londini 1655. 4. ')
[Adjecit duplicem verfionem Ufferius Syntagmati de LXX. Ita ut editio
Origenica interiorem, editio vetus altera exteriorem occupet marginem. De utraque ita differit editor: „Eftherae quidem duas in Arundelianae bibliothecae codice
„MS. editiones nacti fimus; contractiorem unam, uberiorem et Origenials afterifcis
„fignatam aliam: in quarum tamen utraque reperta ea funt omnia, quae textui He-
„braico a LXX. addita fuiffe Origenes, in Epiftola ad Julium Africanum fignificave-
„rit. — Ambas hasce editiones conjunctim ad finem hujus tractatus fubjicere vi-
„fum fuit: In breviore quidem illa lacunarum fpatiis, quae in MS. cernebantur, ex
„codice Alexandrino fuppletis, et quo a coeteris diftinguerentur, intra uncos inclufis;
„in Origeniana vero altera, ad afterifcos in libro repertos, ea quae in Hebraeo re-
„perta a LXX. omiffa fuerant, defignantes, additis et obelis, ea quae hebraicae ve-
„ritati funt adjecta declarantibus, et utrobique notula ut in Syriaco Mafii codice ap-
„pofita, loca Obelorum et Afterifcorum fignificationem terminantia indicante.„ ')
Libri Judicum Capita duo, duplicem quoque habent verfionem, priorem ex editione Romana, pofteriorem ex codice Alexandrino.
Libri Efther Editiones Graecae duae — Lipfiae fumptibus Johannis Cafpa-   [II.]
ri Meyeri, literis Colèrianis. Anno M.DC.XCV. 4.
Londinenfem editionem Syntagmatis Ufferiani, hinc et duplici Eftherae
verfionis, recufam dederunt hoc anno Lipfienfes. ')
Qq 3   * LI.

r) Le Long p. 197 col 1. E.
r) Le Long ibid. Conf Walchii Biblioth. exterget pag 401. J. P. Niceronii Nachrichten von berühmten Gelehrt vol. 16. pag. 186.
u) Part I cap. III. §. XVII
x) Le Long p. 197. col. 1. E. Conf. Part. I. cap. III. §. XI.

y) Le Long p. 197. col 1. E.

z) Ufferius in Syntagm. p. 105. Conf J. P. Niceroni Nachrichten von berühmten Gelehrten vol. 1. p. 16. Conf fupra §. XV.

a) Catal. Biblioth. Bremv. tom. 1. p. 9.

310   PARTIS II. VOL. II. SECTIO I.

[III.]   * Libri Efther Editiones Graecae duae. Lipfiae 1760. 4. *)
[Hanc editionem recenfet auctor nofter, fed intra quinquennium bis opus
recufum fuiffe, mihi non eft probabile.

[IV.]   Liber Eftherae ex verfione Graeca et Latina, editus ab Herm. van der
Hardt Helmftadii apud Schnorrium. 1717. 8.

[V.]   Fragmenta Eftherae ex duplici verfione Graeca. Romae 1772. Fol.
In Differtatione tertia Apologiae verfionis Septuagintaviralis, editioni Romanae Danielis fecundum LXX. adultae. v. infra §. XCIX.

§. LXXIV.
Jobus graecus.

[I.]   * Textus Jobi expreffe juxta veram et germanam LXX. feniorum interpretationem e venerando Bibliothecae Regis Angliae Manufcripto Alexandrino. Studio Patricii Junii. Londini, e typographio Regio. 1637.
Fol. *)
[Editionem Codicis Alexandrini in fe fufceperat Patricius Junius, enjus fpecimen hac opella evulgavit. Adhaeret illud Catenae graecorum Patrum in beatum
Job collectore Niceta, Heracleae Metropolita ex duobus MSS. Bibliothecae Bodlejanae
collectibus, graece nunc primum editae et latine verfae, opera et ftudio Patricii Junii, Bibliothecarii Regii, Londini 1637. Fol. *)

[II.]   * Textus Jobi ΣΤΙΧΗΡΩΣ juxta editionem Londinenfem. Johannes Terentius Friftus recenfuit et variantes Lectiones adjecit. Franeckerae e
Typographia Johannis Wellens 1663. 4. *)
[Jam fupra inter Chaldaica, §. XXXII. hanc editionem recenfuimus, quare
hic tantummodo monemus, Terentium praecedentem Junii editionem adjunctis variantibus lectionibus recufum dediffe.

§. LXXV.
Pfalteria Graeca, polyglotta.

[I.]   * Pfalterium graecum, Juftiniani. Genuae. 1516. Fol. *)
[II.]   * Pfalterium graecum Pockenii. Coloniae 1518. Fol. *)
[III.]   * Pfalterium graecum. Bafileae typis Amerbachii. 1518. Fol. *)
[IV.]   * Pfalterium graecum. Bafileae apud Frobenium. 1532. Fol. *)
[V.]   * Pfalterium graecum. Parifiis apud Cephallon 1533. Fol. *)
[VI.]   * Pfalterium graecum Parifiis typis Carolae Guillard. 1543. Fol. *)
[VII.]   * Pfalterium graecum. Seb. Grypbii. Lugduni. 1530. 8. *)
[VIII.]   Pfalterium graecum. Lipfiae. 1533. 8. *)
[IX.]   * Pfalterium graecum Petri Artopoei. Bafileae 1545. 8. *)

* Pfal.

b) Le Long p. 197. col. 1. E.
c) Le Long p. 197. col 1 E.
d) Nachrichten von einer hall. Biblioth.
vol. 7. p. 490. Conf fupra §. XV.
e) Le Long p. 198. col. 1. A. Conf. Fabricii Biblioth. gr. vol. 2 p 323. J. M. Gesll
Fortfetzung des Verzeichniffes etc. p. 17.
f) Part. I. cap. III. §. XXV.

g) Ibid. §. XXVI.
h) Ibid §. XXVII. n. 1.
i) Ibid. §. XXVII. n. 2.
k) Ibid. §. XXVII. n. 3.
l) Ibid. §. XXVII. n. 4.
m) Ibid. §. XXVII. n. 5.
n) Ibid. §. XXVII. n. 6.
o) Ibid. §. XXVII. n. 7.

* Pfalterium graecum Petri Artopoei. Bafileae 1548. 8. ꝑ)   [X.]
* Pfalterium graecum Eliae Hutteri. Norimbergae 1602. 8. ꝗ)   [XI.]
* Pfalterium graecum Eliae Hutteri. Amftelodami 1615. 8. ꝛ)   [XII.]
* Pfalterium graecum Jacobi Gordoni. Parifiis 1632. Fol. ꝼ)   [XIII.]

§. LXXVI.
Pfalteria graeca feculi XV.

* Pfalterium Graece, cum verfione latina vel potius recognitione Joannis   [I.]
Creftoni Placentini Munachi; praemiffa eft ejus epiftola ad Ludovicum
Donatum Epifcopum Bergomenfem. (Mediolani 1481.) Fol.
Ad calcem legitur: Impreffum Mediolani M.CCCC.LXXXI. die 20. Se-
ptembris. Primus ex Libris facris Graece mandatus typis.

Ex Epiftola dedicatoria: Circiter feptuaginta loca correximus Graecam veritatem fecuti. Verba, quae deerant, fub locis addimus. Unum te praeful memo-
rande ignorare nolo: Pfalterium quod Ambrofianum dicitur in paucis imo in nullis a
Graeco difcrepare. — Feel et ipfe in hoc Pfalterio; non tamen ut Graecis fchematis
uterer, fed ut Graece difcere volentibus morem gererem, verbum verbo reddidi. ꝭ) —

[Infcribitur opella: *David Prophete et Regis Melos*. Ad calcem vero notatur:
Impreffum Mediolani impenfa Bonaccurfii Pifani. Anno M.CCCC.LXXXI. *die XX. Se-
ptembris*. Forma eft vel fol. min. vel quarto. Editor eft *Johannes Chreftonus* five
Craftonus Placentinus Monachus, qui dum Vulgatam textui graeco addidit, illam
huic conformavit. e. g. Pf. XVIII, 14. *Si mei non fuerint dominata*. Pf. LXXXVI, 5.
Mater Sion dicet homo, et homo natus eft in ea. Accedunt ad calcem Cantica nonnulla V. T. ꝭ)

* Pfalmi Graece, charactere vetuftiffimo et fingulari, in cujus Voluminis   [II.]
fine legitur: In nomine fanctae Trinitatis Patris Filii et Spiritus fancti:
Excudi hunc librum ego Alexander ex Candace (*five Candie*) urbe Cre-
tae, filius fapientiffimi et celeberrimi Domini Georgii Presbyteri τοῦ
Ἀλεξάνδρου, anno millefimo quadringentefimo octogefimo fexto menfis
Novembris die decima quinta. Venetiis. (1486.) 4.

Extat haec editio Parifiis in Bibliotheca Soubiziana. ꝭ)

[In ufum Graecorum Ecclefiarum videtur pr. curata edito, cui *Alexander*
titulum dedit. Add προφήτου καὶ βασιλέως μέλος μέμνηται ἱερᾶς μελῶδὲν ἄσματα
del. Centum et quinquaginta Pfalmis additur Pfalmus CLI. cum pugnaret David cum Goliath; Oda Mofis ex Exod. Oda ejusdem ex Deuteron. Preces Annae matris Samuelis;
Oratio Habacuci, Oratio Efaiae, Oratio trium puerorum; Oda Delparae cum audiret An-
gelum, et Oratio Zachariae. Ad calcem haec leguntur: Ἐν ὀνόματι τῆς ἁγίας
τριάδος τοῦ πατρὸς καὶ τοῦ υἱοῦ καὶ τοῦ ἁγίου πνεύματος. σύνθεσις ἀλεξάνδρου
τοῦ ἀπὸ τῆς Κανδάκος τῆς Κρήτης. υἱὸς δὲ τοῦ σοφωτάτου καὶ λογιωτάτου κυρίου
γεωρ-

ꝑ) Ibid §. XXVII. n. 1.
ꝗ) Ibid §. XI. n. 6.
ꝛ) Ibid. §. XI. n. 7.
ꝼ) Ibid. §. XXVII. n. 9. et Cap. I. Sect. III. §. LV.
ꝭ) Le Long p. 191. col. 1. B.
ꝭ) Maunarre annal. typogr. tom. 4. part. 2. p. 416.
ꝭ) Le Long p. 191. col. 1. D.

γεωργίου ἐκ τοῦ ἀλεξάνδρου ἐν ἔτει χιλιοστῷ τετρακοσιοστῷ ὀγδοηκοστῷ ἐκτῷ μηνὶ
νοεμβρίου πεντεκαιδεκάτῃ ἐν ἑσπέρας. ᵍ)

[III.] * Psalmi Graece cum praefatione Justi Decadyi. Venetiis in aedibus Aldi
Manutii, anno non indicato. 4.

Editi sunt circa annum 1495. Equidem Aldus, ut ipse scribit in praefatione
Stephani Byzantini, libros Graecos primum impreffit, se. Aristotelis opera, bello in
Italia ingruente, nempe anno 1494. ᵃ)

(In prima libri pagina haec leguntur: Ψαλτήριον. Venetiis in aedibus Aldi Manutii. In ultima vero adduntur: Ἅπαντα τετραάδια πλὴν τοῦ ἐπτὰ γὰρ
τριάδας. Ἐγράφη ἐν ἐνετίαις ἐν οἰκείᾳ Ἀλδου Μανουτίου. Mere graecum est, et
si non ordine primum, inter primos tamen Aldi labores Graecos referendum est. Qui
in Celsii Decadibus quinque librorum Sec. XV. impreff.rum, Upsaliae 1743. Auctori
el noftro objiciuntur errores, in priori editione commiffi, ab ipfo in editione Pari-
fienfi emendati funt. ᵉ)

§. LXXVII.
Pfalteria graeca, Antverpiae.

[I.] * Pfalterium Graece. Antwerpiae, Johannis Graphaei. 1533. 16. ᵇ)
[I'.] * Pfalterium Graece. Antwerpiae, Christophori Plantini. 1568. 8. 16. ᶜ)
[III.] * Ψαλτήριον προφήτου καὶ βασιλέως τοῦ Δαβίδ. Pfalmorum Liber. Antwer-
piae ex officina Christophori Plantini. MDLXXXIIII. 24. ᵈ)

Absque ulla praefatione.

§. LXXVIII.
Pfalteria graeca, Argentorati.

[I.] * Ψαλτήριον προφήτου καὶ βασιλέως τοῦ Δαβίδ. Argentorati apud Vuolf. Cephal. (1524.) 32. ᵉ)

(Ad calcem: Ἐξετυπώθαι ἐν Ἀργεντίνῃ τῇ ἐλευθέρᾳ, ἐν οἰκείᾳ βολφίου
τοῦ κεφαλαίου. Ἔτει τῆς σωτηρίας ἡμῶν αΦκδ. (1524.) Mini fexdeputmin. Praefatione breviori commendat Joannes ὁ Λωντίνος, id est Joannes Lonicerus, qui typographiae Cephalaeanae in edendis LXX. adfuit, §. LIV. et Pfalterium et ipfum Ce-
phalari fludium. Pfalmi fine ulla distinctione verfuum expreffi funt; ubi vero in
verfione διάψαλμα notatum est, nova incipit sectio. Accedit in fine Pf. CLI. et
Cantica V. T. et N. T. cum Symbolo Athanafiano, et Pfalmorum index. Male verfio
Graeca Lonicero tanquam interpreti adferibitur in Samlungen von Alten und Neuen
Theol. Sachen. ᶠ) Prima haec est editio Pfalmorum graecorum faecli decimi sexti.

* Ψαλ-

ᵍ) Maittaire annal. typogr. tom. 4. part. 1.
p. 47².
a) Le Long p. 191. col. 1. D.
a) Morerus annal. tom. I. p. 74. Catalog.
Biblioth Bunav. tom. I. p. 4. Alphl memorabilia Biblioth. Jenenf. p. 100.
b) Le Long p. 190. col. 1. E.
c) Id. p. 198. col. 2. B.
d) Id. p. 191. col. 2. B.
e) Le Long p. 198. col. 1. E.
f) Anno 1711. p. 1040. Conf. Baumgartenii Nachrichten von merkw. Büchern, vol.
7. p. 65. J. B. Röderers Nachrichten zur
Kirchen- Gelehrten- und Buchergeschich-
te, vol. 4. p. 381.

* Ψαλτήριη προφήτου και βασιλέως τοῦ Δαβίδ. τοῦ προτέρου ἁμολυττόερον. [II.]
Argentora. apud Vualf. Cephal. (1545.) 16. 8)

[Ad calcem: Ἐκττύπωται ἐν Ἀργεντίνη τῆ ἐλευθερᾷ, ἐν οἰκῳ Βολφίου
τοῦ Κεφαλαίου ἔτει τῆς σωτηρίας ἡμῶν α Φ μ ε. (1545.) Μηνὶ Βοηδρομῶνι. Editio
accurate et in omnibus praecedenti respondet; quamvis non ex illa, sed ex editione
Francisci Stephani §. LXXXIII. expressa videntur; correctior quidem priore dicitur,
verum in ipso libri titulo duo occurrunt errata, προφήτου loco προφήτου et ἁμολυ-
τοτερον loco ἁμολυντοτερον. Baumgartenius hanc in dubium vocavit editionem, de
quo infra §. LXXX. b)

' * Psalterium, Graece. Argentorati 1550. 8. 1)   [III.]
* Psalterium, Graece. Argentorati 1574. 4. k)   [IV.]

§. LXXIX.
Psalterium Graecum Cantabrig.

Psalterium graecum secundum LXX. in sectiones, quae in Anglicanae Ecclesiae Liturgia reperiuntur, distinctum. Cantabrigiae 1674. 12.

Prodiit una cum Liturgia Ecclesiae Anglicanae graecé versa et Cantabrigiae cum nota anni 1675. emissa. l)

§. LXXX.
Psalterium Graecum Francof.

Ψαλτήριον Δαβὶδ προφήτου και Βασιλέως. MDXLV. 16.

Absque mentione loci et typographi; exemplari vero, quod in Bibliotheca
Baumgarteniana fuit, manu adscriptum erat: *Francof. ex officina Petri Brubachii.*
Le Long ad hunc annum tantummodo recenset editionem Argentoratensem, §. LXXVIII.
n. 2. hinc *Baumgartenius*, illam hanc editionem anonymianam pro Argentoratensi habuisse, sibi persuasit. Formata quidem est ad illam Cephalaei Argentoratensem primam; verum in quibusdam, ut et in ipso titulo, ab illa distinguitur. Διαψάλματα
haud novis lineis inchoantur: singulis Psalmis numerus tum littera graeca tum nota
numerali adscriptus est; praefatio vero una cum Symbolo Athanasii omissa est. m)

§. LXXXI.
Psalterium graecum Hales.

Ψαλτήριον τοῦ προφήτου και Βασιλέως Δαβίδ. Ἐν ᾧ πάντι προσετίθησαν και
αἱ ἐν ἑκάτῃ Ψαλμῷ Ὑποθέσεις. Ἐν Ἄλῃ τῆ Μαγδε ιουρπκῇ ἐκ τῆς τοῦ Κλε-
Φανστροφύλου τυπογραφῇ ἔτει ἀπὸ Χριστοῦ γεννήσεως α ψ β. (Halae Saxonum 1702.) 16.

Editio inchoata, sed non ad finem perducta; hinc nunquam publice exposita. Definit exemplar, quod inter nostras reculas servamus, pag. 96. in fine Psalmi XLI.
fe-

g) Le Long pag. 192. col. 1. A.   l) Catalog. Biblioth. Baumgart. p. 79.
h) Conf. Rudieri l. c. J. M. Gortii Ver- n. 110.
zeichnis seiner Bibelsammlung p. 75.   m. Re ungerische Nachrichten Vol. 7. pag.
i) Le Long p. 193. col. 1. B.   96. Conf Gortii Verzeichnis p. 75. Rude-
k) Id. ibid.   rrii Nachrichten vol. 4. p. 381.

Biblioth. Sacr. Pars II.   *   Rr

secundam morem computandi Graecis consuetum. Quis editor Psalterii hujus fuerit, et quare non ad finem perductum sit, non constat. Accurate sequitur haec editio *Jcuitam* anni 1693. §. LXXXV. easdemque habet quibusdam Psalmis adjunctis precationes, quibus et Sancti invocantur. Sic habes ad PE π. expressam B. Mariae Virginis invocationem p. 15: Ἐλπὶς Χρισιανῶν παναγία Παρθένε, ἐν ἤτυας Θεῖν, ὑπὲρ τοῦτ τε, καὶ λόγω, ἀπαύσως ἱκέτ·υε. τὸτ ταῖς σὼ δυνάμεσι, δοῦναι ἄφεσα ἁμαρτιῶν ἡμῶν πάσιν, καὶ δώρησον βίον τοῖς πίστι καὶ πόθω, σὲ σι γεραίρουσι. Ejusmodi precationes mera editoris oscitantia irrepsere plures: quo fortasse factum est, ut ipsam, antequam finiretur, supprimere editionem statutum sit.

§. LXXXII.
Psalt. gr. Londini.

Psalterium Graece. Londini apud R. Daniel. f. 2, 12.

§. LXXXIII.
Psalterium Graecum Parisiis.

[I.]   * Ψαλτήριον προφήτου καὶ βασιλέως τοῦ Δαυιδ τοῦ προτέρου ἀμελυττέτερον. Parisiis apud Franciscum Stephanum. 1543. 16. *)

[Primam *Cephalaei* editionem §. LXXVIII n. 1. in typis nitidis exscribi curavit *Franciscus Stephanus*, ut et *Loniceri* praefationem latinam, qua *Wolphius Cephalaeus* celebratur, exacte servaverit. Ad finem Cantica Veteris et Novi Testamenti, Mosis, Hannae, Habacuci, Esaiae, Jonae, Trium puerorum, Mariae et Zachariae adjecta sunt, una cum indice; et omnia quidem ex editione supra laudata. Codices in *Francisci Stephani* officina excusi, luculenti admodum sunt, nec incorrecti, inventu praeterea rari et pauci. *)

[II.]   Psalterium Graecum cum Canticis b. Virginis, Simeonis, Zachariae et trium puerorum. Parisiis apud Claudium Morel. 1618. 12.
Editionem nostro Auctori ignotam recenset *Maittaire*. P)

§. LXXXIV.
Psalterium graecum Romae.

* Psalterium Graece, cura Apollinaris Agrestae, Abbatis ordinis S. Basilii editum. Romae 1685. 4. q)

[Perpauca sunt, quae de *Agreste* Calabrino habet e *Toppi* Bibliotheca Neapolitana das *Allgemeine Gelehrten-Lexicon*, quod et hanc silentio praetermittit editionem.

§. LXXXV.
Psalteria graeca. Venetiis.

[I.]   Psalterium Graecum. Venetiis 1525. 8.

Ad

---

n) *Le Long* p. 198. col. 1. E.
o) *Maittaire* annal. typogr. tom. 3. p. 114.
Burman et Nachrichten von merkw. Büchern, vol. I. p. 390. *Horschii* millenar. librorum. unilken. II. p. 74.

p) Annal. typogr. tom. 3. part. 1. pag. 173.

q) *Le Long* p. 198. col. 2. E.

Ad calcem: „Venetiis per Melchiorem Seßa, et Petrum de Ravanis focios Anno Dni. M.D.XXV. „Editio Pfalterii fecundum verfionem LXX. In ufum Graecorum procurata, enm perbrevi Graecorum Menologio.
Pfalterium graecum, Veneriis 1534. 4.   [II.]
Ad calcem notatum legitur: *In l'imprja per Maeftro Stephano da Sablo: a inftentia di M. Damian di Santa Maria.* 1534. *nel mefe di Aprice.* Edicio in ufum Graecornm procurata, in qua finguli Pfalmorum titull colore rubro diftincti funt.
* Pfalterium, Graece. Venetiis, Joann. Petri Pinelli. 1535. 8. ')   [III.]
Pfakerium Graecum et graeco-barbarum. Venet. 1543. 8. vid. Infr. Sect.   [IV.]
II. §. III.
* Pfalterium, Graece. Venetiis 1545. 12. ')   [V.]
Pfalmi et reliqui Hymni biblici graece, cum magna diligentia correcti et   [VI.]
impreffi Venetiis apud Chriftophorum Zanettom 1547. 4. ')
* Pfalterium, Graece. Venetiis, Antonii Pinelli 1602. 8.   [VII.]
* Pfalterium, Graece. Venetiis, Antonii Pinelli 1621. 8.   [VIII.]
* Pfalterium, Graece. Venetiis, Antonii Pinelli 1627. 8. ')   [IX.]
* Pfalterium, Graece. Venetiis, Antonii Pinelli 1643. 4.   [X.]
Subjicitor duplex Lexicon, Grammaticum, quo praecipua, quae in Pfalmis occurront vocabula una cum eorum etymologiis explicantur: hiftoricum alterom, quo perfonae et nomina propria, quorum in Pfalmis fit mentio, illuftrantur. ")

Ψαλτήριον τοῦ προφήτου καὶ βασιλέως Δαβίδ, ἐν ᾧ τινὰ προσετέθησαν καὶ   [XI.]
ἐν ἰκάσῳ Ψαλμῷ Ὑποθέσεις. Ἐνετίησι 1693. παρὰ Νικολάῳ τῷ Σάρῳ. α χ η γ. 16.

Singulis Pfalmis praemittitur argumeatom, graece fcriptom, inferunturque precationes in Ecclefia Romana ufitatae. Pfalterium definit p. 592. Succedit index Pfalmorum alphabeticus. Editio archetypa editionis Halenfis affectae, cujus fupra §. LXXXI. mentionem fecimus; quamvis 145. paginae editionis Venetae in Halenfi tantummodo 96. adimpleant.

Pfalterium Graece. Venetiis 1712. 8.   [XII.]
Pfalterium, graece. Venetiis 1745. 8.   [XIII.]
Pfalterium. graece. Venetiis 1746. 8.   [XIV.]
Editiones diverfa.

§. LXXXVI.

Pfalteria graeco-latina. Antwerpiae.

* Pfalterium graeco-latinum, Antwerpiae 1543. 16. ')   [I.]
[Ex typographia *Johannis Grapheei*, qui jam anno 1533. Pfalterium fine verfione latina emiferat. §. LXXVII.

Rr 3   * Pfal-

r) *Le Long* p. 193. col. 1. E.   u) Ibid. col. 1. C.
s) Ibid. col. 1. A.   x) Ibid col. 1. C.
t) *Montaire* Annal. typogr. tom. 3. part. y) *Le Long* p. 198. col. 1. A.
u) p. 335.

[II.] * Ψαλτήριον προφήτου καὶ βασιλέως τοῦ Δαβίδ. Davidis Regis ac Prophetae
Psalmorum Liber. Ad exemplar Complutenſe. Antwerpiae ex officina
Chriſtophori Plantini. M D LXXXIIII. 16. maj. ‛)
        [Eodem anno edidit Pſalterium Graecum ſine verſione Latina §. LXXVII. et
hoc, ubi Latina verſio exteriorem occupat marginem. Duplicis editionis quidem
mentionem facit Auctor noſter, ſed hanc poſteriorem graeco-latinam eſſe haud indicavit. ‛)

§. LXXXVII.
Pſalteria graeco latina. Baſileae.

[I.] * Pſalterium Graeco-latinum. Baſileae Brylingeri. 1546. 16. ‛)
[II.] * Pſalterium Graeco latinum. Baſileae. 1548. 8.
[III.] * Pſalterium Graece et Latine in Studioſorum gratiam diligentiſſime ex-
cuſum. Baſileae per Nic Brylingerum. an. MDXLIX. 16. ‛)
        [Verſioni Graecae Latina vulgata addita eſt.
[IV.] * Pſalterium Graece et Latine in Studioſorum gratiam diligentiſſime ex-
cuſum Baſileae per Nicolaum Bryling. Anno M D.LVII. 12. ‛)
[V.] * Pſalterium, Graece. Baſileae. Nicolai Bryling. 1571. 24. ‛)

§. LXXXVIII.
Pſalt. gr. lat. Cantabr.
Liber Pſalmorum, Graece et Latine. Cantabrigiae 1666. 4.

§. LXXXIX.
Pſalt. gr. lat. Francof.
Pſalterium graeco-latinum. Francofurti ex officina Brubachii 1545.
        Editionem narrat Cl. Lorckius. Utrum vero revera exitat, an vero illa
graeca editio, quam ſupra §. LXXX. recenſuimus, intelligenda ſit, dubium eſt.

§. XC.
Pſalterium graeco-lat. Oxoniae.
* Pſalterium juxta exemplar Alexandrinum, graeco-latinum, ſtudio Thomae Gale. Oxoniae e Theatro Sheldoniano 1678. 8.
        Ex admonitione ad Lectorem. Ex Codice Alexandrino tibi L. C. Pſalterium
exhibemus ea fide et cura, quae ſacris debetur. Stichorum diſtinctionem quam vides,
Latina vetus editio et Graeci aliquot codices, qui ad manum erant, ubique confir-
mabant.
        Haec editio multis ſcatet mendis, quod editor non ſemper eodicem recte
legerit. ‛)

§. XCI.
Pſalteria graeco-latina. Pariſiis.
[I.] * Pſalterium Davidicum graeco-latinum, ad fidem veterum exemplarium,
atque adeo codicis graeci manuſcripti D. Victoris, locis quam multis re-
pur-

a) Le Long p. 292. col. 1. C.
c) Baumgartenii Nachrichten von merkw.
Büchern, vol. 7. pag. 92.
b) Le Long p. 192. col. 2. A.
c) Le Long ibid. Conf. Baumgartenii Nachrichten, vol. 1. p. 394.
d) Le Long ibid. Baumgartenii Nachrichten vol. 7. p. 97. J. M. Gottii Fortſetzung
des Verzeichniſſes, p. 15.
e) Le Long p 191. col. 2. R.
f) Acta Eruditor. Lipſienſis 1710. No-
vembr. Le Long p. 191. col. 2. D.

purgatum, et nitori fuo reſtitutum. Praefixa ſunt ſingolis Pſalmis argumenta non tam brevia quam dilucida, quae vice commentarii eſſe poſſunt. Pariſiis, exemplaria proſtant ſub cruce alba, in via Jacobaea. MDXLV. 16. maj. r)

[Ad ealcem: Pariſiis excudebat Carola Guillard anno millesimo quingentesimo quadragesimo quinto. Debemus hanc editionem eidem foen.inae, quam ſupra Part. I. Cap. II. Sect. II. §. XXIX. n. 1. laudavimus, quae ſuis editionibus typos tam graecos quam latinos adhibuit elegantiſſimos, curavitque, ut quidquid e ſua prodibat oſficina, auctum et emendatiſſimum in erudtorum manus veniret. Textus Graecus, non uti in operibus Hieronymi deprehendebatur iterum expreſſus, ſed ad fidem vetuſti codicis Graeci, adhibita ipſi ad latus poſita verſione latina, recognitus eſt; latina vero interpretatio illa antiqua eſt, quae jam ante Hieronymi tempora ſuum in eccleſia obtinuit locum. Loca parallela brevioresque annotationes occupant marginem, Cantica ſacra e Veteri et Novo Teſtamento et hic appendicis loco, uti fieri ſolet, addita ſunt. Pſalterium triglotton a Carolo Guillard hoc anno longpreſſim, cujus mentionem facit Wolfius, a) ab hoc Pſalterio graeco-latino diſtinguendum eſt: pertinet enim illud ad Opera S. Hieronymi. c)

* Pſalterium graeco-latinum. Pariſiis. Nivelle et Prevoſt 1559. 12. d)   [II.]
* Pſalterium graeco-latinum. Pariſiis apud Claudium Morel 1618. 12. f)   [III.]

[Prodiit eodem anno editio Graeca ex eadem typographia. §. LXXX.

§. XCII.

Pſalterium graeco lat. Romae.

Pſalterium duplex cum Canticis juxta vulgatam graecam LXX. ſeniorum et antiquam Latinam Italam verſionem. Prodit ex inſigni codice Graeco-latino Ampliſſimi Capituli Veronenſis uncialibus characteribus ante ſeptimum ſeculum exarato. Romae ex typographia S. Michaelis, ſumtibus Hieronymi Mainardi. 1740. Fol.

Joſephus Blanchini, Veronenſis, Presbyter Congregationis Oratorii Romani, majoris operis edidit prodromum ſub titulo: Vindiciae canonicarum ſcripturarum Vulgatae Latinae editionis, ſeu vetera ſacrorum Bibliorum fragmenta juxta graecam vulgatam et hexaplarem, latinam antiquam Italam, duplicemque S. Euſebii et Hieronymi translationem, nunc primum in lucem edita atque illuſtrata opera et ſtudio Joſephi Blanchini. — P. I. „Opus ipſum, quod hoc volumine annunciatur, ſex partibus abſolvetur. Primus hic tomus in duas commode diſſecatur partes, quae ipſa paginarum numero diſtinguantur; quarum poſterior continet Pſalterium graeco-latinum, graecum quidem ex Vulgata Graeca LXX. interpretum editione, latine vero ex verſione antiqua Itala. Prodiit ex inſigni Codice Graeco-latino Capituli Veronenſis, litteris uncialibus ſine accentibus ante ſeculum VII. exarato. Singulae paginae in duas columnas diſſecatae ſiſtunt textum Graecum, non graeco ſed latino cha-   racteres

Rr 3

g) Le Long p. 198. col. 1. A.   i) Baumgarteni Nachrichten vol. 1. p. 394.
                                       k) Le Long ibid. B.
h) Biblioth. hebr. vol. 2. p. 358.   l) Le Long p. 198. col. 1. D.

ractere scriptum, et verfionem latinam, cum fubjectis variantibus lectionibus ex
aliis cum editis tum nondum editis exemplaribus decerptis.

PC XV. (XVL) 10.   Oti ne eneatalipis
            ten pfychen mu la aden
            ade dofis ton afion fu
            idin diaphthoran.

Ad hiftoriam operis faciunt epiftolae editoris parti primae infertae ad Abbatem *Gar-
bellium:* una de Pfalterio Latino Veronenfi ex verfione Itala; altera de Pfalterio
Graeco Veronenfi fecundum κοινην, feu Vulgatam LXX. Interpretum editionem; et
tertia ad *Joh. Chryfoftomum* de Pfalterio Graeco Veronenfi latinis litteris fcripto.

§. XCIII.
Pfalmi finguli.

[I.]   Pfalmi feptem poenitentiales graece. Coloniae 1517. 8.
            Proftant fub rubro: 'Ωραι της απαραθητου Μαριας κατ' ιθος της Ρωμαι-
          κης αυλης. 'Επτα Ψαλμοι της μετανοιας. Horae Beatiffimae Virginis fecundum con-
          fuetudinem Romanae curiae. Septem Pfalmi poenitentiales eum Litaniis et Oratio-
          nibus. *)

[II.]   Pfalmus I. graece. Parmae 1778. 4. maj.
            Edente Cl. *Joanne Bern. De - Roffi.* Plura de hac editione inter Syriaca an-
          notavimus.

§. XCIV.
Pfalmi graeci Polyglotti.

[I.]   Pfalmi X. graece, cura Grifchovil. Gryphiswaldiae 1640. Fol. *)
[II.]   Pfalmus VI. graece, cura Grifchovil. Gryphiswaldiae 1636. 4. *)
[III.]   Pfalmus XCI graece. Wittebergae 1599. 8. *)
[IV.]   Pfalmi XII. graece. Bremae 1694. 8. *)
[V.]   Pfalmi X. graece. Meibomii. Amftelodami 1690. Fol. *)
[VI.]   Pfalmi XII. graece. Meibomii. Amftelodami 1698. Fol. *)
[VII.]   Pfalmus XV. graece. Petri Artopoei. Bafileae 1545. 8. *)
[VIII.]   Pfalmi VII. poenitentiales, graece. Parifiis 1544. 16. *)
[IX.]   Pfalmi VII. poenitentiales graece. Friderici Balduini. Wittebergae
          1608. 8. *)
[X.]   Pfalmi VII. poenitentiales graece. Balduini. Wittebergae 1621, 8. *)
[XI.]   Pfalmi VII. poenitentiales graece. Lugduni 1660. 24. *)
[XII.]   Pfalmi I II. graece. Draconitis. Wittebergae 1563. Fol. *)
[XIII.]   Specimen polyglotton in Pfalmos. Norimbergae 1602. 8. *)

§. XCV.

m) Autographa Lutheri et conftitu. tom.   r) Ibid. §. XXXI. n. 1.
  f. p. 70.   u) Ibid. n. 3.
n) v. Part. I. cap. III. §. XXVIII. n. 1.   x) Ibid. n. 4.
o) Ibid. n. 2.   y) Ibid. n. 5.
p) Ibid. §. XXIX. n. 1.   z) Ibid. n. 7.
q) Ibid. §. XXX. n. 1.   a) Ibid. §. X. n. 5.
r) Ibid. n. 2.   b) Ibid. §. XL. n. 8.
s) Ibid. n. 3.

§. XCV.
Scripta Salomonis Graece.

Proverbia Salomonis gr. Draconitis. Wittebergae 1564. Fol. *) [I.]
* Ecclefiastes Graece ex verfione Aquilae, Theodotionis et LXX. Inter- [II.]
pretum cum Schollis Olympiodori. Bafileae. Bebelii. 1536. 4. *)

§. XCVI.
Efaias graece.

* Efaias graece, cum verfione Sebaftiani Münfteri. Bafileae. f.a. 4. *) [I.]
Efaias graece, cura Eliae Hutteri. Norimbergae 1601. 4. *) [II.]
* Efaias graece editus a Joanne Curterio. Parifiis 1580. Fol. [III.]
 Ex codice Renati Marechalli, apud Procopii Gazaei epitomen Comment. In
Efaiam. *)
Efaiae cap. I-VII. graece. Draconitis. Wittebergae 1563. Fol. *) [IV.]

§. XCVII.
Threni graece.

Threni Hieremiae graece, cum verfione Sebaftiani Münfteri. Bafileae
1552. 8. *)
 Editionem procuravit Kyberus.

§. XCVIII.
Daniel gr. Theodot.

In Danielem Prophetam commentarius editus a Phil. Melan. Una cum [I.]
textu Graeco Prophetae. Item in eundem Prophetam Comment. D. M.
Lutheri perquam utilis. Francofurti ex officina Petri Brubachii. 1546. 8.
 Plures quidem proftant Commentariorum *Melanchtonis* In Danielem editiones, quarum prima anno 1529. prodiffe videtur, quam Wittebergenfis apud *Jof.
Klug* 1543. 8. et ibidem apud *Joh. Lufft* 1543. et Lipfienfis apud *Nic. Wolrab* 1543.
8. fequuta eft; quae pofterior latinum eam expofitione conjungit textum. *Bruba-
chius* vero in locum latinae verfionis textum Graecum, qui revera *Theodotionis* eft,
fubftituit. *)

Daniel, graece, cum verfione Anglicana et Commentariis Edw. Wells. [II.]
Oxonii 1716. 4.
 Eduardus Wellfius, Th. D. et V. D. M. Cotesbachienfis integrum Novum
Teftamentum Graece, cum verfione anglicana et erudito commentario ab anno 1708-
 1719.

---

c) Vide polyglotta, Part. I. c. III. §. X.
n. 4.
d) Le Long p. 198. col. 2. E. vide fupra
§. XV.
e) Le Long p. 198. col 1. E. v. inter Polyglotta Part I. cap III. § XX.
f) vide inter Polyglotta. Part. I. cap. III.
§. XI. n. 3.
g) Le Long pag. 199. col. 1. A. Codicem
hunc Marechalli, qui ex Origenis Hexa-

plis defcriptus fuit, defcribit Le Long pag.
163. col. 1.
h) Vide inter Polyglotta, Part. I. Cap. III.
§. X. n. 3.
i) Vide Polyglotta, Part. I cap. III. §.
XVIII. n. 1.
k) Georg. Theod. Strabelii Nachricht von
Phil. Melanchth. Verfionen um die heilli-
ge Schrift p. 63.

1719. edidit, fimilique modo et Vetus Teftamentum illuftrare coepit: eumque in finem *Danielis* Prophetiam graece edidit: C t. An Help for the more eafy and clear
underftanding of the holy Scriptures: being the Book of Daniel explain'd after the fol-
lowing Method, viz 1. The Septuagint or Greek Verfion amended according to the
beft and moft antient Readings — By Ed. Wells DD. Rector of Cotesbach in Leice-
fterfhire. Oxford printed at the Theater, for Jam. Knapton at the Crown in S. Pauls
Church-Yard. London 1716. 4. Plura funt quae vir doctus uno eodemque opere
lectoribus exhibet, nimirum *primo* textum *Danielis* graecum ex optimis antiquiffi-
misque MSS. emendatum; *fecundo* verfionem Anglicanam Prophetiae e Bibliis Regiis;
tertio paraphrafin, quae difficiliora Prophetiae loca accurate exponit; *quarto* denique
breves annotationes. Praemittuntur vero Libro Danielis praefatio; Differtatio de
Prophetia Danielis quatuor gentilium imperia et regnum Chrifti concernente; quatuor tabulae fynchroniflicae Prophetiarum; Tabula chronologica totius Prophetiae;
et Obfervationes in eam utum LXX. hebdomadum Danielis. Accedunt vero ad calcem libri Variantes lectiones, et Index locorum in N. T. citatorum. [1]

§. XCIX.
Daniel gr. LXX.

[1.]   Δανιηλ κατα τους ἱβδομηκοντα ἐκ των τετραπλων Ωριγενους. Daniel fecundum Septuaginta ex Tetraplis Origenis nunc primum editus e fingulari
Chifiano codice annorum fupra 1DCCC. Cetera ante praefationem indi-
cantur. Romae typis propagandae fidei cIↄIↃCCLXXII. Permiffu Praefi-
dum. Fol. mj.

    Sic tandem, qui diu latuit, *Daniel* ex verfione Septuaginta Interpretum, e co-
dice Chifiano, quem jam antea laudarat *Blanchinus*, in gratiam eorum, qui rei facrae favent, publice prodiit. Quis vero ille fit vir doctus, qui hoc ζημελον in lucem protraxit, ipfe ignorari voluit editor; eamque ob caufam opus hoc fplendidum
alii Cl. *Mazzochio*, alii vero *Simeoni de Magiftris*, Presbytero Congregationis Oratorii S. *Philippi Neri* tribuunt. Quisquis vero ille fit, optime certe rei facrae inferuit,
et publicae uti ipfi referantur grates dignus eft. Omnia enim quae integrum adim-
plent volumen multo acumine et fumma eruditione funt pertractata. Praemittitur
Epiftola nuncupatoria ad *Clementem* XIV. Pont. Max. quam excipit feries in hoc Volumine contentorum, quae ordine a nobis enarrabuntur. Praefatio hanc editionem
veram fiftam exhibere τῶ LXX. verfionem, quam *Origenes*, quia nimis a textu Hebraico recedit, Hexaplis inferere nolens, in Tetraplis, a quibus textus Hebraicus ab-
fuit, exhibuit. Codex Chifianus venerandae eft antiquitatis et plura ejusdem continet monumenta; nimirum pag. 1. *Jeremiam*, in quo plures occurrunt afterifci et
obeli, quam in hexaplaribus fragmentis exhibentur; pag. 113. *Baruchum*, ad cujus
finem notatur: Βαρουχ ἱλες ωβδωται κατα τους ό. Baruch fecundum LXX. totus
obelorum notatione diftinctus; pag. 121. *Threnos Jeremiae*, quibus illa fubiuntur:
Θρηνοι Ιερεμιου ἐγραφη εκ των ἑξαπλων ἐξ ὡν και ποιρεθη. Threni Jeremiae,
defcriptus eft (integer nempe Jeremias) ab Hexaplis, quibuscum collatus quoque
fuit. Pag. 130. fubnectitur Επιτολη Ιερεμιου Epiftola Jeremiae. Pag. 135. Δανιηλ
notata

l) Baumgartens Nachrichten von merkw. Büchern, vol. 1, p. 418.

καττα τους ο. Daniel juxta LXX. Isque eum asterisch, obelisque ab Origene ipso in Tetraplis emendatus: id quod p. 167. pulcherrimum sane testatur librarii monitum: Δανιηλ κατα τους ο εγραφη εξ αντιγραφου εχοντος την υποσημειωσιν ταυτην: εγραφη εκ των τετραπλων εξ ων και παρετεθη: Daniel juxta LXX. descriptus est ab exemplari ejusmodi notationem habente: Depromptus ex Tetraplis, cum quibus est recognitus. Pag. 170. Historiam Susannae ac Beli, quae continua obelorum appositione distinguitur, ad cujus calcem notatur: Δανιηλ κατα τους ο: Daniel secundum LXX. Pag. 171. S. Hippoliti commentariolum in Danielem cum hac epigraphe: Ιππολυτου του επισκοπου Ρωμης της του Δανιηλ οραεως και του Ναβουχοδονοσορ ενλυσισι η ταυτη εμφανεις: Hippolyti Episcopi Romae Visionum Danielis et Nabuchodonosor, Explanationes in eadem ambarum. Pag. 189. Altera Danielis interpretatio, quae Theodotionis est, sequitur cum hoc titulo: Το Εις Αγγυανος Δανιηλ. Εις, Vigil, Daniel. Textus autem cum illo Vaticani Codicis celeberrimi collatus in multis discrepat seorsim annotatis. Pag. 226. Ezechiel exhibetur, et in ejus fine pag. 315. animadversum est: Εζεκιηλ κατα τους ο εγραφη κατα ως. εξ ων και παρετεθη: Ezechiel secundum LXX. exscriptus est juxta Origenis (exemplaria) quibuscum et collatus est. Pag. 316. Esaias postremo loco recensetur, tempore atque ordine inverso: in fine: Ισαιας εισιν, id est: Isaiae εισιν ε ερχω. Haec sunt quae Codex Chisianus continet, quem primum inspexit Leo Allatius, et post eum Jos. Blanchinus, qui Danielem in eo detexit, et speciminem ejus evulgavit.

In ipso vero splendido opere sequentia sistuntur: I. Testimonia de Codice Chisiano, Leonis Allatii, Cardinalis Bonae, Anonymi cujusdam, Johannis Mabillonii, Bernardi Montfauconii, Cardinalis Quirini, Mazocchii. II. Daniel et κα τους ο, cum versione Latina ad latus. Singulis capitibus subjiciuntur notae criticae, quibus pag. 74. accedit specimen characterum Codicis Chisiani aeri incisum. Sequitur pag. 77. Capitulum XIII. Danielis, seu historia Susannae graece et latine, et pag. 84. Capitulum XIV, ex Prophetia Ambacum filii Jesu, de tribu Levi, et denique pag. 92. Danielis chronologia. III. Ιππολυτου επισκοπου και μαρτυρος ερμηνεια εις του Δανιηλ. Hippolyti Episcopi et Martyris Interpretatio in Danielem pag. 93. graece et latine cum subjectis notis. IV. De titulo quo Danielis versio Theodotionea praenotatur το Εις αγγυανος Δανιηλ pag. 135. V. Daniel juxta Theodotionem p. 131. cum codice Vaticano collatus graece et latine. VI. Comparatio versionis Septuagintaviralis cum Theodotionea p. 217. Potium primum exhibet versionem Septuagintaviralem cum versione latina, oppositum vero sibi versionem Theodotionis graece et latine, omissis tamen iis, in quibus versiones consentiunt. VII. Apologia Sententiae Patrum de septuagintavirali Interpretatione p. 307. Quinque Dissertationibus absolvitur Apologia. Ad calcem Dissertationis tertiae pag. 434-450. inseritur legitur fragmentum Esdras, quod secundum auctorem in Danielis desideratur, de quo pag. 433. „Quoniam vero a Fabricio, Danielis atque Estheris quae desunt in Ebraeo deficiantur, idque commune est novatoribus, opportunum duximus eorundem in „Esthere deficientium Chaldaicam Paraphrasim exhibere, quae illud ita pridem ex „Codice Vaticano depromptus est, sed exemplaria typis edita pleraque incendio periperant.

„ernos. *) Hanc Paraphrasin vel textum Chaldaicum binis editionibus geiundo il-
„luftrasſt non alienum fuit, quae ab Ufferio ex Bibliotheca Arundeliana ferri prodi-
„etae, *) itemque Veteri Latina, partim ex codice Vallicellano a Ven. Card. Thomae
„Go et Jofepho Blanchino edita, partim ex codice Corbejenſi a Cl. Sabaterio, lacina-
„fis tamen verborum finibus, ut Hieronymus inquit de eadem verſione, praetermiſ-
„ſis, Graecam obelis confixam alii Origenicam appellarunt, alteram Theodotioni
„tribuendam eſſe cenfuerunt, quod Hieronymus negat. Primam igitur ac ſecundae
„nomine eas diſtinximus, quarum neutra ita convenit cum ſcripto chaldaico, ut pe-
„nitus quisque ſiiſpicari poſſit, hoc fuiſſe ex illis eſformatam.„ Fragmenta ita diſ-
poſita ſunt, ut in fuperiori parte appareat fragmentum chaldaicum cum verſione Latina; cui ſubjicitur duplex verſio graeca cum verſione latina ad latus, et in inferiori
parte, verſio antiqua latina cum verſione Vulgata ad latus. In Differtatione IV. exhibetur pag. 452 Cofmas Indicopleviſae in Pſalmos prologus graece et latine, qui
brevem continet verſionum graecarum recenſionem: et pag. 467. S. Papiae Hierapo-
litani de ſcripturarum canone fragmentum, quibus accedit pag. 368. Bibliothecae
Alexandrinae ad Serapeum admiranda euntructio. VII. Teſtimonia Pa.rum aliarumque Veterum de LXXvirali verſione, pag. 633. Quadruplex Index denique, Locorum
SS., rerum notabilium. Vocum Hebraicarum, et Vocum Graecarum agmen claudit. *)

[II.]   Daniel ſecundum Septuaginta ex Tetraplis Origenis Romae anno 1772. ex
Chiſiano codice primum editus. Goettingae recudi fecit vidua b. Abr.
Vandenhoeck. 1774. 4.

Editio iterata, ſed praecedenti omni ex parte longe inferior, ſiquidem editionis Romanae vix dimidiam exhibet partem. Omiſſa eſt Epiſtola nuncupatoria Clementi
XIV. P. M. inſcripta, ſervata tamen hujus editionis praefatione. Sequuntur, quae
in praecedenti editione N. I. II. et III. indicavimus. Differtationes vero quinque
apologeticae hic deſiderantur. Praeterea typographiae typi ad exprimenda Coptica et
Samaritana defuere. *)

[III.]   Daniel ſecundum LXX. ex Tetraplis Origenis, ex Chiſiano codice Romae
primum, deinde Göttingae, nunc denuo editus. Animadverſionibus et
praefationem adjecit Carolus Segaar. Trajecti ad Rhenum apud Viduam
J. J. a Poolſum, Abraham a Paddenburg et Joh. van Schoenhoven.
M. DCC.LXXV, 8. m. *)

[IV.]   * Breves Danielis latinae Graece ex verſione LXX Interpretum ad caput VII. et IX. pertinentes. Lundini 1655. 4.

Has ex Juſtino Martyre, Clemente Alexandrino et Tertulliano, ex hoc poſtremo latine, collegit et e regione verſioni Theodotionis appoſitas, ſuo de LXX. Interpretibus ſyntagmati inſeruit Jacobus Uſſerius. *)

                 §. C.

m) Ex Mſt. Urbin. Vatic I. Fol. 867. ap.   p) Michaelis orient. und exeget. Biblioth.
Affrocatum Catal. MS. bibl Vat. I. p 452.   part. 4. p. 52. Criticite Sammlungen, vol. 2.
n) Syntagm. de LXX Interpr. p. 112.   p. 633. Geichtite Zeitungen, Jenae 1773. p.
o) Conf. Michaelis orientul. und exeget.   171.
Biblioth. part. 1. n. 2. Critiſche Samml-   q) J. M. Gauſſ Verzeichniſs ſeiner Bibel-
gen, vol. 1. part. 4. p. 52. Gelehrte Zeitun-   ſamml. p. 203.
gen, Jenae 1772. p. 171. Eroſch werthe   r) Le Long p. 192. col. 1. A.   5
theol. Biblioth. vol. 3. part. 3. pag. 198.

§ C.

Prophetae minores graece.

* Quatuor priora capita Prophetiae Oseae cum Obelis et Afterifcis ex codice Rupifucaldiano. Parifiis 1636. Fol.   [I.]
     Apud Philippaei Comment. in Oseam. ')

Joelis Prophetia graece, cura Draconitis. Wittebergae 1565. Fol. ')   [II.]
Jonas Propheta graece, cura Seb. Münfteri. Bafileae. 1524. 8. °)   [III.]
Jonas Propheta graece, cura Petri Artopoei. Bafileae 1543. 8. ")   [IV.]
Jonas Propheta graece, cura Petri Artopoei. Bafileae 1545. 8. ")   [V.]
Jonas Propheta graece. Helmftadii 1580. 8. ')   [VI.]
Jonas Propheta graece. Magdeburgi 1607. 8. °)   [VII.]
Micheas graece, cura Draconitis. Wittebergae 1565. Fol. ')   [VIII.]
Zacharias graece, cura Draconitis. Wittebergae 1565. Fol. ')   [IX.]
Malachias graece, cura Draconitis. Lipfiae 1564. Fol. ')   [X.]
Malachias graece, cura El. Hutteri. Norimbergae 1601. 4.)   [XI.]

§ CI.

Loca felecta.

Biblia parva Graeca, per Dan. Hafenmüllerum. Kilonii apud J. G. Richers Burn 1686. 12.

') Le Long p. 394. col. 1. B.   u) Ibid. §. 4.
r) Vide inter Polygl. Part. I. Cap. III.   o) Ibid. n. 5.
§. X. n. 6.   b) Ibid. §. X. n. 7.
u) Ibid. §. XXIV. n. 1.   c) Ibid. n. 8.
x) Ibid. §. XXIV. n. 2.   d) Ibid. n. 5.
y) Ibid. n. 3.   e) Ibid. §. XL. n. 4.

§. 2   SECTIO II.

SECTIO IL

DE

VERSIONIBVS GRAECO-BARBARIS.

§. I.

Etiamfi Graecis jam per aliquot fecula Lingua graeca non amplius vernacula fuerit, dum qui in Graecia vivunt, Turcarum fub dominio degunt, vitae confuetudine et quotidiano cum illis commercio eo devenerunt, ut antiqua illa Graeca lingua maximae gentis parti ignota fit, in ejusque locum alia lingua Graeco-barbara fucceflerit, quae ab antiquiori tum vocum flexione et conftructione, tum et vocum exodcarum immiftione longe diftinguatur: a nova tamen facrorum Bibliorum Verfione abftinuerunt. *Hodius* quidem, uti Auctor nofter refert, in eo fufe, ut Veteris et Novi Teftamenti verfionem Graeco-barbaram editam effe adfereret: „Aliam verfionem totius „Scripturae Vet. et N. T. in linguam Barbarograecam in ufum plebis Chri„ftianae fieri imprimique curavit Cyrillus Lucaris Patriarcha Conftantinopoli„tanus.„ *)* Verum et *Hodium* fcriptorem alias folertem et accuratum hic aliquid humani paflum effe, certum eft. Exftat enim tantummodo N T. graecum et Pfalterium in ufum Graecorum Chriftianorum in hanc dialectum verfum, et Veteris Teftamenti Libri nonnulli a Judaeis eum in finem graecobarbarice verfi, ut privato ufui inprimis tironum effe poffint. In ipfam vero Linguam Graeco-barbaram omnium accuratiffime inquifivit *Job. Mich. Langius*, Altorfinus. *)*

§. II.

Verfiones Judaicae V. T.

[1.]   * Pentateuchus idiomate Graeco-barbaro ex Hebraeo translatus a Judaeis, litteris hebraicis. Conftantinopoli 1547. Fol.

V. inter Polyglotta. *)

Verfione ifta Graeco-barbara utuntur vulgo (fed non in Synagogis) Judaei quotquot linguam iftam habent vernaculam, praecipue vero Karaitae Conftantinopolitani. Sunt vero Karaitae Judaeorum fecta, quae recipit tantum fcripturas, Rabbaniftasque et traditiones talmudicas damnat. De eorum Pentateucho Graeco haec habet

---

a) *Le Long* p. 237. col. 1. A.
b) Philologia barbaro-graeca. Norimbergae 1705. 4. Conftat libellus variis Differtationibus, in quarum numero parte altera num. 3. exftat Diff. hift. phil. theologi-

ca, de Verfione N. T. barbaro-graeca In *Berlinifchen Hebopfer* vol. 1. 2. et 3. exhibetur Collatio Verfionis Syriacae et Neograecae cum Textu authentico.
c) Part. I. cap. III. §. XIII.

bet Antonium Legerus apud Buxtorffium p. 78. editionis 4. Bibliothecae Rabbinicae. „Editus eſt, inquit, tempore Solimanni Turcarum Imperatoris, Conſtantinopoli anno „mundi 5307. (h. e. Chriſti 1547.) una cum Haphtaroth, et quinque Megilloth, „Hebraice, Graece, et Hiſpanice, addito etiam Targum Onkell, et commenta„rio R. Salomonis. Nam Conſtantinopolitani Judaei, ex iis oriundi, qui ante maf„ta ſaecula eo migrarunt, Graece ſacras literas legunt, et ſunt fere Karaitae. Qui „autem non ita pridem (h. e. ab anno 1492.) ex Hiſpania ſedes transtolerunt, qui „pleriquae omnes Rabbanitae ſunt, Hiſpanice ſuarum ſcripturam lectitant.„ [d]

Non vero Caraeis tribuendus eſt hic Pentateuchus, quod Barbaro-graecam verſionem habeat; ſi enim huic editioni aliquam operam Caraei impendiſſent, R. Salomonis, utpote magni Rabanitae commentarium ab ea prorſus eliminaſſent. [e]

[Hodie et Legere ſubſcripſerat primo Rich. Simon; [f] ſed poſtea ſententiam ſuam mutavit. Aſſerit enim hancce verſionem de verbo ad verbum in puerorum et tyronum uſum factam eſſe, non autem unquam adultis inſerviiſſe. [g] Suo loco hoc relinquit Wolfius, qui tamen Karaeis eam tribuendam eſſe cum Hodio adfirmare non audet. [h]

* Jobus in lingua ſancta et in lingua Romanica (ſeu Graeco vulgari) chara [II.] ctere Hebraeo, Interprete R. Moſe F. Eliae Poblan. Conſtantinopoli in domo Joſeph Jabetz. 5336. (1576.) 4.

Teſtatur Interpres in praefatione, quam operi ſuo praemiſit, ſe in eandem quoque linguam Salomonis Proverbia convertiſſe. [i]

[Plura de hac editione rariſſima jam ſupra retulimus, unde lectorem, plura qui deſiderat, ablegamus. [a]

§. III.
Pſalter. gr. et gr. barb.

Το ψυχωφελέστερον Ψαλτήριον ἐξηγηθὲν παρὰ τοῦ μακαριωτάτου καὶ σοφωτάτου Θεοδωρήτου ἐπισκόπου Κύρου, καὶ μεταγλωττισθὲν μετὰ πλείστης ἐπιμελείας παρὰ Ἀγαπίου μοναχοῦ τοῦ Κρητὸς ἐκ τῆς τῶν Ἑλλήνων εἰς τὴν κοινὴν ἡμετέραν διάλεκτον. (Venetiis 1543.) 8.

Pſalterium graece, cum argumentis ſingulis Pſalmis praefixis et cum metaphraſi graeco-barbara, prodiit Venetiis apud Joannem Antonium Julianum, cura Agapii Cretenſis Monachi. Praefigitur epiſtola Jo. Ant. Juliani ad Athanaſium Batorianum Philadelphiae Metropolitae et Patriarcham. [l]

§. IV.
Verſio Novi Teſtamenti Maximi Callip.

* Ἡ καινὴ διαθήκη τοῦ Κυρίου ἡμῶν Ἰησοῦ Χριστοῦ, δίγλωττος, ἐν ᾗ ἀντιπροσωπα τότε θέσιν κειμένων καὶ ἡ ἀπαραλλάκτως ἐξ ἐκείνου τῆς ἁπλῆ
St 3   Λα

d) Hoeppler. Hody lib. 4. de Biblior. textibus origin. p. 633.
e) Le Long p. 116. col 2. D.
f) Hiſtoire crit. du V. T. p. 91.
g) Biblioth. critique tom. 3. p. 436.

h) Conf. Wolffii Biblioth. hebr. vol. 2. p. 447.
i) Le Long p. 217. col. 1. B.
k) Part. I. cap. I. Sect. III. §. XLVII. s.t.
l) Maittaire annal. typogr. tom. 3. part. 1. p. 341.

Ἰνδίκτετον ἐπὶ τοῦ μακαρίτου κυρίου Μαξίμου τοῦ Καλλιουπολίτου γραμμένη μετάφρασις ἅμα ἐτυπώθησαν. Ἔτει Χ|Ρ|Η|ΛΔΔΛΓΙΙ|L (1638.) 4.

Genevae ad Auctorum circumplicatam Delphini eam mordentis amplexu (quod est signum Petri Chouet) typis majoribus akidisque. Praemittitur Maximi Kalliopolitae Praefatio et Epistola Cyrilli Lucaris ad lectores orthodoxos.

In hac editione (inquit Joh. Mich. Langius) ") praeter textum totius Novi Testamenti duplicem, duplex Praefatio Barbaro-Graeca exiat. Prior est ipsius metaphrastae Maximi Kalliopolitae, in qua lectori suam inftitutum exposuit et necessitatem metaphraseon — Tandem totum opus ut edatur, in hac fua praefatione propa finem commendat Ordinibus Foederati Belgii his verbis: „Et ut hoc opus Deo agratum, commune, et toti Graecorum genti infelici utile fiat, concido ad pedes „Illustrissimorum et Pientissimorum meorum Dominorum, Ordinum divinitus caſto„dirae et Potentissimae Reipublicae Belgicae, atque per Dei misericordiam precor et „obsecro, ut mihi hanc praestent munificentiam, quo praesens liber praelo subjicin„tur, in honorem Dei et Ecclesiae aedificationem. Hoc enim erit in noſtram natio„nem aeternum monumentum ipsorum beneficentiae et benevolentiae, quam nobis „probavit Illustrissimus illorum Dominus Legatus, Dominus Cornelius Aga, (vel „potius de Haga) in quo confidentes, scriptum praesens offerimus.„ Hactenus Langius.

Forte his verbis nixus est Augustus Pfeifferus, quando in Critica facra ") afferit, Decreto et fumptibus Ordinum Generalium Belgii in gratiam hodiernorum Graecorum versionem hanc fuisse editam. Hanc conjecturam falfitatis ipse auctor arguerit, ſi vidisset exemplar, quod fervatur in Bibliotheca Oratoriana (et alibi): Illud galdem Genevam praefert, et fuit olim Tanaq. Fabri, postea Joann. Graverol.

Generalium Belgii foederati Ordinum fumptibus et curis hanc μετάφρασιν deberi, in praefatione posteriori Cyrillus diserte memorat; illis autem ut ejus rei curam fuſciperent, praecipue impulit Jac. Gollus. Id enim de eo Gronovius in Orat. Funebri teſtatur. Conſtat alias de loco bujus primae editionis N. T. Barbaro-Graeci doctos viros admodum diſſentire. Alii Genevam allegant, alii Antwerpiam; alii Amſtelodamum; alii alia loca. Multis probabiliſſimum videtur, in Belgio hanc editionem eſſe adornatam, ſive Amſtelodamum, ſive alius locus praelum ſubminiſtravit.

Altera ſive poſterior Praefatio eſt Patriarchae Conſtantinopolitani Cyrilli Lucaris — poſtquam (pergit Langius ibidem) etiam hic ipſe Cyrillus metaphraſeos utilitatem et neceſſitatem declaraſſet, tandem haec verba adhibuit: „Hoc idem ſciens et „aeſtimans, quantam utilitatem poſſit adferre, Illuſtriſſimus Dominus Aga, qui hoc „tempore Conſtantinopoli eſt Eminentiſſimorum et Inclytorum Dominorum Belgii, „h. e. Flandriae, Legatus, benevolentia et amore profecutus nationem Graecorum, „curavit multa cum ſollicitudine, ut ſideliſſime in linguam communem transferretur „facrum Evangelium; hoc eſt quatuor Evangeliſtae, et Acta, et Epiſtolae Apoſtolo„rum et Apocalypſis S. Joannis, quae totum Teſtamentum Novum D. et Salvatoris „N. J. C. abſolvunt.„ Haec Cyrillus. Idem Langius ibidem aſſerit, Calliopolitae „non interpretatione ſui expoſitione SS. Patrum Graecorum, ſed Bezae uſum fuiſſe.

In

") Fig. 4. Diſſert. de hac editione.   ") Cap. XI. §. 14. p. 313.

In fine totius operis habetur adhuc adjecta Epiſtola purius Graeca, quae editorum eſt, quibus operae pretium fuerat viſum, lectorem de uno et altero, tum
ratione conſenſus inter textum Originalem et Metaphraſim, quam ratione orthogra-
phiae Neo·Graecae monere. Sont autem haec tria. Primom eſt, qood alia editione Metaphraſten, alia autem Typographus fuerit uſus, onde accidit, ut textus Originalis non ubique per omnia Metaphraſi conſentiat; propterea omnino neceſſarium
eſt, haec ex aliis editionibus aut ſupplere aut concidere, quo Metaphraſis Textui
Originali omnino conſentiat. Deinde notandum quod frequenter diſtinctio verſeu-
lorum non ſit ſimilis, adeo ut una vel duae voces ex praecedente in ſequentem, aut
vice verſa ſint aſſumendae. Tandem vero monenius, Metaphraſeos orthographiam
non eſſe vitioſam, licet quibusdam aliter videri poſſit. Ita vera autem factum eſt,
ut aliter ſentiret Holladius, qui Caſiopoliten nunquam artem orthographice ſcribendi ex regulis grammaticis didiciſſe aſſeruat.

Si quaeras, (pergit Langius) in quo pretio haec verſio ſit Graecis habita:
omnino reſpondendum fuerit, pretium vix adeo magnum illam fuiſſe conſecutam in
Graecia. Haec Langius.

De ea ſic loquitur Jeremias Sacerdos Graecus in Epiſt. quae extat in Appendice Henr. Hilarii ad Philippi Cyprii Chron. Eccleſ. „ Interrogas utrum apud nos ve-
nundatur Teſtamentum in linguam vulgarem translatum? Scito quod apud nos N.
T. legatur illa, qua conſcriptum eſt, lingua. Et licet quidam illud Barbare Interpretati ſunt, videtur tamen Metaphraſis inutilis, utpote quam nemo emerit. „

De hac translatione diei poteſt, (inquit Rich. Simon) *) hanc ex illis eſſe,
quae bis uitimis temporibus conditae ſunt, accuratiorem ac majori judicio conclnna-
tam. Textum Originalem fat exprimit; quibusdam tamen in locis, ut clarior eſſet,
nonnulla verba Interpres intertexuit — in primis eum conciſior eſt Graecus, aliter-
que ſe ſenſum reddere non poſſe arbitratus eſt. — Denique Maximus varias ad marginem, raro tamen, annotavit Graeci contextus lectiones. Haec ille.

Etſi praecipua cauſa rejecti Novi Teſtamenii in vulgari lingua edili illa unica ſit, quod ſcilicet hujusmodi interpretationes non minus ſupervacaneae quam ridiculae ſint; non tamen defunt aliae etiam et quidem graviſſimae: 1. eſt quod nulla
invenietur translatio praeſertim ſacrarum Scripturarum, ubi neque addere quicquam
nec demere liceat, ſed verbotenus interpretanda ſint omnia. Tale aliquid eſſet me-
tuendum, ſi in ea in hac vulgari lingua Graecorum fieret, cujus nihil hactenus certo ſtabilitum invenitur; nam una eademque vox hujus linguae diverſis in regionibus
Graeciae aliam et aliam habet ſignificationem: ita ut quod Theſſalus maxime aeſtimet,
idem Thrax vel Macedo nec non Inſulanus ludibrio habeat. 2. Quod in pluribus Scripturae diciis, paucis ſaltem mutatis vocabulis, eadem manere debeat lingua, quae
et in originali textu fuerat. 3. Quod tam obſcurus in nonnullis maneat ſenſus vulgaris interpretationis Novi Teſtamenti, quam in originali textu, ne dicam obſcurior.
4. Quod interpretes hujus vulgaris editionis haud Eccleſiae Graecae fautores viſi ſunt,
textumque originalem ad ſuas hypotheſes ſtabiliendas fovendasque male interpretantes
aliqualiter a veritate deflexerunt. Denique quodſi textus originalis adimeretur Graecis,

*) Cap. 40. hiſt. crit. verſ. N. T. pag. 230. 231.

cis, fummam effet periculum, ne plane in barbariem grex Graecorum fubito ve-
niat, nam unica Scripturae fuerat faltem antiqua lingua fcriptas habens, por quae uti-
pote faciliores ad alios authores percipiendus, praefertim patres, fefe affuefecere folent. Haec *Helladius*. *p*).

[Auctor hujus verfionis eft *Maximus Hieromonachus*, Calliopolitanus Pe-
loponefiacus, qui fuafu Legati Ordinum Generalium Foederati Belgii apud Turcas
Novum Teftamentum in linguam vulgarem transtulit. Ipfe vero Legatus *Cornelius
Haga*, ut e communi Statuum aerario imprimendo operi fumptus fubminiftrarentur,
fua interceffione effecit. Adfuit ipfi *Cyrillus Lucaris*, non quidem in opere elaborando, fed in promovenda operis impreffione. Natus ille erat Candiae in Infula
ejusdem nominis, cumque linguas, Graecam, Italicam, Latinam, Arabicam et Tur-
cicam fibi familiares reddidiffet, Venetias abiit, exinde in Italiam et Germaniam pro-
ficifcens Genevam venit, ubi Ecclefiae Reformatae dogmatibus fubfcripfit. Sic enim
ipfe ad *Antonium Legerum* in epiftola fcripfit: „Abhorreo ab erroribus Papiftarum
„et fuperftitionibus Graecorum. Probo et amplector doctrinam Doctoris meritiffi-
„mi Johannis Calvini, illorumque omnium qui eum eo fentiunt. Hae in re volo,
„Domine Legere, ut mihi teftimonium perhibeas; fiquidem e fincera confcientia ita
„ergo teneo, ita profiteor, et confiteor, qund et confeffio mea monftrabit. *q*) Ipfa ejus
Confeffio prodiit luine 1629: *Confeffio fidei reverendi, fui Domini Cyrilli Patriarchae
Conftantinopolitani*. Frequens eum eruditis litterarum commercium aluit, et in Epiftola ad *Johannem Utenbogardum* A. 1613. data fe Papam et *Patriarcham Alexandrinum* vocat. A. 1621. die 5. Novemb. Patriarcha Conftantinopolitanus electus eft,
et anno fequenti in exilium miffus, fed poft *Gregorium Amafenfem* et *Anthimum*
anno proximo In Patriarchalem fedem reverfus eft, quam exful demum A. 1634. die
5. Martii dereliquit. Quae circumferuntur *Lettres Anecdotes de Cyrille Lucar*, Amft.
1718. 4. continent quidem fragmenta epiftolarum *Cyrilli*, fed jam antea prodiere
fub rubro: *Monumens authentiques de la Religion des Grecs*, par J. *Aymon*, à la
Haye 1708. 4. Hi funt duomviri, quibus hoc debemus Novum Teftamentum,
quibus a quibusdam jungitur *Seraphimus Mitylenenfis*, fed fine jure, hic enim novam
Londini procuravit editionem, de qua mox rationem reddituri fumus. De loco,
ubi haec fumptibus Ordinum Generalium Foederati Belgii in lucem emiffa fit editio,
varie inter eruditos difputatum eft. Pro urbe Genevenfi militat auctor nofter, cui
accedit Cl. *Knochius*, *Freytagius*, *Vogtius* aliique, qui inprimis ad infigne typographi *Choart* provocant. Verum poft *Langium Baumgartenius* ex Elzevirorum officina prodiiffe ex fimilitudine typorum demonftravit. Jungimus hisce argumentis teftimonium *Gronovii*, qui *Golium* exinde laudat, quod hujus verfionis editionem
promovere ftuduerit. „Nemo tanto ftudio, labore, gratia ob confulatus et praetu-
„ras, et imperia contendit, omnemque lapidem movit, quam ille, ut Novi Foede-
„ris facratiffimae tabulae, fimul uti fcriptae funt, fimul ut in fuperiora (ut appel-
„lant)

---

p) Cap. IX. libri, quem confcripfit C. L.
Statua praefetus Eccl. Graecae, p. 133. Idem
cap. XVII. hanc Metaphrafin obiter exami-
nat. Le Long p. 257. col. 1. C. Conf. Andr.

q) Conf. P. *Bayle* dictionnaire art. Gallos.
Not. B.

"lant) feu Graecam linguam vulgarem tradnetae, formis vulgarentur: atqne id ma-
gnificam atqne divinum munus Potentiſſimorum Liberi Belgii Ordinum beneficio,
gemens ſub barbarie intolerabili jugo gens libertatis et elegantiae inventrix accipe-
ret„ *) Quae publice prolata ſi vera ſunt, uti omnino ſunt, qovmodo *Golius*
editionem procurare et promovere potuiſſet, ſi Genevenſium typographo exprimenda
tradita fuiſſet? Editio perdifficilis inventu eſt infrequentium norma.

> Ἡ καινὴ διαθήκη τοῦ κυρίου καὶ σωτῆρος ἡμῶν Ἰησοῦ Χριστοῦ, μεταφρασθεῖσα [II.]
> πρὸ χρόνων ἱκανῶν εἰς πεζὴν φράσιν διὰ τὴν κοινὴν ὠφέλειαν τῶν χριστιανῶν
> παρὰ τοῦ ἐν ἱερομνάχοις Μαξίμου τοῦ καλλιουπολίτου, καὶ νῦν αὖθις τυπο-
> θεῖσα διορθωθεῖσι Σεραφεὶμ ἱερομονάχου τοῦ Μιτυληναίου. Ἐν Λονδίνῃ τῆς βρε-
> τανίας, ἐν ἔτει σωτηρίῳ α ψ γ. παρὰ Ἰωσήφ Μόττης. 1703. 12.

Hoc ſaltem obiter addam, (*inquis Helladius*) *) graeculos modernos, ut
adverſariorum more loquar, non absque fontice graviſſimaque cauſa priores Mas Novi Teſtamenti editiones rejeciſſe: imo vero addam, quod ignotum eſt eruditis hactenus, Seraphini editionem in medio aulae Patriarchalis Conſtantinopoli anno ni fallor, 1704. poſt anathema vulcano traditam. Hactenus ille.

Editor Seraphinus Graecus praefationem adjecit, et textum literalem cum
duplici praefatione praecedentis editionis penitus omiſit. Quae vero in hac editione
redarguuntur, in notis ad ſubſequentem editionem legi poſſunt. *)

[*Seraphinus* Mitylenenſis ſecundam *Maximi* Calliopolitani verſionis graecae
editionem Londini procuravit: ſed non accurate anteceſſoris ſui veſtigia preſſit, verum connulla in ipſa verſione immutavit. In locum duplicis praefationis a *Maximo* et *Cyrillo* ſcriptae aliam ſubſtituit praefationem, quae, cum auctoritati Epiſco-
porum Graecorum aliquid detrahere videretur, Patriarchae Conſtandinopolitani bilem
adeo movit, ut ipſum librum anathematiſatum Vulcano tradere decretam ſit. Defendit hoc factum, quod *Baumgartneius* redarguit, contra iſtum Cl. *Knorbius*, ad
Biblia Cryptoealviniana provocans, quae itidem Vulcano tradita fuerint, miſſibus
nimirum, ut operandis ſclopetis inſervirent, conceſſa. Verum num ex hoc facto illud excuſari poſſit, non definio. *)

> Ἡ καινὴ διαθήκη τοῦ κυρίου καὶ σωτῆρος ἡμῶν Ἰησοῦ Χριστοῦ μεταφρασθεῖσα εἰς [III.]
> πεζὴν φράσιν διὰ τὴν κοινὴν ὠφέλειαν. Ἐν ἔτει 1705. 12.

Verſio Novi Teſtamenti Neo-graeca, ex editione Londinenſi oti ex collatione locorum Joh. 14, 12. 13. et Ephef. 2, 14. 13. cum textu authentico apparet,
formata. Eliminata tamen eſt *Seraphini* praefatio, et ejus in locum manuductio ad
ſalutarem ſacrae ſcripturae lectionem, quae e Bibliis Germanicis Conſtanlanis graece
verſa

r) Conf. *Baumgartnii* Nachrichten von
merkw. Büchern, vol. 5. p. 1. *Freytagii*
Analect. pag. 913. Algemeines Gelehrten-
Lexicon, vol. 5. p. 315. Unſchuldige Nach-
richten, A. 1709. p. 251. A. 1711. p. 209.
A. 1719 p. 1241. *J. M. Goezii* Fortſetz.
des Vezreichn. p. 18. nec non ſcriptores
Part. I Cap. II. Sect. II. §. LV. a. 1. citatos.

Biblioth. Sacr. Part II.

s) Pag. 338. libri citati.
t) *Le Long* p. 112. col. 2. B.
u) Conf. Nachrichten von einer hall. Biblioth. vol. 3. p. 474. *Knorbii* hiſtor. crit.
Nachr. p. 471. *Jab. Alb. Fabricii* Biblioth. gr.
vol. 5. p. 250. vol. 10. p. 338. *J. G. Schelhornii* amoenit. litterar. vol. 8. p. 418.

Tt

versa est, hic substituta legitur; nomen vero *Lutheri* nostri, quod in germanico exemplari ibidem expressum est, hic in graeco desideratur. Quo vero loco et qua ex typographia hoc prodierit N. T. definire haud audemus. Duo tantummodo nobis innotuerunt hujus editionis exemplaria, alterum quod ipsi possidemus, et olim *Johannis Tricotulpii* Armeni fuit, alterum quod exstat in Bibliotheca Christiano-Ernestina, quae est Wernigerodae. *)

[IV.] * 'Η καινὴ διαθήκη τοῦ κυρίου καὶ σωτῆρος ἡμῶν Ἰησοῦ Χριστοῦ, τοῦτ' ἔστι τὸ θεῖον ἄρχεῖυπον καὶ ἡ αὐτοῦ μετάφρασις ἐκ κοινῆ διαλέκτω. Μετὰ πάσης ἐπιμελείας. ἀρετωθεῖτα. καὶ νυνὶ μετατυπωθεῖτα ἐν Ἅλλα τῇ Σαξονίας, ἐν τῷ τυπογραφείω Ορφανοτροφείου. Ἔτει ἀπὸ τῆς ἐνσάρκου Οικονομίας τοῦ κυρίου καὶ σωτῆρος ἡμῶν Ἰησοῦ Χριστοῦ α.ψ.ι. (Halae Saxonum. 1710.) 12.

Haec editio facta est juxta Londinensem, correcta ex recensione Anastasii Michaelis Macedonis, accurante Hermanno Augusto Franckio Professore, Theologo Hallensi, qui et Praefationem Latinam adjecit, praemissa alia Graeca Joannis Heymanni, linguarum Orientalium Professoris Leidensis, sumptibus Serenissimae Reginae Borussiae Sophiae Louisae.

Ex Praefatione Latina Franckii: De adornanda ejusmodi librorum Novi Foederis editione consilium studio inserviendi Ecclesiis Graecis jam dudum inivimus. — Sub initium nostri conatus haud allam editionem versionis Novi Testamenti in Linguam Graecam vulgarem, nisi nuperam Londinensem habuimus. Hujus editionis exemplar quinque abhinc annis D. Anastasio Michaelis Macedoni, Constantinopoli ad nos profecto tradidimus, ut ei manum admoveret, et quae rectius crederet exprimi posse, quo tum textui originali tum linguae vulgaris indoli exactius responderent, ea sedulo annotaret. Id ille praestitit. — — Exemplar a D. Anastasio correctum, fundamenti loco assumptum, ut et emendatior et accuratior daretur metaphrasis, etiam Callipolitae studiose collata, nec cessatum ab opere fuit, usque dum ad umbilicum perduceretur.

Antequam autem summa illi manus adjecta sit, commode accidit, ut D. Johannes Heymannus ex Oriente in Belgium proficiscens in itinere mihi Berolini sui copiam daret. Is a me rogatus, Praefatione nostram Novi Testamenti editionem donare promisit, fidemque datam paulo post etiam liberavit.

Quantum ad Textum originalem attinet, editionem praecipue Leidensenam, quae Amsterdami anno 1698. lucem vidit, secuti sumus. — — In textu, versionis orthographia, in editionibus binis prioribus admodum neglecta, hic ad linguae antiquae indolem normamque magno studio fuit redacta. — deinde voces Turcicae et Italicae, quibus priores editiones scatent, quaeque Graecis, si harum experies fuerint, barbarae et ridiculae videntur, ejectae κατὰ δύναμιν sunt, et Graecae aut ἑλληνικαὶ aut ἀπαλαὶ in earum locum substitutae.

Tum lacunae, quarum viginti et septem observatae in Londinensi editione, expletae sunt. Voces enim, versuum partes, immo integri versus hic illic in ista editione omissi fuerunt; — divisiones versuum divisionibus, quae in Leidensina

F di-

---

x) Beyträge zur Geschichte meiner. Bibliber, p. 58. Index Biblior. Wernigerod. pag. 25. *)

°) In vero exemplari, quod olim fuit *Benj. Schultzii* Missionarii, abest locus 1 Joh. 3, 8. non (v.7.) omisso ipsi numero. *(B.)*

Editione cernuntur, aequatae funt, exceptis binis locis Job. XIV, 12. 13. et Eph. II, 14. 15. Ipfa metaphrafis fic comparata eft, ut explicandis nonnullis locis non fpernendam tamen lumen praeferat. *)

[Jam fupra, ubi de textu Authentico ejusque editionibus nobis agendum erat, hanc editionem recenfuimus. *)

Novum Teftamentum Graecum in linguam vulgarem graecam verfum, cura Chriftiani Reineccii. Lipfiae fumptibus Haered. Lankifianorum. MDC-CXIII. et MDCCL. Fol.   [V.]

Vid. inter Polyglotta. *)

Reineccius accurate editionem praecedentem Halenfem, prioribus correctiorem, operi fuo polyglotto inferuit. Sub duplici vero anni nota una eademque exftat editio; opus enim imprimendo Novo Teftamento anno MDCCXIII. coeptum, anno MDCCL. demum finitum eft.

§. V.
Partes N. T.

Το κατα Λουκαν ευαγγελιον εν ετει α´ψ μη. Lucae Evangelium in linguam graecam vulgarem converfum, edidit D. Jo. Henr. Callenbergius, Halae in Typographia orientali ↄↄↄ MDCCXXXVIII. 12.   [I.]

Αι πραξεις των Αποστολων αγιων. εν ετει α´ψ μθ. Acta Apoftolorum in linguam Graecam vulgarem converfa. edidit D. Jo. Henr. Callenbergius. Halae in Typographia Orientali Inftituti Judaici. ↄↄↄ MDCCXXXIX. 12.   [II.]

Initium Evangelii Johannis, cap. I. 1-28. — Halae — 1749. 12.   [III.]
Epiftola ad Romanos in linguam graecam Vulgarem converfa — 1748. 12.   [IV.]
Epiftola ad Ephefios — 1748.   [V.]
Παυλου του Αποστολου η προς Τιτον επιστολη. εν ετει α´ψ μη. (1748.) 12.   [VI.]
Η του αγιου Ιουδα καθολικη αποστολη. εν ετει α´. ψ. μζ. (1747.) 12.   [VII.]
Epiftolae Domini et Servatoris Jefu Chrifti ad Ecclefiam orientalem in linguam graecam vulgarem converfae. Edidit D. Jo. Henr. Callenbergius. Halae in Typographia Orientali. 1746. 12.   [VIII.]

Hi funt, qui nobis innotuerunt, Libri Novi Teftamenti a meritiffimo *Callenbergio* eam in finem editi, ut tum noftratibus, qui linguae graecae vulgari operam dant, tum et iis, qui in Oriente lingua Graeca vulgari vernacula utuntur, inferviret. Plerique libelli duplici proftant fub titulo, vel graeco, vel graeco-latino. Ultima quam nominavimus opella, tria priora continet Apocalypfeos capita.

§. VI.
Verfio N. T. Librii Colleti.

*Novum Teftamentum in Linguam Graecorum vulgarem translatum a Liberio Colleti facerdote. Venetiis. (circa annum 1708. vel 1709.) Folio.

Hellanius p. 344. libri fupra pluries citati loquitur de hoc interprete, eumque non Athenienfem, fed in Italia natum et educatum vocat, „Non vero minus ri-

T i 2   „di-

*) *Le Long* p. 228. col. 2. D.   *) Part. I. Cap. III. §. VII.
*) Part. I. Cap. II. Sect. II. §. LV. n. 2.

„dieulum videtur, dum praeponens hoc nomen, se Graecum Athenienfem vocat, et
„in Calendario, quod ex editione Novi Teſtamenti Graeci in parvo ſolio Venetiis
„huc (anno 1710.) tranſtulit, ſuumque fecit, etc.„   Idem p. 358. „Si et Pſalte-
„rium ita Dom. Liberio Colleti interpretatus eſt, uti Novum Teſtamentum, moneo
„ne proelo ſubjicias.„ *)

§. VII.
Verſio Helladii.

* Tentamen Metaphraſeos Novi Teſtamenti in linguam modernam Graecorum factum ab Alexandro Helladio Graeco ſuper caput II. Evangelii
ſecundum Matthaeum. Altorfii 1714. 8.

    Hoc tentamen editum eſt pag. 302. libri hujus interpretis, cui titulus: Sta-
tus praeſens Eccleſiae Graecae. *)

    [*Alexander Helladius* Lariſſae, Theſſaliae civitate natus, univerſam ferò
Europam peragravit, et Halae in Saxonia annum, in Batavia biennium, in Anglia
triennium, Altorfii quadriennium moratus, omnium pene linguarum Europaearum
facultatem ſibi adquiſivit. Altorfii librum edidit, quo non vulgarem quidem eruditionem ac peritiam rerum patriae eccleſiaſticarum, ac litterariarum monſtravit, verum et animum ambitioſum et invidiae plenum prodidit, dum quam acerbiſſime,
qui de Graecorum rebus commentati ſunt, perſtrinxit. Proſtat ille liber ſub titulo:
*Status praeſens Eccleſiae Graecae, in quo etiam cauſae exponuntur, cur Graeci moder-
ni Novi Teſtamenti editiones, in lingua graeco-barbara factas, acceptare recuſent.
Praeterea additur eſt in fine ſtatus nonnullarum controverſiarum, ab Alexandro Helladio Nat. Graec. Impreſſus A. R. S. MDCCXIV.* De tribus tantummodo loquitur auctor N. T. editionibus, nimirum de prima anni 1638. §.IV. n. 1. de Londinenſi, anni 1703. (ibid. n. 2.) et de tertia *Liberii Coleti*. §. VI. Quam ſupra vero recenſuimus
anni 1705. editionem, ſilentio praetermiſit. Multa habet vir doctus, quae editiones
haſce concernunt, ut cap. VII. in quo demonſtratur, Graecam linguam modernam
aut parum aut nihil ab originali lingua Novi Teſtamenti deflectere, et de ſcripturarum lectione. Cap. IX. in quo exponuntur cauſae, cur hae vulgares editiones Novi
Teſtamenti a Graecorum Patriarchis rejectae ſint. Cap. XVI. in quo vita et geſta Seraphini Mityleneaſis, ſuaeta conſelentia exponuntur, Epiſcopique Graecorum ab
ejusdem injuriis vindicantur. Cap. XVII. quo Maximi Calliopolitae Metaphraſeos errores obiter examini ſubjiciuntur. Cap. XVIII. quo tertia quoque Halenſis Novi Teſtamenti editio obiter examinatur. Dum vero linguam Graeco barbaram tantummodo infimae plebis dialectum eſſe adfirmat, ipſi ſeſe oppoſuit *Job. Matthias Gesnerus.* °)

b) *Le Long* p. 229. col. 1. E.
c) *Le Long* p. 229. col. 2. A.
d) Obſervat. II. de lingua et eruditione
Graecorum, qui hodie vivunt, in Miſcellan.
Lipſienſ. tom. II. p. 397. et 711. Conf. Un-

ſchuld. Nachrichten A. 1714. p. 661. 1016.
Reimmanni Catal. Biblioth. theol. pag. 811.
Mart. Lilienthals theolog. Biblioth. vol 1.
pag. 171. *Joh. Alb. Fabricii Bibilioth. graec.*
vol. X. p. 515.

SECTIO III.

SECTIO III.

DE

VERSIONIBVS METRICIS.

§. I.

Reſtant adhuc quaedam ſacrorum librorum verſiones graecae, quae tum
ipſa lingua, qua concionatae ſunt, tum et ipſo ſermonis ordine ſeſe a
praecedentibus diſtinguunt. Sunt hujusmodi generis carmina illa ſacra, quibus Libri Sacri redditi ſunt, quorum nonnulla ex antiquitate ad noſtra pervenere ſecula, alia vero recentiori aevo a viris, quibus graecus ſermo admodum familiaris fuit, compoſita ſunt. Auctorem noſtrum hujusmodi carmina
ſacra non albo edicionum aut verſionum inſeruiſſe, lubenter fatemur; attamen Illa non penitus ſilentio praetermiſit, ſed ad calcem operis, commentatoribus in ſingulos ſacrae ſcripturae libros, nomina illorum, qui carmine ſa-
cro oracula divina reddidere, adſcripſit. Nobis vero hisce interpretibus,
qui a commentatoribus et exegetis diſtinguendi ſunt, et propius ad transla-
tores accedunt, peculiarem adſignare ſectionem, ordini convenientius viſum eſt.

§. II.
Libr. Sam.

Guil. Geilſuſt carmen graecum de monomachia Davidis cum Gollatha.
Magdeburgi apud A. Bezelium. 1611. 4.

§. III.
Liber Eſtherae carminice.

* Joſuae Barneſii Eſtherae hiſtoria, poetica paraphraſi, idque Graeco carmine, cui verſio latina opponitur exornata una cum ſcholiis et annotationibus Graecis Londini 1679. 8.

Joſua Barner, Anglus, Collegii Emmanuelis Cantabrigienſis, linguas
Graecae peritiſſimus, qui et *Euripidem* et *Homerum* edidit, in hoc carmine, quod
Suſakim inſcripſit, *Homeri* imitatorem felicem ſeſe praeſtitit. *)

§ IV.
Jobus carmine graeco.

* Θεοσοθιαμβος, Sive liber Job, graeco carmine redditus per J. D. Cantabrigienſem S. T. B. Editio altera multis in locis ab Aurore recognita

Tt 3   et

---

*) *Le Long* pag. 615. col. 1. Allgemeines Gelehrten-Lexicon tom. I. p. 796. v. infra
§. CIII. a. 1.

et emendata. Cui adduntur in fine tres Pfalmi. S. Hieron. Epift. ad Pau-
linum: Job Exemplar Patientiae, quae non myfteria fuo fermone complectitur? profa incipit, verfu labitur etc. Cantabrigiae, apud Thomam
Buck celeberrimae academiae typographum. 1653. Veneunt ibidem per
Guillelmum Graves, Bibliopolam. 8.

Quamvis graeci hujus carminis auctor tantummodo nominis fui litteris initiales operi praemiferit, eum tamen *Jacobum Duportum*, Anglum, Linguae Graecae
Profefforem et Decanum Petriburgenfem apud Cantabrigienfes fuiffe fatis conftat.
Prior editio Cantabrigienfis anni 1637. 8. non integrum Jobi librum, fed tantummodo nonnullas ejus fectiones ex ultimis capitibus, quibus animalia deferibuntur,
continet: quas iterum fub examen vocavit, emendavit, et ita adauxit, ut hic integer Jobi liber carmine graeco expreffus exponatur. Adeo Homeri eft fectator, ut fingula quibus ufus eft, verba ex illo haufta fint, ut fe centonem in hoc argumento
confcripfiffe ipfe fatetur. Graeco Carmini adjuncta eft e regione verfio latina de
verbo ad verbum. Verfus hebraici textus ad marginem graeci carminis notati funt.
Pfalterium idem in graecum carmen transformavit, de quo fuo loco. [*])

§. V.
Pfalterium carmine graeco.

[I.]   * Apollinarii metaphrafis Pfalterii graece. Parifiis apud Hadrianum Tur-
nebum. 1552. 8.

Paraphrafin Pfalmorum CLI. ex duobus Bibliothecae Regiae codicibus perquam nitide graece typis regiis evulgavit *Hadrianus Turnebus*, fubjunctis ad calcem variis lectionibus. Utrum vero hic genuinus foetus fit *Apollinarii* fenioris, Alexandrini, Laodicenfis in Syria presbyteri, qui circa annum 362. claruit; an vero
fit filii ejusdem nominis, vel an fit ψευδεπιγραφον, definire haud audet *Duportus* in
praefatione ad Pfalterium carmine graeco redditum apud *Joh. Alb. Fabricium*: in
quo ipfi confentit *W. Cave.* Carmine heroico reddidit auctor, quisquis ille fit, Pfalterium integrum: de quo *Ifaacus Cafaubonus* judicat, „opus effe plane haud indi-
„gnum, quod juventuti Φ.Λίάλλη proponatur. Nam et Graeca eft oratio, et fatis
„poetica, imo interdum ποιητικωτάτη. Illud, credo, non negabis, eam veritati
„hebraica faepe illi parum convenire: faepe etiam Graecae poeftos genium in eo de-
„fiderari: neque enim nefcis, aliud effe verfus facere, aliud poëtam agere: quod
„etim in vertendo fit difficile, non defunt tamen e recentioribus, quos anteponam
„Apollinari etc. [*])

[II.]   'Αποllιναρίου μεταίφρασις τοῦ ψαλτῆρος, διὰ ετχων ἡρωικῶν. Apollinarii interpretatio Pfalmorum verfibus heroicis. Apud Joannem Benenatum.
Parifiis M.D.LXXX. 8.

Editio fecunda, priori longe anteferenda, tum ob typorum nitorem, tum
quod his verfio accedit latina, quae fingulis verfibus graecis accurate refpondet, non
non

b) *Le Long* p. 707. col. 1 C. *Baumgartenii* vol. 7. p. 667. *Guill Cave* Hift. litt. fcript.
Nachrichten von merkw. Büchers, vol. X. ecclef tom 1. p. 276. *Le Long* p. 611. col.
p. 101.   1. C. Catal. Biblioth. Baumgart. p. 44. n.
c) Conf. *Jo. Alb. Fabricii* Biblioth. gr. 1) b.

non in fine variantes notantur lectiones. Praemittuntur veterum scriptorum *Suidae*, *Socratis* et *Sozomeni* de *Apollinario* testimonia, quae tamen hujus metaphraseos nullam faciunt mentionem.   Indicem satis locupletem *Nicolao Gulonio* debemus. *d)*

* Ά'πολιτσριου μετάφρασις — Parisiis M DCXIII. 8.   .   [III.]
Praecedens editio secunda accurate typis iterum exscripta. *e)*

* 'Απολλωσαριου μετάφρασις του ψαλτηρος διά στχων ηρωικων cum versione   [IV.]
latina. Heidelbergae ex officina Commelliniana. 1596. 8.
Prioris editionis anni 1580. versionem latinam sub examen vocavit et castigavit *Fridericus Sylburgius*.   Accedunt paucae quaedam *Davidis Hoeschelii* notae: index vero a *Gulonio* confectus, hic desideratur. *f)*

* Apollinarii metaphrasis Psalterii. Parisiis 1624. Fol.   [V.]
In appendice Bibliothecae Patrum Graecorum tom. XIV. Ipsa vera Bibliotheca non 1654. uti habet *Joh. Alb. Fabricius*, sed anno 1624. prodiit. *g)*

* Δαβίδου προφήτου και βασιλέως μέλος, ελεγίοις περιειλημμίνης υπό Παύλου του Δολσκίου πλοίας. Psalterium Prophetae et Regis Davidis, versibus elegiacis redditum a Paulo Dolscio Plauensi. Basileae per Oporinum. (1555.) 8.   [VI.]
Anni nota ad calcem est expressa: *Basileae ex officina Joannis Oporini, Anno salutis humanae M. D. LV. mense Augusto.* Fluctuat de vero hujus metaphraseos auctore *Le Long*, dum quidem primo illam *Dolscio* tribuit, quem *Germanum*, *Plaviensem*, *Lutheranum*, *Medicum et consulem Halensem*, *Latine et Graece doctum* appellat; deinde vero tum hanc metaphrasin, tum et Ecclesiasten *Melanchthoni* adscribit, addita nota: *Haec bina opera edita sunt sub nomine Pauli Dolscii*, perinde ac si *Melanchthon* hoc sub nomine latere voluisset. Verum *Dolscium*, qui primo Scholae Halensi praefuit, deinde Paduae Doctor Medicinae creatus, Halam rediit, et ibi consulatum usque ad annum emortualem 1589. gessit, verum ejus esse auctorem, ex ipsa operis praefatione, seu epistola nuncupatoria Senatoribus urbis Halae inscripta apparet. „ — Secutus igitur judicium et exemplum laudatissimorum virorum, graecis „versibus totum opus Psalmorum reddidi. —   Id opus quia praecipue vestris filiis, „quos mihi erudiendos commendastis, scripsi, vobis exhibeo, ac specimen volo esse „se non solum meae sedulitatis in hoc munere docendi, sed etiam piae voluntatis er-„ga Ecclesiam et erga hanc urbem.„ Psalterio praemittitur carmen elegiacum graecum ad Lectorem, et singulis Psalmis ύπόθεσις seu argumentum duobus Distichis comprehensum. Ad calcem adjecta est *Eobani Hessi* Elegia de fructu et utilitate lectionis Psalmorum, et *Caroli Utenhovii* epigramma graecum.   Libellus apprime rarus, cujus *Duportus*, quamvis anxie illum quaesiverit, compos haud fieri potuit. *h)*

* Metaphrasis Libri Psalmorum graecis versibus contexta, cum versione   [VII.]
Latina. Per Jacobum Duportum Cantabrigiensem. Londini 1666. 4.
Psal-

d) *Le Long* Ibid *J. Alb. Fabricius* l. c. pag.   *g)* Conf. auct. citat.
611. Baumgartenii Nachrichten von merkw.   *h)* *Le Long* pag. 103. col. 1. coll. p. 517.
Büchern, vol. 7. p. 90   col. 1. F. *Baumgartenii* Nachrichten von .
e) v *Le Long* et *Fabricium* ll. cc.   merkw. Büchern, vol 7 pag. 101. *Joh. Alb.
f)* Conf. auctorem supra citatum.   *Fabricii* Bibliothe. gr. vol. 7. p. 668.

Prima Pſalterii editio, quam eidem Auctori, cujus Jobum in Graecum eius men transmutatum jam ſupra §. IV. recenſuimus, debemus, quae ad latus habet verſionem Latinam. Duo ſunt, quae auctor ſibi propoſuit: primo *Homerum* tam accurate, quantum fieri poſſet, imitari, ut carmen hoc puro flamine Graeco et Homerica phraſi concinnaretur; unde et nomen Jehova Graece per 'Ανα£ aut 'Αθανατος reddidit; ſecundo textum hebraicum quam accuratiſſime exprimere. [i]

[VIII.] * Δαβιδης ιμμετρος, ſive Metaphraſis libri Pſalmorum graecis verſibus contexta. Per Jacobum Duportum Cantabrigienſem Regium Graecae Linguae Exprofeſſorem D. P. Lond ni typis Andr. Clark, impenſis Richardi Chiſwell, ſub ſigno roſae et coronae D. Pauli Cuemeterio. M DC. LXXIV. 8.

Editio ſecunda, ſed ſine verſione latina. Novam addidit Auctor latinam praefationem, qua Interpretes, qui graeco carmine Pſalterium donarunt, recenſet et ſub examen vocat: atque ſimul de Jubo ſuo, cum jam ante triginta fere annos, et de ſcriptis Salomonis, Illa novennio poſt graece verſa eſſe refert. Diu ſtaqua ingenii ſui foetus intra muſaei cancellos detinuit. Praefationem ipſum, quoad maximam partem transſcripſit *J. A. Fabricius.* [4]

[IX.] Metaphraſis Libri Pſalmorum graecis verſibus contexta per Jacobum Duportum Cantabrigienſem Oxonii e Theatro Sheldoniano 1712. 8.

[X] Jacobi Duport Metaphraſis poetica Pſalmorum graeca. cum Paraphraſi poetica Latina Buchanani. Londini apud B. Barker. F.

[XI.] * Dionyſii Petavii Pſalmorum omnium, nec non Canticorum, quae ſparſim in Bibliis leguntur, Paraphraſis graecis verſibus edita, cum latina Interpretatione, quae ipſa per ſe, graeca neſcientibus, commentarii inſtar eſſe poſſit. Pariſiis apud Sebaſt. Cramoify. 1637. 12.

Auctoris vitam recenſet *J. P. Niceronius.* [l]

[XII.] * Aemylii Porti metaphraſis Pſalmorum Davidis Regii Prophetae graeco carmine heroico. Baſileae 1591. 8.

De auctore ſequentis notavit *Le Long: Franciſcus Portus Aemilii filius Cretenſis, Graece et Latine peritus,* obiit 1581. In quo multa erravit. Auctor hujus Carminis eſt *Aemylius Portus,* Ferrariae in Italia natus, cujus pater eſt *Franciſcus Portus* Cretenſis. Nec Romanorum ſacris addictus fuit, nec 1581. ex hac vita emigravit: munere enim Profeſſoris Heidelbergae usque ad annum 1609. functus eſt. Elaboravit hoc carmen, quod quam duriſſime taxat *Duportus* in praefatione, *Aemylius* gravi laborans morbo, quin et ipſa durante aegritudine, latinamque addidit verſionem. [m]

          * Da-

---

i) *Le Long* p. 707. col. 1. *J. A. Fabricii* Biblioth. gr. vol. 7. p. 670.

k 1. c. Conf *Le Long* l. c. et *Baumgartens* eii Nachrichten von merkw. Büchern, vol. 7. p. 107.

l) Nachrichten von berühmten Gelehrten vol. 1. p. 251. Conf. *Le Long* pag. 899.

Malncire annal. typogr. tom. 9. part. 1. pag. 900. *Job. Alb. Fabricius* l. c. p. 663.

m) *Le Long* p. 911. col. 1. *J. A Fabricii* Biblioth. gr. vol. 7. p. 669. ſeq. Conf *Joh. Molleri* Cimbria litterata tom. 1. p. 510. etc. Allgem. Gelehrten-Lexicon vol. 3. p. 1717.

* Davidis Regii Prophetae Pfalmi omnes, noviter nunc primum cum in [XIII.]
Graecum, carmine heroico, quam in Latinam profam, elegantiffime
fideliffimeque converfi ab Aemylio Franciíci Porti Cretenfis F. Argentorati apud Bernhardum Jobinum excufi. Anno MDLXXXII. 8.
    Editio pofterior; eui uti et priori Candoa V. T. ut et Simeonis eodem car-
minis genere addita funt. a)

§. VI.

Pfalmi graec. carmine.

* Pfalm. I. XV. CXXXIII. anacreonticis verfibus Graeca et latina lingua [L]
reddiri a Jofua Barnes. Londini 1705. 12.
    Extant Pfalmi in Ejusdem Anacreonte Chriftiano, Auctor, Collegii Emanue-
lis Cantabrigienfis fociius, cujus et Eitherae biftoria graeco carmine conferipta fupra
§. III. recenfita eft, obiit A. 1714. s)
* Theophili Cangierii, Graeci, metrica interpretatio Davidicorum ali- . [II.]
quot Pfalmorum, graece. 1610. 4. t)
Pauli Dolfcii metaphrafis Pf. LI. graeco carmine. 1552. [III.]
    Primum quod edidit Dolfcius praefixus facrae fpecimen, quod et Pfalterio §.
praec. n. 6. recenfito a pagina 114-119. infertum legitur. Duplex ibi exftat Pfalmi
LI. metaphrafis, altera brevior p. 112. altera vera amplior 73. diftichis conftans, quae
jam anno 1552. primum publici juris facta.
Martini Mayeri a Schoenberg paraphrafis trilinguis metrica Pfalmorum poe- [IV.]
nitentialium hebraice, graece et latine diverfo carminum genere. Francofurti 1624. v)
* Pfalmi aliquot Davidis graecis verfibus compofiti per Antonium Ni- [V.]
grum Medicum Brunfvigenfem. Lipfiae imprimebat Valentinus Papa Anno Chrifti M.D.LII. 8.
    Decem funt Pfalmi graeco carmine expreffi cum e regione appofita latina
verfione, nimirum Pf. CVII, CIV, LI, CXXVII, CXXVIII, CXLV, CXLVI,
CXLVIII, CXLIX, CL. Edidit hoc fpecimen cum in finem, ut doctoribus anfam
praeberet Pfalmos Davidis eruditius magnificentiusque exornandi: ut Davidis Hy-
mnos graeco carmine ita canerent, quemadmodum eos Eobanus Heffus latinis verfibus
cecinit. x)
* Pfalmorum Davidis aliquot metaphrafis Graeca Joannis Serrani. Adjun- [VI.]
cta e regione paraphrafi Latina G. Buchanani. Precationes ejusdem Grae-
colatinae, quae ad fingulorum Pfalmorum argumentum funt accommo-
datae. Anno M.D.LXXV. Excudebat Henr. Stephanus. 12.

Tom-

---

a) Le Long ibid. Baumgarteni Nachrichten
etc. vol. 7. p. 105.
s) Le Long p. 625. col. 1. Fabricii Biblioth.
gr. vol. 7. p. 672. Allgemein. Geichrtem-
Lexicon. vol. 1. p. 796.
t) Le Long p. 664. col. 2.

q) v. Part. I cap. III. §. XXXI. n. 6.
Conf. Fabricii Biblioth. gr. vol. 7. p. 672.
r) Le Long p. 110. col. 1. E. Fabricius L.
t. p. 672. Baumgarteni Nachrichten von
merkw. Büchern, vol. 7. p. 110.

Biblioth. Sacr. Pars II. Uu

Temporibus calamitosis animum erigens causa suorum litterae, imprimis Psalterium studiose legit *Johannes Serranus*: et dum *Buchanani* paraphrasin eum in finem adhiberet, ejus vestigiis inhaerens Psalmos nonnullos graece interpretari coepit: quorum in numero sunt, quos luctuosos appellare voluit, Ps. XI, XII, XIII, XVI, XVIII, XXII, XXX, XXXI, XLIII, XLIX, LXII, LXXIX, LXXXIV, LXXXV, LXXXVI, LXXXVIII, XC, XCI, XCII, XCIV, XCVII, CIII, CXLI, VI. Cuilibet Psalmo e regione apposita est latina *Buchanani* paraphrasis, in fine vero precatio prosaica graece et latine adjecta est. Duo Idyllia ex Danielis precatione Cap. IX. et Esai. LXIX. occupant vacuam in initio post praefationem paginam: in fine vero legitur Canticum Simeonis, et verae religionis descriptio graece et latine. ')

[VII.] Psalmorum Davidis aliquot metaphrasis Graeca Jo. Serrani — cura Franc. Ockelii. Londini apud Bowyer. 1770. 8.

[VIII.] Ψαλμοι τινες υπο δι-Φιξοιτ εις ελληνικα μετρα τινες μεταφρασθεντ. Psalmi, aliquot in versus Graecos nuper a diversis translati. (Argentorati excudebat Josias Ribelius 1572.) 8.

Adhaerent aliquot Psalmi editioni Buchanani Psalterii Argentoratensi a pag. 359. ad 403. graece a diversis versi, ita ut plures unum vel alterum Psalmum graeca veste metrica donarint. Ps. I. ε) *Friderici Jamotii*, 2) *Florentii Christiani*, 3) *Henrici Stephani*. Ps. II. 1) *Florentii Christiani*, 2) *Henrici Stephani*. Ps. III. *Henrici Stephani*. Ps. VI. 1) *Friderici Jamotii*, 2) *Florentii Christiani*, Ps. VIII. *Florentii Christiani*. Ps. XL. 1) Interprete eodem. 2) *Henrici Stephani*. Ps. XII. 1) *Frid. Jamotii*. 2) *Florentii Christiani*. Ps. XV. 1) *Jamotii*, 2) *Florentii*. Ps. XIX. Interprete anonymo. Ps. XLIII. *Henrici Stephani*. Ps. XLV. *Florentii Christiani*. Ps. LXXXIV. interprete anonymo. Ps. I. XXXVIII. *Henr. Stephani*. Ps. CI. Interprete eodem. Ps. CIV. *Jamotii*. Ps. CX. anonymi. Ps. CXIX. *Jamotii*. Ps. CXXIX. *Florentii Christiani*. Ps. CXXVIII. *Jamotii*. Ps. CXXX. *Florentii Christiani*. Ps. CXXXVII. 1) *Jamotii*. 2) Anonymi cujusdam. Ad normam diversorum metrorum auctores Davidem canere didicerunt.

[IX.] Joachimi Camerarii Psalmus 133. de concordia, elegiaco carmine graeco. Lipsiae 1544. 8.

§. VII.
Proverbia carmine graeco.

[I.] * Σαλομων εμμετρος, sive tres libri Salomonis, Proverbia, Ecclesiastes et Canticum Canticorum, Graeco carmine donati per Jacobum Duporum Cantabrigiensem. Cantabrigiae 1646. 8. ')
Idem Auctor J bum §. IV. et Psalterium §. V. n. 7. eadem veste donavit.

[II.] * Proverbiorum Salomonis metaphrasis Graeca metrica cum versione latina, auctore Jacobo Meillerio. Genevae 1599. 8. *)

[III.] * Proverbia Salomonis Graecis versibus hexametris expressa auctore Johanne Schirmero. Norimbergae 1584. 8. *)

§. VIII.

f) *Le Long* p. 919. col. 1. *J. A. Fabricii* teo vol. 5. p. 65. etc. *Mainoiri* annal. typ. Bibl. luth. gr. vol 3, p. 872. *F. G. Freytagii* tom. 3. part 1. pag. 261.
apparat. litterar. tom. 3. p. 72., *J. P. Narvuni* Nachrichten von berühmten Gelehr-
s) *Le Long* p. 707. col. 1.
u) *Le Long* p. 434. col. 1.
v) Id. p. 951. col. 1.

§. VIII.
Ecclesiastes graece carmine.

Ecclesiastes per Jacobum Duportum. Cantabrigiae 1646. 8. §. praeced. (I.)

* Ecclesiastes Salomonis graecis versibus redditus a Paulo Dolscio Plavensi. Lipsiae 1559. 8. ⁱ) [II.]

* Graeca varii generis carmina, cum latina interpretatione: Inter quae primo loco posita est Ecclesiastae Salomonis Paraphrasis, cujus versio ipsa commentarii loco esse potest graeci sermonis imperitis, auctore Dionysio Petavio. Parisiis apud Sebast. Cramoisy. 1641. 8. ᵏ) [III.]

Libellus Urbano VIII. P. M. graeca et latina epistola inscriptus ad calcem habet nonnulla carmina hebraice scripta. Idem auctor, cujus et Psalterium supra §. V. n. II. indicavimus, Jeremiae Threnos carmine graeco donare coepit, quod opus tamen non ad finem perductum esse videtur. De methodo versus componendi ipse ita loquitur: „Ego nullam in istis seri temporis particulam colloco, sed eundo, red-eundo, ambulando per urbem, per aedes, inter coenandum, noctu, reliquis sub-divis horarum momentis, raptim illa meditari soleo."

§. IX.
Canticum Cant. graece carmine.

Canticum Canticorum per Jacobum Duportum Cantabrigiensem. Cantabrigiae 1646. 8. §. VII. (I.)

* Anacreon Christianus rithmicus, hoc est Canticum Canticorum Graeco Anacreontico carmine traductum a Georgio Leufchnero. Lipsiae 1650. 12. ᵉ) [II.]

Idem Auctor, qui munere scholastico functus est, et Hellenodiam Lutheranam, seu versionem graecam Canticorum ecclesiasticorum edidit.

Amores sacri f. Canticum Canticorum elegis expressum ab Josepho Thun, Praeposito Nicopiensi. Holmiae 1682. 8. [III.]

Graeco carmine elegiaco expressit auctor Canticum Salomonis, addiditque et alia ad calcem poëmata Graeca. ᵇ)

§. X.
Scripta Prophetica carmine gr.

M. Fureri Vaticinium c. 53. Jes. versibus graecis. Witebergae apud Joh. Crato. 1570. 4. (I.)

* Wolfgangi Finckelthausii Threni Hieremiae carmine heroico graeco. Tubingae 1571. 4. ᶜ) [II.]

Propheta Daniel graeco carmine redditus per Z. Fabrum. Witebergae apud Joh. Crato. 1598. 8. [III.]

U u 2   Pro-

γ) Le Long p. 703. col. 1. Conf. supra §. V. n. 6.
z) Le Long p. 199. col. 1. E. Conf. Nervii Nachrichten von berühmten Gelehrten, voll. 1. p. 833. et p. 838.

a) Le Long p. 813. col. 1. Algem. Gelehrten-Lexicon, tom. 2. p. 1402.
b) Sammlung von alten und neuen theolog. Sachen, A. 1711. p. 1101.
c) Le Long p. 723. col. 2.

[IV.]   Propheta Daniel — Wittebergae apud Zach. Lehmann. 1601. 8.
[V.]   Κήρυξ μετανοίας, ήγουν Ιωνάς προφήτης, μεταφρασθείς διά στίχων ήρωϊκών.
          Praeco poenitentiae, seu Jonas Propheta, translatus versibus heroicis a M.
          Melchiore Rindero, Norib. Diacono Aegidiano. Noribergae typis Abra-
          hami Wagenmanni CIƆ.IƆ.CXI. 8.
          Dedicavit auctor opellam *Conrado Ritterskusio* et *Friderico Taubmanno*.
          Graecum carmen in altera pagina ad latus habet latinam versionem. Ad calcem ac-
          cedunt tres annotationes philologicae. *)

[VI.]   * Musae sacrae, sive Jonas, Threni et Daniel versibus graeco-latinis, per
          Joh. Ailmer. Oxoniae 1652. 8. *)

                          §. XI.
                     Siracides graeco carmine.

          * Σοφία ή πανάρετος τοῦ Σιράχ μεταφρασθεῖσα μὲν πάλαι δι' ἐλεγείων, νῦν
          δὲ τὸ πρῶτον ἐκδοθεῖσα ὑπὸ Παύλου τοῦ Δολσκίου πλαϊέως. Sapientia Jesu
          Siracidis, omnium virtutum doctrinam continens, elegiaco olim car-
          mine reddita, et nunc primum edita a Paulo Dolscio Plavensi. Lipsiae
          Johannes Rhamba excudebat Anno MDLXXI. 8. *)
          Ad calcem accedunt decem breviora additamenta, quorum singula nonnul-
          lis difficilis graecis constant.

                          §. XII.
                    Paraphrasis Evang. Joh.

          Νόννου ποιητοῦ Πανοπολίτου μεταβολὴ τοῦ κατὰ Ιωάννην ἁγίου Εὐαγγελίου.
          Nonni Panopolitani Paraphrasis S. Evangelii secundum Joannem, carmi-
          ne Heroico Graeco conscripta.
          Superstes est ex Antiquitate Carmen heroicum *Nonni*, gente Aegyptii, urbe
          Panopolitani, qui sub initio seculi quinti vixit, quod variis Editorum curis suffi-
          ciult multiplicique forma in vulgus exiit. Quo vero varias ejus editiones ordine re-
          censere possimus, ad certas ut illas classes referamus, necesse est. Duplex adest
          editionum catalogus, alter ab auctore austro *Jacobo Le Long*, 1) alter vero ab *Joh.
          Alb. Fabricio* 2) compositus: sed uterque non adeo locuples est, ut non cuique nostrae
          nullae desint editiones. Nostrum itaque erit, singulas ita recensere, ut primo Grae-
          cas editiones, et deinde graeco-latinas enumeremus. Singulis vero quae ab hisce
          viris nominantur, brevitatis causa Litteras F. vel L. vel utramque litteram, si am-
          bo eandem recensent, adjungemus.

                    I. *Editiones graecae.*

[I.]   A. 1501. Venetiis, cura Aldi Manutii. L. F.
[II.]   A.1504. Romae. Hanc editionem *Cavus* nominat, 3) sed ita ut ei vix fides haberi
                                                               n pos-

─────────────────────

d) v. *Riederer* Nachrichten zur Kirchen-   *f*) *Le Long* p. 703. col. 1. *Baumgartens*
  Gelehrten- und Büchergeschichte, vol. 4.   Nachrichten, vol. 7 p. 114.
  p. 348.   *g*) p. 221. col. 2.
                                                   h) Vol. 7. Biblioth. gr. p.617. *
e) *Le Long* p. 599. col. 1.   *i*) Hist. litterar. Script. eccles. p. 199.

poſſit. „Prodiit Graece. (cura Aldi Manutii.) Romae 1508.„ *Fabricius*
eandem, fed ex Caveo, recenſet. Fortaſſe legendum eſt: Romae 1528.

A. 1527. Hagenoae, apud Johannem Secerium. *L. F.*   [III.]
A. 1528. Romae. 4. *L.*   [IV.]
A. 1541. Francofurti apud Petrum Brubachium. 8. *L. F.*   [V.]
A. 1541. Pariſiis apud Jacobum Bogardum. *F.*   [VI.]
A. 1556. Pariſiis apud Martinum Juvenem. Quibusdam in locis correctior ac   [VII.]
   praecedens Pariſienſis; fed non in paucis etiam, notante *Nanſio*, ma-
   gis corrupta. *F.*
A. 1566. Coloniae apud Maternum Cholinum, ex auctiore *Job. Bordasi* edi-   [VIII.]
   tione. *F.*
A. 1588. Coloniae, ex editione Martini Juvenis, Pariſiis 1556, omiſſis, us-   [IX.]
   que ad Cap. XVI, verſibus quos *Bordasus* addiderat. *F.*
A. 1616. Goslariae. 8. maj. Majoribus typis, cum copioſo Indice Graeco   [X.]
   verborum, Sylburgianae veſtiglia inſiſtens. *F.*

        II. *Editiones graeco-Latinae.*

   1) Cum Verſione Latina *Jacobi Bordasi*, qui ex MS. Codice *Jacobi*.
    Salomonis Interaquaei teſtatur, fe complures verſus antea omiſ-
    fos revocaſſe.

A. 1542. Pariſiis. 8. *L.*.   [XI.]
A. 1556. Pariſiis. 8. *L.*   [XII.]
A. 1561. Pariſiis, ex officina Caroli Perierii, additis ad calcem pauculis Va-   [XIII.]
   riis Lect. Praecipue cap. XVI. addidit verſus 38. quos tamen *Frideri-*
   cus Sylburgius negat, fe in Palatino MS. reperiſſe, neque ſibi videri -
   Nonni referre ſtylum: etiam *Nanſius* in curis fecundis multa in illis
   fuſpecta ſibi, et *Nonni* genio non fatis convenire teſtatus eſt. *L. F.*
A. 1578. Pariſiis. *L.*   [XIV.]
   2) Cum verſione latina *Erhardi Hedenetcii* Med. Doct. qui inprimis
    in gratiam ſtudioſae juventutis *Nonni* paraphraſin fermone latino
    foluto, aeque quod Graeci dicunt πεξι λιξν, ita ut verſio ſem-
    per e regione poſitis Graecis verſibus quibuslibet correſponde-
    ret, interpretatus eſt.
A. 1571. Baſileae, apud Petrum Pernam. 8. *L. F.* Adjunxit editor in fine   [XV.]
   Gregorii Nazianzeni carmina quaedam pia atque felecta cum latina iti-
   dem interpretatione: nimirum *Gregorii Naz.* fententioſa Tetraſticha
   et Ejusdem ſententioſa Diſticha.
A. 1577. Baſileae apud Petrum Pernam. 8. *I. F.*   [XVI.]
A. 1578 Typis Henrici Stephani, qui verſionem aliquot locis emendavit. [XVII.]
   Pariſiis hanc editionem a *Stephano* procuratam ſcribit *Fabricius*; ve-
   rum *Henricus Stephanus* non Pariſiis fed Genevae artem exercuit ty-
   pographicam. Pariſina itaque hujus anni editio fuſpecta eſt. *L. F.*
A. 1578. Baſileae. 8. *L.*   [XVIII.]

[XIX.] A. 1588. Bafileae. 8. Hanc editionem filentio praetermiferunt *Le Long* et *Fabricius*. Ad manus eſt fub titulo: Νόνου ποιητ·υ πανοπολιτου μεταβ:λη τευ κατα Ιωαννην ἁγιν Ευαγγελιον. *Nonni* Panopolitani Translatio vel Paraphraſis S. Evangelii fecundum Joannem, carmine Heroico Graeco conſcripta. Cum verſione latina ad verbum expreſſa, in gratiam ſtudioſorum, qui facram lectionem cum Graecae linguae cognitione conjungere cupiunt. Erhardo Hedeneccio Doctore Medico interprete. Baſileae ad Lecythum Valdkirchianam. CIↃ IↃ XXCVIII. Accurate repraefentat primam Baſilcenfem anni 1571.

[XX.] A. 1596. Bafileae. 8. Editio praecedens accurate recufa.

    3) Cum verfione latina *Erhardi Hedeneccii*, curis *Friderici Sylburgii* emendata. Editionem Baſileenſem apud *Petrum Pernam*, editionemque *Henrici Stephani* anni 1578. contulit *Sylburgius* cum codice Palatino graeco; verſionem variis in locis emendavit, et Varias Codicis lectiones, una cum indice addidit. Sic prodiit:

[XXI.] A. 1596. Heidelbergae ex officina Comeliniana. 8. L. F. Νόνου Πανοπολίτ.υ μεταβολή του κατά Ιωάννην ἁγίου Ευαγγελίου διά ςίχων ἡρωικῶν. *Nonni* Panopolitani metaphraſis Evangelii fecundum Joannem verſibus heroicis: cum mſt. codice Pal. collata; brevibus notis illuſtrata: verborum Indice aucta: rectius aliquot in locis verfa. Opera Frid. Sylburgii Veter.

[XXII.] A. 1604. Lipſiae apud Lanzenbergerum. 8.

[XXIII.] A. 1613. Lipſiae ex Valentini am Ende typographio. 8. [1])

[XXIV.] A. 1618. Lipſiae apud Laurent. Cober. 8.

[XXV.] A. 1629. Lipſiae 8. L. F.

    4) Cum verfione *Bordati* et *Hedeneccii* a *Francifco Nanfio* emendata. Ex utraque verfione *Nanfius* optima elegit, et retinuit, et ubi neutra accurate textui refpondebat, de novo illum vertit, notasque addidit.

[XXVI.] A. 1589. Lugduni Batavorum, ex officina Plantiniana apud Francifcum Raphelengium. 8. L. F. „Nonni Panopolitani graeca paraphrafis „Evangelii fecundum Joannem: antehac valde et corrupta et „mutila; nunc primum emendatiſſima et perfecta atque integra, „opera Francifci Nanſii. Cum Interpretatione latina. Additae ejus-„dem notae: in quibus multa non vulgaria eruantur, et varii Au-„ctorum loci corriguntur aut illuſtrantur." Addidit Textui *Nan-*
                                  fius

---

1) *Baumgartenii* Nachrichten von merkw. Büchern, vol. 7. p. 118.

fus 369. verfus vel uncinulis vel minore charactere a reliquis diftinctos. Graeco textui e regione appofita eft verfio latina, et in exteriori margine G·aecus S. Johannis textus authenticus. Curas pofteriores edidit Idem *Nanfius*. „Francifci Nanfii ad Nonni paraphra-„fin Evangelii Johannis graece et latine editam curae fecundae. „In quibus quaedam a nemine hactenus obfervata notantur in alios „etiam auctores. Lugduni Batavorum, ex officina Plantiniana apud „Francifcum Raphelengium.„ 1593. 8. Hasce curas fine jure *Je Long* ad editiones *Nonni* refert: hinc editio anni 1593. eft fuppofititia ⁰) *L. F.*

A. 1620. Lugduni apud Jo. Rouiffin. 12.   [XXVII.]
    5) Cum Notis *Nicolai Abrami* S.J.
A. 1622. Parifiis apud Sebaft. Cramoify. 8.   [XXVIII.]
A. 1623. Parifiis apud Sebaft. Cramoify. 8. *L. F.*   [XXIX.]
A. 1624. Parifiis. Fol. Inter alios Poëtas Chriftianos in appendice ad Biblio- [XXX.]
  thecam Patrum Bigneana. *L. F.*
    6) Cum nous et cenfura *Danielis Heinfii.*
A. 1627. Lugduni Batavorum 8. *L. F.* „*Danielis Heinfii* Ariftarchus facer; [XXXI.]
„five ad Nonni in Joannem metaphrafin exercitationes, quarum priori „parte interpres examinatur: pofteriori interpretatio ejus cum facro „fcriptore confertur; in utraque Sancti Evangeliftae plurimi illuftran-„tur loci. Accedit Nonni et fancti Evangeliftae contextus.„ Nimis acerbe Auctor in Nonnum invehit, eumque nunc ignorantiae nunc Arianifmi infimulat, ut non abs re *Cafpar Urfinus* in *Nonno redivivo*, Hamburgi 1607. 8. caufam ejus contra *Heinfium* agere conatus fit. Prodiit idem *Ariftarchus* una cum *Heinfii* Sacrarum exercitationum ad Novum Teftamentum Libr. XX. verum ab hac editione abeft Textus *Nonni*. ficuti integer *Ariftarchus* ab editione Exercitationum facrarum Cantabrigienfi 1640. 4. remotus eft. Duae itaque editiones, Amftelodamenfis anni 1617. Fol. et ibidem 1639. Fol. quas recenfet *Le Long*, e medio tollendae funt. ᵐ) Latinae proftant duae verfiones *Chriftophori Hegendorphini* et *Erhardi Hedeneccii* fine textu graeco, editae, quas fuo tempore recenfebimus.

  7) Nonni Paraphrafis graeca. Ingolftadii apud Ederum 1614. 8.
    Ultimo loco hanc editionem nominamus, quia, ad quam claffem referen- [XXXII.]
da fit, haud determinare poffumus.

§. XIII.

Epift. Apoftol.

Του αγιου Παυλου επιτολη προς Τιτον, μεταφραζοντος αυτην Βερναρδου Μελ- [I.]
  τρευ υ απο φιδρ f. 2. 4.
Bern. Meletbraei Metaphrafis in Ep. I. Joh. verfibus heroicis graecis. Ham- [II.]
  burgi apud P. Langium. 1623. 4.

§. XIV.

l) Idem ibid. p. 115. 118.   m) Idem ibid. p. 119. *Wolfii* Biblioth. exegat. p. 630.

§. XIV.
Orat. Domin.

Oratio Dominica carminibus variis graecis et latinis Joh. Posselii. Helmstadii 1610. 8.

§. XV.
Historia Passionis graeco carmine.

Historia Passionis Domini nostri Jesu Christi secundum quatuor Evangelistas, Graeco Heroico Carmine reddita ab Henrico Mylio Northusano. Lipsiae Johannes Rhamba excudebat. M. D. LXIX. 8.

Appendicis loco hic notitiam libelli 6. plaguis constantis adjicimus, quem studio *Henrici Mylii*, qui simul eum *Paulo Dolscio* §. V. munere scholastico Islae ad Salam functus est, debemus. In praefatione e Salinis ad ripam Salae anno recuperatae salutis M. D. LXIX. 25. Martii data, se inprimis in usum scholasticae juventutis Historiam Passionis in heroicos versus transformasse scribit: „Cum autem mihi „haec pia et laudabilis consuetudo, (*publice Historiam Passionis praelegendi*) „admo-„dum placeret, voluit et ipse tenerae juventuti exiguus illa, quae mihi contigit, gra-„ese linguae cognitione prodesse, eique stimulum injicere, ut ad hujus linguae co-„gnitionem et studia ardentius colenda magis sit intenta et occupata. Reddidi igitur „historiam sacrosanctae passionis et mortis filii Dei Graeco heroico Carmine, in eo-„que sui attentus, ut sensus esset simplex et planus, et phrasis a Graecis fontibus non „discreparet.„

§. XVI.
Pericopae dominicales.

Ευαγγελια και Επιστολαι των Κυριακων και εορτασιμων ημερων, αιτινες ελληνιστι παραπεφρασμεναι υπο Ιωαννου Ποσσελιου. Evangelia et Epistolae, quae diebus Dominicis et Festis Sanctorum in Ecclesia, usitato more, proponi solent, Graecis versibus reddita et postremo recognita a Joanne Posselio. Anno MD.LXXXII. 8.

Praefationem seu dedicatoriam epistolam metricae paraphraseos Pericoparum Dominicalium subscripsit *Joannes Posselius*: *Datum in Academia Rostochiensi, pridie Paschae Anno 1578. qui est ab exitu ex Aegypto et primo Paschate Annus 3087.* Verum non Rostochii, sed Wittebergae typis Haeredum *Johannis Cratonis* impressus est liber, uti ex collatione Syntaxeos graecae ejusdem *Posselii, Wittebergae, excudebant Laeredes Johannis Cratonis Anno* M. D. LXXX. apparet; quamvis nulla typographi addita sit nota. Singulis Pericopis υποθεσις praemittitur, et Evangeliorum metaphrasis figuris ligneis exornata est.

INDEX CHRONOLOGICVS

VOLVMINIS II.

A.

A. MDCXXII.
Fragmenta Vet. Interpr. Drusii. Arnhem.
4. f. I. § XIII. n. 1.
Evang. Joh. gr. carm. Nonni. Paris. §. f. III.
§. XII. n. 11.

A. MDCXXIII.
Catena gr. Patrum in Jerem. Lugd. f. C L.
§. XV. n. 11.
Evang. Joh. gr. carm. Nonni. Paris. C III.
§. XII. n. 17.
Epist. 1. Joh. gr. carm. Melethræi. Hamb.
4. f. III. §. XIII. n. 1.

A. MDCXXIV.
Psalterium gr. carm. Apollinarii. Paris. f.
C III. §. V. n. 1.
Psalmi gr. carm. Mayeri. Francof. C III.
§. VI. n. 4.
Evang. Joh gr. carm. Nonni. Paris. f. C III.
§. XII. n. 30.

A. MDCXXVII.
Psalterium gr. Venet. §. C L. §. LXXXV.
n. 4.
Evang. Joh. gr. carm. Nonni. Lugd. §. f. III.
§. XII. n. 12.

A. MDCXXVIII.
Fragmenta Vet. Interpr. Paris. f. f. L. §. XII.
r. 1.
Biblia gr. lat. Morini. Paris. f. C L. §. LXI.
n. 1.

A. MDCXXIX.
Evang. Joh. gr. carm. Nonni. Lips. §. f. III.
§. XII. n. 11.

A. MDCXXXII.
Ruth. gr. Drusii. Amst. 4. f. L. §. LXXII.
n. 1.
Psalterium gr. Gordoni. Paris. f. f. L.
§. LXXV. n. 13.

A. MDCXXXVI.
Ps. VI. gr. Gerschovii. Gryph. 4. C L.
§. XCIV. n. 1.
Hoseæ c. IV. gr. Paris. f. f. I. §. C. n. 1.

A. MDCXXXVII.
Catena gr. Patrum in Job. Lond. f. C L.
§. XV. n. 11.
Jobus gr. Junii. Lond. C. f. I. §. LXXIV.
n. 1.
Jobus gr. carm. Duporti. Cantabr. 4. f. III.
§. IV.

Psalterium gr. carm. Petavii. Paris. 11. C III.
§. V. n. 11.

A. MDCXXXVIII.
N. T. gr. barb. 4. f. II. §. IV. n. 1.

A. MDCXL.
Psalmi X. gr. Gerschovii. Gryph. f. C L.
§. XCIV. n. 1.

A. MDCXLI.
Biblia gr. lat. Morini. Paris. f. C L. §. LXI.
n. 1.
Ecclesiastes gr. carm. Petavii. Paris. §. f. III.
§. VIII. n. 1.

A. MDCXLII.
Psalterium gr. Venet. 4. C L. §. LXXXV.
n. 10.

A. MDCXLIV.
Catena in Psalm. Corderii. Antw. f. C L.
§. XV. n. 14.

A. MDCXLV.
Biblia gr. Parisiis. C. C L. §. LII. n. 7.

A. MDCXLVI.
Proverbia gr. carm. Duporti. Cantabr. L.
f. III. §. VII. n. 1.
Ecclesiastes gr. carm. Duporti. Cantabr. L.
f. III. §. VIII. n. 1.
Canticum Cant. gr. cum Duporti. Cantabr.
§. f. III. §. IX. n. 1.

A. MDCL.
Canticum Cant. gr. carm. Leusdenii.
Lips. 11. C III. §. IX. n. 1.

A. MDCLII.
Jonas Thren. Dan. gr. carm. Almeri. Oxon.
L. C III. §. X. n. 4.

A. MDCLIII.
Fragmenta Vet. Interpr. gr. Lond. 4. C L.
§. XII. n. 4.
Biblia gr. Lond. 4. C L. §. LVIII. n. 1.
Jobus gr. carm. Duporti. Cantabr. §. f. III.
§. IV.

A. MDCLV.
Esther. gr. Londini. 4. C L. §. XV. n. 1.
§. LXXIII. n. 1.
Varia loca V. T. gr. Lond. 4. f. I. § XV. n. 1.
Lacrimæ Davidis. gr. Lond. 4. C L. §. XCIX. 1.

A. MDCLVII.
Fragmenta Vet. Interpr. Londini. C. C L.
f. XIII. n. 1.
Specimen Hexapl. Orig. Lond. f. C L. §. XV.
n. 1.

X 2 3   BI.

Biblia gr. lat. Lond. f. f. L. §. LXII.

A. MDLX.
Psalmi VII. poenit. gr. Lugd. 14. f. L. §. XCIV. n. 11.

A. MDLXIII.
Jobus gr. Terentii. Franeq. 4. f. I. §. LXXIV. n. 2.

A. MDCLXV.
Biblia gr. Cantabrig. 11. f. L. §. LVIII. n. 2.

A. MDCLXVI.
Psalterium gr. lat. Cantabr. 4. f. L. §. LXXX. VIII.
Psalterium gr. carm. Duport. Lond. f. III. §. V. n. 7.

A. MDCLXXIV.
Psalterium gr. Cantabr. 12. f. L. §. LXXIX.
Psalterium gr. carm. Duport. 4. f. III. §. V. n. 8.

A. MDCLXXVIII.
Psalterium gr. lat. Oxon. 4. f. L. §. XC.

A. MDCLXXIX.
Esther gr. carm. Barocii. Lond. 8. f. III. §. III.

A. MDCLXXXII.
Cant. Cant. gr. carm. Josephi Thun. Holmiae. 4. f. III. §. IX. n. 3.

A. MDCLXXXIII.
Biblia gr. Amstelod. 12. f. L. §. LIX. n. 2.

A. MDCLXXXV.
Psalterium gr. Romae. 4. f. L. §. LXXXIV.

A. MDCLXXXVI.
Biblia parva gr. Hafenmülleri. Kilon. 12. f. L. §. CI.

A. MDCLXXXVII.
Biblia gr. Venet. f. f. L. §. f. IV. n. 4.

A. MDCLXXXIX.
Decalogus gr. Slaydeb. 4. f. L. §. LXIX. n. f.

A. MDCXC.
Psalmi X. gr. Meibomii. Amst. f. f. L. §. XCIV. n. f.

A. MDCXCII.
Decalogus gr. Jenae. 12. f. L. §. LXIX. n. 7.

A. MDCXCIII.
Psalterium gr. Venet. 14. f. L. §. LXXXV. n. 11.

A. MDCXCIV.
Psalteri XII. gr. Bremae. 8. f. L. §. XCIV. n. 4.

A. MDCXCV.
Esther gr. Lipsiae. 4. f. L. §. XV. n. f.
4. LXXIII. n. 2.
Varia loca V. T. gr. Lips. 4. f. L. §. XV. n. I.

A. MDCXCVII.
Fragmenta Vet. Interpr. gr. Francof. 8. f. L. §. XII. n. f.
Biblia gr. Francof. 8. f. L. §. LX. n. 2.

A. MDCXCVIII.
Psalmi XII. gr. Meibomii. Amst. f. f. L. §. XCIV. n. f.

A. MDCXCIX.
Origenis Hexapl. para. gr. Paris. f. f. L. §. XIV. n. 2.

A. MDCC.
Esther gr. Lips. 4. f. L. §. LXXIII. n. 2.

A. MDCCII.
Psalterium gr. Halae. 12. f. I. §. LXXXI.

A. MDCCIII.
N. T. gr. barb. Lond. 12. f. II. §. IV. n. 2.

A. MDCCV.
N. T. gr. barb. 12. f. II. §. IV. n. 3.
Psalmi gr. carm. Barocii. Lond. 12. f. III. §. VI. n. 1.

— A. MDCCVII.
Genes. c. L. gr. Hamb. 4. f. L. §. XV. n. 2.
§. LXVII. n. 2.
Septuag. Interpr. T. L. Grabii. Oxon. f. f. L. §. LXIII. n. 2.

A. MDCCVIII.
N. T. gr. barb. Coleti. Venet. f. f. II. §. VI.

A. MDCCIX.
Fragmenta Vet. Interpr. gr. Franeq. 4. f. L. §. XII. n. 2.
Biblia gr. Bosii. Franeq. 4. f. L. §. LIX. n. 2.
Septuag. Interpr. T. IV. Grabii. Oxon. f. f. L. §. LXIII. n. 2.

A. MDCCX.
N. T. gr. barb. Halae. 12. f. II. §. IV. n. 4.

A. MDCCXII.
Psalterium gr. Venet. 8. f. L. §. LXXXV. n. 12.

www.ingramcontent.com/pod-product-compliance
Lightning Source LLC
Chambersburg PA
CBHW032008060726
47497CB00017B/2399

9 783741 104619